Verkeerde diagnose

Arthur Hailey

Verkeerde diagnose

vierde druk

1993 – De Boekerij – Amsterdam

Oorspronkelijke titel: The Final Diagnosis
Vertaling: Hans de Vries
Omslagontwerp: Hesseling Design, Ede

CIP-GEGEVENS KONINKLIJKE BIBLIOTHEEK, DEN HAAG

Hailey, Arthur

Verkeerde diagnose / Arthur Hailey ; [vert. uit het Engels: Hans de Vries]. – Amsterdam : De Boekerij. – (Parel pockets)
Vert. van: The final diagnosis. – Garden City, N.Y.: Doubleday, 1959. – Oorspr. Nederlandse uitg.: 's-Gravenhage : Zuid-Hollandsche U.M., 1960.
ISBN 90-225-1539-7
NUGI 340
Trefw.: romans ; vertaald.

HOOFDSTUK I

De ochtend van een benauwend hete zomerdag was al ver gevorderd. Het leven in het „Drie Provinciën"-ziekenhuis kabbelde en ebde als een getijstroming om een eilandje voor de kust. Buiten het ziekenhuis transpireerden de inwoners van Burlington, Pennsylvania, in een temperatuur van negentig graden in de schaduw, met een vochtigheidsgehalte van 78 procent. Bij de staalfabrieken en spoorwegemplacementen, waar weinig schaduw en geen thermometers waren, zou het kwik – als het er was en als iemand de moeite zou nemen ernaar te kijken – nog wel een aantal streepjes hoger staan. In het ziekenhuis was het koeler dan erbuiten, maar niet veel. Alleen de patiënten en personeelsleden met een dosis geluk of invloed konden zich in kamers met air-conditioning aan de ergste hitte onttrekken.

In de opname-afdeling was geen air-conditioning. Wel was er Madge Reynolds, die haar vijftiende papieren zakdoek van die ochtend uit de la van haar schrijftafel nam, haar gezicht bette en het vervolgens nuttig oordeelde, nog even weg te glippen om haar middeltje tegen lichaamsgeur te gebruiken. Madge Reynolds was achtendertig, chef van de afdeling opname en een onverdroten lezeres van advertenties tot bevordering van de vrouwelijke hygiëne. Dat bracht mee, dat zij een onoverwinnelijke afschuw had van alles wat niet absoluut hygiënisch was; bij warm weer onderhield zij dan ook een pendeldienst tussen haar kantoortje en het damestoilet in de gang. Maar er moesten nu eerst vier patiënten van de wachtlijst geplukt worden om die middag te worden opgenomen.

Juist een paar minuten tevoren waren de ontslagbriefjes van de zalen gekomen – en daaruit bleek, dat er die dag zesentwintig patiënten naar huis gestuurd werden in plaats van de vierentwintig die Madge Reynolds verwacht had. Met de twee sterfgevallen van de afgelopen nacht betekende dit dus, dat er vier namen van de lange wachtlijst geschrapt konden worden. Ergens in vier huizen in of bij Burlington ging een viertal patiënten, die hoopvol of een beetje benauwd op deze oproep hadden gewacht, nu een paar onmisbaarheden bij elkaar pakken en zich toevertrouwen aan de geneeskunde, zoals die in het „Drie Provinciën"-ziekenhuis werd uitgeoefend. Juffrouw Reynolds nam haar zestiende Kleenex, sloeg een map open en zette zich aan de telefoon.

Veel beter dan het personeel van opname in de broeiende hitte hadden het degenen, die op hun beurt wachtten in de polikliniek in de tegenoverliggende vleugel van de benedenverdieping. Daar draaide het bedrijf nu op volle toeren. De mensen daar hadden tenminste het blijde vooruitzicht op air-conditioning als ze van de grote wachtkamer naar een van de zes spreekkamers konden gaan. In die zes spreekkamers stelden zes specialisten hun gespecialiseerde talenten gratis ter beschikking van hen, die de particuliere honoraria in het Gebouw voor de Medische Wetenschap, ergens anders in de stad, niet konden of wilden betalen.

De bejaarde Rudy Hermant, die alleen werkte als zijn familie hem in voldoende mate op zijn huid zat, ging op zijn koele gemak achterover zitten terwijl dokter McEwan, de oor-, neus- en keelspecialist, een onderzoek instelde naar Rudy's toenemende doofheid. Eigenlijk vond Rudy zijn doofheid niet zo'n groot bezwaar; als de een of andere voorman hem aanspoorde of een vervelend karweitje voor hem had, was het beslist een voordeel. Maar zijn oudste zoon had gevonden, dat hij toch echt eens naar zijn oren moest laten kijken – en hier zat hij dan.

Dokter McEwan legde de oorspiegel weg en zei een beetje onvriendelijk: „Het zou misschien helpen als u het vuil eens uit uw oren waste."

Dokter McEwan was doorgaans niet zo prikkelbaar. Maar die ochtend was zijn vrouw aan het ontbijt gekomen met een nog onuitgevochten ruzie over het huishoudgeld, die de vorige avond was begonnen. Dokter McEwan had dientengevolge zijn nieuwe Oldsmobile met zoveel geweld achteruit de garage uitgereden, dat hij er een verkreukelde achterbumper van overhield.

Rudy keek hem kinderlijk onschuldig aan. „Watblief?" vroeg hij.

„Ik zei dat het misschien zou helpen . . . ach, wat geeft het."

McEwan overlegde in gedachten of de toestand van de oude man het gevolg was van slijtage of een kleine tumor. Het bleek een interessant geval te zijn en zijn beroepsbelangstelling begon zijn ergernis al te verdrijven.

„Ik heb u niet verstaan," zei de oude man.

McEwan verhief zijn stem. „Ik zei niets bijzonders!" Op hetzelfde ogenblik schaamde hij zich voor zijn uitbarsting en kwam de doofheid van Rudy hem goed te pas.

In de algemeen medische kliniek stak dokter Toynbee een verse sigaret op aan het peukje van de vorige en keek naar de patiënt aan de andere kant van zijn schrijftafel. Terwijl hij over het geval nadacht, voelde hij zijn gal een woordje meespreken en nam hij zich voor, een paar weken niet Chinees te eten; dat zou wel uit te houden zijn, want hij had deze week twee diners in het vooruitzicht en volgende dinsdag de Club der Fijnproevers. Tegen de patiënt zei hij streng: „U bent te zwaar. Ik ga u op dieet zetten. En met roken moest u ook maar ophouden."

Een kleine honderd meter van de plaats, waar de specialisten audiëntie hielden, liep juffrouw Mildred, hoofd van het archief in de „Drie Provinciën", uitbundig transpirerend door een druk bevolkte gang. Zonder te letten op haar fysieke ongemakken versnelde zij zelfs nog haar pas, toen ze haar doelwit om een hoek zag verdwijnen.

„Dokter Pearson! Dokter Pearson!"

De oude patholoog bleef staan toen ze hem had ingehaald. Hij verschoof zijn sigaar naar een mondhoek en vroeg ongeduldig: „Ja, wat is er, wat is er?"

De kleine, zeer ongetrouwde, tweeënvijftigjarige juffrouw Mildred, die ook met de hoogste hakken geen streepje boven de één meter vijftig kwam, kronkelde onder de boze blikken van dokter Pearson. Maar dossiers, kaartsystemen en formulieren waren haar leven. Ze schepte moed: „De rapporten van die lijkschouwingen moeten nog ondertekend worden, dokter Pearson. De geneeskundige dienst heeft om extra kopieën gevraagd."

„Een andere keer. Ik heb haast." Joe Pearson was in een van zijn ergste autoritaire buien, maar juffrouw Mildred wist van geen wijken:

„Alstublieft, dokter, het is maar een ogenblikje. Ik zoek u al drie dagen."

Pearson zwichtte met tegenzin. Hij nam de formulieren en de ballpoint van juffrouw Mildred aan, ging ermee naar een tafeltje en mopperde terwijl hij handtekeningen krabbelde: „Ik weet niet eens wat ik onderteken. Waar gaat het over?"

„Het geval Howden, dokter."

„Wie is Howden nu weer. Er zijn zoveel gevallen."

Juffrouw Mildred vertelde geduldig. „De arbeider, die overleed na een val van een hoge steiger. U herinnert zich misschien nog dat de werkgevers zeiden, dat zijn val door een hartaanval veroorzaakt moet zijn, omdat de beveiliging voldoende was."

Pearson bromde iets. Juffrouw Mildred ging verder met haar samenvatting. Als zij met iets begon, wilde ze het graag keurig afronden. „Maar het onderzoek wees uit, dat de man een kerngezond hart had en dat zijn lichamelijke conditie verder de val niet kan hebben veroorzaakt."

„Ja, dat weet ik allemaal wel."

„Het spijt me, dokter, ik dacht..."

„Het was een ongeluk. Ze zullen de weduwe een pensioen moeten geven." Hij zette zijn sigaar recht in zijn mond en kraste nog een handtekening, waarbij hij bijna door het papier heenging. Juffrouw Mildred zag dat hij meer ei op zijn das had dan anders en ze vroeg zich af, wanneer hij voor het laatst zijn stugge, grijze haar had gekamd. In de „Drie Provinciën" schommelde de verschijning van Joe Pearson ergens tussen een grap en een schandaal. Sinds de dood van zijn vrouw, tien jaar geleden, woonde hij alleen en was hij steeds minder aandacht aan zijn uiterlijk gaan besteden. Hij was nu zesenzestig en deed meer denken aan een landloper dan aan het hoofd van een grote ziekenhuisafdeling. Onder de witte doktersjas zag Mildred een gebreid wollen vest met gerafelde knoopsgaten en nog twee gaten die er niet hoorden en waarschijnlijk brandgaten van een of ander zuur waren. Grijze broekspijpen zonder vouw hingen over versleten schoenen, die schreeuwden om schoensmeer.

Joe Pearson ondertekende het laatste formulier en duwde de stapel onbeheerst in de handen van Mildred. „Misschien mag ik nu doorgaan met het échte werk?" zei hij met een wippende sigaar, wat een asregen over zijn jas en de gewreven vloer veroorzaakte. Pearson was al zo lang in de „Drie Provinciën", dat hij zich grofheden kon veroorloven waarom een jongere dokter beslist ontslagen zou zijn; hij negeerde ook ongestraft de vele bordjes „Verboden te roken"

die op strategische plekken in de gangen waren opgehangen.
„Dank u wel, dokter."

Hij knikte en ging naar de grote vestibule, met de bedoeling, de lift te nemen naar het souterrain. Maar de twee liften waren boven. En met een verwensing ging hij de trap naar zijn afdeling af.

Op de operatie-afdeling, drie etages hoger, was de atmosfeer wat kalmer. De chirurgen en verpleegsters, die alleen hun ondergoed droegen onder de groene werkkleding, hadden het er behaaglijk in de matige temperatuur en zorgvuldig geregelde vochtigheid. Een paar chirurgen, die de eerste gevallen van die ochtend hadden afgewerkt, gingen in de dokterskamer even pauzeren met een kopje koffie. Uit de operatiekamers langs de gangen, aseptisch geïsoleerd van de rest van het ziekenhuis, reden verpleegsters nog bewusteloze patiënten naar een van de twee rustkamers. Daar bleven de patiënten dan voorlopig onder observatie tot ze naar hun eigen bed teruggebracht konden worden.

Lucy Grainger, een orthopedisch chirurge, wisselde haar slokjes gloeiende koffie af met de verdediging van een Volkswagen, die zij de vorige dag had gekocht.

„Het spijt me vreselijk, Lucy," zei dokter Bartlett, „ik geloof dat ik er op het parkeerterrein op getrapt heb."

„Hindert niet, Gil," zei dokter Lucy, „neem maar eens flink wat lichaamsbeweging door om die Amerikaanse slee van je heen te lopen."

Gil Bartlett stond bekend om zijn roomkleurige Cadillac, die zelden anders dan in vlekkeloze staat werd gezien. Eigenlijk was de ontzagwekkend grote auto min of meer symbolisch voor de eigenaar, een der best geklede doktoren van het ziekenhuis. Bartlett was ook de enige medicus die een baard had aangekweekt – een Van Dyckbaardje, altijd keurig bijgeknipt. Het wipte als hij praatte, wat Lucy uitermate boeiend vond.

Kent O'Donnell kwam bij hen zitten. O'Donnell was hoofd van de chirurgische afdeling en bovendien voorzitter van het medisch bestuur. Bartlett riep hem aan alsof hij hem dagen gezocht had.

„Kent, je komt als geroepen! Ik moet volgende week een voordracht voor de verpleegsters houden over tonsillectomieën bij volwassenen. Heb jij soms Kodachromes van tracheïtis en pneumonie?"

O'Donnel liet de kleurenfoto's uit zijn lesmateriaal de revue passeren. Bartlett bedoelde een van de minder bekende verschijnselen na het verwijderen van de amandelen bij volwassenen. O'Donnell wist, evenals de meeste chirurgen, dat het ook met de uiterste zorgvuldigheid bij de operatie niet altijd te voorkomen was, dat een deeltje van de amandelen aan het pincet ontsnapte en naar de long werd gezogen, waar het een abces veroorzaakte. Hij herinnerde zich nu een serie foto's van de luchtwegen en de longen in deze omstandigheden: ze waren gemaakt tijdens een lijkschouwing. Hij zei: „Ik denk van wel. Ik zal ze vanavond opzoeken."

Lucy Grainger zei: „Als je geen kiekje van de luchtwegen hebt, geef hem dan maar het rectum. Hij ziet toch het verschil niet."

Het was een lachsucces. O'Donnell glimlachte mee. Hij en Lucy waren oude vrienden; hij dacht zelfs wel eens dat ze, met wat meer tijd en gelegenheid, nog wel iets anders zouden kunnen zijn. Hij was om vele redenen op haar gesteld; een der belangrijkste was dat ze zich zo kranig handhaafde in het wereldje, dat in bezit van de mannen heette te zijn. En toch had de kern van haar vrouwelijkheid er niet onder te lijden. De groene werkkleding, die ze nu droeg, maakte haar even vormeloos en naamloos als de anderen, maar hij wist dat er een goed figuur onder school, meestal wat conservatief, maar niet ouderwets gekleed.

Zijn gedachten werden uiteengejaagd door een verpleegster, die geklopt had en voorzichtig binnenkwam.

„Dokter O'Donnell, de familie van uw patiënt staat buiten."

„Zeg maar dat ik kom." Hij ging zich verkleden; die dag had er maar één operatie op zijn programma gestaan. Na het geruststellen van de familie – hij had met succes galstenen verwijderd – kon hij dan naar de administratie gaan.

Een etage boven de operatie-afdeling, in kamer 48, was George Andrew Dunton niet meer in staat, last te hebben van de hitte of te genieten van koelte, want hij had nog vijftien seconden te leven. Terwijl dokter MacMahon de pols van de patiënt vasthield in afwachting van de laatste hartslag, zette zuster Penfield de ventilator op „snel", want na het bezoek van de familie was het nog benauwd in de kamer. Prettige familie, vond zuster Penfield. Vrouw, volwassen zoon en jongere dochter. De vrouw had zacht gehuild, de dochter geluidloos, maar met een stroom van tranen. De zoon had zich afgewend, maar met schokkende schouders. Als ik doodga, dacht Elaine Penfield, hoop ik dat er ook iemand is die om me huilt. Dat is het beste wat er na je dood kan gebeuren.

Dokter MacMahon legde de pols neer en keek de verpleegster aan. Woorden waren niet nodig; zij noteerde het ogenblik van overlijden. Tien uur tweeënvijftig voormiddag.

In de zalen en particuliere kamers aan dezelfde gang was het een rustig ogenblik van de dag. De ochtendmedicijnen waren toegediend, de ronden gedaan en pas tegen lunchtijd zou de drukte weer naar een hoogtepunt suizen. Sommige verpleegsters waren weggeglipt om een kopje koffie te drinken; anderen hadden even tijd om hun aantekeningen af te maken. „Klaagt over voortdurende buikpijn," schreef zuster Wilding op de kaart van een patiënte. Ze wilde nog iets schrijven, maar haar pen bereikte het papier niet.

Weer haalde zuster Wilding, grijs en met haar zesenvijftig jaar deel uitmakend van de oudere ziekenhuisgarde, een brief uit haar schort. Ze ging hem nu voor de derde maal lezen. Toen ze de brief uit de envelop haalde, viel er een kiekje uit van een jonge luitenant-ter-zee, met een aardig meisje aan zijn arm. „Lieve moeder," begon de brief, „dit zal wel onverwachts komen voor je, maar ik heb hier in San Francisco een meisje ontmoet en we zijn gisteren getrouwd. Ik weet dat het in sommige opzichten een grote teleurstelling voor je zal zijn, want je hebt altijd gezegd dat je erbij wilde zijn als ik ging trouwen, maar je zult het beslist wel begrijpen als ik je zeg . . ."

Haar ogen dwaalden af. Ze dacht aan de jongen die ze zo weinig had gezien. Na de scheiding had ze voor hem gezorgd tot hij naar college ging; daarna had hij in Annapolis gewoond, een paar weekends en korte vakanties, en toen de Marine. Nu was hij een man en had iemand anders beslag op hem gelegd. Ze moest hun maar een telegram met gelukwensen sturen. Jaren geleden had zij dikwijls gezegd, dat ze met de verpleging zou ophouden zodra hij op eigen benen kon staan, maar het was er nooit van gekomen – en nu stond de pensioengerechtigde leeftijd al te dicht voor de deur om er nog haast achter te zetten. Ze borg de brief en de foto in haar schortzak en nam de pen weer. „Licht vomeren met diarree. Dr. Reubens gewaarschuwd."

In de verloskundige afdeling op de vierde etage was er geen enkele tijd van de dag, die met enige veiligheid rustig genoemd kon worden.

Kinderen, dacht dokter Charles Dornberger, terwijl hij zich tussen twee andere verloskundigen stond te wassen, hadden de onhebbelijke gewoonte, in niet-te-voorspellen zwermen te komen. Uren, soms dagen lang was alles kalm en ordelijk en kwamen de bevallingen keurig achter elkaar. En dan brak opeens de hel los en lagen er een half dozijn tegelijk te trappelen om geboren te worden. Dit was zo'n ogenblik.

Zijn eigen patiënte, een forse, altijd opgewekte negerin, was bezig haar tiende kind aan het daglicht te brengen. Omdat ze te laat naar het ziekenhuis was gekomen en de weeën al aan de gang waren, hadden ze haar op een brancard van spoedopname naar de verloskundige afdeling gebracht. Terwijl Dornberger zich stond te wassen, hoorde hij brokstukken van haar gesprek met de dokter, die met haar meegekomen was.

„En al die aardige mensen, die voor mij uit de lift zijn gegaan," zei ze. „O, dokter, mijn hele leven lang heb ik me niet zo gewichtig gevoeld!" De dokter verzocht haar, vooral kalm te blijven. „Ik kalm blijven, jochie? Ik ben doodkalm. Ik ben altijd kalm als ik moet bevallen. Geen eten koken, geen was, geen vuile vaat! Machtig! Ik verheug me d'r al op als ik weer hierheen kan komen. Da's gewoon vakantie voor me." Even stilte, blijkbaar een aanval van pijn. Daarna, als tussen opeengeklemde tanden: „Negen kinderen heb ik, en dit wordt de tiende. De oudste is nou even groot als jij, jochie. En volgend jaar reken je maar weer op me. Jawel, mij zie je wel weerom." Dornberger hoorde haar grinniken; daarna namen de verpleegsters van de verloskamer haar over en ging de arts terug naar zijn post bij spoedopname.

En Dornberger, schoongeschuurd, steriel, in witte jas gestoken en zwetend van de warmte, ging zijn patiënte achterna naar het strijdtoneel.

De kok was niet de enige in het ziekenhuis, die zijn gedachten op eten concentreerde. In de röntgenafdeling had een lopend patiënt – Jim Bladwick, plaatsvervangend verkoopleider van een der drie grote autodealers in Burlington – een „honger als een verwaarloosde wolf", om het met zijn eigen woorden te zeggen.

En daartoe had hij alle reden. Op voorschrift van zijn dokter had Jim Bladwick sinds middernacht gevast – en nu stond hij in röntgenkamer Nr. 1 klaar voor een serie maagfoto's. Die foto's waren gericht op bevestiging of ontkenning van het vermoeden, dat er in het interieur van Bladwick een maagzweer floreerde. Jim Bladwick hoopte uiteraard dat het vermoeden misplaatst zou zijn; hij hoopte buitengewoon vurig dat geen maagzweer – of iets anders – nu zo onbeleefd zou zijn een rem op zijn activiteit te zetten. Zijn harde werken en opofferingen van de laatste drie jaar, zijn bereidheid, langer en intensiever te werken dan alle anderen, begonnen nu immers juist resultaten af te werpen.

Natuurlijk leefde hij op zijn zenuwen; wie niet, als hij iedere maand een bepaald verkoopkwantum moest halen? Maar het kón en mocht geen maagzweer zijn. Het moest maar iets anders zijn, een of andere kleinigheid die gauw kon worden opgelapt. Hij was pas zes weken plaatsvervangend verkoopleider, maar al klonk die titel nog zo indrukwekkend, hij wist deksels goed dat het behoud ervan rechtstreeks afhing van een niet-verslappende werkkracht. En om je te handhaven, moest je al je organen tot je beschikking hebben; je moest sterk zijn, fit, beschikbaar. En geen doktersbriefje kon een dalende verkoopcurve weer omhoogkrijgen.

Jim Bladwick had dit ogenblik al een poos opgeschoven. Het was zowat twee maanden geleden dat hij voor het eerst een zeker onbehagen voelde en een vage pijn in zijn maagstreek; hij had ook veel oprispingen, soms op bijzonder ongelegen ogenblikken in het bijzijn van klanten. Een tijdje had hij zich wijsgemaakt dat er niets aan de hand was, maar ten slotte was hij om medisch advies gegaan, waarvan deze afspraak het resultaat was. Hij hoopte dat ze hem niet te lang zouden vasthouden; er stond een transactie met zes vrachtwagens op springen en ze hadden dat postje broodnodig. Maar allemachtig, wat had hij een honger!

Voor dokter Ralph Bell – onder het personeel beter bekend als „Bim-Bam" – was dit dagelijkse kost, gewoon een serie foto's, niet anders dan honderd andere gevallen. Maar hij hield zich wel eens bezig met een spelletje: „Is het een maagzweer, ja of nee." Deze keer wedde hij „ja" met zichzelf. De patiënt was duidelijk het maagzweertype. Dokter Bell had hem door zijn dikke uilebril zo tersluiks bestudeerd. Een zenuwpees, die zich waarschijnlijk op dit ogenblik geestelijk stond op te eten van ongeduld. De radioloog zette Bladwick in de vereiste houding achter de fluoroscoop en gaf hem een beker barium. „Als ik het zeg," zei hij, „drinkt u dit achter elkaar leeg."

„Nu!" kwam het commando toen hij klaar was. Bladwick dronk.

In de fluoroscoop volgde Bell de weg van het barium, dat eerst door de slokdarm vloeide, in de maag terechtkwam en vandaar zijn entree maakte in de twaalfvingerige darm. De melkwitte vloeistof maakte de omtrekken van elk orgaan duidelijk zichtbaar; in verschillende stadia drukte Bell met zijn duim op een knop, om het beeld op de film vast te leggen. Hij drukte nu op de buik van de patiënt om het barium daar te verspreiden. En toen zag hij de zweer. Een krater in de twaalfvingerige darm. Duidelijk en onmiskenbaar een zweer. Hij had de weddenschap met zichzelf gewonnen. „Dat is alles, meneer Bladwick, dank u."

„En, dokter, hoe luidt de uitspraak? Blijf ik leven?"

„Beslist." De meesten wilden weten wat hij in de fluoroscoop had gezien. „Spiegeltje, spiegeltje aan de wand, wie is de gezondste van het land?" Maar het was zijn taak niet, de uitslag bekend te maken. „Uw huisdokter krijgt de foto's morgen. Hij zal wel met u praten." Je bent een pechvogel, vriendje, dacht hij. Ik hoop dat je van rust houdt – en van een dieet van melk met geklopte eieren.

Een paar honderd meter van het hoofdgebouw, in een tamelijk vervallen huis dat eens een meubelfabriekje was geweest en nu dienst deed als zusterhuis, had leerling-verpleegster Vivian Loburton het te kwaad met een ritssluiting die niet wilde ritsen.

„Hellevuur en verdoemenis!" zei ze tegen de rits. Het was een geliefde uitdrukking van haar vader, die een zeer dikke boterham had verdiend met het vellen van hoge bomen en er geen bezwaar in zag, in het bos een andere taal te bezigen dan thuis.

Vivian was nu negentien en vormde een belangwekkend compromis tussen de rauwe bonkigheid van haar vader en de aangeboren fijnbesnaardheid van haar moeder. Moeder was afkomstig uit New England en had zich nooit laten overtroeven of veranderen door de stoerheid van de houtkappers in Oregon. Vivian zelf vond in de vierde maand van haar opleiding de karaktertrekken van beide ouders terug in haar reacties op het ziekenhuis en het werk. Ze kon tegelijkertijd groot ontzag en een vreselijke afkeer voelen. Ze was geboeid en misselijk in dezelfde minuut. Ze veronderstelde, dat het nauwe contact met zieken en ziekten voor alle nieuwelingen een schok was. Maar dat besef hielp niet erg als je maag bokkesprongen ging maken en je al je wilskracht nodig had om niet hard weg te lopen.

Na zulke ogenblikken had zij behoefte aan een verandering van stemming, een reinigend tegengif – en dat vond ze tot op zekere hoogte in een oude liefde: de muziek. Burlington bezat een voortreffelijk symfonie-orkest (wonderbaarlijke prestatie voor zo'n kleine stad) en Vivian was een van de enthousiaste aanhangers geworden. De verandering van tempo, de balsem van goede muziek maakte haar rustig en zekerder. Ze had het jammer gevonden toen het winterseizoen was afgelopen en de concerten voorlopig ophielden; op bepaalde ogenblikken verlangde ze naar iets dat de muziek kon vervangen.

Maar ze had nu geen tijd voor losse, nutteloze gedachten; de pauze tussen de ochtendlessen en het werk op de zaal was toch al te kort. En nu die vervloekte ritssluiting nog. Ze trok nog eens woedend, de tandjes grepen in elkaar en de rits was dicht. Opgelucht rende zij naar de deur, maar bleef staan om de druppels van haar gezicht te vegen. Wat was het ellendig heet. En door de inspanning met die ritssluiting was ze gaan transpireren als een gek.

Zo leefde het ziekenhuis die ochtend, als alle ochtenden. In de klinieken, in het zusterhuis, de laboratoria en operatiekamers, in neurologie, psychiatrie, op de kinderzalen, de orthopedische afdeling, de vrouwenafdeling; op de zalen voor gratis patiënten en in het paviljoen voor particuliere patiënten, bij de administratie, de boekhouding, de huishoudafdeling, in de wachtkamers, gangen en liften op de vijf verdiepingen, het souterrain en in de kelder van het „Drie Provinciën"-ziekenhuis maakten mensheid en medische wetenschap hun dagelijkse bewegingen van eb en vloed.

Het was elf uur op de vijftiende juli.

HOOFDSTUK II

De torenklok van de Verlosserkerk, twee straten van het ziekenhuis, sloeg het hele uur toen Kent O'Donnell van de operatieafdeling naar de administratie ging. Het geluid van de klok, als altijd enigszins vals omdat zij, lang geleden, niet feilloos was gegoten, drong door een open raam van het trappenhuis. Onwillekeurig vergeleek O'Donnell de tijd met zijn horloge, waarna hij opzij sprong voor een jachtige groep doktoren op weg naar boven, luidruchtig stappend op de metalen treden van de diensttrap. De heren verminderden hun geluidsproduktie enigszins toen zij de voorzitter van het medisch bestuur zagen; in het voorbijgaan gaven ze hem stuk voor stuk een welgemeend goedemorgen mee. Op de tweede etage liet O'Donnell een verpleegster met een rolstoel passeren. In de stoel zat een meisje van zowat tien jaar met een verband voor een oog. Een vrouw, kennelijk de moeder, liep er beschermend naast.

De verpleegster, tegen wien hij lachte, maar die hij niet herkende, keek hem geïnteresseerd aan. O'Donnell was de veertig gepasseerd, maar menige vrouw vond het de moeite waard, nóg eens naar hem te kijken. Hij had nog steeds het postuur dat hem in zijn studietijd een verdienstelijk speler in de middenlinie had gemaakt – lang, recht, met brede schouders en gespierde armen. Hij had nog altijd de gewoonte, zijn schouders even schrap te zetten als hij iets moeilijks moest gaan doen of een beslissing nemen. Instinctief bereidde hij zich dan voor op de aanvallende midvoor van de tegenpartij. Ondanks zijn forse gestalte – voornamelijk beenderen en spieren, zonder een onsje overtollig vet – bewoog hij zich gemakkelijk. En geregelde sportbeoefening, tennis in de zomer en skiën in de winter, had hem fit en soepel gehouden.

O'Donnell was beslist nooit een „mooie man" geweest, maar hij had een gezicht dat met zijn grove, uitdagende onregelmatigheid (zijn neus vertoonde nog het litteken van een oude voetbalwond) de vrouwelijke belangstelling prikkelde. Alleen zijn haar was door de veel gesmade tand des tijds gebeten: het werd van gitzwart met grote snelheid grijs, alsof het pigment hem plotseling de dienst had opgezegd en in marstempo de wijk nam.

Hij hoorde zijn naam roepen. Hij keek om en zag Bill Rufus, een ouder lid van de chirurgische staf.

„Hoe gaat het, Bill?" O'Donnell had waardering voor Rufus. Hij was een goede, betrouwbare chirurg met een drukke praktijk. Zijn patiënten vonden hem sympathiek om zijn grote oprechtheid en zijn jongere en nog niet volleerde collega's mochten hem om de pijnloze, prettige manier waarop hij instructies gaf zonder als hun meerdere op te treden, een eigenschap die bij andere chirurgen nog wel eens ontbrak.

Zijn enige eigenaardigheid was, dat hij afgrijselijk opzichtige dassen droeg. O'Donnell rilde toen hij de creatie zag, waarmee zijn collega zich die dag weer had verfraaid – turquoise cirkels en bloedrode zigzagstrepen op een ondergrond van paars en citroengeel. Bill Rufus kreeg om die dassen heel wat spot te incasseren. Een van de psychiaters had eens opgemerkt, dat ze „een puskrater van een inwendige gisting onder een conservatieve opperhuid" waren. Maar Rufus had er opgewekt om gelachen.

Nu scheen zijn opgewektheid niet met hem meegekomen te zijn. „Kent, ik moet je spreken," zei hij.

„Zullen we naar mijn kantoor gaan?" O'Donnell was onmiddellijk nieuwsgierig. Rufus kwam nooit bij hem als er niets belangrijks aan de hand was.

„Nee, het kan hier ook wel. Het gaat om de chirurgische rapporten van pathologie."

Ze gingen bij een raam staan om het verkeer in de gang de ruimte te geven. O'Donnell dacht: Daar was ik al bang voor. Hij zei: „Is er iets bijzonders mee?"

„Die rapporten blijven veel te lang uit."

O'Donnell kende de moeilijkheden maar al te goed. Rufus opereerde dikwijls patiënten met een tumor. Was de tumor verwijderd, dan liet hij die onderzoeken door de patholoog van het ziekenhuis, dokter Pearson. De patholoog maakte dan twee studies van het weefsel. In een klein laboratorium naast de operatiekamer, terwijl de patiënt nog onder narcose was, bevroor hij een stukje weefsel en onderzocht het onder een microscoop. Dat kon diverse conclusies opleveren: „kwaadaardig", wat dan de aanwezigheid van kanker betekende en een grotere operatie indiceerde, of „goedaardig", wat meestal wilde zeggen dat er niets meer gedaan behoefde te worden als de tumor eruit was. Bij de uitspraak „kwaadaardig" werd de operatie onmiddellijk voortgezet, terwijl het bericht „goedaardig" voor de chirurg het sein was, de wond te sluiten en de patiënt naar de rustkamer te laten brengen.

„Er is toch geen vertraging in het onderzoek van het bevroren weefsel?"

„Nee, want dan zou je wel een indianengehuil horen. Alleen het volledige weefselrapport blijft maar weg."

„Ja, ja . . ." O'Donnell trachtte tijd te winnen om zijn gedachten te ordenen. Na het onderzoek van een bevroren stukje weefsel ging de tumor naar het pathologie-lab, waar een analist een aantal proefglaasjes voor de microscoop maakte, nauwkeuriger en onder betere omstandigheden. Daarna bestudeerde de pathaloog die glaasjes en gaf zijn definitieve mening. Een tumor, die eerst een goedaardige of twijfelachtige indruk had gemaakt, bleek dan bij nadere beschouwing wel eens kwaadaardig te zijn; het was niet ongewoon, dat een patholoog dan zijn mening herzag. Gebeurde dit, dan werd de patiënt teruggebracht naar de operatiekamer om de verdere behandeling te ondergaan. Maar het was natuurlijk van groot belang, dat het tweede rapport van de patholoog zo gauw mogelijk kwam. En hierom draaide de klacht van Rufus.

„Als het nu maar één keer gebeurde," zei hij, „zou ik er niets van zeggen. Ik weet dat ze het op pathologie druk hebben en ik wil Joe Pearson geen hak zetten. Maar het gebeurt herhaaldelijk, Kent, eigenlijk elke keer."

„Noem eens bijzonderheden, Bill." O'Donnell stelde de vraag scherp, al wist hij dat Bill Rufus niet met een ongegronde klacht zou komen.

„Graag. Ik had vorige week een patiënte, mevrouw Mason. Borsttumor. Ik verwijderde de tumor en in het eerste rapport stond „goedaardig". In het tweede rapport stond „kwaadaardig". Goed, daar wil ik niet om strijden; het kan niet steeds de eerste keer raak zijn."

„Maar?"

„Pearson heeft voor dat tweede rapport acht dagen nodig gehad. Toen ik het kreeg, was de vrouw al ontslagen."

„Zo . . ." Dit was niet zo fraai, bedacht O'Donnell. Onmogelijk, er luchtig overheen te stappen.

„Het valt niet mee," zei Rufus, „iemand terug te roepen en dan te moeten zeggen dat we ons vergist hebben en dat ze toch kanker heeft, zodat ze weer geopereerd moet worden."

Nee, dat was geen pretje. O'Donnell had het zelf eens bij de hand gehad en hoopte dat het hem nooit meer zou overkomen.

„Bill, mag ik dit op mijn manier rechtzetten?" Hij was blij dat het Rufus was. Menige andere chirurg zou de situatie onnodig veel moeilijker gemaakt hebben.

„Best, als er maar iets definitiefs gebeurt. Dit is geen op zichzelf staand geval, wel toevallig een ernstig geval."

De moeilijkheid was, dat Rufus geen begrip had van bepaalde andere problemen, die meetelden. „Ik zal vanmiddag met Joe Pearson praten. Na de vergadering over sterfgevallen bij operaties. Daar kom je toch ook?"

„Natuurlijk."

„Tot straks dan, Bill. Bedankt voor je inlichtingen. Ik beloof je, dat er iets aan gedaan zal worden."

Iets, bedacht O'Donnell terwijl hij doorliep naar de administratie. Maar wat precies? En hij dacht het nog toen hij het kantoor van Harry Tomaselli binnenstapte.

Hij zag de administrateur niet dadelijk. Toen hoorde hij roepen: „Hier zit ik, Kent."

In de verste hoek van de kamer, ettelijke meters van het bureau waar hij de meeste tijd sleet, stond Tomaselli over een tafel heen gebogen. Op de tafel lagen uitgerolde schetsen en werktuigen. O'Donnell ging ook kijken.

„Sta je een beetje te dromen, Harry?" Hij wees naar een van de schetsen. „Ik weet zeker dat we een zeldzaam aardig hokje voor je kunnen bouwen, bovenop de oostelijke vleugel."

Tomaselli lachte weemoedig. „Ik ben ervoor te vinden, als jij het bestuur maar van de noodzaak kunt overtuigen." Hij nam zijn montuurloze bril af en poetste de glazen. „Daar ligt het dan . . . het Nieuwe Jeruzalem."

O'Donnell bekeek het profiel van het „Drie Provinciën"-ziekenhuis zoals de architect het had getekend, met de schitterende uitbreiding die nu in een vergevorderd stadium van voorbereiding was. De nieuwbouw zou een hele vleugel en een nieuw zusterhuis omvatten. „Nog meer nieuws ?" vroeg hij.

De administrateur zette zijn bril weer op.

„Ik heb vanmorgen weer met Orden gepraat." Orden Brown, president van op-één-na de grootste staalfabriek van Burlington, was voorzitter van de raad van commissarissen van het ziekenhuis.

„En ?"

„Hij is ervan overtuigd dat we tegen januari op een half miljoen dollar in het bouwfonds kunnen rekenen. Dat betekent dat in maart de grond bouwrijp kan worden gemaakt."

„En het andere half miljoen ? Vorige week zei Orden nog, dat we dat volgend jaar december kunnen verwachten." En zelfs dat leek O'Donnell nog rijkelijk optimistisch.

„Weet ik," zei Tomaselli, „maar ik moest je zeggen, dat hij van gedachten veranderd is. Hij heeft gisteren een bespreking met de burgemeester gehad. Ze weten nu vrijwel zeker dat ze het tweede half miljoen volgende zomer kunnen hebben."

„Ja, dat is zeker goed nieuws." O'Donnell borg zijn twijfel maar op. Als Orden Brown in dit tempo werkte, kwam het wel tot een goed eind.

„O . . . ja, er is nog iets," zei Tomaselli met gespeelde onverschilligheid. „Orden en de burgemeester hebben voor volgende woensdag een afspraak met de gouverneur. Het ziet ernaar uit, dat we die subsidieverhoging dus toch krijgen."

„Nog meer ?" vroeg O'Donnell op dezelfde toon, alsof het een vanzelfsprekende kleinigheid was.

„Ik dacht dat je er blij mee zou zijn."

Meer dan blij, dacht O'Donnell. Je zou dit de eerste stap naar de verwezenlijking van een visioen kunnen noemen. Dat visioen was ontstaan toen hij, drie en een half jaar geleden, in dienst van dit ziekenhuis kwam. Merkwaardig hoe je aan een plek kon wennen. Als iemand hem op de Medische Academie van Harvard, of later toen hij eerste chirurg aan het Columbia Presbyterian Ziekenhuis was, verteld had dat hij zijn bestemming zou vinden in een onbekend, derderangs ziekenhuis als „De Drie Provinciën," zou hij verontwaardigd zijn opgestoven. Ook toen hij zijn chirurgische ervaring in Londen was gaan voltooien, kwam hij terug met het vaste voornemen, in een van de grote inrichtingen te gaan werken. Maar nog voordat hij een keus had kunnen doen, kwam Orden Brown naar New York en wist hem over te halen, „De Drie Provinciën" in Burlington eens te komen bekijken.

Hij was oprecht geschrokken van wat hij er te zien kreeg. Het ziekenhuis was uiterlijk verwaarloosd, de organisatie was traag, de medische verzorging – met een paar uitzonderingen – beneden de maat. De afdelingshoofden zaten al vele jaren op hun plaats en hun enige levensdoel scheen te zijn, de zaken op een pijnloze manier te laten zoals ze waren. De administrateur – in een sleutelpositie als verbindingsman tussen de niet-medische bestuursleden en de geneeskundige staf – was een volledig onbekwaam knoeier. Het opleidingsprogramma van het ziekenhuis was in diskrediet geraakt. Een begroting voor onderzoekingswerk was er niet. De omstandigheden, waaronder de verpleegsters leefden en werkten, waren bijna middeleeuws. Voorzitter Orden Brown had hem alles laten zien en niets verheimelijkt. Ze waren toen samen naar het huis van Brown gegaan. O'Donnell was gezwicht voor de uitnodiging, te blijven eten, maar wilde nog dezelfde avond per nachtvliegtuig naar New York teruggaan. Hij wilde Burlington of „De Drie Provinciën" nooit meer zien. Dit was mensonterend.

Onder het eten, in de rustige eetkamer van Orden Brown, met uitzicht over heel Burlington, kreeg hij de voorgeschiedenis te horen. Het was het oude lied. Het eens vooruitstrevende, moderne en hoog aangeslagen ziekenhuis was aan zelfgenoegzaamheid en slaperigheid gaan lijden. De voorzitter was een bejaard industrieel, die meestal de verantwoordelijkheid op anderen afschoof en zich alleen bij officiële gelegenheden in het ziekenhuis liet zien. Deze slaperigheid was doorgedrongen tot de lagere regionen. Afdelingshoofden bleven eindeloos op dezelfde plaats en waren bang voor veranderingen. Hun jongere ondergeschikten hadden in het begin geprotesteerd en geageerd, maar kregen de kous op de kop en hadden ander werk gezocht. Ten slotte kreeg het ziekenhuis zo'n slechte naam, dat jonge afgestudeerden met stapels diploma's er niet meer wilden werken. Daarom waren er anderen, met minder waardevolle bevoegdheden, aangenomen.

En in die toestand had de inrichting zich aan O'Donnell vertoond.

De enige verandering ten goede was Orden Browns verkiezing tot voorzitter. De oude voorzitter was drie maanden tevoren gestorven en een groep invloedrijke burgers had Brown bewerkt, hem op te volgen. De verkiezing was niet eenstemmig geweest; een deel van de oude garde in het bestuur had zelf een kandidaat, Eustace Swayne, die al sinds onheuglijke tijden in het bestuur zat. Maar Brown was door de meerderheid gekozen en hij trachtte nu de andere bestuursleden voor zijn moderniseringsplannen te winnen.

Het bleek een strijd tegen een taai verzet te zijn. Er bestond een bondgenootschap tussen het conservatieve deel van het bestuur, met Eustace Swayne als woordvoerder, en een groep oudere leden van de medische staf. Samen bestreden zij de vernieuwing. Orden Brown moest angstvallig voorzichtig en diplomatiek zijn.

Een van zijn wensen was de bevoegdheid, het bestuur uit te breiden met nieuwe, actieve leden. Hij had een aantal figuren uit het zakenleven van Burlington op het oog, maar het bestuur was nog niet eenstemmig en hij had zijn plan moeten opzouten.

Als Orden Brown gewild had, zei hij openhartig tegen O'Donnell, had hij met geweld zijn zin kunnen doordrijven. Hij had zijn invloed kunnen gebruiken om de oudere, verslapte figuren het bestuur uit te kegelen. Maar dat zou kortzichtig geweest zijn, want de meesten waren schatrijk en het ziekenhuis kon de legaten niet missen. Wie nu uit het bestuur werd gezet, zou hoogstwaarschijnlijk zijn testament laten veranderen en het ziekenhuis eruit schrappen. Eustace Swayne, die de scepter zwaaide over een warenhuis-koninkrijkje, had al zoiets laten doorschemeren. Vandaar de noodzaak voor Orden Brown, behoedzaam tussen de klippen door te zeilen.

Toch was er wat vooruitgang geboekt. Zo had de meerderheid van het bestuur goedgevonden, dat Brown op zoek ging naar een nieuw hoofd voor de chirurgische afdeling. En in verband daarmee was hij op O'Donnell afgekomen.

Maar aan tafel zei O'Donnell hoofdschuddend: „Ik vrees dat het niets voor mij is."

„Misschien niet, maar je weet nog niet alles."

Hij had overredingskracht, deze Orden Brown. Hij kwam uit een rijke familie, maar was welbewust op de onderste sport van de commerciële ladder begonnen om zich op eigen kracht omhoog te werken. Zijn opmerkelijke mensenkennis had hij opgedaan in de jaren, toen hij tussen en met de fabrieksarbeiders werkte en leefde. Daardoor had hij waarschijnlijk ook genoeg zelfvertrouwen gehad om de taak op zich te nemen, „De Drie Provinciën" uit de modderpoel te trekken waarin het ziekenhuis was weggezakt. Hoe dan ook, O'Donnell merkte duidelijk hoe enthousiast en toegewijd deze man was.

„Als u bij ons komt," had Brown ten slotte gezegd, „kan ik u niets beloven. Ik zou u graag de vrije hand geven, maar voor alles wat u wilt zult u waarschijnlijk hard moeten vechten. U krijgt te maken met oppositie, achterbaksheid, politiek en vooroordeel. Op bepaalde gebieden kan ik zelfs niets voor u doen en staat u alleen. – Het enige aantrekkelijke van de situatie, vanuit het standpunt van iemand als u, zou zijn dat het een uitdaging is, in sommige opzichten de grootste en mooiste uitdaging die een mens in de schoot kan vallen."

Meer had Orden Brown die avond niet van het ziekenhuis gezegd. Ze hadden over andere dingen gepraat, Europa, de komende verkiezingen, het opkomend nationalisme in het Midden-Oosten. Brown bleek bereisd en goed op de hoogte te zijn. Daarna had hij zijn gast met de auto naar het vliegveld gebracht. „Ik heb het een bijzonder prettige kennismaking gevonden," had Brown gezegd – en O'Donnell was het er zonder voorbehoud mee eens. Maar hij stapte in het vliegtuig met het voornemen, Burlington af te schrijven en zijn reis als een leerzame ervaring te beschouwen.

Op de terugweg las hij een tijdschrift; er stond een artikel over tenniskampioenschappen in, dat hem interesseerde. Toch las hij over de woorden heen. Zijn gedachten bleven om het ziekenhuis draaien. Wat hij gezien had en wat er gedaan moest worden. En voor het eerst in lange jaren nam hij zijn eigen opvatting van de geneeskunde tussen vinger en duim, voor een kritische beschouwing. Wat is de zin ervan? vroeg hij. Wat zoek ik erin? Wat wil ik bereiken? Wat heb ik te geven? Wat zal ik achterlaten als ik klaar ben? Hij was niet getrouwd; hij betwijfelde of hij er ooit nog toe zou komen. Hij had vrouwen gekend, in bed en erbuiten, maar niets was blijvend geweest. Hoe gaat mijn weg verder, dacht hij, de weg die in Harvard is begonnen? En opeens wist hij het. Het zou Burlington worden en niets anders. De beslissing was onherroepelijk, de richting bepaald. Op het vliegveld La Guardia had hij Orden Brown een telegram gestuurd. Een telegram van één woord: „Aangenomen."

Hij stond nu te kijken naar de plannen van wat de administrateur luchthartig het „Nieuwe Jeruzalem" had genoemd en dacht aan de afgelopen drie en een half jaar. Orden Brown had gelijk gehad toen hij zei, dat het niet gemakkelijk zou zijn. Van de obstakels, die hij had genoemd, bleek er niet een te ontbreken. Maar geleidelijk had hij de moeilijkste hindernissen uit de weg geruimd.

Na de komst van O'Donnell was het vorige hoofd van de chirurgische afdeling geruisloos verdwenen. O'Donnell had mobilisatie geblazen onder de chirurgen, die het peil van het ziekenhuis wilden opvoeren. Samen hadden zij de chirurgische maatstaven verhoogd en een sterke commissie gevormd om te zorgen dat er de hand aan gehouden werd. Een oude commissie, die fouten bij de operaties moest voorkomen en bijna zelf was doodgebloed, werd nieuw leven ingeblazen.

De minder bekwame chirurgen werd voorzichtig, maar dringend verzocht, zich te beperken tot werk dat binnen hun kundigheid lag. Een paar „slagers," de lopende-band blindedarmwegnemers, de duidelijk onbekwamen, kregen de keus tussen vrijwillige en eervolle ontslagname of officiële opzegging. Voor sommigen betekende dat een belangrijk verlies aan inkomsten, maar de meesten kozen rustig het hazenpad. Zo ook een chirurg die het had gepresteerd, een nier te verwijderen zonder te weten dat er bij een vorige operatie al een nier van de patiënt was weggenomen. Die verschrikkelijke fout kwam uit bij de lijkschouwing.

Het was niet moeilijk geweest, hem over de drempel te jagen. Maar anderen lieten zich minder vlot wegwerken. Er waren hevige ruzies geweest voor de Provinciale Medische Commissie en twee ontslagen chirurgen waren een proces tegen het ziekenhuis begonnen. Dat zou voor de rechter nog wel een verbitterde steekpartij geven, wist O'Donnell, en hij kromp ineen bij de gedachte aan de publiciteit die erdoor veroorzaakt zou worden.

Maar deze problemen ten spijt hadden O'Donnell en de mannen achter hem hun zin gekregen; de hiaten werden met de uiterste zorg gevuld met nieuwe, bekwame artsen, sommigen gepromoveerd aan de universiteit van O'Donnell en met de meest uiteenlopende middelen overgehaald, hun kennis en kunde aan Burlington te geven.

De medische afdeling had intussen ook een nieuwe leiding gekregen, in de persoon van dr. Chandler, die ook onder het oude regiem had gewerkt, maar toen geen geheim van zijn bezwaren had gemaakt. Chandler was gespecialiseerd in de interne geneeskunde en al waren O'Donnell en hij het niet altijd eens over de ziekenhuispolitiek, hij wist niet van wijken wanneer het medische peil op het spel stond.

Ook de administratie had in de drie en een half jaar van O'Donnell de nodige veranderingen ondergaan. Een paar maanden na zijn komst had O'Donnell een jonge assistent-administrateur bij Brown aanbevolen, een van de beste krachten die hij in zijn ziekenhuiservaring had gekend. De voorzitter was per vliegtuig naar de kandidaat gegaan en twee dagen later met een ondertekend contract teruggekomen. Een maand daarna was de oude administrateur, dankbaar verlost te worden van een taak die hem te veel was geworden, eervol ontslagen en met pensioen gestuurd en had Harry Tomaselli zijn intrede gedaan. De hele administratie van het ziekenhuis weerspiegelde nu Tomaselli's doortastende, maar altijd verantwoorde manier van werken.

Een jaar geleden was O'Donnell benoemd tot voorzitter van het medisch bestuur, waardoor hij de hoogst geplaatste medicus van het ziekenhuis werd. Sinds die tijd hadden hij, Tomaselli en dr. Chandler met succes het opleidingsprogramma verbreed en verdiept, met het gevolg dat het aantal sollicitaties gestadig opliep.

Maar ze waren er nog lang niet. O'Donnell wist dat ze in sommige opzichten pas aan het begin stonden van een ellenlang programma, waarin de drie grondslagen van de geneeskunde voorkwamen: behandeling, opleiding en onderzoek. Hij zelf was nu tweeënveertig en betwijfelde of hij in de tijd, die hem nog overbleef, alles zou kunnen volbrengen wat hij zich had voorgenomen. Maar het begin was gemaakt; dat gaf moed en het rechtvaardigde het besluit, dat hij meer dan drie jaar geleden in het vliegtuig had genomen.

Er waren natuurlijk zwakke plekken in de nieuwe organisatie. Dat kon niet anders. Zonder vallen en opstaan kon niets groots worden opgebouwd. Oudere doktoren kantten zich nog grimmig tegen de vernieuwingen en zij hadden nog beangstigend veel invloed bij de overgebleven oudere bestuursleden onder aanvoering van de onverminderd koppige Eustace Swayne. Misschien was dat wel goed, een noodzakelijke rem op al te grote vernieuwingsijver. Het verwijt, dat jonge mannen te hard van stapel lopen, was niet altijd ongegrond. En omdat hij met die groep rekening moest houden, was O'Donnell wel eens gedwongen, zijn plannenmakerij met wat voorzichtigheid te verzachten. Zelf begreep hij de noodzaak daarvan wel, maar dat kon hij de jongere ijveraars niet altijd duidelijk maken.

Het was dan ook deze situatie, die hem na het gesprek met Bill Rufus aan het denken had gezet. De afdeling pathologie was nog steeds het bolwerk van het oude beheer. Joseph Pearson, die de afdeling leidde alsof het zijn privé bedrijf was, werkte al tweeëndertig jaar in het ziekenhuis. Hij kende de meeste oude bestuursleden persoonlijk en ging dikwijls een partijtje schaken bij Eustace Swayne. Wat belangrijker was: Pearson was niet onbekwaam; zijn staat van dienst was voorbeeldig. In zijn jonge jaren stond hij bekend als een actief speurder naar de geheimen van de geneeskunde; hij was voorzitter van het Staats-Pathologisch Genootschap geweest.

Het zorgwekkende was, dat het werk op pathologie te veel werd voor één man. O'Donnell vermoedde ook sterk, dat bepaalde methoden op het pathologisch laboratorium dicht aan herziening toe waren.

Die veranderingen konden helaas niet zonder meer worden doorgedrukt. Er moest aan het uitbreidingsfonds voor het ziekenhuis worden gedacht. Als O'Donnell in conflict raakte met Pearson, welke gevolgen zou dan Pearsons invloed op Eustace Swayne hebben voor de plannen van Orden Brown, het geld volgend najaar bij elkaar te hebben? Van Swayne zelf was een flink bedrag te verwachten, terwijl zijn invloed bij andere mensen in de stad niet te verwaarlozen was; tot op zekere hoogte had Swayne het in zijn macht, de uitbreidingsplannen te laten slagen of te torpederen.

Nu er zoveel op het spel stond, had O'Donnell gehoopt, de kwestie pathologie even te kunnen laten rusten. Maar nu dwong de klacht van Bill Rufus hem, tot actie over te gaan.

„Harry," zei hij tegen de administrateur, „ik geloof dat we Pearson de oorlog moeten verklaren."

HOOFDSTUK III

In tegenstelling tot de hitte en de bedrijvigheid op de bovengrondse etages was het stil en koel in de wit betegelde gang van de kelder. De stilte had zelfs niet te lijden onder een klein gezelschap dat door de gang kwam – zuster Penfield, met naast haar een brancard die geruisloos op zijn wielen met kogellagers werd voortgeduwd door een ziekenbroeder op rubber zolen.

Zuster Penfield wist niet meer hoe vaak zij deze tocht had gemaakt. Ze keek naar de gestalte op de brancard, onder het laken. Misschien vijftig keer in de afgelopen elf jaar. Misschien vaker, want het was niet iets dat je bijhield, die laatste gang tussen de ziekenzaal en de dodenkamer.

Het was een traditie, deze laatste tocht met een overleden patiënt, discreet geleid door de achtergangen van het ziekenhuis, dan naar beneden met de goederenlift, zodat de levenden niet konden schrikken van de meereizende dood. Het was de laatste dienst die een verpleegster haar patiënt bewees; een erkenning, dat de medische wetenschap had gefaald, maar het slachtoffer niet kortweg van zich afstootte; zorg en verzorging gingen over de grens nog korte tijd door.

De witte gang splitste zich. Van rechts kwam het gezoem van machines. De verwarming, de warmwatervoorziening, de werkplaats van de elektriciens, de generatoren van de noodverlichting. In de gang naar de andere kant wees een bordje: „Afdeling pathologie. Sectiekamer."

Weidman, de verpleger, zwenkte de brancard naar links; een bewaker, die pauze had of zich een pauze had toegeëigend, nam haastig een flesje cola van zijn mond en ging opzij. Hij veegde zijn mond af met zijn hand en wees naar de brancard. „Niet gehaald zeker?" Hij zei altijd hetzelfde als Weidman voorbijkwam.

„Zijn nummer zal aan de beurt geweest zijn, Jack."

De bewaker knikte en nam nog een ferme slok cola.

De tijd is wel kort, bedacht zuster Penfield, tussen leven en de sectiekamer. Een uur geleden was het lijk onder dit laken nog George Andrew Dunton geweest, levend, drieënvijftig jaar, civiel ingenieur.

De familie had zich na het overlijden even bewonderenswaardig beheerst als ervoor; rustig, diep belangstellend, maar zonder hysterie. Dat had het dokter MacMahon gemakkelijker gemaakt, om sectie te vragen. „Mevrouw Dunton," had hij gezegd, „ik weet dat het u moeilijk valt, er nu over te denken en te praten, maar ik moet u iets vragen. Het gaat om uw toestemming, sectie te verrichten op het lijk van uw man."

Hij was met de gebruikelijke frasen verder gegaan: het ziekenhuis kon nooit genoeg kennis vergaren ter wille van de mensheid; de diagnose kon gecontroleerd worden en de wetenschap zou weer een stap vooruit doen; het was een voorzorg ook ten bate van de familie en van allen die na hem in het ziekenhuis zouden komen. Maar het mocht niet gebeuren zonder toestemming, dus . . .

De zoon was hem in de rede gevallen en had bedaard gezegd: „We begrijpen het. Als u de verklaring opstelt, zal mijn moeder tekenen."

Zuster Penfield had dus het sectieformulier ingevuld – en hier lag George Andrew Dunton dan, dood, drieënvijftig jaar oud, klaar voor het mes van de patholoog.

De deuren van de sectiekamer zwaaiden open.

George Rinne, de negerbediende van de afdeling pathologie en concierge van de sectiekamer, keek op toen de brancard binnenkwam. Hij had de sectietafel geboend en die glom nu als een spiegel.

Weidman debiteerde het versleten grapje: „Patiënt voor je."

George Rinne ontblootte zijn tanden in een obligate grijns, alsof hij hetzelfde al niet honderd maal had gehoord. Hij wees toen naar de wit geëmailleerde tafel. „Hierheen maar."

Weidman bracht de brancard langszij en Rinne nam het laken van het naakte lijk van George Andrew Dunton. Hij vouwde het keurig op en gaf het aan Weidman terug. Dood of geen dood, dat laken moest terugkomen op de zaal. Met een treklaken onder de rug werd het lijk op de tafel geschoven.

George Rinne kreunde even toen hij het gewicht voelde. Dit was een zware man geweest, lang en corpulent. Weidman lachte toen hij de brancard wegreed: „Jij wordt ook al een dagje ouder, George. Straks lig jij hier."

„Dacht je dat? Ik zal het nog beleven, dat ik *jou* op die tafel hijs."

Alles ging gesmeerd. Er waren ook al zoveel repetities geweest. Ergens in het verleden hadden deze twee hun grapjes misschien opgetrokken met de onbewuste bedoeling, een scheidsmuur tussen hen en de dood te zetten, de dood waarmee zij dagelijks te maken hadden. Maar als dat zo was, wisten ze het al lang niet meer. Het was nu een rite geworden, een formaliteit die op vervulling wachtte, zonder meer. Ze waren te zeer aan de dood gewend om er bang voor te zijn.

In een hoek van de kamer had de patholoog, dokter MacNeil, zijn witte jas aangetrokken toen zuster Penfield met haar vrachtje binnenkwam. Hij las vluchtig de papieren en rapporten die ze hem gaf en voelde opeens scherp haar nabijheid. Het krakend gesteven uniform, een lichte vleug parfum, een kleine verwarring in het haar onder de kap. Hij had graag even door dat haar gestreeld. Maar hij gaf zijn gedachten een ruk, terug naar de papieren in zijn hand.

„Zo, alles schijnt compleet te zijn."

Zou hij een gooi naar zuster Penfield doen of niet? Hij was nu zes weken vrijgezel en dat is erg lang als je zevenentwintig bent. Penfields aantrekkelijkheid lag ver boven het gemiddelde; ze was waarschijnlijk tweeëndertig, jong genoeg om interessant te zijn, oud genoeg om haar onschuld te hebben afgelegd als een te nauwe huid. Ze was intelligent, vriendelijk en had een goed figuur. Roger MacNeil maakte zijn berekening. Na een paar avondjes uit zou hij pas een reactie kunnen uitlokken. Dat kwam dan slecht uit, want de rest van de maand zat hij te krap in zijn geld. Reserveer dus een plaatsje voor me, Penfield. En kom hier maar dikwijls terug.

„Dank u, dokter." Ze lachte en liep weg. Hij wist zeker, dat er wel iets „in" zat.

„Kom maar gauw terug!" riep hij haar na. „We hebben de ervaring hard nodig." Alweer het afgezaagde grapje, de verdedigende luchthartigheid tegenover de dood.

Elaine Penfield en de verpleger gingen weg. Haar reis was volbracht, de traditie hooggehouden, de onverplichte dienst bewezen. Ze moest zich nu weer bezighouden met de zieken, de levenden. En ze had sterk het gevoel, dat dokter MacNeil nu bijna door de mand gevallen was. Maar ze zou wel bij hem terugkomen.

Terwijl George Rinne een houten hoofdsteun onder de nek van het lijk legde, ordende MacNeil de instrumenten voor de sectie. Ontleedmessen, messen om de ribben door te snijden, tangen, een elektrische zaag voor de schedel – alles brandschoon, want Rinne was goed voor zijn werk, maar niet steriel zoals in de operatiekamer, vier etages hoger. Hier geen gevaar dat de patiënt de tafel zou infecteren; de patholoog moest alleen voor zichzelf de nodige voorzorgen nemen.

George Rinne keek MacNeil vragend aan.

„Ja, George, bel maar op. De leerling-verpleegsters kunnen nu wel komen. En laat dokter Pearson weten dat we beginnen."

„Ja, dokter." Rinne ging gedwee. MacNeil, de patholoog, had een flinke portie gezag, al verdiende hij als inwonend arts niet veel meer dan zijn knecht Rinne. Maar binnenkort zou de afstand tussen hen toch groter worden. Na ruim drie jaar kwam nu, over een half jaar, de gelegenheid, zelf een betrekking als volslagen patholoog te zoeken. Hij kon dan zijn gedachten laten gaan over banen die twintigduizend dollar per jaar opbrachten, want de vraag naar pathologen was gelukkig nog steeds groter dan het aanbod. Het was dan geen vraag meer of hij zich een avance naar zuster Penfield – of iemand anders – kon veroorloven.

Roger MacNeil moest inwendig lachen bij de gedachte. Mensen, die met hem te maken hadden, vonden hem een „zuurpruim", en dat was hij ook dikwijls; ook verweten ze hem gebrek aan humor, maar dat klopte niet. Hij maakte niet gemakkelijk vrienden onder de mannen, maar vrouwen vonden hem aantrekkelijk – een omstandigheid die hij al vroeg had ontdekt en uitgebuit. Als co-assistent hadden zijn collega's maar weinig van hem begrepen. MacNeil, de zwartkijker, was het op een beangstigend vlotte manier gelukt, een serie leerling-verpleegsters zijn bed in te lokken, ook waar anderen, die zich verbeeldden onweerstaanbaar te zijn, een mislukking geboekt hadden.

De deur van de sectiekamer vloog open en Mike Seddons kwam binnen als een stormwind. Seddons was als inwonend chirurg tijdelijk aan pathologie toegevoegd en imiteerde altijd stormwinden. Zijn rode haar stond op de vreemdste plaatsen rechtop, alsof een zelfgemaakte wervelwind het nooit met rust liet. Zijn jongensachtig, open gezicht was meestal tot een vriendschappelijke grijns gerimpeld. MacNeil vond hem een aansteller, hoewel hij moest toegeven dat

Seddons zich beter bij de pathologie had aangepast dan menige chirurg uit MacNeils ervaring.

Seddons bekeek het uitgestalde lijk. „Aha, werk aan de winkel."

MacNeil wees hem de papieren. „Waaraan is hij gestorven?" vroeg Seddons. Hij las. „O, de kransslagader, hè?"

„Dat staat er tenminste."

„Neem jij hem voor je rekening?"

„Nee, Pearson komt."

Seddons keek vragend op. „De grote baas zelf? Is het zo'n bijzonder geval?"

„Nee, niks bijzonders aan." MacNeil nam een sectieformulier van vier pagina's. „Er komen leerling-verpleegsters kijken. Hij wil zeker indruk maken."

„Een galavoorstelling dus! Dat moet ik zien."

„In dat geval moet je het nuttige maar met het aangename verenigen." MacNeil gaf hem het formulier. „Vul maar eens wat in."

„Best." Seddons vulde gegevens in over de toestand van het lijk. Hij praatte er binnensmonds bij. „Dat is een keurig appendix-litteken. Kleine moedervlek op linker arm . . ." Hij legde de arm wat opzij. „Neem me niet kwalijk, vriend." Weer een aantekening: „Lichte rigor mortis." Lichtte de oogleden op en schreef: „Pupillen rond, 0,3 cm diameter." Hij wrikte de al stijve kaak open. „Even de tanden bekijken."

In de gang klonken voetstappen. Weer ging de deur open. Een verpleegster keek naar binnen; MacNeil herkende haar als een lerares van de opleiding. „Goedemorgen, dokter MacNeil." Achter haar, als jonge eendjes achter de moeder, een groep leerling-verpleegsters.

„Goedemorgen. Komt u allemaal naar binnen."

Er waren zes leerlingen en ze keken alle zes nerveus naar de levenloze op de tafel. Mike Seddons grinnikte. „Opschieten, meisjes, als je nog een goeie plaats wilt hebben."

Seddons bekeek het groepje waarderend. Er waren een paar nieuwen bij, die hij nog niet gezien had. Een ervan was een brunette. Hij keek nog eens: ja, zelfs onder de camouflage van het spartaanse leerlingenuniform was te zien, dat hier iets bijzonders was binnengewandeld. Luchtig, iets te luchtig, liep hij de hele sectiekamer door, ging terug en wist zich tussen het opvallende meisje en de rest te posteren. Hij lachte breed tegen haar en zei kalm: „Ik heb u nog niet gezien, geloof ik."

„Ik ben hier even lang als de anderen." Ze keek hem met oprechte nieuwsgierigheid aan en zei licht spottend: „Bovendien, ik heb gehoord dat doktoren nooit oog hebben voor de eerste-jaars."

Hij dacht diep na. „Och, het is wel de algemene regel. Maar we maken wel eens uitzonderingen . . . dat hangt natuurlijk van de leerling af." Met duidelijk bewonderende ogen ging hij een stapje verder. „Mijn naam is Mike Seddons."

„De mijne Vivian Loburton." Ze lachte hardop, voelde de afkeurende blik van de lerares prikken en zweeg vlug. Vivian vond die jonge dokter met zijn rode haar wel aardig, maar het was inderdaad weinig geslaagd, hier te staan praten en ginnegappen. Er lag per slot een dode op die tafel. Hij was pas gestorven, had ze boven gehoord; daarom waren zij en de andere leerlingen van hun werk gehaald om de sectie bij te wonen. Ze was benieuwd hoe ze zou reageren; nu al voelde ze zich niet prettig. Als verpleegster zou ze wel aan de dood wennen, maar die was nu nog nieuw en tamelijk angstaanjagend.

Weer voetstappen in de gang. Seddons raakte haar arm aan en fluisterde: „We spreken elkaar nog wel. Binnenkort."

De leerling-verpleegsters maakten eerbiedig ruimte toen dokter Joseph Pearson zijn entree maakte. Zijn groet was een krakend: „Goedemorgen." En zonder de geprevelde antwoorden af te wachten, liep hij met grote, stijve stappen naar een kast, trok zijn witte jas uit en stak zijn armen in een schort, dat hij van de plank had genomen. Hij wenkte Seddons, die de banden op de rug dichtknoopte. Als een paar goed afgerichte artiesten gingen ze toen samen en in de pas naar de wastafel, waar Seddons poeder uit een busje over de handen van Pearson strooide en daarna een paar gummi handschoenen ophield, waar het hoofd van pathologie zijn handen in stak. Dit alles verliep in stilte. Daarna verplaatste Pearson zijn sigaar een centimeter en zei: „Dank je."

Hij ging naar de tafel, nam van MacNeil het plankje met het opgeprikte formulier aan en begon het te lezen, waarbij hij blijkbaar zijn hele omgeving vergat. Seddons had het gevoel, dat er een dirigent van een symfonie-orkest was opgekomen. Alleen het applaus ontbrak.

Na de schriftelijke gegevens nam Pearson het lijk zelf in ogenschouw en vergeleek de toestand met de aantekeningen van Seddons. Hij legde het plankje met het formulier neer, legde zijn sigaar weg en richtte zich tot de verpleegsters aan de andere kant van de tafel. „Dit is, meen ik, de eerste keer dat u een sectie bijwoont?"

Gemompel van: „Ja," of: „Ja, dokter."

Hij knikte. „Ik ben dokter Pearson, de patholoog van het ziekenhuis. Deze heren zijn dokter MacNeil, de assistent-patholoog, en dokter Seddons, inwonend chirurg, in zijn derde jaar . . ." Hij keek Seddons aan. „Heb ik het goed?"

„Heel goed, dokter Pearson."

„. . . In zijn derde jaar dus, en hij is nu zo vriendelijk, zich enige tijd aan de pathologie te wijden. – Binnenkort is dokter Seddons praktiserend chirurg en dan zal hij op een niets-vermoedend publiek worden losgelaten."

Twee meisjes giechelden, de anderen lachten geluidloos. Seddons grijnsde grommend; hij genoot met volle teugen. Pearson miste nooit een kans, steken onder water uit te delen aan chirurgen en de chirurgie – en waarschijnlijk met reden: in veertig jaar pathologische praktijk zou hij wel heel wat chirurgische blunders hebben ontdekt. Hij keek eens naar MacNeil, die diepe rimpels trok. Niets voor MacNeil, dacht Seddons. Die wil zijn pathologie zuiver houden.

Pearson was weer aan het woord. „De patholoog wordt dikwijls beschouwd als de dokter die de patiënten nooit te zien krijgen. En toch doen weinig ziekenhuisafdelingen zo veel voor het welzijn van de patiënt."

Nu wordt hij zijn eigen minister van propaganda, dacht Seddons.

„Het is de afdeling pathologie, die het bloed van de patiënt onderzoekt, zijn excrementen beoordeelt, zijn ziekten opspoort, uitmaakt of zijn tumor kwaadaardig of goedaardig is. Pathologie geeft de huisarts van de patiënt advies – en, wanneer geen enkel middel meer baat . . ." hij keek veelbetekenend naar de dode George Andrew Durton en de ogen van de verpleegsters volgden hem – „. . . dan is het de patholoog, die de laatste diagnose stelt."

Hij liet weer een stilte volgen. Wat is die oude kerel een onovertrefbare acteur, dacht Seddons. En wat kan hij onbeschaamd schmieren!

Pearson wees met zijn sigaar: „Ik vestig uw aandacht op een paar woorden, die u op de wand van vele sectiekamers zult vinden." Ze keken gehoorzaam naar het aangewezen spreukje-in-lijstje, geleverd door een zeer gesorteerde firma in medische benodigdheden. „Mortui vivos docent." Pearson las het Latijn hardop voor, waarna hij vertaalde: „De doden onderwijzen de levenden." Weer keek hij naar het lijk. „Dat zal dus nu gebeuren. Deze man is blijkbaar . . ." – met bijzondere nadruk op het woord „blijkbaar" – „. . . gestorven aan trombose in de kransslagader. De sectie zal uitmaken of dat inderdaad het geval is."

Daarop trok Pearson hard aan zijn sigaar, terwijl Seddons, die wist wat er kwam, een stap dichterbij deed. Hij was dan zelf maar een figurant in dit stuk, maar hij wilde er geen seconde van missen. Pearson blies een dikke, blauwe rookwolk uit en gaf zijn sigaar aan Seddons, om hem weg te leggen. Pearson bekeek de klaargelegde instrumenten en nam een mesje. Met zijn ogen bepaalde hij de plaats voor de snede, die hij toen met het scherpe stalen lemmet snel, zuiver en diep aanbracht.

MacNeil lette heimelijk op de leerlingen. Een sectie was nooit aan te bevelen voor zwakke zenuwen, maar zelfs voor de doorgewinterden is de eerste snede soms aangrijpend. Tot dat ogenblik had het lijk op de tafel nog op een levend mens geleken. Maar het mes verscheurde alle illusies. Dit was geen man, vrouw of kind meer, maar een hoop vlees en beenderen, even menselijk als onmenselijk. Dit was de laatste waarheid, het eind dat ieder te wachten stond. Het was de vervulling van het woord uit het Oude Testament: „Stof zijt gij en tot stof zult gij wederkeren."

Met alle vaardigheid, gemak en snelheid van een langdurige ervaring begon Pearson de sectie met een diepe, Y-vormige insnijding. Met drie forse halen bracht hij de bovenste armen van de „Y" naar elkaar toe, beneden de borst. Vandaar sneed hij omlaag, zodat de buik openviel van borst tot geslachtsdelen. Met een sissend, bijna scheurend geluid ging het vlees vaneen en werd een gelige vetlaag zichtbaar.

MacNeil, die nog steeds naar de leerling-verpleegsters keek, zag dat er twee doodsbleek waren en dat een derde zich kokhalzend afwendde. De drie anderen bleven stoïcijns kijken. Hij hield de verbleekte meisjes in het oog; het was geen zeldzaamheid, dat een leerling bij haar eerste sectie door de knieën ging. Maar deze zes schenen geen ongelukken te zullen maken; de twee kregen alweer wat kleur en het andere meisje had zich teruggedraaid naar de gebeurtenissen, hoewel met een zakdoek voor haar mond. MacNeil zei: „Als iemand van u even naar buiten wil, kan dat. De eerste keer is het altijd een beetje moeilijk." Ze keken hem dankbaar aan, hoewel niemand aanstalten maakte. MacNeil wist dat sommige pathologen nooit leerling-verpleegsters tot een sectie toelieten voordat de eerste snede was aangebracht. Maar Pearson had er geen behoefte aan, iemand te sparen. Hij vond dat ze alles moesten zien of niets – en in zeker opzicht was MacNeil het daarmee eens. Een verpleegster moest veel onaangename dingen zien – zweren, verbrijzelde ledematen, rotting, operaties; hoe eerder zij de beelden en geuren van de geneeskunde leerde aanvaarden, des te beter voor iedereen – en vooral voor haar zelf.

MacNeil trok nu zijn handschoenen aan en ging samen met Pearson aan het werk. Met snelle bewegingen had Pearson de borsthuid omgelegd. Met een groter mes sneed hij nu het vlees los, om de ribben aan het daglicht te brengen. Daarna hakte hij met de scherpe hefboommessen de ribbenkast open, waarbij de omgeving van het hart en de longen kwamen bloot te liggen. Handschoenen, instrumenten en tafel begonnen al rood te worden. Seddons sneed, aan zijn kant van de tafel en ook met handschoenen aan, de lagere lappen vlees weg om de buik te openen. Hij ging in een hoek van de kamer een emmer halen, waarin hij de maag en de ingewanden deponeerde na ze vluchtig bekeken te hebben. De geur begon merkbaar te worden. Pearson en Seddons bonden nu samen de slagaderen af en sneden ze door, zodat de lijkbezorger er bij het vervoer geen last van zou hebben. Seddons nam een buisje uit een rek boven de tafel, draaide aan een kraantje en begon het bloed, dat in de buikholte was gelopen, weg te hevelen. Op een teken van Pearson deed hij hetzelfde met de borstholte.

Intussen wijdde MacNeil zich aan het hoofd. Eerst maakte hij een insnijding dwars over de schedel, beginnend en eindigend achter de oren, waarbij hij boven de haarlijn bleef, zodat de snede niet te zien zou zijn als het lijk door de familie werd opgebaard. Met alle kracht van zijn vingers trok hij toen de schedel in zijn geheel naar voren, zodat de hoofdhuid over de ogen kwam te hangen. De schedel lag nu open en MacNeil nam de draagbare elektrische zaag, die al op het stopcontact was aangesloten. Voordat hij de zaag aanzette, keek hij nog even naar de meisjes, die hem met een mengsel van afschuw en ongelovigheid aanstaarden. Kalm blijven, kinderen, dacht hij; over een paar minuten heb jullie alles gezien.

Pearson was bezig, zorgvuldig het hart en de longen te verwijderen toen MacNeil de zaag op het been zette. Het metaalachtige geknars, waarmee de trillende stalen tanden in de schedel beten, sneed door de stilte van de kamer. Hij keek even op en zag het meisje met de zakdoek ineenkrimpen; als ze ging braken, moest ze dat maar ergens anders doen. Hij ging door tot de top van de schedel los was; toen legde hij de zaag neer. George Rinne zou het bloed er wel afwassen als hij na afloop alle instrumenten schoonmaakte. MacNeil wrong nu voorzichtig de schedel los, waarbij het zachte vlies dat de hersenen bedekte, zichtbaar werd. Weer keek hij naar de leerlingen. Ze hielden zich kranig; als ze dit doorstonden, konden ze alles aan.

Nu de harde schedel verwijderd was, nam MacNeil een scherpe schaar en knipte de grote ader open – de bovenste sagittaalsinus – die van voor naar achter over het midden van het vlies liep. Het bloed spoot eruit, over de schaar en zijn handen. Het was dunvloeibaar bloed, merkte hij, dus geen trombose. Hij onderzocht het vlies zorgvuldig, sneed het toen door en lichtte het op om de hersenmassa bloot te leggen. Met een mes scheidde hij voorzichtig de hersenen van het ruggemerg. Seddons hield een glazen pot half vol formaline klaar en MacNeil liet de hersenen er langzaam in zakken.

Seddons zag de vaste, bekwame handen van MacNeil en vroeg zich voor de zoveelste maal af, wat er in de gedachten van de patholoog omging. Hij kende MacNeil nu twee jaar, eerst als collega co-assistent, hoewel MacNeil iets „ouder" was dan hij in het piramide-systeem van het ziekenhuis, en daarna tijdens zijn eigen maanden bij pathologie. Seddons interesseerde zich voor pathologie, maar hij was blij dat hij het niet als specialiteit had gekozen. Hij had nooit spijt gehad van zijn keuze, de chirurgie, en zou blij zijn als hij zich er over een paar weken weer aan kon wijden. In tegenstelling tot dit domein der doden was de operatiekamer het terrein der levenden. Er klopte een hart, er was de poëzie van beweging, een gevoel van helpen en iets bereiken, dat hij hier nooit zou vinden. Ieder het zijne, dacht hij, en pathologie voor de pathologen.

Er was nog iets anders met die pathologie. Je kon er je gevoel voor de werkelijkheid mee verspelen, je besef dat de geneeskunde er was voor de levende wezens. Neem nu deze klont hersenen . . . Seddons was er zich acuut van bewust, dat ze een paar uur geleden nog het gedachtencentrum van een mens waren geweest, de coördinatie van zijn zintuigen – gevoel, reuk, gezicht, smaak, gehoor. Die hersenen hadden gedachten bevat, liefde, angst, vreugde gekend. Gisteren nog, misschien zelfs vandaag, hadden ze de ogen bevolen te huilen, de mond te bewegen. Hij had gezien dat de overledene te boek stond als civiel ingenieur. Deze hersenen hadden dus wiskunde verwerkt, iets geweten van druk en spanning, bouwmethoden uitgedacht, misschien huizen gebouwd, straatwegen of waterwerken aangelegd, een kathedraal ontworpen – erfenis van deze hersenen die door anderen gebruikt zou worden. Maar waartoe dienden ze nu nog? Een massa weefsel, gepekeld, bestemd om in plakjes gesneden, onderzocht en dan verbrand te worden.

Seddons geloofde niet in God en begreep niet hoe ontwikkelde mensen daartoe wel in staat waren. Kennis, wetenschap, denkvermogen – hoe verder zij vooruitkwamen, des te onwaarschijnlijker werd alle religie. Maar hij geloofde wel in wat hij, bij gebrek aan een betere benaming, „de vonk van menselijkheid, het credo van het individu" noemde. Als chirurg kreeg hij natuurlijk niet altijd met individuen te maken; evenmin zou hij zijn patiënten steeds persoonlijk kennen. En al kende hij hen, dan nog zou hij geen aandacht aan hen schenken omdat technisch-medische problemen hem in beslag namen. Maar lang geleden had hij zich voorgenomen, nooit te vergeten dat achter alles de levende patiënt, het individu stond. Tijdens zijn opleiding had hij gezien, hoe de cocon van reserve – als beveiliging tegen te nauw contact met de persoon van de patiënten – om anderen groeide. Dat was soms een vorm van zelfverdediging, een opzettelijke isolatie van persoonlijke gevoelens en persoonlijke „betrokkenheid". Zelf had hij zich gelukkig sterk genoeg gevoeld om het zonder die isolatie te doen. En om zeker te weten dat de geluiddichte cocon toch niet om hem heen groeide, dwong hij zich soms, te denken zoals hij nu deed. Bepaalde vrienden, die Mike Seddons alleen zagen als de luidruchtige, naar buiten gekeerde collega, zouden misschien verbaasd zijn als ze wisten welke gedachten in hem leefden. Of misschien niet; de gedachtenwereld, de hersenen – of hoe je het noemde – was een onberekenbare machine.

En MacNeil? Voelde hij iets of was ook hij ingesponnen? Seddons wist het niet, maar hij vermoedde het laatste. En Pearson? Aan hem twijfelde hij niet. Pearson was door en door koud en klinisch. Ondanks zijn gevoel voor show had de pathologie hem verkild. Seddons keek hem eens aan. De oude man had het hart uit de romp genomen en onderzocht het nu aandachtig. Hij wendde zich tot de leerling-verpleegsters:

„Uit de medische geschiedenis van deze man blijkt, dat hij drie jaar geleden een aanval aan de kransslagader heeft gehad, waarna in het begin van deze week de tweede aanval kwam. Wij zullen de kransslagader dus onderzoeken."

Terwijl de leerlingen gespannen toekeken, legde hij de slagaderen van de hartspieren open.

„Hier ergens moeten we het trombosegebied ontdekken . . . ja, daar is het al." Hij wees met de punt van een stift. In de hoofdtak van de linker kransslagader, een paar centimeter van de oorsprong, had hij een kleurloos klontje blootgelegd. Hij liet het de meisjes zien.

„Nu zullen we het hart zelf onderzoeken." Pearson legde het orgaan op een sectieplankje en sneed het middendoor. Hij legde de twee helften open naast elkaar en wenkte de meisjes dichterbij. Aarzelend kwamen ze.

„Ziet u dit beschadigde gebied van de spier?" Pearson wees op een paar strepen wit, vezelachtig weefsel in het hart; de verpleegsters rekten zich over de gapende, rode lichaamsholte om beter te kunnen zien. „Daar is het bewijs van de aanval van drie jaar geleden – een oud, genezen infarct."

Na een korte stilte ging hij verder: „De tekenen van de tweede aanval hebben we hier in de linker hartkamer. Let u op het bleke gebied in het midden, omgeven door een bloedingsgebied." Hij wees naar een donkerrood vlekje met een licht middelpunt, contrasterend met het roodbruine weefsel van de verdere hartspier. „Bent u het met me eens, dokter Seddons, als ik zeg dat trombose van de kransslagader als doodsoorzaak kan worden aangenomen?"

„Jazeker," stemde Seddons beleefd in. En hij twijfelde er niet aan. Een klein klontje bloed, niet veel dikker dan een stukje spaghetti – meer was er niet nodig om je naar de andere wereld te helpen. Hij keek hoe de oude patholoog het hart weglegde.

Vivian was al veel kalmer. Ze meende, zich wel weer in haar macht te hebben. Bij het begin en toen de zaag in de schedel van de dode werd gezet, had ze het bloed uit haar hoofd voelen wegvloeien en zwommen al haar zintuigen door elkaar. Ze had toen geweten, dat ze ging flauwvallen, en ze had zich ertegen verzet. Om een onnaspeurlijke reden had ze zich toen plotseling een voorval uit haar jeugd herinnerd. Tijdens een vakantie, diep in de bossen van Oregon, was haar vader in een open jachtmes gevallen en had zijn been lelijk opengesneden. Hij was – vreemd voor zo'n sterke man – totaal overstuur geraakt bij het zien van zoveel eigen bloed, terwijl haar moeder, die beter thuis was in de salon dan in het bos, plotseling flink was geworden. Ze had een schroefverband aangelegd, het bloed tegengehouden en Vivian om hulp gestuurd. Toen het slachtoffer daarna op een geïmproviseerde draagbaar van takken werd weggebracht, had zij elk half uur het verband even losgemaakt om de bloedsomloop op gang te houden. De doktoren hadden later gezegd, dat ze het been daarmee van amputatie gered had. Vivian was dat avontuur al lang vergeten, maar nu het in haar terugkwam, gaf het haar kracht. Ze wist, dat ze bij een sectie nooit meer moeilijkheden zou ondervinden.

„Nog iets te vragen?" besloot Pearson.

Vivian had een vraag. „De organen ... die u uit het lichaam haalt ... wat gebeurt daarmee, dokter?"

„We bewaren ze, zowat een week. Dat wil zeggen – het hart, de longen, de maag, de nieren, lever, pancreas, milt en hersenen. Dan doen we een globaal onderzoek, waarvan aantekening wordt gehouden. Dat doen we in ongeveer vijf van de tien gevallen."

Het klonk zo nuchter en onpersoonlijk, vond Vivian. Maar misschien werd je vanzelf zo als je dit werk de hele tijd deed. Ze rilde. Mike Seddons zag het en stuurde een lachje. Zou hij haar uitlachen of medelijden hebben? Ze wist het niet. Een van de andere meisjes stelde nu een vraag, aarzelend, blijkbaar een beetje bang. „En het lijk ... wordt dat zomaar begraven ... leeg, bedoel ik?"

Dat was een oude bekende. „Hangt ervan af. In ziekenhuizen, waaraan een opleiding verbonden is, wordt van de organen na een sectie meer studie gemaakt dan in inrichtingen zonder leerlingen. Wij geven alleen het omhulsel aan de begrafenisondernemer. – Die zou er trouwens weinig prijs op stellen als we de organen er weer instopten. Die losse dingen geven maar last."

Het was misschien niet de prettigste manier om het uit te drukken, dacht MacNeil, maar het was waar. Hij was wel eens benieuwd of bezoekers van rouwkamers wisten, hoe weinig er na een sectie van een opgebaarde dode over was. Na een sectie als deze en afhankelijk van de hoeveelheid werk in de afdeling pathologie, kon het weken duren voordat de organen werden opgeruimd; en zelfs dan werd er van ieder orgaan nog een „staaltje" voor onbepaalde tijd bewaard.

„Zijn er nooit eens uitzonderingen?"

„Jazeker," antwoordde Pearson, die een van zijn geduldige dagen scheen te hebben. „Voor een sectie moeten wij toestemming van de familie van de overledene hebben. Die toestemming is soms onbeperkt, zoals in dit geval, en dan kunnen we ook het gehele hoofd en de rug onderzoeken. Ook krijgen we wel eens beperkte toestemming. Een familie kan bijvoorbeeld vragen, de inhoud van de schedel ongemoeid te laten. In ons ziekenhuis plegen we met die verlangens rekening te houden."

„Dank u, dokter." Het meisje scheen tevreden te zijn met het antwoord, met welke bedoeling zij de vraag ook gesteld mocht hebben.

Maar Pearson was nog niet klaar. „Er zijn gevallen, waarin om religieuze redenen de organen met het lichaam begraven moeten worden. Ook dat eerbiedigen wij natuurlijk."

„Verlangen de katholieken dat ook?" vroeg een ander.

„De meesten niet, maar in sommige katholieke ziekenhuizen is het de gewoonte. Dat maakt het werk van de patholoog uiteraard niet gemakkelijker. – Doorgaans."

Bij dat laatste woord keek hij MacNeil spottend aan. Hij wist wat Pearson bedoelde: een groot katholiek ziekenhuis in de stad had de onwrikbare regel, dat alle organen na een sectie in het lichaam moesten worden begraven. Maar er werd wel eens de hand mee gelicht. De drukke afdeling pathologie had er altijd een voorraad reserve-organen bij de hand. Na een sectie werden de organen dan vervangen door die reserve-organen, zodat het lijk kon worden vrijgegeven voor de begrafenis en de organen rustig konden worden onderzocht. En die organen werden dan op hun beurt weer voor een volgend lijk gebruikt. Zo waren de pathologen altijd een ronde voor.

MacNeil wist dat Pearson, hoewel hij niet katholiek was, die methode afkeurde. Wat er verder ook op hem te zeggen viel, hij hield zich naar de letter en naar de geest aan elke toestemming tot sectie. Er was een zin, die soms op het officiële formulier stond: „. . . beperkt tot abdominale insnijding." Hij kende wel pathologen, die met die ene insnijding een volledige sectie deden. Hij had eens iemand horen zeggen: „Als je er zin in hebt, kun je met een abdominale insnijding alles eruit vissen, tot en met de tong." Maar Pearson – en dat pleitte voor hem, vond MacNeil – had dit nooit toegestaan; in „De Drie Provinciën" betekende een abdominale insnijding enkel en alleen het onderzoek van de buikholte.

Pearson had zijn aandacht weer op het lijk gericht. „We onderzoeken nu . . ." Hij hield op en tuurde in de dode, nam een mes en prikte er voorzichtig mee. Toen produceerde hij een belangstellend gegrom. „MacNeil, Seddons, kijk dit eens . . ."

Hij deed een stap opzij en MacNeil boog zich over de plek die Pearson had bestudeerd. Hij knikte. Het longvlies, gewoonlijk een doorschijnend, glinsterend vlies om de longen, had een dikke, geschramde laag, een ondoorzichtig, wit, vezelachtig weefsel. Dat duidde op tuberculose – oud of nieuw, dat zouden ze straks weten. Hij liet Seddons erbij.

„Betast de longen eens, Seddons," vroeg Pearson.

Seddons onderzocht de longen met zijn vingers. De holten onder het oppervlak waren onmiddellijk voelbaar. Hij keek Pearson aan en knikte. MacNeil las in de ziektebeschrijving. Met een schoon mes sloeg hij de bladen om.

„Was er een foto van de borst toen hij werd opgenomen?"

„Nee," zei MacNeil, „hij was in shocktoestand. Hier staat dat er geen foto is gemaakt."

„We zullen een verticale snede maken om te ontdekken wat zichtbaar is." Dit zei Pearson weer tegen de leerlingen. Hij nam de longen en sneed er een middendoor. Geen twijfel mogelijk – het was tuberculose in een vergevorderd stadium. De long zag eruit als een honingraat, of als een aantal halve pingpongballen aan elkaar gelijmd, een kwaadaardig groeisel, dat in de ren naar de dood nog juist door het hart was verslagen.

„Is het te zien?"

„Ja," zei Seddons, „het ziet ernaar uit, dat het hart en de longen om hem gevochten hebben. Gewoon een gokje."

„Het is altijd een „gokje", waaraan we sterven." Pearson keek de leerlingen aan. „Deze man had tuberculose in vergevorderd stadium. Zoals dokter Seddons al opmerkte, zou hij er spoedig aan gestorven zijn. Hij noch zijn huisarts waren er blijkbaar van op de hoogte."

Pearson trok zijn handschoenen en schort uit. De voorstelling is afgelopen, dacht Seddons. De figuranten en toneelknechten maken de boel schoon. Samen met MacNeil zou hij nu de belangrijke organen in een emmer leggen en het nummer van het geval op de emmer schrijven. De rest ging terug in het lichaam, zo nodig met wat linnen lappen om de holten op te vullen. Daarna werd het met grove steken dichtgenaaid, omdat het gebied, dat ze bewerkt hadden, in de kist stemmig met kleren bedekt zou worden. En als dat klaar was, ging het lijk naar de koelkamer om de begrafenisondernemer af te wachten.

Pearson had de witte laboratoriumjas, waarmee hij was binnengekomen, weer aangetrokken en hij stak een verse sigaar op. Het was kenmerkend voor hem, dat hij door het hele ziekenhuis een spoor van half opgerookte sigaren achterliet, die blijkbaar door anderen in asbakjes gedeponeerd mochten worden. Tegen de verpleegsters zei hij: „Het zal in uw loopbaan voorkomen, dat er patiënten sterven. Het is dan noodzakelijk, de familie om toestemming voor een sectie te vragen. Soms doet de huisarts het, soms moet u het zelf doen. Als dat gebeurt, zult u wel eens op tegenstand stuiten. Het valt niet mee, toestemming te geven tot verminking van een dode – een mens die je misschien hebt liefgehad. Dat is begrijpelijk."

Hij wachtte even en Seddons begon aan de oude man te twijfelen. Had hij dan toch nog niet alle warmte en menselijkneid verloren?

„En wanneer u argumenten moet aanvoeren om iemand van de noodzaak tot sectie te overtuigen, hoop ik dat u zich zult herinneren wat u vandaag hebt gezien en het als voorbeeld zult gebruiken."

Hij wees met zijn brandende sigaar naar de tafel. „Deze man is maanden lang tuberculeus geweest. Hij kan anderen in zijn omgeving geïnfecteerd hebben – zijn familie, mensen met wie hij werkte, zelfs mensen in dit ziekenhuis. Zonder sectie zouden sommigen van hen tuberculose kunnen krijgen en zou de ziekte pas te laat ontdekt zijn . . . zoals bij hem zelf."

Twee leerlingen deden onwillekeurig een stap achteruit.

„Nee, hier is geen infectiegevaar. Tuberculose is een ademhalingsziekte. Maar dank zij wat we vandaag geconstateerd hebben, kunnen de personen uit de naaste omgeving van de man onder observatie gehouden worden en periodieke controle ondergaan."

Tot zijn eigen verbazing werd Seddons enthousiast. Hij laat het prachtig klinken, dacht hij en wat belangrijker is: hij gelooft in wat hij zegt. Seddons voelde voor het eerst sympathie voor de oude Pearson.

Pearson scheen zijn gedachten te lezen en zei met een wrang lachje: „De pathologie boekt ook wel eens een succesje, dokter Seddons."

Hij knikte tegen de leerlingen en verdween, met achterlating van een wolk sigarerook.

HOOFDSTUK IV

De maandelijkse conferentie over sterfgevallen na operaties was vastgesteld op half drie 's middags. Om drie minuten voor half drie kwam dokter Lucy Grainger jachtig het administratiekantoor in. „Ben ik te laat?" vroeg ze nerveus aan de secretaresse in het inlichtingenbureau.

„Ik geloof niet, dat ze al begonnen zijn, dokter Grainger. Ze zijn net de bestuurskamer ingegaan." Het meisje wees naar de dubbele eiken deuren, verder in de gang, waarachter Lucy, toen ze er dichter bij was, geroezemoes van stemmen hoorde.

In de ruime bestuurskamer met het dikke tapijt, de notehouten tafel en gebeeldhouwde stoelen zag zij Kent O'Donnell met een jongeman, die zij niet kende. Ze waren omhuld door een babel van gepraat en dikke wolken tabaksrook. De maandelijkse bespreking werd beschouwd als een soort verplichte bijeenkomst – en de meesten van de ruim veertig chirurgen, artsen en assistenten waren er dan ook al.

„Lucy!"

Ze glimlachte vlug tegen twee andere chirurgen en keerde zich toen om naar O'Donnell, die geroepen had. Hij manoeuvreerde de ander mee naar haar toe.

„Lucy, ik wilde je voorstellen aan dokter Roger Hilton, een nieuw lid van de staf. Je herinnert je misschien dat zijn naam een tijdje geleden is genoemd."

„Ja, natuurlijk." Ze lachte tegen Hilton.

„En dit is dokter Grainger," stelde O'Donnell verder voor, „een van onze orthopedische chirurgen."

Ze gaf Hilton een hand. Hij had een stevige hand en een jongensachtige lach. Ze schatte hem op zevenentwintig. „Als dat woord u nog niet de keel uithangt – welkom!" zei ze.

„Om de waarheid te zeggen: ik vind het een fijn woord." En hij zag eruit alsof hij het meende.

„Is dit uw eerste ziekenhuisaanstelling?"

„Ja. Ik ben chirurgisch co-assistent bij Michael Reese geweest."

Lucy herinnerde het zich nu beter. Het was de man, die Kent O'Donnell zo graag in Burlington had willen hebben. En dat pleitte dan beslist voor de bekwaamheid van Hilton.

Kent O'Donnell was een paar stappen weggelopen en vroeg nu: „Kom eens even hier, Lucy."

Ze verontschuldigde zich bij Hilton en ging met de eerste chirurg mee naar een van de ramen, afgezonderd van de drukte.

„Hier kunnen we ons tenminste verstaanbaar maken," zei hij. „Hoe gaat het, Lucy? Behalve streng zakelijk heb ik je een tijd niet gezien."

Ze beraadde zich ernstig. „Nu . . . mijn pols is normaal; temperatuur om en nabij de zevenendertig-één. Alleen de bloeddruk is de laatste tijd niet gecontroleerd."

„Mag ik die dan eens opnemen? Onder het eten, bijvoorbeeld."

„Zou je dat wel doen? Dan laat je de sphygmomanometer misschien in de soep vallen."

„Laten we dan alleen eten en ons niet met je bloeddruk bemoeien."

„Graag Kent, maar dan moet ik eerst in mijn agenda kijken."

„Doe dat, dan bel ik je wel op. Ergens in de volgende week, als het kan. – En nu moet ik hier de voorstelling gaan openen."

Hij ging tussen de groepjes door naar de grote tafel; Lucy keek hem na en bedacht – niet voor het eerst – hoeveel bewondering ze voor Kent O'Donnell had, als collega en als man. Die uitnodiging voor een dinertje was niets nieuws. Ze waren al meer avonden samen geweest en een poos had zij gedacht, een stilzwijgende verhouding te zien aankomen. Ze waren allebei ongetrouwd, zij was vijfendertig, zeven jaar jonger dan Kent. Maar uit niets had hij laten blijken, dat hij haar als iets meer dan prettig gezelschap beschouwde.

Zelf had zij het gevoel, dat haar bewondering voor hem tot iets diepers en persoonlijkers zou kunnen uitgroeien. Maar in die richting had zij de teugels niet gevierd; het leek haar beter, de dingen rustig vanzelf te laten komen. En als ze niet kwamen, was er nog niets verloren. Dat was in elk geval een voordeel van rijpheid boven het ongeduldige vuur van de jeugd. Je leerde je haast te bedwingen en je ontdekte, dat het paradijs heel wat verder weg was dan de volgende straathoek.

„Zullen we beginnen, heren?" O'Donnell stond aan het hoofd van de tafel en verhief zijn stem over het kabbelend gepraat. Hij verheugde zich op de afspraak met Lucy. Hij had haar al veel eerder willen benaderen, maar zijn aarzeling had een reden. Hij voelde zich steeds sterker tot haar aangetrokken, maar betwijfelde of dat voor hen allebei wel goed was. Zelf had hij zich nu tamelijk stevig in zijn levenswijze ingekapseld. Alleen en zelfstandig zijn – daar ging je aan wennen; hij wist niet meer of hij zich nog in een andere toestand zou kunnen schikken. En datzelfde gold waarschijnlijk voor Lucy, terwijl hun werk ook bepaalde bezwaren zou kunnen opleveren. Ondanks dat alles voelde hij zich in haar gezelschap beter dan bij de vrouwen die hij ooit had gekend. Ze had een geestelijke warmte, die rustgevend en opwekkend was. Dat was geen verbeelding van hem, want hij wist dat zij die uitwerking ook op anderen had – vooral haar patiënten.

Niet dat het haar aan uiterlijke aantrekkelijkheid ontbrak. Ze bezat een rijpe schoonheid, die onmiskenbaar was. Hij zag haar nu staan praten met een van de assistenten en ze veegde een paar losse haren langs haar oor. Dat haar was goudblond, maar met een enkel grijs lijntje erdoor. Die grijze haren schreef hij op rekening van de medische wetenschap, maar ze maakten hem ook duidelijk dat de tijd niet stilstond. Moest hij dan toch doortastender zijn? Had hij al te lang gewacht? Eerst maar eens zien hoe dat dinertje verliep.

Het gepraat was nog niet verstomd en hij herhaalde zijn verzoek wat luider.

Bill Rufus riep: „Ik geloof niet dat Pearson er al is." De felgekleurde das van Rufus tilde hem boven alle anderen uit.

„Is Pearson er nog niet?" Dat was vreemd. Hij keek zoekend rond. „Heeft iemand Pearson gezien?"

Even was hij zichtbaar geërgerd, maar hij beheerste zich en liep naar de deur. „Een bespreking over sterfgevallen zonder patholoog is onmogelijk. Ik ga wel even kijken waar hij blijft." Maar toen hij bij de deur was, kwam Pearson al binnen.

„We gingen juist op zoek naar je, Joe." Het klonk vriendschappelijk, wat Lucy deed twijfelen aan de geprikkeldheid van een ogenblik geleden.

„Een sectie gehad. Duurde langer dan ik dacht. En toen even een hapje gegeten." Hij zei het slecht verstaanbaar, want met dat hapje eten was hij nog druk doende. Toen zag Lucy dat hij de rest van zijn brood nog in een papieren servetje bij zich had, tussen stapels papieren en dossiers. Ze glimlachte; alleen Joe Pearson kon het zich veroorloven, te eten tijdens een conferentie over sterfgevallen.

O'Donnell stelde Pearson en Hilton aan elkaar voor. Toen ze elkaar een hand gaven, liet Pearson een dossier en een aantal papieren vallen. Bill Rufus raapte ze op en stak ze onder de arm van Pearson. Pearson knikte bedankend en stelde Hilton de vraag: „Chirurg?"

„Ja, dokter," zei Hilton op een prettige toon. Een welopgevoede jongeman, dacht Lucy, hij heeft eerbied voor ouderen.

„Dus alweer een rekruut voor de mechanica," zei Pearson zo hard en scherp, dat het stil werd in de kamer. De opmerking zou als een grap zijn opgevat als iemand anders dan Pearson het had gezegd; nu klonk er een wat bitse minachting in.

„Zo zou u het kunnen noemen," lachte Hilton, maar zijn lichte verbazing ontging Lucy niet.

„Trek je maar niets van Joe aan," adviseerde O'Donnell. „Hij heeft iets tegen chirurgen. Zo, zullen we beginnen?"

Ze gingen naar de lange tafel. Oudere stafleden gingen als vanzelfsprekend naar de binnenste rechthoek van stoelen, de anderen namen genoegen met de rij erachter. Lucy zelf zat vooraan, O'Donnell aan het hoofd van de tafel, Pearson met zijn papieren links van hem. Pearson nam nog een hap brood, rustig en breeduit, alsof dit een speciaal voorrecht van hem was.

Aan het eind van de tafel zag zij Charlie Dornberger, een van de verloskundigen. Hij was bezig, met ingespannen zorg en precisie zijn pijp te stoppen. Als zij Dornberger zag, was hij onveranderlijk bezig, zijn pijp te stoppen, schoon te maken of aan te steken; roken scheen hij zelden te doen. Naast Dornberger zat Gil Bartlett, tegenover hem Bell van de röntgenafdeling en John MacEwan. MacEwan had die dag blijkbaar belangstelling voor een speciaal geval, dat besproken zou worden, want gewoonlijk kwam de oor-, neus- en keelspecialist niet op deze vergaderingen.

„Goedemiddag, heren." O'Donnell liet zijn blik de tafel rond gaan – en wie nog sprak, zweeg. Hij keek in zijn aantekeningen. „Eerste geval. Samuel Lobitz, blank, mannelijk, drieënvijftig jaar oud. Dokter Bartlett."

Gil Bartlett, onberispelijk gekleed als altijd, sloeg een losbladig notitieboek open. Lucy keek naar zijn keurig bijgeknipte baardje en wachtte tot het in beweging kwam. En vrijwel onmiddellijk begon het te wippen.

„De patiënt werd op 12 mei naar mij verwezen."

„Beetje duidelijker, Gil," kwam een verzoek van het eind van de tafel.

Bartlett verhief zijn stem. „Ik zal mijn best doen, maar gaat u na afloop liever even naar dokter MacEwan." Er golfde een lach om de tafel. De oorarts genoot.

Lucy benijdde degenen, die zich in deze vergadering op hun gemak konden voelen. Zij zat altijd op stopnaalden, vooral als er een van haar eigen gevallen ter sprake was. Nu was het voor iedereen een beproeving, de diagnose en behandeling van een gestorven patiënt te moeten beschrijven, dan de mening van de anderen aan te horen en ten slotte de bevindingen van de patholoog bij de sectie opgediend te krijgen. En wat dat betrof, behandelde Joe Pearson niemand met fluwelen handschoenen.

Er waren natuurlijk eerlijke vergissingen, die iedereen in de geneeskunde kon begaan – soms zelfs vergissingen die een patiënt het leven kostten. Bijna geen medicus kon zulke fouten in de loop van zijn praktijk altijd vermijden. Maar het belangrijke was, er wijzer van te worden en die vergissing niet meer te maken. Daarom werden deze besprekingen van sterfgevallen gehouden; ze waren nuttig voor alle deelnemers.

Nu en dan waren de fouten onvergefelijk; je voelde altijd bij het begin al, wanneer er zoiets op een vergadering in de lucht hing. Er heerste dan een onbehaaglijke stilte en de aanwezigen vermeden elkaar aan te kijken. Openlijke kritiek werd er zelden gegeven; dat was in de eerste plaats niet nodig, maar in de tweede plaats wist de criticus niet of hij zelf nog eens zou struikelen.

Lucy herinnerde zich een voorval, waarbij een vooraanstaand chirurg in een ander ziekenhuis betrokken was geweest. Hij had een operatie verricht op vermoedelijke kanker in het darmkanaal. Toen hij het aangetaste gebied had bereikt, trok hij de conclusie dat de kanker inoperabel was; hij verwijderde dus de aangetaste plek niet, maar leidde het darmkanaal eromheen. Drie dagen later stierf de patiënt. Er kwam een sectie, waaruit bleek dat er geen sprake was van kanker. In werkelijkheid had de patiënt een breuk in de blindedarm, waaruit een abces was ontstaan. De chirurg had dit niet herkend en daarmee de man ter dood veroordeeld. En Lucy voelde weer de afschuwelijke stilte, waarin het rapport van de patholoog in de vergadering werd ontvangen.

In dergelijke gevallen werd er natuurlijk niets openbaar gemaakt. Het waren ogenblikken waarin de medische gelederen zich hermetisch sloten. Maar in een goed ziekenhuis was het daarmee niet afgelopen. O'Donnell had altijd een gesprek onder vier ogen met de boosdoener en in zeer ernstige gevallen werd de betrokkene nog een hele tijd scherp in het oog gehouden. Dat was Lucy gelukkig nooit overkomen, maar ze had gehoord, dat de eerste chirurg achter gesloten deuren buitengewoon grof kon zijn.

Gil Bartlett ging duidelijker verder: „Het geval werd aan mij overgedragen door dokter Cymbalist." Cymbalist was een huisarts, niet verbonden aan het ziekenhuis. Ook naar Lucy had hij wel patiënten verwezen.

„Ik werd bij mij thuis opgebeld," zei Bartlett, „en dokter Cymbalist zei, een geperforeerde maagzweer te vermoeden. De symptomen, die hij beschreef, klopten met de diagnose. De patiënt was toen al per ziekenauto op weg naar het ziekenhuis. Ik waarschuwde de dienstdoende assistent. – Zelf zag ik de patiënt ongeveer een half uur later. Hij had hevige pijn bovenin de buik en verkeerde in shocktoestand. De bloeddruk was honderdtien. Hij was asgrauw en in koud zweet. Ik schreef transfusie voor tegen de shock en ook morfine. Fysiek was het abdomen hard."

Rufus vroeg: „Heb je foto's van de borstkas laten maken?"

„Nee. De patiënt leek me te ziek om naar de röntgenkamer te gaan. Ik was het eens met de oorspronkelijke diagnose: geperforeerde maagzweer, en besloot onmiddellijk te opereren."

„Dus geen zweem van twijfel, dokter?" De interruptie kwam nu van Pearson. Van zijn papieren keek hij Bartlett vierkant aan.

Bartlett aarzelde even en Lucy dacht: Er is iets mis, de diagnose was fout en Joe Pearson wacht om toe te slaan. Maar wat Pearson wist, moest Bartlett nu toen ook weten, dus het kon geen onaangename verrassing voor hem zijn. Bartlett was hoogstwaarschijnlijk zelf bij de sectie geweest. Dat deden de meeste conscientieuze chirurgen als hun patiënt gestorven was. Hoe dan ook, na de korte stilte ging hij zelfverzekerd verder:

„Twijfel is er bij die spoedgevallen altijd, dokter Pearson. Maar ik vond, dat alle symptomen een onmiddellijke operatieve ingreep rechtvaardigden. – Hoewel ik moet zeggen, dat er geen geperforeerde maagzweer aanwezig was. De patiënt werd naar de zaal teruggebracht.

Ik riep dokter Toynbee in consult, maar voordat hij kwam overleed de patiënt."

Gil Bartlett sloeg zijn losbladige boekje dicht en keek naar de tafel. De diagnose was dus verkeerd geweest. Lucy wist, dat Bartlett ondanks zijn uiterlijke kalmte waarschijnlijk door hevige zelfverwijten werd gestoken. Maar zijn operatie was beslist verantwoord geweest, de symptomen in aanmerking genomen.

O'Donnell vroeg Pearson om de bevindingen bij de sectie. Hij wist natuurlijk al wat er zou komen, want het hoofd van een afdeling kreeg de sectierapporten, waarmee hij te maken had, altijd ter inzage.

Pearson nam een van zijn vele papieren en keek vlammend de tafel rond. „Zoals dokter Bartlett reeds zei – er was geen geperforeerde maagzweer. Het abdomen was in feite volkomen normaal." Hij liet een korte, dramatische stilte vallen. „Wat wel aanwezig was, in de borst, was een oude pneumonie. En ongetwijfeld werden daardoor hevige pleuritische pijnen veroorzaakt."

Dat was het dus. En het was waar, dat de symptomen met verschillende oorzaken uiterlijk gelijk konden zijn.

„Heeft iemand nog iets te zeggen?" vroeg O'Donnell.

Drukkende stilte. Er was een fout gemaakt, maar geen grove fout. De meesten om de tafel hadden het onbehaaglijke gevoel dat hetzelfde hun morgen kon overkomen. Bill Rufus nam het woord: „Op grond van de beschreven symptomen zou ik zeggen, dat een onderzoekende operatie verantwoord was."

Daar had Pearson op gewacht. Hij zei peinzend: „Ik weet het niet . . ." Toen, onopvallend, alsof hij zonder waarschuwing een handgranaat wierp: „We weten allemaal dat dokter Bartlett zelden verder kijkt dan het abdomen." En in de verbijsterde stilte vroeg hij Bartlett recht op de man af: „Hébt u de borst wel onderzocht?"

De opmerking en de vraag waren grof beledigend. Als Bartlett al een reprimande verdiende, dan moest die van O'Donnell komen en niet van Pearson, en onder vier ogen worden toegediend. Toch was nalatigheid niet een van Bartletts tekortkomingen. Wie met hem gewerkt had, wist dat hij nooit iets oppervlakkig deed en zelfs de neiging tot overdreven voorzichtigheid had. Maar in dit geval had de noodgedwongen snelle beslissing hem blijkbaar parten gespeeld.

Bartlett sprong woedend op en smeet zijn stoel achteruit. „Natuurlijk heb ik de borst onderzocht!" blafte hij, met een heftig wippend baardje. „Verder heb ik al gezegd dat de patiënt niet in een toestand was om borstfoto's te maken – en al was hij dat wél geweest..."

„Heren, heren!" Het was O'Donnell, maar Bartlett wist van geen ophouden.

„Het is gemakkelijk de dingen achteraf te bekijken – en dokter Pearson laat geen gelegenheid voorbijgaan, ons dat in te wrijven."

Charlie Dornberger gebaarde met zijn pijp. „Ik geloof niet dat dokter Pearson bedoelde..."

Bartlett sneed hem ongeduldig de pas af. „Allicht! U bent een vriend van hem. En met verloskundigen heeft hij geen bloedvete."

„Ik kan dit niet langer toestaan!" O'Donnell stond nu ook en beukte met zijn hamer op de tafel. Met vierkante schouders verrees hij als een zware atleet boven de tafel en Lucy vond hem een echte man, tot in zijn vingertoppen en haarwortels. „Dokter Bartlett, wilt u zo vriendelijk zijn te gaan zitten?" Hij bleef staande wachten tot Bartlett zat.

O'Donnells uiterlijke ergernis hield gelijke tred met een innerlijke razernij. Pearson had het recht niet, een vergadering op die manier tegen de klippen te jagen. De discussie kon nu niet rustig en objectief meer worden voortgezet en moest dus gesloten worden. Het kostte hem grote moeite, niet ogenblikkelijk en ongenadig tegen Pearson uit te varen. Maar dat zou de toestand alleen nog erger kunnen maken.

O'Donnell was het niet eens met Rufus, dat Bartlett geen enkele verantwoordelijkheid voor de dood van zijn patiënt droeg. Hij beschouwde de kwestie kritischer. Het kardinale punt was het ontbreken van borstfoto's. Als Bartlett onmiddellijk na de opname die foto's had laten maken, had hij naar gasindicaties op de lever en onder het middenrif kunnen zoeken. Dat was een duidelijk teken van een perforatie – en de afwezigheid ervan had Bartlett aan het denken kunnen zetten. De foto had ook een schaduw aan de longbasis kunnen vertonen, als aanduiding van de longontsteking die Pearson later bij de sectie had geconstateerd. Elk van die factoren had Bartlett een aanleiding kunnen zijn, de diagnose te herzien en de levenskansen van zijn patiënt te vergroten.

Goed, Bartlett had gezegd dat de patiënt te ziek was om foto's van de borst te maken. Maar was in zo'n slechte toestand een operatieve ingreep dan wel gerechtvaardigd? O'Donnell meende van niet.

Hij wist dat een perforatie binnen vierentwintig uur geopereerd moest worden. Daarna was het sterftecijfer met operatie hoger dan zonder. Daarom waren de eerste vierentwintig uur ook de moeilijkste;

doorstond een patiënt die tijd, dan ging het lichaam zelf wel weer zijn verdedigingslinies opwerpen om de perforatie te sluiten. Uit de symptomen, die Bartlett had beschreven, bleek dat de vierentwintiguursgrens al dicht genaderd of overschreden was. In dat geval zou O'Donnell geprobeerd hebben, de man zonder operatie voorlopig te helpen en daarna een definitieve diagnose te stellen. Aan de andere kant was het in de geneeskunde inderdaad gemakkelijk, de dingen achteraf te beoordelen, maar het bleef een hoogst verantwoordelijk werk, een spoed-diagnose te stellen als er een leven op het spel stond.

Dit alles had de eerste chirurg op de normale manier, rustig en objectief, willen zeggen. Hij zou Bartlett er zelfs wel toe gebracht hebben, tijdens de vergadering zelf deze conclusies te trekken. Bartlett was een eerlijk man en niet bang voor zelfkritiek. Het zou iedereen dan duidelijk geweest zijn, waarom het ging. Voor Bartlett zou het natuurlijk geen onverdeeld genoegen zijn, maar hij zou zich niet zo vernederd gevoeld hebben als nu. En voor alle aanwezigen zou het een praktische les in differentiële diagnose geweest zijn.

Nu kon hiervan niets komen. Als O'Donnell nu met deze overwegingen aankwam, zou het de schijn hebben dat hij Pearson gelijk gaf en Bartlett een extra trap toediende. Dat mocht in de eerste plaats ter wille van Bartlett niet gebeuren. En alle schuld daarvan lag bij Pearson.

Het rumoer was wat bedaard. O'Donnell gebruikte zo zelden zijn hamer, dat het effect nu niet uitbleef. Bartlett was gaan zitten, zijn gezicht nog vlekkerig rood. Pearson scheen in zijn papieren verdiept te zijn.

„Heren . . ." O'Donnell wachtte. Wat er gezegd moest worden, diende snel en duidelijk te gebeuren. „Ik behoef niet te zeggen, dat niemand van ons een herhaling van dit incident wenst. Een bespreking van sterfgevallen is een gelegenheid, waarbij we iets willen leren, zonder er persoonlijke twisten uit te vechten. Dokter Pearson, dokter Bartlett, ik hoop dat ik duidelijk geweest ben." En zonder op hun instemming te wachten: „Het volgende geval, alstublieft."

Er stonden nog vier gevallen op de agenda, maar die leverden geen bijzondere moeilijkheden op. De bespreking verliep kalm.

Lucy vroeg zich af – niet voor het eerst – hoeveel van Pearsons zakelijke afkeuring uit persoonlijke gevoelens voortkwam. Ze herinnerde zich niet, hem op een dergelijke vergadering ooit zo heftig te hebben gezien. Toch was het geen flagrant geval en maakte Bartlett niet dikwijls fouten. Hij had in dit ziekenhuis uitstekend werk gedaan, vooral met bepaalde typen kanker die nog niet lang geleden inoperabel werden geacht.

En dat wist Pearson ook, dus waarom die vijandigheid? Omdat Bartlett in de geneeskunde iets had bereikt, dat Pearson hem benijdde en waaraan hij zelf nooit zou kunnen tippen? Ze keek eens naar Bartlett; hij zat met een strak gezicht nog na te mokken. Maar anders was hij prettig, vriendelijk, ontspannen – alles wat iemand in het begin van de veertig maar kon wensen. Hij was een vooraanstaande figuur in Burlington, samen met zijn vrouw. Lucy had hem op cocktailparty's en in de huizen van rijke patiënten gezien. Zijn praktijk was goed en winstgevend. Lucy schatte zijn inkomen op zo'n vijftigduizend dollar per jaar.

Waardoor werd Pearson dan zo gestoken? – Joe Pearson die nooit te maken kreeg met de fraaie buitenkant van de geneeskunde? Zijn werk was noodzakelijk, maar nuchter; hij had een afdeling gekozen waarvan het publiek niets te zien kreeg. Lucy had wel eens horen vragen: Wat doet een patholoog nu eigenlijk? En niemand vroeg ooit: Wat doet een chirurg nu eigenlijk? Sommigen beschouwden de pathologen als een soort ziekenhuis-technici, niet beseffend dat een patholoog eerst arts moest zijn met een medische graad en zich daarna een extra studie van vele jaren moest getroosten om een goed en geschoold patholoog te worden.

Ook het geld was een factor van belang. Bartlett gold in „Drie Provinciën" als particulier arts; hij kreeg geen honorarium van het ziekenhuis, alleen van zijn patiënten. Lucy werkte op dezelfde basis. Maar Pearson was in dienst van het ziekenhuis en kreeg een salaris van vijfentwintigduizend dollar per jaar, ruwweg de helft van wat een vele jaren jonger chirurg kon verdienen, als het hem meezat. Lucy had eens een cynische beschrijving gelezen van het verschil tussen een chirurg en een patholoog: „Een chirurg krijgt vijfhonderd dollar voor het verwijderen van een tumor; een patholoog krijgt vijf dollar voor het onderzoeken van de tumor, het stellen van de diagnose, een advies voor verdere behandeling en de toekomstvoorspelling voor de patiënt."

Lucy persoonlijk had over Pearson niet te klagen. Om een onnaspeurlijke reden scheen ze bij hem in de gunst te staan en het gebeurde een enkele keer, dat ze hem sympathiek vond. Hij bewees haar dikwijls goede diensten wanneer zij een diagnose met hem wilde bespreken.

De bespreking was afgelopen. Kent O'Donnell sloot de vergadering. Lucy merkte dat ze van de laatste gevallen niets had gehoord omdat ze aan andere dingen dacht. Daar moest ze geen gewoonte van maken. De anderen stonden op. Pearson had zijn papieren bijeengepakt en schuifelde de kamer uit. Maar O'Donnell hield hem staande en nam hem mee uit de drukte.

„Kom even mee, Joe." Ze gingen een zijkamer in, waar wel eens commissievergaderingen werden gehouden.

O'Donnell zei zo luchtig mogelijk: „Joe, je moet de mensen op die vergaderingen niet zo plagen."

„Waarom niet?" vroeg hij zonder omwegen.

Goed, dacht O'Donnell, als je het zo wilt, kun je je zin krijgen. „Omdat we er niets mee opschieten." Hij verscherpte zijn stem en stapte welbewust over de leeftijdsgrens heen om zijn gezag te laten gelden. Hoewel hij als hoofd van de chirurgische afdeling geen rechtstreekse controle op het werk van Pearson kon uitoefenen, had hij zekere bevoegdheden wanneer pathologie zijn eigen afdeling raakte.

„Ik heb op een verkeerde diagnose gewezen, meer niet." Pearson werd ook agressief. „Moeten we misschien onze mond houden over zulke dingen?"

„Dat weet je wel beter," zei O'Donnell hard. Hij zag Pearson weifelen; de oude man zag misschien in dat hij buiten zijn boekje was gegaan.

Nors gaf hij toe: „Zo heb ik het niet bedoeld."

O'Donnell kon een glimlach niet wegdrukken. Pearson was niet vlot met verontschuldigingen. Het moest hem heel wat gekost hebben, dit te zeggen. O'Donnell ging op een redelijker toon verder: „Ik geloof dat er betere manieren zijn om erover te praten, Joe. Als je er niets op tegen hebt, zou ik graag willen dat jij op die vergaderingen de resulaten van de sectie geeft – en dan zal ik de discussie leiden. Dat kunnen we toch wel doen zonder dat iemand zich kwaad maakt?"

„Ik zie niet in waarom iemand zich kwaad zou maken." Pearson stribbelde nog tegen, maar was al een eind op de terugweg.

„Toch wil ik het graag op mijn manier hebben, Joe."

„Nou ja . . . mij best."

„Bedankt, Joe." O'Donnell had gemakkelijker gewonnen dan hij gedacht had. Het was misschien een gunstig ogenblik om met die andere zaak op de proppen te komen. „Joe, nu we hier toch zijn . . . er is nog iets."

„Ik heb het druk. Kan het niet wachten?" Pearson wilde het goed duidelijk maken, dat hij ondanks zijn capitulatie op dat ene punt zijn zelfstandigheid niet had prijsgegeven.

„Liever niet. Het gaat over chirurgische rapporten."

„Wat is daarmee?" sprong Pearson onmiddellijk weer in de verdediging.

„Ik heb klachten gehad," ging O'Donnell maar regelrecht verder. „Sommige rapporten blijven een beetje te lang bij pathologie hangen."

„Dat zal Rufus wel zijn," merkte Pearson op zonder zijn verbittering te verbergen. Je hoorde hem bijna denken: Alweer een chirurg die ons last bezorgt.

O'Donnell liet zich niet uit zijn tent lokken. „Ook Bill Rufus, ja. Maar hij is niet de enige, dat weet je wel."

Pearson had niet dadelijk een antwoord klaar en O'Donnell voelde opeens medelijden met hem. Pearson was nu zesenzestig; de jaren gleden voorbij en in het gunstigste geval had hij nog vijf, zes jaar actief leven voor zich. Sommigen verzoenden zich met die verandering, maar Pearson niet – en hij maakte zijn onwil goed duidelijk. Werd zijn stroefheid veroorzaakt doordat hij zijn houvast op de nieuwe ontwikkelingen in de geneeskunde verloor?

„Ja, ik weet het . . ." zuchtte hij gelaten. „Maar luister eens, Kent. De laatste tijd zit ik tot over mijn oren in het werk. Je hebt geen idee, hoeveel er te doen is."

„Daar heb ik een heel duidelijk idee van, Joe." Het was de kans waarop O'Donnell had gewacht. „Sommigen hier vinden, dat jij het te druk hebt. Je bent te zwaar belast en dat is onbillijk . . ." Hij had bijna gezegd: „Op jouw leeftijd," maar maakte ervan: „Zou je niet wat hulp kunnen gebruiken?"

Pearson sprong erop als een vos op een kip. Hij schreeuwde: „Jij vráágt mij of ik hulp kan gebruiken? Mens-nog-toe, ik bedel al maanden om analysten voor het lab! We hebben er minstens drie nodig – en hoeveel mag ik er hebben? Eén. En stenotpyistes! De rapporten van weken stapelen zich op en wie typt ze? Moet ik het misschien zelf doen? Als de mensen van de administratie eens met hun luie zitvlak van hun stoel zouden opstaan, kregen we misschien een paar dingen klaar – onder andere de chirurgische rapporten!

Mijn God! Die is helemaal goed. Van jou te horen, dat ik meer hulp moet hebben!"

O'Donnell had kalm geluisterd en vroeg nu: „Klaar, Joe?"

„Jawel," zei hij, geen raad wetend met zijn uitbarsting.

„Ik dacht niet aan analysten of kantoorpersoneel," ging O'Donnell verder. „Met „hulp" bedoelde ik een tweede patholoog. Een gelijkwaardige kracht, die misschien hier en daar wat kan moderniseren."

„Kijk, kijk!" Bij het woord moderniseren zette Pearson een hoge rug, maar O'Donnell was nog niet uitgesproken:

„Ik heb jou aangehoord, Joe, dus luister nu even naar mij. Alsjeblieft . . . Ik dacht aan een fikse jonge kerel, die je misschien wat uit handen kan nemen."

„Ik heb geen tweede patholoog nodig." Het klonk fel, onverzoenlijk en definitief.

„Waarom niet, Joe?"

„Omdat er niet genoeg werk is voor twee. De pathologie zelf kan ik alleen wel af, zonder hulp. Ik heb trouwens al een assistent in de afdeling."

O'Donnell hield rustig aan: „Een assistent geniet bij ons zijn opleiding, die meestal maar kort duurt. Hij kan natuurlijk een deel van het werk op zich nemen, maar hij mag geen verantwoordelijkheid dragen en voor het administratieve werk kunnen we hem niet gebruiken. En op die punten heb je zo gauw mogelijk hulp nodig."

„Mag ik dat misschien zelf beoordelen? Geef me een paar dagen en we zijn bij met de rapporten."

Pearson was dus niet van plan te wijken. O'Donnell had wel tegenstand verwacht, maar begreep niet waarom Pearson die beledigde toon aansloeg. Wilde hij zijn persoonlijke koninkrijkje niet delen of was hij bang voor zijn betrekking – bang dat een nieuwe, jongere patholoog zijn positie zou ondermijnen? Het was niet in O'Donnell opgekomen, zich op een slinkse manier van hem te ontdoen. Zijn ervaring op het gebied van pathologische anatomie was bijna onvervangbaar. O'Donnell wilde alleen de afdeling versterken en daarmee het hele ziekenhuis. Misschien had hij dat niet duidelijk genoeg gezegd.

„Joe, er is geen sprake van een ingrijpende verandering. Dat is niemands bedoeling. Jij blijft het hoofd van de afdeling . . ."

„Als dat zo is, laat me de afdeling dan op mijn manier beheren."

O'Donnell voelde zijn geduld slinken. Het was misschien nu

wel genoeg. Hij zou de kwestie een paar dagen laten rusten en er dan nog eens over beginnen. Hij wilde het probleem niet op de spits drijven. „Ik zou er maar eens over nadenken."

„Er valt niets na te denken." En daarmee vertrok Pearson.

Zo, dacht O'Donnell, we hebben de gevechtslinies uitgezet. En hij dacht na over de volgende stap.

HOOFDSTUK V

De kantine van „De Drie Provinciën" was het traditionele trefpunt voor de meeste leden van het personeel. Ook wortelde er de wingerdplant, die met zijn takken en grijpers tot in de verste hoeken van het ziekenhuis woekerde. Er kon in het ziekenhuis geen promotie, geen schandaaltje, ontslag of aanstelling op til zijn zonder dat er in de koffiekamer breedvoerig over gesproken was lang voordat het nieuws officieel werd.

De medici gebruikten de kantine niet zelden voor „consulten op de valreep" met collega's die ze buiten de maaltijden of koffiepauzes zelden zagen. Er werden daar aan de tafeltjes heel wat serieuze medische zaken gedaan; en belangrijke meningen van specialisten, die anders een gepeperde rekening achter zich aan kregen, werden er vrolijk rondgestrooid, soms tot onschatbaar voordeel van een patiënt, die na zijn genezing van een lastige ziekte niet vermoedde, dat de behandeling langs een zo informele weg was ontstaan.

Er waren uitzonderingen. Bepaalde doktoren voelden er niets voor, hun moeizaam vergaarde kennis op die goedkope manier aan de man te brengen; ze verzetten zich dan ook tegen collegiale pogingen, een gesprek over zekere gevallen te beginnen. Het gebruikelijke antwoord was dan: „We kunnen beter in mijn kantoor consult houden. Daar loopt de meter."

Gil Bartlett was een van degenen, die niets voor koffiekamerconsulten voelden – en zijn weigering was soms heel wat botter. De manier waarop hij tegenstand bood, werd aardig geïllustreerd door een voorval – niet in de kantine, maar op een cocktailparty in een particulier huis. Zijn gastvrouw, een grande dame uit de upper ten van Burlington, had hem gebombardeerd met vragen over haar kwalen – echte en ingebeelde. Bartlett had een poosje geluisterd en zei toen zo hard, dat er een akelige stilte in de kamer viel: „Mevrouw, uit wat u mij vertelt maak ik op, dat u moeilijkheden hebt met de menstruatie. Als u zich even uitkleedt, zal ik u hier meteen onderzoeken."

Maar de meeste medici hadden geen bezwaar tegen de uitwisselingen in de kantine, eenvoudig omdat ze er even veel bij te winnen als te verliezen hadden. In het ziekenhuis heerste dan ook het baardige grapje: „Als je me nodig hebt – ik ben in mijn tweede spreekkamer."

De kantine was ook een democratisch gebied, waar de medische standsverschillen zo niet vergeten, dan toch tijdelijk genegeerd werden. Een uitzondering daarop waren de aparte tafeltjes voor de particuliere artsen. Mevrouw Straughan, de diëtiste, hield periodieke inspecties in die hoek, wetend dat de minste tekortkoming in bediening of hygiëne stekelige opmerkingen in de eerstvolgende medische bestuursvergadering zou veroorzaken. De meesten, voor wie de gereserveerde hoek bedoeld was, maakten er gebruik van, maar de assistenten en co-assistenten toonden graag hun onafhankelijkheid door bij de verpleegsters of andere groepen te gaan zitten. Het was dus niets ongewoons dat Mike Seddons toevallig tegenover Vivian Loburton kwam te zitten, die alleen aan de lunch zat omdat zij vroeger klaar was dan haar collega's.

Sinds ze elkaar – tien dagen geleden – in de sectiekamer hadden gezien, had zij Seddons verscheidene malen ontmoet. En bij elke gelegenheid hadden zijn rode haarbos en zijn oor-tot-oor grijns gemaakt, dat ze hem weer een beetje aardiger vond. Een rechtstreekse benadering kon niet lang meer uitblijven, voelde Vivian. En nu was het dan zover.

„Hai," zei Seddons om te beginnen.

„Hallo." Het kwam er een beetje moeilijk uit, want Vivian had juist met gezonde eetlust in een kippebout gebeten. Ze wees naar haar mond en mummelde: „Neem me niet kwalijk."

„Welnee," zei Seddons, „neem rustig de tijd. Ik kom je een voorstel doen."

Ze at haar mond leeg en zei: „Dat komt toch pas veel later?"

„Heb je het dan nog niet gehoord? We leven in het straaltijdperk. Geen tijd meer voor vormelijke poespas. Zet je schrap: hier komt mijn voorstel. Overmorgen schouwburg, voorafgegaan door een dinertje in de Cuban Grill."

Ze vroeg nieuwsgierig: „Kun je dat wel betalen?" Want alle assistenten en leerling-verpleegsters waren chronisch slecht bij kas.

Seddons fluisterde zo hard, dat de hele koffiekamer het kon horen: „Praat er met geen levende ziel over, maar ik heb een bijbaantje. De patiënten, die we in de sectiekamer krijgen, hebben dikwijls gouden vullingen in hun tanden. Doodeenvoudig . . ."

„Ach, houd je mond. Ik zit te eten." Ze beet weer in de kippepoot en Seddons nam twee patates frites van haar bord.

„Mmmm . . . niet kwaad. Ik moet eens wat vaker eten. En hier is dan de volle waarheid." Hij haalde twee kaartjes en een bon uit zijn zak. „Kijk maar . . . met de complimenten van een dankbare patiënt." De kaartjes waren voor een provincievoorstelling van een Broadway musical, de bon was goed voor een diner voor twee personen in de Cuban Grill.

„Wat heb je gedaan?" vroeg Vivian oprecht nieuwsgierig. „Een hartoperatie?"

„Nee. Vorige week moest ik bij spoedopname een half uurtje invallen voor Frank Worth. Een knul had een lelijke jaap in zijn hand en die heb ik dichtgenaaid. En toen ik mijn ogen weer opendeed, vond ik dit bij de post. – Worth is natuurlijk razend. Beweert dat hij nooit meer een invaller wil hebben. En ga je mee?"

„Dolgraag." Ze meende het.

„Enorm! Ik haal je om zeven uur van het zusterhuis. Oké?" Onder het spreken keek hij haar met groeiende belangstelling aan. Hij zag plotseling, dat zij heel wat meer had dan een aardig gezichtje en een goed figuur. Toen ze hem lachend aankeek, kwam er iets warms en prettigs naar hem over. Hij dacht: Ik wou dat het vandaag was in plaats van overmorgen. Maar een zwak waarschuwend stemmetje liet de vermaning horen: Pas op voor complicaties! Vind ze aardig, maar ga niet van ze houden; wees gelukkig met de herinnering. Afscheid nemen valt niet mee, maar het is reusachtig praktisch als je vrij wilt blijven.

„Goed," zei Vivian. „Misschien ben ik iets later, maar niet veel."

Er was anderhalve week voorbijgegaan sinds Harry Tomaselli aan O'Donnell de mededeling had gedaan dat er in het voorjaar met de uitbreiding van het ziekenhuis kon worden begonnen. Nu zat de administrateur in zijn kantoor met O'Donnell en Orden Brown, de voorzitter van het bestuur, om te bespreken wat er het eerst moest gebeuren.

Maanden tevoren hadden ze met hun drieën, onder het wakend

oog van een architect, de plannen uitgewerkt voor de afdelingen die in de nieuwe vleugel zouden worden ondergebracht. De verlangens van de afdelingshoofden moesten afgewogen worden tegen het waarschijnlijk beschikbare geld. Orden Brown was opgetreden als scheidsrechter, met O'Donnell als medisch verbindingsman. De voorzitter was, als altijd, scherp en doortastend geweest, maar met een humor die zijn grofheid aangenaam kruidde. Soms hadden ze zich ten volle kunnen verenigen met de verlangens, maar het gebeurde ook dat zij bepaalde wensen dieper onderzochten, wanneer ze vermoedden dat die wensen uit zelfverheerlijking voortkwamen.

Zo had een van de afdelingshoofden, de chef-farmaceut, sterk aangedrongen op een privé toilet in zijn kantoor. Toen de architect hem erop wees, dat er twaalf meter verder in de gang gelegenheden voor algemeen gebruik zouden komen, had de apotheker de euvele moed opgebracht te zeggen, dat twaalf meter een heel eind was als hij een van zijn periodieke aanvallen van diarree had. Waarop Orden Brown hem met een droge opmerking naar de afdeling interne geneeskunde had verwezen.

Enkele zeer goede en nuttige bedenksels moesten worden afgewezen, alleen omdat ze te duur waren. Bell, de radioloog, had overtuigend gepleit voor een radiografische filmapparatuur, waarmee de diagnose en de behandeling van hartziekten verbeterd konden worden. Maar omdat alleen al het materiaal vijftigduizend dollar zou kosten, ging het plan in rook op.

Maar nu het ontwerp in grote lijnen klaar lag, kon alle aandacht op de geldverschaffing vallen. Daarvoor was, strikt genomen, de raad van commissarissen verantwoordelijk, maar van de medische staf werden de nodige adviezen verwacht.

Brown zei: „We hebben voorlopige bijdragen van de doktoren vastgesteld – zesduizend dollar voor particuliere artsen, vierduizend voor de ziekenhuisartsen en tweeduizend voor de assistenten."

O'Donnell floot zachtjes. „Dat zal wel gemopper geven."

„Dat moeten we dan maar verduren."

Harry Tomaselli lichtte toe: „Die bijdragen kunnen over vier jaar worden uitgesmeerd. Zolang we schriftelijke bereidverklaringen hebben, kunnen we die gebruiken om geld bij de bank te lenen."

„En het heeft nog een voordeel," zei Brown. „Als het in de stad bekend wordt wat de doktoren zelf geven, zal dat het fonds zeker ten goede komen."

„En jij zorgt er zeker voor, dát het bekend wordt?"

„Laat dat maar aan mij over."

O'Donnell bedacht dat hij dit twijfelachtige nieuws op een vergadering van het medisch bestuur bekend moest maken. Hij zag de pijnlijk verschrikte gezichten al. De meeste medici leefden tegenwoordig – zoals iedereen – aan de grens van hun inkomen. De voorgestelde bijdragen waren natuurlijk niet verplicht, maar niemand kon zich er met goed fatsoen aan onttrekken, vooral omdat de medische staf zoveel nut van de uitbreiding zou hebben. Velen zouden zonder meer het volle bedrag geven en zij zouden – gezien de menselijke natuur – dan wel de nodige druk op de anderen uitoefenen. Een ziekenhuis was een voedingsbodem voor politiek – en er waren allerlei manieren waarop iemand, die zich niet schikte, het leven moeilijk gemaakt kon worden.

De intuïtie van Tomaselli werkte weer: „Maak je geen zorgen, Kent. Ik licht je voor de vergadering wel grondig in. We hebben alle argumenten netjes op een rijtje. Als je klaar bent met je verhaal, zijn er misschien die vrijwillig hun bijdrage verhogen."

„Reken daar niet te vast op. Je gaat een aantal doktoren in hun zwakste plek raken – hun portefeuille."

Tomaselli wist wel, dat O'Donnell het er even goed zou afbrengen als alles wat hij deed. Het was toch een voordeel, samen te werken met iemand als O'Donnell. In het vorige ziekenhuis van Tomaselli, waar hij tweede administrateur was geweest, was een man die zich graag populair wilde maken en met alle winden meedraaide. Als direct gevolg kende het ziekenhuis geen leiderschap en heerste er een schrikbarende nonchalance.

Harry Tomaselli hield van zijn werk, dat hij deed met de besluitvaardigheid en vlotheid die hij ook het liefst in anderen zag. Het was zijn taak als administrateur ervoor te zorgen, dat alle ziekenhuisdiensten – verpleging, huishouding, de technische diensten, de boekhouding – gesmeerd liepen en aan de eisen van O'Donnell en Brown beantwoordden.

Daarbij gebruikte hij zijn organisatietalent (hij bezat het vermogen, de juiste afdelingschefs aan te stellen) en zijn intense persoonlijke belangstelling voor alles wat er in het ziekenhuis omging. Vrijwel niets van enig belang ontging hem. De kleine, dikke man was elke dag in de gangen te zien, bedrijvig op weg van de ene taak naar de andere, maar ook dikwijls de tijd nemend om te praten met verpleegsters, patiënten, concierges, kantoorbedienden, keukenpersoneel – kortom, met iedereen die hem iets van het ziekenhuisleven kon vertellen en zeggen hoe bepaalde dingen beter konden gebeuren. Hij hield van nieuwe ideeën en met zijn eigen enthousiasme ontketende hij ze bij anderen. Soms stond hij geestdriftig te oreren, zijn hoofd naar voren gestoken, zijn ogen glinsterend achter zijn grote bril, zijn gedachten in gestrekte draf voorthollend.

Op zijn omzwervingen door de gebouwen maakte hij maar zelden schriftelijke aantekeningen. Hij had een rechtenstudie achter de rug en had daarbij geleerd, een groot aantal feiten netjes gesorteerd in zijn hoofd te bergen. Maar na elke inspectietocht maakte hij een spervuur van ontelbare notities in telegramstijl over alle grote en kleine punten, waarop iets te verbeteren viel.

Ondanks die woordenrijke voortvarendheid waren zijn toon en zijn woordkeus zo diplomatiek, dat hij zelden iemand tegen zich innam. Hij kon een eerlijke berisping uitdelen en dan opgewekt over iets anders gaan praten. Hij vond het verschrikkelijk, iemand te moeten ontslaan als er geen werkelijk grondige reden was. Hij zei dikwijls tegen de afdelingschefs: „Zodra iemand hier een maand heeft gewerkt, is zijn ervaring voor ons een belegging. Het is in ons voordeel, het personeel te vormen, ook door soms iets door de vingers te zien; dat is bijna altijd beter dan een nieuweling zoeken die misschien tekortkomingen heeft waaraan we nog niet gedacht hadden." En omdat deze politiek bekend was en gerespecteerd werd, heerste er een sterk moreel.

Toch waren er nog oneffenheden in de organisatie en konden bepaalde afdelingen nog efficiënter zijn. Hier en daar viel er aan de verzorging van de patiënten nog wel iets te verbeteren. Heel wat oud materiaal hoorde op de vuilnisbelt thuis en moest vernieuwd worden. Er waren nieuwe apparaturen – de radiografische filminstallatie was er een van – die het ziekenhuis moest hebben als het volmaakt wilde functioneren. Het uitbreidingsprogramma kwam aan een aantal, maar lang niet alle wensen tegemoet. Tomaselli wist even goed als O'Donnell dat er nog jaren hard geploeterd moest worden en dat er dan misschien nog verlangens onvervuld zouden blijven. Maar als je werkelijk iets wilde bereiken, moest je altijd wat meer willen dan te verwezenlijken was.

Orden Brown riep hem terug tot het ogenblik door tegen O'Donnell te zeggen: „Er komt natuurlijk de nodige activiteit in de stad als de campagne eenmaal op gang is. O, en dan nog iets. Het lijkt me een goed idee, Kent, als we jou als spreker naar de Rotary Club afvaardigen. Dan kun je daar iets van onze toekomstplannen vertellen."

O'Donnell, die niet hield van gezapige, geforceerd joviale clubs, wilde een lelijk gezicht trekken, maar beheerste zich bijtijds en zei: „Als je denkt dat het nut heeft . . ."

„Ik heb een kennis in het bestuur van de Rotary. Hij maakt het wel in orde. De openingsweek van de campagne lijkt me een gunstige tijd. En in de week daarop kunnen we hetzelfde doen met Kiwanis."

O'Donnell wilde de voorzitter verzoeken, hem ook nog een beetje tijd voor zijn operaties te gunnen, anders kwam zijn eigen bijdrage misschien in het gedrang. Maar hij zag de overbodigheid van die opmerking in.

„Wat ik nog zeggen wilde," kwam Brown weer, „heb je overmorgen tijd om te komen eten?"

„Natuurlijk." O'Donnell genoot altijd van de rustige, wat vormelijke waardigheid van een diner in het huis op de heuvel.

„Dan zou ik graag willen dat je met me meeging naar het huis van Eustace Swayne." Hij zag de verbazing van O'Donnell en zei vlug: „Schrik maar niet, je bent uitgenodigd. Hij heeft mij gevraagd, de boodschap over te brengen."

„Goed, ik zal graag meegaan." Toch was het geen onverdeeld prettige verrassing, die uitnodiging van het moeilijkst te hanteren lid van de raad van commissarissen.

„Het idee is eigenlijk van mij uitgegaan," zei Brown. „Ik wil, dat jij eens met hem praat over het ziekenhuis in het algemeen. Pomp hem maar een paar ideeën van je in, als je de kans krijgt. Die man is wel eens een probleem in de raad, maar dat weet je ook wel."

„Ik zal mijn best doen." Het beviel O'Donnell niet bijster, bij dit soort ziekenhuispolitiek betrokken te worden. Hij had zich er tot nu toe aan onttrokken, maar hij kon de voorzitter niet met een weigering wegsturen.

Brown nam zijn aktentas en maakte aanstalten om weg te gaan. Tomaselli en O'Donnell stonden ook op.

„Het wordt maar een klein gezelschap," troostte Brown nog, „een stuk of zes mensen. We kunnen je wel komen halen op weg erheen. Ik bel je voordat we weggaan."

O'Donnell prevelde een bedankje naar de vriendelijk knikkende, vertrekkende voorzitter.

De deur was nog niet goed en wel dicht of Tomaselli's secretaresse, de opvallend slanke Kathy Cohen, kwam binnen. „O, stoor ik u?"

„Wat is er, Kathy?"

„Er is iemand aan de telefoon die u met alle geweld wil spreken. Een zekere Bryan."

„Ik ben nu in gesprek met dokter O'Donnell. Ik bel hem wel terug." Het klonk een beetje verbaasd, want zoiets vanzelfsprekends behoefde hij Kathy nooit te zeggen. Het hoorde bij de eerste beginselen.

„Dat heb ik hem al gezegd, meneer," zei Kathy, in het nauw. „Maar hij houdt zo aan. Hij zegt dat hij de man van een patiënte is. Daarom kwam ik maar even binnen..."

„Sta hem toch maar even te woord, Harry," zei O'Donnell bereidwillig, „dan is Kathy ook gerust. En ik kan wel even wachten."

„Best." Tomaselli greep een van zijn twee telefoons.

„Het is de vierde lijn." Kathy wachtte tot de verbinding er was en ging toen naar haar eigen kantoortje.

„Met de administrateur," zei Tomaselli welwillend. Maar onder het luisteren betrok zijn gezicht.

O'Donnell hoorde een scherp geknetter uit het toestel komen. „Schandalige toestand... ten koste van een gezin... er moest een onderzoek..." waren de woorden die hij opving.

Tomaselli legde zijn hand op het mondstuk van de hoorn en zei tegen O'Donnell: „Hij is razend. Iets in verband met zijn vrouw, ik kan er niet goed uit wijs worden..." Hij luisterde nog even en zei toen: „Kom, meneer Bryan, als u nu eens bij het begin wilt beginnen. En vertelt u me dan alles." Hij pakte een blocnote en potlood. „Ja, ga uw gang... Wanneer is uw vrouw in het ziekenhuis opgenomen?"... De telefoon knetterde weer en Tomaselli schreef. „En wie is uw huisarts?... En wanneer ontslagen?... Ja, ja ik begrijp het... Nee, meneer Bryan, ik herinner me dit speciale geval niet Maar ik zal navraag doen, dat beloof ik u... Ja, meneer, ik weet heel goed wat een ziekenhuisrekening voor een gezin betekent. Maar u moet goed begrijpen, dat het ziekenhuis geen winst maakt."

O'Donnell hoorde dat de stem van Bryan kalmer klonk, waarschijnlijk onder invloed van Tomaselli's rustige reactie.

„Ja, meneer, de dokter beslist hoe lang een patiënt in het ziekenhuis moet blijven. U moet dus met de dokter van uw vrouw praten en intussen zal ik uw rekening post voor post door onze penningmeester laten controleren . . . Dank u zeer, meneer Bryan. Dag meneer Bryan."

Hij hing op, scheurde een blad van de blocnote en legde het in een bak met het opschrift: „Dictaten".

„Iets bijzonders?" vroeg O'Donnell terloops. In een druk ziekenhuis waren klachten over de behandeling en de rekeningen geen sensationele gebeurtenissen.

„Hij beweert dat zijn vrouw te lang hier is gehouden. En nu heeft hij zich in schulden gestoken om de rekening te kunnen betalen."

„Hoe weet die man, dat ze hier te lang geweest is?"

„Hij heeft zijn licht opgestoken, zegt hij, al lijkt me dat nogal vaag." Hij dacht even na. „Het kán natuurlijk nodig geweest zijn, maar ze heeft hier bijna drie weken gelegen."

„En?"

„Ik zou er mijn hoofd niet over breken, maar we krijgen de laatste tijd veel van dergelijke klachten. Niet allemaal zo ernstig als deze, maar in hetzelfde genre."

Er flitste iets door O'Donnells gedachten: het woord pathologie. Hij vroeg: „Wie was de behandelende geneesheer?"

„Reubens."

„Zullen we hem dan meteen om opheldering vragen?"

„Kathy," zei Tomasselli na inschakeling van de huistelefoon, „probeer dokter Reubens eens te vinden."

Ze wachtten zwijgend. Vanuit de gang hoorden ze een zachte stem over het luidsprekersysteem: „Dokter Reubens . . . dokter Reubens . . ." Even later zoemde de telefoon. Tomaselli luisterde en gaf de hoorn aan O'Donnell.

„Reubens? Met Kent O'Donnell."

„Wat kan ik voor je doen?" kwam de dunne, uitgewogen stem van Reubens, een der oudere chirurgen.

„Heb jij een patiënte gehad . . . een zekere mevrouw Bryan?"

„Jawel. Is er iets? Heeft haar man soms geklaagd?"

„Weet je dat dan?"

„Natuurlijk," zei Reubens kwaad. „En als je het mij vraagt, heeft hij alle reden tot klagen."

„Vertel er eens wat meer van."

„Ik heb mevrouw Bryan laten opnemen in verband met een mogelijk carcinoom in de borst. Ik heb een tumor verwijderd, die goedaardig bleek te zijn."

„En waarom moest ze hier dan drie weken blijven?" Terwijl hij het vroeg, herinnerde O'Donnell zich, dat een gesprek met Reubens altijd een vraag-en-antwoordspelletje moest zijn. Hij zei nooit iets uit zichzelf.

„Vraag dat maar aan Pearson!" kwam het giftige antwoord.

„Het zou eenvoudiger zijn als jij het me vertelde; ze is per slot jouw patiënte."

Het bleef even stil, toen kwam de afgemeten stem: „Goed. Ik heb je gezegd dat de tumor goedaardig was. Maar dat kwam ik pas na twee en een halve week te weten. Pearson heeft al die tijd nodig gehad om de tumor onder zijn microscoop te krijgen."

„Heb je hem aangespoord?"

„Eerder twintig dan tien keer. En als ik hem niet zo achter zijn vodden had gezeten, had het nog langer geduurd."

„Dus daarom heb je mevrouw Bryan drie weken hier gehouden."

„Had ik haar soms moeten ontslaan? Je zegt het maar, dan weet ik in het vervolg wat me te doen staat."

„Geen sprake van. Ik wil alleen volledige inlichtingen hebben."

„Dan moet je maar eens met nog een paar figuren praten. Ik ben niet de enige, wie dit overkomt. Je weet het toch van Bill Rufus?"

„Maar al te goed. Ik had gedacht dat er wat verbetering was gekomen."

„Best mogelijk, maar ik heb er niets van gemerkt. Wat ga je nu doen met die rekening van Bryan, Kent?"

„Daar kunnen we weinig aan doen. Zijn vrouw heeft hier nu eenmaal drie weken gelegen. En het ziekenhuis kan geen cent missen." O'Donnell was angstig benieuwd naar de reactie van Reubens als hij zou horen van de „vrijwillige bijdrage" voor de uitbreiding.

„Jammer. Die man is een keurig kereltje – timmerman of zoiets, werkt voor eigen rekening. Hij was niet verzekerd, dus ze zijn lelijk achterop." O'Donnell gaf geen antwoord; zijn gedachten holden alweer vooruit – tot de dunne stem weer kwam: „Nog iets, Kent?"

„Nee, Reubens, dank je wel." Hij gaf de hoorn terug aan Tomaselli. „Harry, ik wil vanmiddag nog een vergadering. Laten we proberen, vijf of zes van de ouderen hier te krijgen. Ik wil dat jij er ook bij bent, dus we kunnen misschien het beste hier vergaderen."

„Komt voor elkaar."

O'Donnell ging in gedachten de namen na. „Harvey Chandler moet er natuurlijk bij zijn, als hoofd van de medicinale afdeling. En

Bill Rufus – en Reubens. O ja, en Charlie Dornberger. Hoeveel hebben we er al?"

„Zes, jou en mij inbegrepen. Lucy Grainger ook?"

„Eh . . . goed, ja, schrijf maar op. Dat is dan zeven."

„Agenda?" vroeg Tomaselli met klaargehouden potlood.

„Hebben we niet nodig. Er is maar één punt: veranderingen in pathologie."

Toen Tomaselli de naam Lucy Grainger noemde, had O'Donnell even geaarzeld, omdat het hem zijn ontmoeting met haar van de vorige avond in herinnering bracht.

Ze zouden samen gaan eten – consquentie van zijn uitnodiging op de dag van de vergadering over sterfgevallen – en hadden in de wintertuin van het Roosevelt hotel cocktails gedronken, waarna ze breeduit op hun gemak hadden gedineerd. Het was prettig en ontspannend geweest; ze praatten luchtig over zichzelf, oude kennissen en hun leven in en buiten de geneeskunde.

Hij had haar toen in zijn auto naar huis gebracht. Ze woonde sinds kort in Benvenuto Grange, een groot, modern flatgebouw in het noorden van de stad. Ze had gezegd: „Je komt toch binnen voor een afzakkertje?"

Hij liet de portier zijn auto parkeren en was meegegaan. Met de glimmende, geruisloze lift zweefden ze naar de vierde etage, waar hun voeten verzonken in de dikke gangloper. Hij trok zijn wenkbrauwen op en Lucy zei lachend: „Indrukwekkend, hè? Ik ben er zelf ook nog niet aan gewend."

Met haar sleutel maakte ze een deur open. Binnen draaide ze aan een lichtknopje, dat smaakvol, gedempt licht veroorzaakte in een aantrekkelijke zitkamer. Hij zag de half open deur van een slaapkamer. „Ik ga wat lekkers mixen," zei Lucy.

Ze stond met haar rug naar hem toe. IJs rinkelde in glazen. Hij vroeg: „Lucy, ben jij nooit getrouwd geweest?"

„Nee."

„Ik vraag me wel eens af, hoe dat komt."

„Heel eenvoudig. Niemand heeft me gevraagd."

Ze draaide zich om met de gevulde glazen en zei nadenkend: „Ja toch . . . het is me één keer overkomen . . . Ik was toen veel jonger."

„En je hebt nee gezegd?"

„Ik wilde iets bereiken in de geneeskunde. Dat vond ik toen verschrikkelijk belangrijk. En met een huwelijk scheen het niet samen te gaan.”

„Heb je er nu spijt van?” vroeg hij, zo neutraal mogelijk.

„Ik geloof van niet. Ik heb mijn doel bereikt – en dat is in veel opzichten bevredigend. Je denkt natuurlijk wel eens: hoe zou het gegaan zijn als mijn beslissing anders was uitgevallen? Maar gedane zaken . . . je kent het afgezaagde spreekwoord.”

„Ja, dat ken ik.” O'Donnell voelde een merkwaardige bewogenheid. Ze was omgeven door een diepe vertedering, een gevoel van rust en thuiskomst. Ze had kinderen moeten hebben, dacht hij. „Heb je nog steeds dezelfde opvatting over medicijnen en het huwelijk?”

„Ik ben niet meer zo dogmatisch zeker van mijn zaken.”

Hij bedacht nieuwsgierig hoe – van zijn kant bezien – een huwelijk met Lucy zou zijn. Liefde en zachtheid? Of hadden ze allebei te lang en te intensief gewerkt om hun levensgewoonten nog te kunnen veranderen? Hoe zouden ze hun vrije tijd besteden? Zouden ze intieme, huiselijke gesprekken hebben? Of zou het altijd weer over het ziekenhuis gaan, met grafieken op tafel bij het eten en diagnoseproblemen als dessert? Zou hij, in plaats van een rustpunt, alleen maar een nieuw gebied van de geneeskunde vinden? Hij zei: „Ik heb altijd gevonden dat wij veel gemeen hebben . . .”

„Ja, Kent. Ik ook.”

Hij had zijn glas leeggedronken en was opgestaan. Ze hadden veel meer gezegd dan de uitgesproken woorden. Nu had hij behoefte aan tijd om na te denken en de dingen met zichzelf door te praten. Voor een overhaaste beslissing stond er te veel op het spel.

„Je hoeft niet te gaan, Kent. Als je wilt blijven . . .” Ze zei het in alle eenvoud. Als hij bleef, zou hij moeten bepalen wat er verder gebeurde.

Hij wilde wel, maar voorzichtigheid en gewoonte kregen de overhand. „Nee, Lucy. Welterusten. We moeten erover nadenken.”

Toen de liftdeur dichtging, stond zij nog aan de open deur van haar flatwoning.

HOOFDSTUK VI

Ik heb u gevraagd hier te komen," zei O'Donnell tegen de groep om de vergadertafel, „omdat ik graag uw steun zou hebben bij wat ik wil gaan doen." Er werd gespannen geluisterd. Alle gevraagden waren gekomen, behalve Reubens, die een hernia-operatie op zijn agenda had. – „We weten, geloof ik, allemaal dat pathologie gebukt gaat onder een probleem van zowel persoonlijke als medische aard."

„Wat voor probleem?" Dat was Charlie Dornberger, de oude verloskundige. Hij stopte zijn pijp. „Ik weet niet goed waar je op aanstuurt, Kent, jongen."

Zoiets had O'Donnell wel verwacht. Dornberger en Pearson waren dikke vrienden. Hij zei dus beleefd: „Ik zou graag even uitspreken, Charlie, dan kan ik proberen het duidelijk te maken."

Hij legde de moeilijkheden op tafel: de vertraging in de chirurgische rapporten, de te zware belasting van de afdeling, de vraag of Joe Pearson het werk nog wel alleen te lijf kon. Hij vertelde wat er met de patiënt van Rufus was gebeurd, vroeg Rufus zelf om bevestiging, en maakte de vergadering bekend met wat hij die ochtend van Reubens had gehoord. Hij vertelde hoe Pearson geen tweede patholoog naast zich duldde en besloot: „Ik ben ervan overtuigd, dat we iemand nodig hebben om Joe door het werk heen te helpen. En ik stel daartoe prijs op uw medewerking."

„Ik heb me ook zorgen gemaakt om pathologie," zei Harvey Chandler, hoofd van de medicinale afdeling, onmiddellijk toen O'Donnell was uitgesproken, alsof hij de hiërarchieke volgorde niet wilde laten doorkruisen. Wat hij zei, was meestal weloverwogen en werd dan een tikje hoogdravend te berde gebracht. „Maar nu Pearson er zo over denkt, komt de zaak toch anders te liggen. Hij is per slot van rekening afdelingshoofd en we mogen zijn gezag op geen enkele manier ondermijnen."

„Juist," haakte O'Donnell in, „en daarom heb ik hulp nodig. Hulp om Pearson ervan te overtuigen, dat zijn gezag ondermijnd wordt als de bestaande toestand voortduurt."

„Maar de manier waaróp . . ." zei Rufus. „Ik weet niet of die me wel bevalt."

„Waarom niet?"

„Ik geloof niet," zei Rufus, die dag gesierd met een wat rustiger das, die maar drie kleuren had, „dat wij hier met dit groepje recht hebben, pathologie op de korrel te nemen. Ik heb mijn moeilijkheden met Pearson gehad, en ik ben beslist niet de enige, maar ik doe niet mee aan een kat-en-muisspelletje om hem eruit te wippen."

O'Donnell was blij dat de discussie deze wending nam; hij was erop voorbereid. „Ik wil met nadruk vaststellen, dat het niet mijn bedoeling en niemands bedoeling is, dokter Pearson er . . . zoals jij het noemt, uit te wippen."

Goedkeurend gemompel.

„Bekijk het eens van deze kant," ging O'Donnell verder. „We schijnen het erover eens te zijn, dat pathologie niet bevredigend functioneert. Het werk komt niet op tijd klaar en dat kan levensgevaar voor patiënten opleveren. Daarover behoeven we niet eens verder te praten."

Tomaselli strooide er een opmerking tussendoor over de bedden, die nodeloos lang bezet gehouden werden, wat de afwerking van de wachtlijst niet bevorderde.

„Ik had natuurlijk," zei O'Donnell, „de uitvoerende commissie bijeen kunnen roepen, in plaats van deze methode te volgen. Dat kan ik nog steeds doen, als het moet, maar dan weten jullie wat de gevolgen zijn. Pearson is er zelf lid van en, hem kennende, weten we dat iedere discussie zal ontaarden in een ruzie. En als we dan op ons stuk blijven staan, wat hebben we dan gewonnen? We hebben Joe Pearson duidelijk gemaakt dat hij geen baas meer in zijn eigen afdeling is. En in alle andere opzichten ondermijnen we daarmee onszelf en het ziekenhuis." – Hij sprak wijselijk niet over Pearsons invloed op de oude garde van het bestuur en de politieke terugslag van een oplaaiende onenigheid.

Charlie Dornberger zei: „Ik zeg niet dat ik meedoe, maar wat stel je voor?" Hij puncteerde zijn zin met rookwolkjes uit zijn pijp.

Rufus snoof. „Laten we een beetje opschieten, want straks kunnen we hier geen adem meer halen. Importeer jij die kamelemest zelf, Charlie?"

O'Donnell maakte gebruik van de tijdelijke ontspanning. „Ik stel voor, Charlie, dat jij eens met Pearson praat, uit naam van ons allemaal."

„Ik dénk er niet aan!"

O'Donnell riep zijn overredingskracht te hulp. „Charlie, we weten dat je een goede vriend van Pearson bent – en daaraan dacht ik toen ik je vroeg hier te komen. Jij zou hem kunnen overtuigen."

„Met andere woorden, ik moet jouw kastanjes uit het vuur halen."

„Er is geen sprake van een vuur, Charlie."

Dornberger aarzelde. Hij voelde dat de anderen op zijn antwoord wachtten. Hij werd tussen twee tegenstrijdige gevoelens geslingerd – zijn zorg voor het welzijn van het ziekenhuis en zijn vriendschap met Pearson.

Hij had al lang vermoed dat er in de afdeling pathologie iets haperde, maar de ervaringen van Rufus en Reubens waren schokkend nieuws voor hem. Hij had bovendien respect voor de mening van O'Donnell, die een dergelijke bespreking niet zonder bittere noodzaak zou houden, maar hij wilde Pearson geen hak zetten. Hij kwam tot de conclusie, dat hij Pearson met zijn bemiddeling misschien de beste dienst kon bewijzen. Hij keek de tafel rond en vroeg:

„Is dit verzoek eenstemmig?"

Lucy Grainger, die nog niets gezegd had, zei: „Ik ben erg op Joe gesteld, maar ik geloof dat er in zijn afdeling veranderingen moeten komen." Daarna verviel zij onmiddellijk weer in haar eigen gedachten. Wat er de vorige avond in haar kamer tussen haar en Kent O'Donnell was gebeurd, had haar op een vreemde manier van haar stuk gebracht. Ze had dat gevoel in jaren niet gekend. Zou ze van hem houden? Wat had dat ermee te maken. Dergelijke woorden pasten bij jonge mensen, die dreven op hun gevoelens, maar niet bij een rijpe, onafhankelijke vrouw van haar leeftijd. Ze moest nuchter en verstandelijk zijn en alle emoties maar zo gauw mogelijk wegvegen.

O'Donnell keek Rufus aan. „Jij, Bill?"

Hij knikte. „Best. Als Charlie met Pearson wil praten, vind ik het goed."

Harvey Chandler was aan de beurt; hij zei tegen Charlie: „Naar mijn mening is het de beste manier om de situatie aan te pakken,

Charlie. Je zult er ons allen en het ziekenhuis een grote dienst mee bewijzen."

„Ik zal mijn best doen."

In de volgende stilte voelde O'Donnell zich opgelucht. Ze hadden de moeilijkheid begrepen en er zou nu tenminste iets gebeuren. En als dit plan mislukte, zou hij zijn toevlucht tot een directer methode moeten nemen. Het zou soms heel wat gemakkelijker zijn als het medisch protocol wat minder gecompliceerd was. Als iemand in het bedrijfsleven zijn werk niet goed deed, ontsloeg je hem eenvoudig. Als je wilde dat hij een assistent kreeg, gaf je hem die en daarmee uit. Maar in de geneeskunde en in een ziekenhuis kon je zoiets niet ronduit doen. De gezagsbevoegdheden waren maar zelden scherp omlijnd en een afdelingshoofd was tamelijk onaantastbaar op zijn eigen gebiedje. En wat nog belangrijker was – je aarzelde met het nemen van ingrijpende maatregelen omdat het om meer ging dan een betrekking. Je trok de kundigheid in twijfel van iemand, die, precies als jij zelf, afhankelijk was van zijn beroepsreputatie. Het was daarom een delicate beslissing, die op de hele toekomst en de levensomstandigheden van een collega van invloed kon zijn. Daarom moest je voorzichtig, behoedzaam bijna, te werk gaan en zulke dingen zorgvuldig buiten de openbaarheid houden.

Harry Tomaselli zei bescheiden en tactisch: „We moeten nu dus zeker op zoek gaan naar een beschikbare patholoog?"

„We konden wel eens gaan rondkijken," zei O'Donnell. „We hebben allemaal wel de nodige relaties, dus we moeten onze voelhorens maar uitsteken. Wie dus van iemand hoort – een betrouwbare figuur, die bijvoorbeeld juist klaar is met zijn assistententijd – laat het mij maar weten."

„Pathologen kunnen vandaag aan de dag kieskeurig zijn," zei Rufus.

„Dat weet ik. Het zal niet gemakkelijk zijn. Reden te meer om Joe Pearson voorzichtig aan te pakken."

Harry Tomaselli nam een map uit een van zijn bureauladen. „Dit interesseert je misschien . . ."

„Wat heb je daar?" vroeg Harvey Chandler.

„Ik ontvang de laatste tijd de „open lijst" van pathologen. Ik had, eerlijk gezegd, iets in deze geest verwacht en heb die lijst toen aangevraagd. Deze naam stond er een paar weken geleden in."

„Mag ik even kijken?" O'Donnell nam het papier. Die „open lijst" werd op verzoek aan de ziekenhuizen toegezonden en bevatte inlichtingen over beschikbare pathologen. De betrokkenen gaven toestemming, hun naam te gebruiken. Er was ook een „gesloten lijst", maar die circuleerde alleen „vertrouwelijk" in het genootschap van pathologen. Op die „gesloten lijst" stonden meestal de namen van degenen, die met hun werkkring niet tevreden waren en op een discrete manier iets anders zochten. Een ziekenhuis, dat een patholoog zocht, benaderde dan het genootschap. Het genootschap gaf dat bericht door aan de betrokkene, wiens naam op de lijst stond, en hij kon rechtstreeks bij het ziekenhuis solliciteren. Maar ondanks die kronkelwegen kwamen de meeste aanstellingen tot stand door persoonlijke contacten en op aanbeveling.

O'Donnell zag de naam van een zekere dokter David Coleman op de lijst staan. Eenendertig jaar. Zijn wenkbrauwen gingen omhoog toen hij Colemans staat van dienst bekeek. Gepromoveerd cum laude aan de Universiteit van New York. Assistent in Bellevue. Twee jaar in het leger, voornamelijk pathologisch werk. Vijf jaar als assistent-patholoog in drie vooraanstaande ziekenhuizen. Dit was een man die alleen met het beste genoegen zou nemen.

Hij gaf het papier aan Rufus. „Hij zal ons geen blik waardig keuren," zei hij tegen Tomaselli. „We kunnen hem nooit genoeg betalen."

Rufus keek op. „Ik ben het met je eens. Deze man kan aan elke vinger tien inrichtingen krijgen," en hij gaf het papier door aan Harvey Chandler.

„Om de waarheid te zeggen . . ." zei Tomaselli aarzelend, alsof hij een gevaarlijke opmerking ging maken, „dokter Coleman hééft belangstelling voor ons ziekenhuis. Ik heb gehoord . . . dat hij op de hoogte is van de veranderingen hier en onze toekomstplannen."

„Hoe kan dat?" vroeg O'Donnell scherp.

„Omdat we gecorrespondeerd hebben."

„Is dat niet enigszins ongewoon, Harry?" zei Rufus.

„Het was misschien een beetje voorbarig, maar toen dit kwam . . ." – hij wees naar het papier, dat nu bij Lucy was – „heb ik hem geschreven. Ik heb natuurlijk niets definitiefs gezegd. Het was alleen mijn bedoeling, hem voorzichtig te polsen." Hij keek O'Donnell aan. „Dat was na ons gesprek, een paar weken geleden, je weet wel, Kent . . ."

„Ja, ik weet het." O'Donnell wilde dat Harry hem hiervan op de hoogte had gebracht. Als administrateur had Tomaselli natuurlijk het recht, te corresponderen met wie hij wilde. Hij had niets verkeerds gedaan tegenover het ziekenhuis. „Je zei, dat hij belangstelling had?"

„Ja. Hij wil graag eens komen praten. Als dit van vandaag niet zo plotseling was gekomen, had ik erover willen spreken met je."

Charlie Dornberger had nu het papier. „Wat wil je dat ik hiermee doe?"

„Het lijkt mij het beste, Charlie, dat je het meeneemt en aan Joe Pearson laat zien."

HOOFDSTUK VII

In een kamer naast de sectiekamer was Roger MacNeil, de assistent-patholoog, klaar voor de nabespreking. Alleen de aanwezigheid van dokter Pearson was nog nodig om te kunnen beginnen.

In „De Drie Provinciën" werden de secties gevolgd door een globale nabespreking. Een half uur tevoren had George Rinne, de knecht van het lijkenhuis, de organen van drie secties binnengebracht. Er stonden nu twee stellen organen keurig opgesteld in witte emaille emmers, met drie hersenmassa's in glazen potten ernaast. Het middelpunt van de kamer was een stenen tafel met een grote gootsteen en een waterkraan. Die kraan stond nu open en het water liep in de derde emmer met organen, om de formaline weg te spoelen en de kwalijke geur te verdrijven.

MacNeil keek rond. Alles was in orde. Pearson was altijd bijzonder lastig als niet alles precies klaarstond. De kamer had een passend macabere sfeer; als straks de organen werden uitgelegd, ging het er op een abattoir lijken. Hij had in andere sectiekamers gewerkt, waar alles van blinkend, roestvrij staal was. Maar dat was de moderne stijl, die nog niet tot „De Drie Provinciën" was doorgedrongen. Hij hoorde de vertrouwde, ietwat schuifelende voetstappen – en Pearson kwam binnen, gehuld in de onvermijdelijke wolk sigarerook.

„Ik heb geen tijd te verliezen," viel hij met de deur in huis. „Het is nu anderhalve week geleden dat ik die uitbrander van O'Donnell kreeg en we zijn nog steeds achter." De sigaar wipte geagiteerd. „Als dit klaar is, wil ik precies nagaan welke chirurgische rapporten nog in behandeling zijn. Wat is het eerste geval?" Hij had intussen een zwart gummi voorschoot en gummi handschoenen aangetrokken en ging aan de middentafel zitten. MacNeil ging op een krukje tegenover hem zitten en bekeek de aantekeningen.

„Vijfenvijftigjarige vrouw. Doodsoorzaak volgens behandelend geneesheer: carcinoom in de borst."

„'s Kijken . . ." Pearson nam het dossier. De ene keer kon hij rustig luisteren naar de beschrijving, die de assistent van een geval gaf, de volgende keer wilde hij alles zelf lezen. Ook in dit opzicht was hij onberekenbaar.

„Hm." Hij legde de papieren neer en draaide de kraan dicht. Daarna stak hij een hand in de emmer, op zoek naar het hart. Hij wrong het met beide handen open.

„Heb jij dit gesneden?"

„Nee."

„Dacht ik al. Seddons misschien?"

MacNeil knikte met tegenzin. Hij had zelf ook al gezien, dat het hart slecht gesneden was.

„Hij heeft het teken van Zorro erin achtergelaten," grinnikte Pearson. „Het lijkt wel of hij ermee geduelleerd heeft. Zeg, waar zit Seddons eigenlijk?"

„Er was geloof ik iets in de operatie-afdeling, dat hij beslist wilde zien."

„Zeg hem dan uit mijn naam, dat ik iemand, die aan pathologie is toegevoegd, op alle nabesprekingen wil zien. Zo, we gaan door."

MacNeil had een plankje met een vel papier op zijn knie en zat klaar om te schrijven. Pearson dicteerde: „Hart vertoont een lichte verdikking en mitraal-insufficientie. Zie je het hier?"

„Ja."

„De tendineuze pezen zijn verkort en verdikt. Lijkt wel een oude reumatische koorts. Maar dat was niet de doodsoorzaak."

Hij sneed een stukje weefsel weg en deponeerde het in een glazen flesje ter grootte van een inktpot, om het later microscopisch te onderzoeken. Waarna hij de rest van het hart met het gemak van langdurige routine in een gat aan het eind van de tafel mikte. Onder het gat was een metalen afvalbak, die later op de dag geleegd en schoongemaakt zou worden, waarna de inhoud in een speciale brander tot fijne as werd gereduceerd.

Pearson had nu de longen. Hij sloeg de eerste long open als een boek en dikteerde MacNeil: „Longen vertonen veelvuldige metastatische nodulen." En weer liet hij hem het weefsel zien.

Hij wilde de tweede long gaan bekijken, toen er achter hem een deur openging.

„Bent u bezig, dokter Pearson?"

Hij keek geërgerd om. Het was Carl Bannister, eerste laborant van pathologie. Bannister had informerend zijn hoofd om de deur gestoken en er bleek nog iemand achter hem in de gang te staan.

„Dat zie je toch wel. Wat is er?" Het was de half snauwende, half grappige toon die Pearson meestal voor Bannister bewaarde. In de loop van de jaren waren ze er allebei aan gewend geraakt; van een wat hartelijker mondeling verkeer zouden ze waarschijnlijk zelf geschrokken zijn.

Bannister wenkte onbewogen naar de man achter hem. „Kom maar binnen." En tegen Pearson: „Dit is John Alexander. U weet wel, onze nieuwe lab-assistent. U hebt hem vorige week aangenomen. Hij begint vandaag."

„O ja, dat is waar ook. Ik wist niet meer dat het vandaag was. Kom binnen." Het klonk vriendelijker dan tegen Bannister. MacNeil dacht: Misschien wil hij een nieuweling de eerste dag niet afschrikken.

MacNeil keek de jongeman nieuwsgierig aan en schatte hem op tweeëntwintig. Later zou blijken dat die schatting precies raak was. Hij had al gehoord dat Alexander kersvers van de universiteit kwam, met een graad in medische technologie. Nu, ze konden zo iemand wel gebruiken.

Bannister zelf was een dikke man met een onverzorgd uiterlijk en meer ervaring dan theoretische kennis. Daarom had hij enige minachting voor de term „technoloog" en bestonden er voor hem alleen „laboranten".

„Ga zitten, John," zei Pearson, met zijn sigaar als richtingaanwijzer naar een krukje.

„Dank u, dokter." Met zijn vlekkeloze laboratoriumjas, zijn pas geknipte haar, geperste broek en glimmende schoenen zag John Alexander er heel wat smakelijker uit dan Pearson of Bannister.

„Zou het je hier bevallen, denk je?" Pearson bekeek de longen.

„Vast wel, dokter."

Aardige jongen, dacht MacNeil. Hij schijnt het te menen.

„Zo, John, je zult wel merken dat we hier onze eigen manier van werken hebben. Die komt waarschijnlijk niet altijd overeen met jouw manier, maar wij zijn er tevreden mee."

„Dat begrijp ik, dokter."

Zou het? twijfelde MacNeil. Begrijp je werkelijk wat hij je nu zegt? Dat hier niets veranderd mag worden; dat je de ideeën, die je op school hebt opgedaan, hier maar diep moet wegstoppen – en dat er in zijn afdeling niets mag gebeuren zonder zijn persoonlijke zegen?

„Sommigen beweren misschien dat we ouderwets zijn," ging Pearson verder, op zijn manier bijzonder vriendelijk, „maar wij geloven in beproefde en degelijke methoden. Is het niet, Carl?"

Carl Bannister gaf vlug zijn instemming: „Jazeker, dokter."

Pearson was nu klaar met de longen, stak zijn hand in de emmer als in een tombola en haalde er een maag uit. Grommend liet hij een opengesneden deel aan MacNeil zien. „Zie je dat?"

„Ik had het al gezien. We hebben het opgeschreven."

„Mooi zo. Noteer maar: Een maagzweer vlak onder de pylorus."

John Alexander was iets gaan verzitten om beter te kunnen zien. Pearson merkte het en schoof het orgaan naar hem toe. „Stel je belang in sectie, John?"

„Ik heb altijd belangstelling gehad voor anatomie, dokter."

„Naast het laboratoriumwerk?" Pearson was verheugd. Pathologische anatomie was zijn grote liefde.

„Ja, dokter."

„Dit zijn de organen van een vijfenvijftigjarige vrouw." Hij sloeg de bladen van de rapporten om. John Alexander luisterde in vervoering. „Belangwekkend ziektegeval. De patiënte was weduwe en de onmiddellijke doodsoorzaak was borstkanker. Twee jaar voordat ze stierf wisten haar kinderen, dat er iets niet in orde was, maar ze konden haar er niet toe krijgen, naar een dokter te gaan. Ze scheen iets tegen doktoren te hebben."

„Dat komt vaker voor," zei Bannister met een hoog lachje, wat ogenblikkelijk verdroogde toen Pearson hem aankeek.

„Kan het niet zonder valse opmerkingen? Ik geef John hier een paar inlichtingen. Misschien kun jij er ook nog wat van opsteken." Ieder ander dan Bannister zou nu door de grond gegaan zijn, maar Bannister grijnsde maar wat.

„Wat is er toen gebeurd, dokter?" vroeg John Alexander.

„Hier staat: Dochter verklaart, dat de familie de laatste twee jaar afvloeiing van vocht uit het linker borstgebied van de moeder had geconstateerd. Een jaar en twee maanden voor de opname waren er bloedingen in hetzelfde gebied. Overigens scheen haar gezondheid normaal te zijn." Hij sloeg een blad om. „De vrouw schijnt naar een religieus genezer te zijn gegaan." Hij lachte grimmig. „Hij was blijkbaar niet religieus genoeg, want ze is ineengestort en hierheen gebracht."

„Toen was het zeker al te laat."

Dat is oprechte belangstelling, dacht MacNeil, want zoiets zeg je niet uit beleefdheid.

„Ja. Maar als ze bijtijds naar een dokter was gegaan, had er een radicale mastectomie plaats kunnen vinden – dat is wegneming van de borst."

„Ik weet het, dokter."

„Dan had ze nu misschien nog geleefd." Pearson gooide de maag in het gat.

Alexander zat nog met een vraag. „Maar zei u niet, dat ze een maagzweer had?"

Goed zo, dacht MacNeil. Dat dacht Pearson blijkbaar ook, want hij keek Bannister aan en zei: „Alsjeblieft, Carl, eindelijk een jongen die zijn oren openhoudt. Pas maar op, anders zet hij je lelijk in je hemd."

Bannister grijnsde naar gewoonte, maar MacNeil vermoedde dat hij wel een beetje de smoor in had. De kwestie van dat hemd was namelijk niet denkbeeldig. „Tja, John," zette Pearson op zijn gemak de zaak uiteen, „daar heeft ze misschien last van gehad, maar misschien ook niet."

„Bedoelt u dat ze het helemaal niet wist?"

MacNeil vond het tijd worden, ook iets te zeggen. „Het is verbazingwekkend, wat voor kwalen de mensen hebben behalve de dingen waaraan ze sterven. Dingen waar ze niets van weten. In dat opzicht krijg je hier heel wat te zien."

„Zo is het," knikte Pearson. „Het merkwaardigste van het menselijk lichaam, John, is niet waaraan we sterven, maar met wat voor gebreken we in leven blijven. – Ben jij getrouwd?"

„Ja, dokter."

„Is je vrouw al hier?"

„Nog niet. Ze komt volgende week. Ik wilde eerst een woning zoeken."

MacNeil meende zich te herinneren, dat John Alexander uit Chicago kwam.

Na een aarzeling zei Alexander: „Er was iets dat ik u wilde vragen, dokter."

„Wat dan?" vroeg Pearson behoedzaam.

„Mijn vrouw is in verwachting – en nu we in een nieuwe stad komen wonen, kennen we niemand. – Dit kind is heel belangrijk voor ons. We hebben ons eerste kindje verloren, ziet u. Een maand na de geboorte."

„O." Pearson was opgehouden met zijn werk en luisterde nu aandachtig.

„Ik vroeg me af, dokter, of u ons een verloskundige kunt aanbevelen."

„Dat is niet zo moeilijk," zei Pearson opgelucht, op iets ergers voorbereid. „Dokter Dornberger is heel goed. Hij houdt zijn spreekuur hier in het ziekenhuis. Zal ik hem roepen?"

„Als het niet te veel moeite is . . ."

„Kijk eens of hij thuis is, Bannister."

Bannister „keek" met behulp van de telefoon. Charlie Dornberger was in het ziekenhuis en Bannister hield de hoorn tegen het oor van Pearson.

„Ben jij het, Charlie? Ik heb een patiënt voor je."

Drie verdiepingen hoger, in zijn spreekkamer, hield Charlie Dornberger de hoorn wat verder van zijn oor omdat Pearson zo brulde. Hij vroeg: „Wat kan een verloskundige voor jouw soort patiënten doen?" Op hetzelfde ogenblik bedacht hij, dat dit telefoongesprek goed van pas kwam. Na de vergadering van de vorige dag had hij gepiekerd over de beste manier, waarop hij contact kon maken met Pearson. Hij kreeg de kans nu op een presenteerblaadje.

Pearson rolde zijn sigaar naar een mondhoek. Hij hield wel van die mondelinge steekspelen met Dornberger. „Het is geen dode patiënt, ouwe idioot. Een levende. De vrouw van een van mijn labjongens hier, mevrouw Alexander. Ze wonen pas in de stad en ze kennen nog niemand."

Dornberger nam een blanco kaart uit een la. „Wacht even." Hij noteerde de naam. „Ik zal graag van dienst zijn, Joe. Wil je vragen of ze me opbellen voor een afspraak?"

„Dat zal dan ergens in de volgende week zijn, want mevrouw Alexander komt dan pas naar de stad." Hij grijnsde even tegen Alexander en schreeuwde toen in de telefoon: „En als ze tweelingen willen, Charlie, dien je daarvoor maar te zorgen."

Lachend luisterde hij naar het antwoord van Dornberger. Toen bedacht hij: „Zeg, en nog iets! Je houdt het honorarium een beetje bescheiden, hoor. Ik wil niet dat die jongen om opslag moet komen om zijn doktersrekening te betalen."

„Maak je geen zorgen." Dornberger maakte een aantekening op de kaart. „Ziekenhuisemployé." Gratis behandeling dus. Daarna zei hij: „Joe, er is iets waarover ik met je wil praten. Wanneer kan ik even bij je komen?"

„Vandaag niet meer, Charlie, mijn lijstje is vol. Morgen misschien?"

Dornberger bekeek zijn eigen agenda. „Morgen heb ik zelf geen tijd. Zullen we zeggen overmorgen om tien uur in jouw kantoor?"

„Goed. – Tenzij je het me nu wilt zeggen . . . door de telefoon." De stem van Pearson klonk opeens een beetje vreemd.

„Nee, Joe, ik kom liever naar je toe."

„Ook best. Tot ziens dan." Ongeduldig gaf Pearson de hoorn terug aan Bannister. Tegen John Alexander zei hij: „Dat is dus in orde. Je vrouw kan worden opgenomen als het haar tijd is. En je krijgt twintig procent korting op de rekening omdat je in dienst bent van het ziekenhuis."

Alexander straalde en MacNeil dacht: Geniet er maar van, jongeman. Het is een van zijn goede ogenblikken. Maar vergis je niet – er komen ook andere en dan zul je je minder prettig voelen.

HOOFDSTUK VIII

Ik ben er niet van overtuigd, dat de bestrijding van polio goed of noodzakelijk is."

Dat werd gezegd door Eustace Swayne, oprichter van een warenhuis-koninkrijk, miljonair, filantroop en lid van de raad van commissarissen van „De Drie Provinciën". Het decor was de schemerdonkere bibliotheek met eiken betimmering van zijn oude, maar nog altijd indrukwekkende huis, alleenstaand in twintig hectare tuin aan de oostrand van Burlington.

„Kom, dat kun je toch niet menen," zei Orden Brown luchtig en hij keek lachend naar de twee dames in de kamer, zijn eigen vrouw en de dochter van Swayne, Denise Quantz.

Kent O'Donnell, de derde man, nam een slokje van de cognac die een geruisloos lopende huisknecht hem had gepresenteerd, en hij ging wat verder onderuit zitten in de diepe leren clubfauteuil die hij had gekozen toen hij na het eten met de anderen hier binnenkwam. De sfeer was bijna middeleeuws, vond hij. Hij keek rond door de gedempt verlichte kamer, langs de rijen boeken, het donkere, eikehouten meubilair, de ravijn-grote open haard met de keurig gearrangeerde houtblokken, die op deze warme juli-avond niet brandden, maar klaarlagen om zich door een vlam tot leven te laten wekken; en tegenover hem Eustace Swayne, de vorst van dit koninkrijkje, op een rechte stoel met een hoge rugleuning, temidden van de anderen, die – bijna als hovelingen – in een halve cirkel om hem heen zaten.

„Nee, ik meen het ernstig," zei Swayne. Hij zette zijn glas neer en leunde wat voorover, om zijn betoog reliëf te geven. „Ik moet natuurlijk toegeven, dat ik bij het zien van een kind met beugels even goed ineenkrimp als iedereen en naar mijn chequeboek grijp. Maar ik heb het over de grote lijn. Ik houd vol – en ik daag iedereen uit die het wil tegenspreken – dat we druk bezig zijn, het mensenras te verzwakken."

Het was een bekend argument. O'Donnell zei voorzichtig: „Wilt u dus, dat we ophouden met onze medische onderzoekingen, onze kennis en techniek op stal zetten en geen ziekten meer bestrijden?"

„Dat zou niet eens kunnen. Het is even onmogelijk als het tegenhouden van de zondvloed."

„Dat is geen vleiende vergelijking. Maar als het zo is – waarom dan dat verzet?"

„Waarom?" Swayne sloeg met een vuist op de armleuning van zijn stoel. „Omdat je iets nog wel kunt betreuren, al kun je er niets aan veranderen."

O'Donnell voelde er niet veel voor, dit debat dieper uit te graven. Het zou bovendien de verhouding met Swayne niet ten goede komen, zowel voor hem als voor Orden Brown, en dat was in strijd met de reden van hun komst. De vrouw van Orden Brown lachte bemoedigend tegen hem; de getrouwde dochter van Swayne, Denise Quantz, zat gespannen te luisteren.

Aan tafel had O'Donnell zich er verscheidene malen op betrapt, in de richting van mevrouw Quantz te kijken. Hij had moeite, haar te zien als de dochter van de harde, stugge man die Swayne was. Swayne was nu achtenzeventig, maar bezat nog alle strenge onverbiddelijkheid uit de tijd van de concurrentie op leven en dood in de warenhuiswereld. Hij maakte wel eens misbruik van zijn leeftijd door stekelige opmerkingen tegen zijn gasten te maken, hoewel O'Donnell vermoedde dat het hem alleen om het genot van een debat ging. De oude man was nog steeds strijdlustig, al waren woorden zijn laatst overgebleven wapen.

Denise Quantz was de volmaakte tegenstelling, zachtmoedig en taktisch. Met een paar goed gekozen woorden kon zij aan een opmerking van haar vader de scherpte ontnemen. En mooi was ze ook, vond O'Donnell; ze had de rijpe schoonheid die een vrouw van veertig soms in de schoot valt. Ze scheen dikwijls naar haar vader in Burlington te komen, waarschijnlijk om te controleren of hij wel goed voor zichzelf zorgde, want zijn vrouw was al jaren dood. Maar de meeste tijd woonde Denise Quantz in New York. Hij had wel eens iets over kinderen gehoord, maar haar man kwam nooit ter sprake. Hij kreeg de indruk dat zij gescheiden was of gescheiden leefde. Onwillekeurig vergeleek hij haar met Lucy Grainger. Het verschil was opvallend: Lucy voelde zich thuis in de wereld van de geneeskunde, terwijl Denise Quantz op een geheel andere manier onafhankelijk was, werelds, welgesteld uiteraard. In haar huis zouden warmte en weldadige rust heersen. Hij wist niet, wat beter was voor een man: een vrouw die dicht bij zijn beroepsleven stond of iemand met andere belangstelling, die hem er in zijn vrije tijd volkomen „uit" haalde.

Denise zelf stoorde zijn gedachtengang: „U geeft het toch niet zo gemakkelijk op, dokter O'Donnell? Dit laat u toch niet op u zitten?"

Swayne snoof verwoed. „Hij hoeft niets op zich te laten zitten. De situatie is volkomen helder. Eeuwen lang is de mensheid door de natuur zelf in evenwicht gehouden. Als het geboorte-overschot te groot werd, kwam er een hongersnood en alles was weer goed."

„Maar daar kwam toch ook politiek bij te pas," zei Orden Brown. „Het zijn niet altijd de natuurkrachten geweest."

„In bepaalde gevallen moet ik dat toegeven. Maar de uitschakeling van de zwakken was geen politiek."

„Bedoelt u de zwakken of de onfortuinlijken?" Als je een debat wilt, kun je het krijgen, dacht O'Donnell.

„Ik bedoel wat ik zeg - de zwakken," zei Swayne, scherper opeens, maar genietend. „Als er een plaag of een epidemie kwam, werden de zwakken weggevaagd en bleven de sterken over. En andere ziekten hadden hetzelfde effect. Het natuurlijke evenwicht werd bewaard of hersteld. Zo konden de sterken zich voortplanten."

„Geloof je werkelijk, Eustace," zei Amelia Brown, „dat ons geslacht zo gedegenereerd is?"

„We gaan hard bergafwaarts, althans in de westerse wereld. De kreupelen, de zwakkelingen, de ongeneeslijk zieken worden in de watten gelegd. We leggen de maatschappij een zware last op - de improduktieven, de onvolwaardigen dragen niets bij tot het gemeenschappelijk welzijn. Ze kosten alleen een berg geld. Wat is het werkelijke nut van een sanatorium of een inrichting voor ongeneeslijk zieken? Ik zeg jullie dat de geneeskunde tegenwoordig mensen in leven laat, die moesten mogen sterven. Maar wij laten hen leven, zich vermenigvuldigen en hun nutteloosheid doorgeven aan hun kinderen en kindskinderen."

„Het verband tussen ziekte en erfelijkheid is nog lang niet duidelijk," herinnerde O'Donnell hem.

„Kracht is zowel een lichamelijke als een geestelijke factor. Erven de kinderen niet de geestelijke eigenschappen van hun ouders - en hun zwakheden?"

„Lang niet altijd."

„Maar wel heel dikwijls. Of niet?"

Het gesprek ging nu tussen Swayne en O'Donnell.

„Er zijn inderdaad aanwijzingen in die richting..."

„Juist! En dat is een van de redenen, waarom we zoveel inrichtingen voor geesteszieken hebben. Stampvolle inrichtingen. En zoveel mensen die naar de psychiater hollen."

„Dat kan ook komen doordat we meer attent zijn op de geestelijke gezondheid."

„Ja, en dat kan ook komen doordat we mensen opkweken die zwak, zwak, zwak zijn!"

Swayne had zo geschreeuwd, dat hij een hoestbui kreeg. Ik moet me maar een beetje inbinden, dacht O'Donnell, anders krijgt hij een beroerte. Waarschijnlijk te hoge bloeddruk.

Alsof Swayne zijn gedachten had gehoord, zei hij: „Probeer me maar niet te sparen, jonge medische vriend. Ik heb wel voor hetere vuren dan jouw argumenten gestaan."

O'Donnell besloot dus maar, op bescheiden voet door te gaan. „U ziet, geloof ik, een ding over het hoofd, meneer Swayne. U zegt dat ziekten en epidemieën het evenwicht in de natuur herstellen. Maar vele ziekten zijn geen gevolg van natuurlijke omstandigheden; ze zijn het resultaat van onze omgeving, van voorwaarden die de mens zelf geschapen heeft. Slechte sanitaire toestanden, gebrek aan hygiëne, achterbuurten, bederf van de lucht... dat zijn geen natuurlijke factoren, de mens heeft ze zelf gemaakt."

„Ze zijn een deel van de evolutie en de evolutie is een deel van de natuur. En alles werkt aan het evenwicht."

O'Donnell dacht bewonderend: Die oude vechtjas is niet gemakkelijk van zijn stuk te brengen. Maar hij zag de zwakke plek in Swaynes harnas: „Als dat zo is, moet de geneeskunde ook een onderdeel van dat evenwichtsproces zijn."

„Hoe kom je daarbij?"

„Omdat de geneeskunde een deel van de evolutie is. Omdat elke verandering, die de mens in zijn omgeving heeft aangebracht, medische problemen meebracht die om een oplossing vroegen. En die oplossing vinden we nooit volledig. De wetenschap hinkt altijd een paar stappen achter de gebeurtenissen aan – en zodra we een probleem onder de knie hebben, komt er een nieuw."

„Maar dat zijn medische en geen natuurlijke problemen. Als we de natuur met rust lieten, zou die haar eigen problemen al oplossen voordat ze er goed en wel zijn – door natuurlijke selectie van de sterksten."

„Dat is niet waar – en ik zal u zeggen waarom." O'Donnell liet zijn voorzichtigheid varen en voelde alleen nog de drang, iets tot uitdrukking te brengen dat om woorden vroeg. Ook voor zichzelf wilde hij dit duidelijk en voorgoed formuleren. „De geneeskunde heeft maar één probleem. Dat probleem is er altijd geweest en zal altijd blijven bestaan: het behoud van de individuele mens. En behoud van de mens is de oudste natuurwet. – Daarom hebben we strijd geleverd tegen de polio, meneer Swayne, tegen de zwarte pest, de pokken, tyfus, syfilis. Daarom vechten we nu nog tegen kanker, tuberculose en de rest. Daarom hebben we die inrichtingen – sanatoria, huizen voor ongeneeslijk zieken. Daarom behouden we de mensen, zoveel mensen als we kunnen, de sterken én de zwakken. Omdat er dat ene grote doel is: het behoud. Dat is de maatstaf van de geneeskunde, de enige maatstaf die we kunnen en mogen hanteren."

Hij verwachtte een paar nieuwe zweepslagen van Swayne, maar die kwamen niet.

„Schenk dokter O'Donnell nog eens in, Denise," was alles wat hij zei.

O'Donnell hield zijn glas op. Denise boog zich naar hem toe en dat ging gepaard met een verleidelijk vleugje parfum. Hij kreeg de onzinnige, jongensachtige aanvechting, haar even aan te raken.

Ze was al weg en vulde het glas van haar vader bij. „Als u werkelijk zo over die dingen denkt, vader, waarom bent u dan commissaris van een ziekenhuis?"

Swayne lachte. „Voornamelijk omdat Orden en sommige anderen hopen dat ik mijn testament niet zal wijzigen. Ze vermoeden, dat ze niet lang meer te wachten hebben." Hij keek Brown aan, die onmiddellijk reageerde:

„Je doet je vrienden onrecht, Eustace."

„En jij bent een leugenaartje." De oude man genoot weer ten volle. „Je hebt me iets gevraagd, Denise, en ik zal antwoord geven. Ik ben commissaris van het ziekenhuis omdat ik een nuchter mens ben. De wereld is nu eenmaal zo en ik kan er niets aan veranderen, al zie ik verdraaid goed wat eraan mankeert. En op die manier kan ik misschien nog voor een beetje evenwicht zorgen. Ik weet natuurlijk heel goed, dat ze me een dwarskijker vinden . . ."

„Heeft iemand dat ooit gezegd?" kwam Orden Brown vlug.

„Dat hoeft niemand te zeggen. Maar elke activiteit heeft ergens een rem nodig. En dat ben ik – een rem, een corrigerende kracht. En als ik er niet meer ben, zul jullie misschien tot de ontdekking komen, dat je er weer zo een nodig hebt."

„Je praat onzin, Eustace. En je onderschat je eigen goede bedoelingen." Orden Brown besloot, dan ook maar recht op de man af te praten. „Je hebt in Burlington meer goed gedaan dan wie ook."

Het was of de oude man verschrompelde in zijn stoel. „Wie kent zijn eigen beweegredenen? Jullie verwacht zeker een flinke gift van me, voor de uitbreiding?"

„Om de waarheid te zeggen, we hadden gehoopt dat er aanleiding voor je zou zijn, je gebruikelijke, royale bijdrage te leveren."

Bijna onhoorbaar zei Swayne: „Een kwart miljoen is dan zeker wel genoeg . . ."

O'Donnell hoorde hoe Brown zijn adem inhield. Het was veel meer dan ze in hun meest optimistische ogenblikken verwacht hadden.

Brown zei: „Ik kan niet huichelen, Eustace. Werkelijk, ik ben totaal overweldigd."

„Niet nodig." Hij draaide de voet van zijn glas tussen zijn vingers. „Het is nog niet definitief. Over een paar weken hoor je er wel meer van." Hij keek O'Donnell aan en vroeg zonder overgang: „Schaak jij?"

„Niet sinds mijn studententijd."

„Ik schaak dikwijls met Pearson." Hij keek O'Donnell recht aan. „Je kent dokter Pearson natuurlijk."

„Ja, heel goed zelfs."

„Ik ken hem al jaren, in en buiten het ziekenhuis." De woorden kwamen langzaam en weloverwogen. Ze zouden een waarschuwing kunnen zijn. „Naar mijn mening is Pearson een van de bekwaamste mannen van het ziekenhuis. Ik hoop dat hij nog vele jaren hoofd van zijn afdeling zal blijven. Ik heb een onvoorwaardelijke eerbied voor zijn kundigheid en zijn oordeel."

Daar ligt het dus, dacht O'Donnell, open op tafel, met geen mogelijkheid verkeerd te begrijpen. Het ultimatum. Eustace Swayne had gezegd: als jullie prijs stelt op mijn kwart miljoen dollar, handen af van Joe Pearson!

O'Donnell reed met Brown en zijn vrouw terug door de stad, in de Lincoln van Brown.

„Zou hij het menen . . . een kwart miljoen?" vroeg Amelia nadat ze een poos zwijgend gereden hadden.

„Hij is ertoe in staat het te geven – als hij ervoor voelt."

„De voorwaarde is jou zeker ook niet ontgaan?" vroeg O'Donnell.

„Nee." Brown zei het in alle kalmte, op een toon ook alsof hij er niet verder over wilde praten. O'Donnell was hem er dankbaar voor; dit was zijn probleem, het lag niet op het terrein van de voorzitter.

Ze zetten hem bij zijn flatgebouw af en na de afscheidsgroet zei Amelia nog: „Dat wilde ik je nog zeggen, Kent. Denise is niet gescheiden, maar ze leeft gescheiden. We praten eigenlijk weinig over haar probleem, maar het is er wel. Ze heeft twee kinderen op de middelbare school. En ze is negenendertig."

„Waarom vertel je hem dat?" vroeg Brown.

„Omdat hij het wil weten. – Jij zult nooit een vrouw worden, zelfs niet met je eigen chirurgische toverkunsten."

Toen de Lincoln wegreed, vroeg O'Donnell zich af hoe zij het wist. Misschien had ze gehoord hoe hij en Denise Quantz afscheid namen. Hij had wellevend gezegd, dat hij hoopte haar nog eens te ontmoeten. „Ik woon in New York met mijn kinderen," had zij toen gezegd. „Waarom komt u niet eens aan als u in de stad bent?" En O'Donnell dacht erover, de volgende maand toch maar naar dat chirurgencongres in New York te gaan, in tegenstelling tot zijn besluit, het over te slaan.

Zijn gedachten sprongen naar Lucy Grainger en zonder het te willen, voelde hij zich een ogenblik ontrouw. Hij was bij de ingang van het flatgebouw toen iemand zei:

„Goedenavond, dokter O'Donnell."

Hij keek om en herkende een van de assistent-chirurgen, Seddons. Hij had een aantrekkelijke brunette bij zich, die hem bekend voorkwam. Waarschijnlijk een van de leerling-verpleegsters, dacht hij; ze scheen er wel de leeftijd voor te hebben. Hij groette lachend terug en ging naar binnen.

„Hij zag er bezorgd uit," zei Vivian tegen Seddons.

„Lijkt me uitgesloten, bijdehandje. Als je zo hoog bent geklommen als hij, liggen de meeste zorgen achter je."

De voorstelling in het theater was afgelopen en ze wandelden terug naar het ziekenhuis. Het was een goede musical geweest, lawaaiig en een beetje plat. Ze hadden veel gelachen en elkaars hand vastgehouden en een paar maal had Mike Seddons een arm om de rugleuning van haar stoel gedrapeerd, met de bedoeling, die arm zachtjes te laten zakken, zodat hij met zijn hand een ontdekkingsreis om haar schouder kon maken. Ze had geen blijken van bezwaar gegeven.

Bij het eten voor de voorstelling hadden ze over zichzelf gepraat. Vivian had hem naar zijn plannen in de chirurgie gevraagd en hij vroeg haar waarom ze leerling-verpleegster was geworden.

„Ik weet niet of ik dat kan uitleggen, Mike. Ik kan alleen zeggen dat ik in de verpleging heb gewild zolang mijn geheugen teruggaat." Haar ouders hadden zich er eerst tegen verzet, maar waren voor haar onwrikbare wens gezwicht. „Ik wilde zelfstandig zijn, denk ik, en de verpleging trok me het sterkst aan."

„Denk je er nog zo over?"

„Ja. Nu ja, een enkele keer – als je moe bent, veronderstel ik, en je hebt in het ziekenhuis bepaalde dingen gezien en je denkt aan thuis – dan weet je niet of het wel al die moeite waard is, of er geen gemakkelijker dingen te doen zijn. Maar dat zal iedereen wel gebeuren en meestal ben ik heel zeker van mezelf. – Ja, Mike, ik weet wat ik wil – en ik wil verpleegster worden."

Hij zag nu ook duidelijker de krachtige vastberadenheid, de vaste wil onder de oppervlakte van vrouwelijke charme. Weer voelde hij zijn belangstelling heviger worden, maar weer gaf hij zichzelf de waarschuwing: Geen complicaties! Denk eraan, dat alles wat je voelt in de eerste plaats biologisch is.

Het liep tegen twaalven, maar Vivian had haar naam op de „late lijst" gezet en scheen geen haast te hebben. Sommige oudere verpleegsters, die onder strengere regels waren opgeleid, vonden dat de leerlingen veel te veel vrijheid kregen. Maar in de praktijk werd er zelden misbruik van gemaakt.

„Zullen we door het park gaan?"

Ze lachte. „Waar heb ik die oude zin vaker gehoord?" Maar ze liet zich meenemen door het hek. In het donker zag ze aan weerskanten van het pad de rijen zwarte populieren.

„Ik heb een hele verzameling oude zinnen. Dat is een van mijn specialiteiten." Hij nam haar hand. „Wil je er nog een paar horen?"

„Och, waarom niet." Er voer een heel lichte trilling door haar zelfverzekerdheid.

„Een voorbeeld." Hij bleef staan, nam haar bij haar schouders en kuste haar mond.

Vivian voelde haar hart in de volgende versnelling springen, maar dat tempo belette haar niet, de situatie op een kleine afstand te bekijken. Moest ze onmiddellijk ophouden of dit laten doorgaan? Als ze nu geen maatregelen nam, zou het later misschien onmogelijk zijn.

Zij wist al dat ze Mike Seddons aardig vond en hem op den duur nog veel aardiger zou gaan vinden. Hij was uiterlijk aantrekkelijk en ze waren jong. Het verlangen begon mee te spreken. Er kwam weer een kus, waaraan ze nu actief deelnam. Ze voelde de punt van zijn tong en raakte die aan met haar tong. Het gaf een heerlijk, tintelend gevoel. Zijn arm klemde steviger om haar heen, zijn hand bewoog over haar rug, onrustig. Zijn andere hand gleed omlaag, trok haar bij elke beweging dichter tegen hem aan. Met grote duidelijkheid wist zij, dat dit het ogenblik was om het af te breken. Hierna zou het niet meer kunnen. Of misschien nog één seconde? Nog een . . . ??

Zijn hand morrelde aan het haakje van haar jurk. Met succes. „Nee, Mike, toe! Alsjeblieft!" Maar ze kon zich niet overtuigen. Ze had een vreselijk, allesoverheersend verlangen naar hem en zei: „Ja . . . ja . . ." vlak bij zijn oor, toen zijn hand haar borst raakte.

„Liefste, liefste Vivian." Aan zijn ademloze fluisterstem hoorde ze dat hij ook opgewonden was.

Maar de vrouwelijke nuchterheid was er ook nog. „Niet hier, Mike. Er zijn mensen."

„Tussen de bomen dan." Hij nam haar bij een hand. Ze voelde een trillende opwinding, een brandende nieuwsgierigheid naar hoe het zou zijn. Gevolgen telden niet meer mee. En Mike was dokter; hij zou wel voorzichtig zijn.

Ze kwamen op een kleine open plek. Vivian wist, dat nu de vervulling zou komen – en ze kon geen ogenblik langer wachten.

„Hier . . ." zei hij en nam haar mee naar de plek die hem geschikt leek.

Plotseling voelde ze een schroeiende pijn, zo hevig dat ze eerst niet wist waar het was. Ze kon een kreet niet bedwingen. Het was haar linker knie.

„Vivian, wat is er?" Ze zag zijn vragende, niet-begrijpende gezicht. Ze dacht: Hij denkt natuurlijk dat het een kunstgreep is. Zoiets doen meisjes, om zich uit een gevaarlijke situatie te redden.

De eerste pijn was wat weggevloeid, maar golfde nog terug. „Mike, het is mijn knie. Kan ik ergens zitten?" Ze kromp weer ineen.

„Vivian," zei hij, „je hoeft geen komedie op te voeren. Als je terug wilt naar het ziekenhuis, zeg het dan en ik breng je weg."

„Toe, Mike, geloof me . . ." Ze hield zich vast aan zijn arm. „Het is mijn knie. Het doet vreselijk pijn. Ik moet ergens zitten."

„Hierheen dan maar." Ze voelde zijn twijfel nog, maar hij nam haar mee terug tussen de bomen door. Aan het pad was een bank en daar gingen ze heen.

Toen ze was bijgekomen, zei Vivian: „Het spijt me zo, ik kon er werkelijk niets aan doen."

„Weet je het zeker?" vroeg hij sceptisch.

Ze nam zijn hand. „Mike, daarginds . . . ik wilde het even graag als jij. En toen kwam dit."

„Het spijt me, Vivian. Ik dacht . . ."

„Ik weet wat je dacht. Maar dat was het niet. Eerlijk niet."

„Goed. Zeg dan eens wat eraan mankeert." Hij was plotseling de dokter.

„Het is mijn knie. Opeens kwam die snijdende pijn."

„Laat eens kijken." Hij zat al voor haar geknield. „Welke is het?"

„De linker." Ze schoof haar rok wat omhoog. Met lichte vingers betastte hij de knie. Hij vergat dat hij een paar minuten geleden met dit meisje andere plannen had. Hij had opeens spreekuur en ging systematisch de mogelijkheden na. De nylon kous van Vivian bemoeilijkte zijn tastgevoel. „Rol je kous eens omlaag, Vivian." Ze deed het en zijn vingers gleden over haar blote knie. Ze keek hem aan en dacht: Hij wordt een goede dokter; de mensen komen bij hem om hulp en hij zal vriendelijk zijn en doen wat hij kan. Ze dacht eraan, hoe het zou zijn – hij en zij altijd samen. Als verpleegster kon ze zoveel doen om hem te helpen en zijn werk te begrijpen. Maar nee, dit was belachelijk, ze kenden elkaar nog nauwelijks. Toen kwam de pijn weer.

„Is dit al eerder gebeurd?" vroeg Mike.

Ze zag opeens het lachwekkende van de situatie en begon te giechelen.

„Wat is er, Vivian?"

„O, niets . . . ik bedacht ineens . . . vijf minuten geleden . . . en nu zit je me hier als dokter te onderzoeken."

„Wees nu even ernstig. Heb je dit al vaker gehad?"

„Eén keer. Maar niet zo erg als nu."

„Hoe lang geleden?"

„Zowat een maand."

„Ben je er al mee bij een dokter geweest?" Hij was nu honderd procent arts.

„Nee, was dat dan nodig?"

„Dat weet je nooit. Maar morgen ga je. Dokter Grainger lijkt mij de aangewezen persoon."

„Mike, is het iets ernstigs?" Ze werd ongerust.

„Waarschijnlijk niet. Maar er zit een knobbeltje dat er niet thuishoort. Ik praat morgenochtend wel met Lucy Grainger; zij zal wel zeggen wat het is. En nu moet je naar huis."

De oorspronkelijke stemming was voor die avond onherroepelijk verloren, maar ze dachten er niet aan.

Mike hielp haar op, sloeg een arm om haar heen en kreeg plotseling het verlangen, haar te helpen en te beschermen. Hij vroeg: „Zou je kunnen lopen?"

„Ja, de pijn is nu weg."

„Het hoeft maar tot het hek. Daar kunnen we een taxi nemen." En omdat ze nogal somber keek, zei hij opgewekt: „Wees maar gerust, die taxi komt niet op de rekening."

HOOFDSTUK IX

De gegevens graag." Pearson, over de microscoop gebogen, zei het grommend tegen MacNeil.

MacNeil bekeek de aantekeningen. „Een man van veertig jaar, opgenomen wegens appendicitis." MacNeil zat tegenover Pearson in het kantoor van de afdeling pathologie. Pearson nam het glaasje uit de microscoop en schoof er een ander in. „Hoe zag het weefsel eruit bij het voorlopig onderzoek?"

MacNeil, die het voorlopig onderzoek had verricht toen de blindedarm uit de operatiekamer was gekomen, zei: „Eigenlijk heel normaal."

„Hm." Pearson bewoog het glaasje. „Wacht eens even . . . hier heb ik iets." Even later zette hij een derde glaasje in. „Alsjeblieft . . . de acute appendicitis, die juist in dit gedeelte begon. Wie was de chirurg?"

„Dokter Bartlett."

„Die is er dan mooi bijtijds bij geweest. Kijk eens." Hij maakte plaats bij de microscoop.

Samen met MacNeil was Pearson bezig, de achterstand in de chirurgische rapporten in te halen. Maar ze wisten allebei, dat die achterstand ondanks alle inspanning en goede bedoelingen te groot bleef. De proefglaasjes, die ze nu bestudeerden, bevatten weefsel van een blindedarm die al weken tevoren was weggenomen. De patiënt was al lang ontslagen en in dit geval kon de oorspronkelijke diagnose van de chirurg alleen nog bevestigd of ontkend worden. Gil Bartlett had nu toevallig en verdienstelijk gelijk gehad en hij was de ziekte in het beginstadium te lijf gegaan, voordat de patiënt er veel hinder van kon ondervinden.

„Volgende." Pearson ging terug naar de microscoop.

MacNeil schoof hem een serie glaasjes toe en raadpleegde zelf een nieuwe map met aantekeningen. Terwijl ze bezig waren, kwam Bannister onhoorbaar binnen. Hij ging naar een dossierkast om papieren op te bergen.

„Dit is een nieuw geval," zei MacNeil, „vijf dagen geleden binnengekomen. Ze wachten nog op de uitslag."

„Zulke dingen moet je me maar eerst geven," zei Pearson met een zuur gezicht, „anders krijgen we nog meer gebalk van boven."

MacNeil wilde zeggen, dat hij weken geleden had voorgesteld, hun werkwijze juist in die zin te veranderen, maar Pearson had toen beslist alle specimina in de volgorde van binnenkomst willen behandelen. Maar wat had het voor zin, dit nu te zeggen? „Het is een vrouw van vijfenzestig," zei hij dus gewoon. „Het specimen is een huidlaesie, oppervlakkig een moedervlek. De vraag is: is het een kwaadaardig melanoom?"

Pearson zette het eerste glaasje in en bewoog het. Hij stelde de krachtigste lens in. „Mogelijk . . ." Hij bestudeerde nog drie glaasjes en dacht na. „Aan de andere kant kan het ook een blauwe naevus zijn. Wat denk jij ervan?"

MacNeil kwam kijken. Dit was een belangrijke beslissing, wist hij. Een kwaadaardig melanoom was een werkelijk levensgevaarlijk gezwel. De cellen konden zich uiterst snel en moordend door het lichaam verspreiden. Was die diagnose van toepassing op het kleine deel dat al verwijderd was, dan moest er ogenblikkelijk tot een grote operatie worden overgegaan. Maar een blauwe naevus of wijnvlek was volkomen onschuldig en kon, zo lang de vrouw leefde, zonder gevaar blijven zitten waar zij zat.

Uit zijn studie-ervaring wist MacNeil, dat een kwaadaardig melanosarcoom niet dikwijls voorkwam, maar ook een blauwe naevus was bijzonder zeldzaam. Wiskundig had het kwaadaardige gezwel de grootste kans, maar dit was geen wiskunde. Het was pathologie van het zuiverste water.

MacNeil vergeleek in gedachten de kenmerken van de twee soorten gezwellen. De overeenkomst was ontmoedigend. Ze waren allebei gedeeltelijk met littekens bedekt, gedeeltelijk cellulair en hadden tamelijk veel pigment. De cellenstructuur van beide typen was zeer duidelijk. Hij zei eerlijk tegen Pearson: „Ik weet het niet." Want hij had ook geleerd, eerlijk te zijn. „Zijn er misschien oude gevallen, waarmee we dit kunnen vergelijken?"

„Het zou een jaar duren eer we die gevonden hadden. Ik kan me niet herinneren wanneer we voor het laatst een blauwe naevus gehad hebben." Pearson zuchtte. „We zullen eens een tweede index moeten aanleggen. Als er dan zo'n twijfelgeval komt, kunnen we het vergelijkingsmateriaal opzoeken."

„Dat zegt u al vijf jaar," kwam de droge stem van Bannister.

Pearson draaide zich om. „Wat doe jij hier?"

„Opbergen. Dingen die het kantoorpersoneel zou moeten doen – als we het hadden."

En dan zou het waarschijnlijk ook veel beter gebeuren, dacht MacNeil. De afdeling had groot gebrek aan kantoorbedienden en de opbergmethoden, die nu gebruikt werden, waren hopeloos verouderd. Het ontbreken van een tweede index was ook een grote gaping in het administratief systeem. Er waren maar weinig goede ziekenhuizen die er geen hadden. Sommigen gaven er een andere naam aan, maar het was een index die van groot nut kon zijn bij een probleem als dat van vandaag.

Pearson bestudeerde de glaasjes nog eens. Hij zat erbij te mompelen, een bekende gewoonte van pathologen die in gedachten de mogelijkheden afwegen: „'t Is een beetje klein . . . geen bloedingen . . . geen necrose van het weefsel . . . negatief maar geen indicatie . . . ja, ik ben er." Hij richtte zich op. „Diagnose – een blauwe naevus." Waarmee de patiënte gratie was verleend.

Pearsom somde de redenen van zijn beslissing op en gaf de glaasjes aan MacNeil. „Bestudeer ze maar goed, want dit zul je niet dikwijls meer te zien krijgen."

MacNeil twijfelde niet aan de juistheid van Pearsons diagnose. Ervaring telde ook mee – en de ervaring van Pearson was in sommige gevallen meer waard dan elke index.

Ze bestudeerden nog twee tamelijk eenvoudige gevallen, waarna Pearson het eerste glaasje van de volgende serie in de microscoop schoof. Hij keek er een seconde naar en schreeuwde toen explosief tegen MacNeil: „Ga Bannister halen!"

„Ik ben er nog," zei Bannister bedaard, bij de archiefkast.

Pearson zwenkte met zijn draaistoel. „Bekijk dit eens! Hoe vaak moet ik nog vertellen hoe ik de glaasjes wil hebben? Wat mankeert die lui op histologie toch? Zijn ze stokdoof of alleen maar dom?"

MacNeil had die uitbarsting vaker gehoord. Bannister vroeg: „Wat is er aan de hand?"

„Dat zal ik je zeggen!" Pearson rukte het glaasje uit de microscoop en slingerde het over de tafel. „Hoe kan ik een behoorlijke diagnose geven op deze rommel?"

De laborant hield het glaasje tegen het licht. „Te dik, hè?"

„En hoe!" Pearson nam een tweede glaasje van dezelfde serie. „En dit! Het lijkt wel een plak ham om tussen je brood te leggen."

Bannister lachte. „Ik zal het microtoom nazien. We hebben er de laatste tijd een beetje moeite mee. – Zal ik die glaasjes meenemen?"

„Nee, ik moet het er maar mee doen." Het buskruit van Pearson was opgebrand; hij gromde alleen nog. „Maar let voortaan een beetje beter op histologie."

Bannister was nu zelf uit zijn humeur en mompelde terwijl hij wegliep: „Jawel, als ik al niet overbelast was . . ."

Pearson riep hem na: „Ja, 't is al goed. Dat liedje heb ik vaker gehoord."

Toen Bannister bij de deur was, werd er geklopt. Charles Dornberger kwam binnen. „Kan het even, Joe?" vroeg hij.

„Ja, natuurlijk." Pearson grijnsde. „Je kunt hier zelfs nog wat leren."

De verloskundige knikte opgewekt tegen MacNeil en zei tegen Pearson: „Ik zou vanmorgen bij je komen. Wist je het niet meer?"

„Nee." Hij schoof de glaasjes weg en vroeg aan MacNeil: „Hoeveel nog in deze serie?"

MacNeil telde. „Acht."

„Die maken we dan later wel af."

Dornberger ging op zijn gemak zijn pijp stoppen. Hij keek rond door de grote, ongezellige kamer en huiverde. „Het is hier vochtig, Joe. Elke keer als ik binnenkom krijg ik een rilling en word ik verkouden."

Pearson lachte. „Klopt. We spuiten hier iedere morgen influenzabacillen rond, om pottenkijkers af te schrikken." Hij wachtte tot MacNeil de kamer uit was. „Wat heb je op je hart?"

Dornberger viel met de deur in huis. „Ze hebben me afgevaardigd – en ik heb opdracht, je tactisch te behandelen."

„Hoezo? Alweer moeilijkheden?"

„Dat hangt ervan af. Maar het ziet ernaar uit, dat je er een patholoog bij krijgt."

Dornberger had een uitbarsting verwacht, maar Pearson bleef vreemd kalm. Hij zei peinzend: „Of ik het goed vind of niet, zeker?"

„Ja, Joe." Dornberger stelde het niet aangenamer voor dan het was. Hij had de laatste dagen veel over deze kwestie nagedacht.

„O'Donnell zit er zeker achter," zei Pearson, een beetje wrang maar nog steeds kalm. Hij was weer even onberekenbaar als altijd.

„Gedeeltelijk, niet helemaal."

„Wat vind jij dat ik moet doen?" Alweer een verrassing, deze vraag van vriend tot vriend.

Dornberger legde zijn nog niet aangestoken pijp in een asbakje op het schrijfbureau. Hij was blij dat Pearson het zo rustig opnam; nu kon hij hem helpen, het te accepteren en zich erin te schikken. „Ik geloof niet dat je veel keus hebt, Joe. Je bent immers ver achter met een paar dingen?"

Hij zag Pearson verstrakken, maar de storm kwam niet. „Ja," zei Pearson, wat luider, maar redelijk, „er is nog wel iets in te halen, dat geef ik toe. Maar ik krijg het heus wel gedaan, als ik de tijd maar heb."

Hij heeft het geaccepteerd, dacht Dornberger. Hij wil zich nu alleen nog groot houden. „Nu ja, misschien krijg je de tijd ... met een tweede patholoog." Hij haalde het papier uit zijn zak, dat Tomaselli hem had gegeven.

„Wat is dat?"

„Er staat nog niets vast, Joe. Het is een naam die Tomaselli had – een jonge kerel, blijkbaar, die wel iets voor ons ziekenhuis voelt."

Pearson nam het papier. „Ze hebben er geen gras over laten groeien."

„Och, onze administrateur is een actief man."

Pearson las: „Dokter David Coleman." En met verbittering en afgunst las hij verder: „Eenendertig jaar."

Tussen twaalf en één was het spitsuur in de kantine. Er had zich al een rij gevormd bij de stapel dienbladen, waarmee doktoren, verpleegsters en ander personeel langs de koude en warme buffetten gingen om hun lunch samen te stellen.

Mevrouw Straughan, de diëtiste hield als gewoonlijk een wakend oog op de drukte om te zorgen, dat de voorraden vanuit de keuken werden aangevuld zodra ze uitgeput raakten. Die dag was er keus uit Ierse hutspot, lamskoteletten en gekookte heilbot. Mevrouw Straughan merkte dat de lamskoteletten niet veel aftrek hadden. Ze besloot, er straks eens een te proeven om achter de oorzaak te komen. Het vlees was misschien niet sappig genoeg – en zoiets was al gauw bekend. Ze zag een vlek op het bovenste bord van een stapel en nam het vlug weg. Het was een spoor van een vorige maaltijd. Alweer die afwasmachine. Die leverde steeds weer problemen op. Ze besloot er binnenkort eens met de administrateur over te praten.

Aan de tafeltjes, die voor de medische staf gereserveerd waren, klonk luidruchtig gelach. Het kwam van een groep waarvan dr. Ralph Bell, de radioloog, het middelpunt was.

Gil Bartlett kwam aanlopen met een gevuld dienblad, zette het neer en ging met uitgestoken hand naar Bell. „Gefeliciteerd," zei hij. „Ik heb het net gehoord."

„Wat?" vroeg Lewis Toynbee, de internist, ook met een blad. En toen Bell stralend een sigaar aan Bartlett presenteerde, riep Toynbee: „Mijn God! Alwéér een?"

„Ja, natuurlijk, waarom niet?" Bell gaf ook hem een sigaar. „Kom erbij, Lewis. Het zijn er nu precies acht."

„Acht! Wanneer is het gebeurd?"

„Vanmorgen. Alweer een jongen voor het elftal."

Bill Rufus zei: „Niet te kritisch zijn, Lewis. Hij doet zijn best. Hij is per slot pas acht jaar getrouwd."

Lewis Toynbee gaf hem een hand en zei: „Niet te hard knijpen, Bell, anders word ik besmet met die vruchtbaarheid."

„Ik sta boven afgunst," zei Bell, wie dit niet voor het eerst overkwam.

„Hoe maakt je vrouw het?" vroeg Lucy Grainger praktisch.

„Uitstekend, dank je."

„Wat geeft dat nu voor gevoel, als je een konijn bent?" wilde Harvey Chandler weten.

„Ik ben geen konijn. Bij ons thuis hebben we maar één keer per jaar seksuele omgang. Bij mij is het alleen elke keer raak."

Lucy lachte mee met de anderen en zei: „Ralph, ik stuur vanmiddag een patiënt naar je toe. Een van onze leerling-verpleegsters, Vivian Loburton."

Het gelach was bedaard. „Waarmee kan ik van dienst zijn?" vroeg Bell.

„Een paar foto's van de linker knie. Er zit een knobbeltje, dat me niet bevalt."

In zijn kantoor belde Dornberger Kent O'Donnell op, om hem het resultaat van zijn gesprek met Pearson te vertellen. Hij besloot: „Ik heb hem ook gezegd, dat jullie al met iemand in correspondentie zijn."

„Hoe heeft hij het opgenomen?"

„Ik kan niet zeggen dat hij enthousiast was," zei Dornberger, „maar als je die man . . . hoe heet hij ook weer . . . die Coleman wilt hebben en hem wilt laten komen voor een bespreking, dan zal Joe geen moeilijkheden in de weg leggen. Maar het lijkt me verstandig, hem van nu af op de hoogte te houden van alles wat jullie doen."

„Wees daarvan overtuigd. Ik ben je bijzonder dankbaar. Charlie."

Daarna had Charles Dornberger een telefoongesprek met de vrouw van John Alexander, die eerder op die ochtend had gebeld en een boodschap had achtergelaten. Ze vertelde hem, dat ze juist de vorige dag naar de stad was gekomen; ze maakten een afspraak voor de volgende week.

En ongeveer tegelijkertijd kreeg John Alexander zelf zijn eerste uitbrander van dokter Pearson. Dat kwam zó.

Nadat Pearson zich die ochtend kwaad gemaakt had over de slechte kwaliteit van de microscoopglaasjes, was Bannister naar het serologisch laboratorium gegaan, waar Alexander werkte, en had hem het hele voorval verteld. Bannister was toen zelf ook razend en daarna had hij zijn woede gekoeld op de twee vrouwelijke analysten en hun assistent in het histologisch laboratorium ernaast. Hij liet de deur half open en Alexander hoorde wat er gezegd werd.

Maar Alexander wist wel, dat zij niet alle schuld hadden. Hij was nog niet lang in het ziekenhuis, maar voelde al waar de schoen wrong; even later zei hij dan ook tegen Bannister: „Ik geloof niet dat het hun kwalijk te nemen is, Carl. Ze hebben te veel te doen."

Bannister zei met een zuur gezicht: „We hebben allemaal te veel te doen. – En als jij alles zo goed weet, kun je hun werk misschien ook nog opknappen."

Alexander liet zich niet uit zijn tent lokken. „Dat betwijfel ik. Maar ik geloof wel, dat ze veel beter zouden opschieten met een weefsel-bewerkingsmachine. Nu moeten ze alles op de ouderwetse manier met de hand doen."

„Zet dat maar uit je hoofd, jongetje. Het is jouw probleem niet. Bovendien . . . alles wat geld kost, is hier al afgekeTst voordat het begint."

Alexander had er niet verder over gedebatteerd, maar besloot er met Pearson over te spreken zodra zich een gelegenheid voordeed.

Die middag moest hij Pearson in zijn kantoor een aantal rapporten laten ondertekenen. Toen hij binnenkwam, was de patholoog zich met duidelijk ongeduld door een stapel post aan het heenploegen. Hij keek op naar Alexander, beduidde hem dat hij de rapporten moest neerleggen en ging verder met lezen. Maar Alexander aarzelde en de oude man blafte: „Wat is er nu nog ?"

„Dokter Pearson, zou ik u . . . een voorstel mogen doen ?"

„Nu ?"

Iemand met meer ervaring zou al lang geweten hebben dat die toon betekende: Laat me met rust. Maar Alexander zei: „Ja, dokter."

„En ?"

Alexander begon, een beetje nerveus: „Het gaat om het bespoedigen van de chirurgische rapporten, dokter." Pearson legde de brief, die hij in zijn hand had, met een scherpe klap neer en keek Alexander doordringend aan. „Ik vroeg me af. dokter, of u wel eens hebt gedacht aan de aanschaffing van een weefsel-bewerkingsmachine."

„Wat weet jij van weefsel-bewerkingsmachines ?" zei Pearson met iets onheilspellends in zijn stem. „Ik dacht trouwens, dat we jou in serologie aan het werk gezet hadden."

„Ja, dokter, maar ik heb een volledige cursus in histologie afgelopen . . . Ik heb zo'n machine gebruikt, dokter, en het is iets buitengewoons. Het bespaart minstens een dag bij het maken van de proefglaasjes. Nu moeten de weefsels met de hand in alle oplossingen gebracht worden; dat is met die machine niet meer nodig. Die zet je 's avonds aan het werk en de volgende ochtend . . ."

„Ja, ik weet wel hoe het werkt. Ik heb ze gezien."

„O ja. En vindt u dan ook niet . . ."

„Alexander, ik heb die zogenaamde weefsel-bewerkingsmachines gezien en ik ben er niet van onder de indruk. De glaasjes zijn niet van de kwaliteit, die ze met de oude handmethode krijgen. En die machines zijn dúúr. Zie je deze papieren ?" Hij wees naar een stapel gele formulieren.

„Ja, dokter."

„Allemaal aanvragen om materiaal. Dingen die ik hier nodig heb. En elke keer als ik er een stel indien, moet ik strijd leveren met de administrateur. Hij zegt dat we veel te veel uitgeven."

Alexander beging zijn tweede vergissing, na het onderwerp op een ongelegen ogenblik te hebben aangesneden. Hij vatte de woorden van Pearson op als een aanmoediging, het gesprek voort te zetten.

„Maar als het ons nu een hele dag – misschien wel twee dagen bespaart . . . Dokter Pearson, ik heb glaasjes gezien die met de machine waren gemaakt – en ze waren heel goed. De machine, die u gezien hebt, werd misschien niet goed gebruikt."

Pearson was opgestaan. Alexander had de grenslijn tussen patholoog en technicus overschreden. „Zo is het wel genoeg! Ik heb gezegd dat ik me niet interesseer voor zo'n machine – en daarmee uit!" Hij liep om het schrijfbureau heen tot hij dicht tegenover Alexander stond. „En knoop nog iets in je oren: ik ben hier de patholoog en ik heb het in deze afdeling voor het zeggen. Ik sta open voor redelijke voorstellen, maar ga niet te ver. Begrepen?"

„Ja, dokter." Met een diep ellendig gevoel en zonder er iets van te begrijpen ging John Alexander terug naar zijn werk.

Mike Seddons was die dag niet met zijn gedachten bij zijn werk. Verscheidene malen moest hij zich bewust bepalen bij wat hij deed. Bij een sectie was MacNeil genoodzaakt hem te waarschuwen: „Mike, er zit een stuk van je hand onder het deel, dat je wilt gaan doorsnijden. We hebben hier graag, dat de mensen met even veel vingers weggaan als ze gekomen zijn." Seddons had zijn hand vlug verplaatst; hij voelde er weinig voor, een van zijn eigen vingers met het vlijmscherpe mês af te snijden.

Toch bleven zijn gedachten afdwalen. Waardoor had Vivian hem zo grondig in de war gebracht? Ze was zo aantrekkelijk, dat hij zo gauw mogelijk met haar naar bed wilde; in dat opzicht maakte Mike Seddons zich niets wijs. En ze scheen ook nogal handelbaar te zijn, aangenomen dat die pijn in haar knie echt was – wat hij nu toch wel geloofde. Hij hoopte dat er geen verandering in haar gevoelens was gekomen, al had hij geen enkele zekerheid. Sommige meisjes waren nu eenmaal onstandvastig; de ene dag had je met hen de meest exotische intimiteiten en de volgende dag kropen ze bij de gewoonste toenadering in hun schulp en deden alsof er nog niets gebeurd was.

Maar was er tussen Vivian en hem misschien iets meer dan dat? Hij begon het zich af te vragen. Vorige episoden hadden hem nooit zo aan het denken gezet. En er kwam nog iets in hem op: als hij het seksuele nu eens afgrendelde, kreeg dat andere misschien een kans om duidelijk naar voren te komen. Hij besloot Vivian te vragen, hem die avond weer te ontmoeten. Als ze vrij was, had het geen zin het uit te stellen.

Vivian vond zijn briefje toen de laatste les van die dag was afgelopen en ze terugging naar het zusterhuis. Het lag in het postvak onder de letter „L". Er stond de vraag op, of ze die avond om kwart voor tien op de derde etage bij de kinderafdeling wilde zijn. Eerst voelde ze er weinig voor; ze had geen officiële reden om op dat uur in die afdeling te zijn; ze kon er in moeilijkheden komen als ze er een hoofdzuster tegen het lijf liep. Maar ze werd erheen getrokken door haar eigen wil – en vijf minuten voor de afgesproken tijd ging ze van het zusterhuis over het houten pad naar het hoofdgebouw.

Mike wachtte al in de gang, schijnbaar diep in gedachten. Maar zodra ze aankwam, zag hij haar. Hij deed een deur open en ze kwamen bij een smalle, ijzeren wenteltrap. Er was niemand in de buurt en als er iemand aankwam, zouden ze het ruim op tijd horen. Hij nam haar aan een hand mee naar beneden. Op het eerstvolgende portaal draaide hij zich om en niets was natuurlijker dan een omhelzing.

Zij voelde Mikes armen om zich heen en alle wilde gevoelens van de vorige avond kwamen terug, alsof er een sluis was opengezet. Deze man met het ontembare rode haar was plotseling onmisbaar voor haar geworden. Ze verlangde op alle manieren naar hem; ze wilde bij hem zijn, met hem praten, verliefd op hem zijn. Het was een elektriserend gevoel, dat zij nog nooit had gekend. Hij kuste haar wangen nu, haar ogen, haar oren. „Vivian, ik heb de hele dag aan je gedacht. Ik kon er niet mee ophouden." Hij nam haar gezicht tussen zijn handen. „Weet jij wel wat je doet? Je ondermijnt me."

„O, Mike . . ."

Het was warm op de trap. Ze voelde zijn warmte tegen haar eigen vuur. Zijn handen zochten. Ze fluisterde: „Mike, kunnen we niet ergens anders zijn . . .?"

Zijn handen wachtten. Hij dacht na. „Ik heb een kamer samen met Frank Worth. Hij komt pas laat thuis vanavond. Durf je mee te gaan?"

„Wat zou er gebeuren als we betrapt worden?"

„Dan worden we uit het ziekenhuis gesmeten. Op dit ogenblik kan me dat niet schelen. Kom mee."

Ze gingen nog verder naar beneden en een gang door. Een assistent, die ze tegenkwamen, grijnsde maar gaf geen commentaar. Nog een trap en weer een gang. Toen kwam er iemand in het wit uit een deur. Vivians hart sprong naar haar keel toen zij de nachthoofdzuster herkende. Maar het gevaar keek niet om en ging ergens anders naar binnen. Ze kwamen in een smallere gang met gesloten deuren aan weerszijden. Onder sommige deuren was een lichtstreep; uit een kamer kwam muziek. Een prelude van Chopin.

„Hierin." Mike gooide een deur open en vlug gingen ze naar binnen. Het was donker, maar ze kon twee lage bedden en een leuningstoel onderscheiden. Achter haar deed Mike de deur op slot.

Dringend, ongeduldig, zochten ze elkaar. Hij maakte aarzelend haar uniform los. Ze hielp hem wanneer het niet vlug genoeg ging. Op weg naar het bed schopte ze haar schoenen uit. En ze beleefden de extase van de vervulling, fel en wild, genietend tot in hun diepste vezels.

Toen ze stil naast elkaar lagen, hoorde zij de muziek weer. Nog steeds Chopin, nu een etude. Het was de etude in E groot. Merkwaardig, op dit ogenblik een compositie te herkennen tot en met de toonsoort, maar de muziek, vloeiend en zacht in het donker, paste bij haar stemming.

„Vivian . . . ik wil met je trouwen."

„Weet je het heel zeker?"

Hij was verbaasd om zijn eigen woorden. Hij had het impulsief gezegd, maar opeens wist hij dat hij het meende, in zijn volle zwaarte. Zijn angst voor complicaties was nu zinloos en oppervlakkig; dat was een complicatie die hij wilde, waaraan alles ondergeschikt was. Daarom kon hij luchtig zeggen:

„Ik weet heel zeker dat ik het zeker weet. Jij dan niet?"

„Ik ben nog nooit zo zeker van iets geweest."

„Zeg!" Mike maakte zich los, leunde op een elleboog en keek haar aan. „Dat zou ik bijna vergeten. Hoe gaat het met je knie?"

„Ik heb er vanavond niet bepaald hinder van gehad . . ."

„Wat heeft Lucy Grainger gezegd?"

„Ze heeft nog niets gezegd. Dokter Bell heeft vanmiddag foto's gemaakt. Over een paar dagen zou ze wel iets laten horen."

„Ik zal blij zijn als dit opgehelderd is."

„Doe niet zo mal. Wat kan zo'n knobbeltje nu voor ernstigs zijn?"

HOOFDSTUK X

Boston, Mass., 7 augustus.

De heer H. N. Tomaselli,
Administrateur
Ziekenhuis „De Drie Provinciën",
Burlington, Pa.

Geachte heer Tomaselli,

Na mijn bezoek aan Burlington, nu een week geleden, heb ik veel nagedacht over de aanstelling bij de afdeling pathologie in uw ziekenhuis.

Ik wil u hierbij mededelen – mits u niet van standpunt bent veranderd – dat ik besloten heb, de aanstelling op de besproken voorwaarden te aanvaarden.

U zei, dat u het op prijs zou stellen als degene, die werd aangenomen, zo spoedig mogelijk in dienst kon treden. Wat dat betreft, is er niets dat mij hier vasthoudt; als ik nog een paar kleine zaken regel, kan ik op 15 augustus in Burlington beginnen, dus over ruim een week. Ik hoop, dat u dit schikt.

Dokter O'Donnell had het over vrijgezellenwoningen in de omgeving van het ziekenhuis, die bijna klaar zijn. Als u hierover nadere bijzonderheden kent, zou ik die graag van u vernemen. Intussen wilt u misschien zo vriendelijk zijn, een hotelkamer voor mij te reserveren met ingang van 14 augustus.

Aangaande het werk, dat ik in het ziekenhuis te doen zal krijgen, is er een punt dat wij niet geheel duidelijk besproken hebben; ik vermeld het nu even, in de hoop dat u zich erover met dokter Pearson zult willen verstaan voordat ik kom.

Ik meen namelijk dat het zowel voor het ziekenhuis als voor

mij van belang is, dat er een duidelijk afgebakend gebied zal zijn, waarop ik de verantwoordelijkheid draag en een redelijke vrijheid van handelen krijg, zowel bij het algemene toezicht op de dagelijkse werkzaamheden als bij het aanbrengen van eventuele veranderingen in organisatie en techniek, die vanzelfsprekend nu en dan nodig zijn.

Mijn eigen wensen in dit opzicht komen neer op directe verantwoordelijkheid, binnen de afdeling pathologie, voor serologie, hematologie en biochemie, hoewel ik natuurlijk bereid ben, dokter Pearson op zijn verzoek te allen tijde met pathologische anatomie en andere zaken te assisteren.

Zoals gezegd, schrijf ik u hierover in de hoop, dat u deze kwestie voor 15 augustus met dokter Pearson zult willen bespreken, maar ik geef u de verzekering, dat ik steeds volledig met dokter Pearson zal samenwerken en het ziekenhuis naar beste krachten zal dienen.

Hoogachtend,
DAVID COLEMAN, M.D.

Coleman las de keurig getypte brief over en stak hem in een envelop. Daarna ging hij terug naar zijn portable schrijfmachine en schreef een dergelijke, maar kortere brief aan dr. Pearson.

Hij ging daarna de deur uit van de gemeubileerde flat die hij – in Boston – voor een paar maanden had gehuurd, om de twee brieven te posten. Hij wist nog steeds niet goed waarom hij „De Drie Provinciën" had gekozen uit de acht aanbiedingen die hij de laatste weken had gekregen. Het was beslist niet de rijkste betrekking. Het salaris lag zelfs beneden het gemiddelde van de diverse aanbiedingen. En ook was het geen ziekenhuis van „naam". Twee andere inrichtingen, die hem werk hadden aangeboden, waren internationaal bekend.

Waarom dan wel ? Omdat hij bang was, in een grotere instelling te worden opgeslokt, verloren te raken ? Beslist niet, want hij had in zijn carrière al duidelijk getoond, zich in zo'n omgeving te kunnen handhaven. Dan misschien omdat hij in een kleiner ziekenhuis meer vrijheid tot onderzoekingswerk had ? Ook niet, want hij had een aanbieding van een instelling gekregen, waar alleen onderzoekingswerk werd gedaan. En hij was er niet op ingegaan. Zou het kunnen zijn, dat de verouderde toestanden in „De Drie Provinciën" – en in het bijzonder bij pathologie – hem een prikkel waren ? Hij had bij zijn bezoek aan het ziekenhuis veel verkeerde dingen gezien. En hij had gevoeld, dat het niet gemakkelijk zou zijn, met dokter Pearson samen te werken. Dat had de administrateur al toegegeven – en Pearson zelf scheen niet bijster ingenomen te zijn met de kans op een nieuwe collega.

Of was het toch iets anders? Was het een soort zelfkastijding? Was het misschien het oude spook dat hem al zo lang vervolgde?

David Coleman wist al jaren, dat trots een van zijn sterkste karaktertrekken was – en het was een trek die hij haatte en vreesde. Hij had zijn trots, meende hij, nooit ten volle de kop kunnen indrukken. Wel probeerde hij het herhaaldelijk, maar die ellendige eigenschap was onverwoestbaar en kwam terug als onkruid.

Die trots wortelde voornamelijk in het bewustzijn van zijn eigen onovertrefbare verstand. In gezelschap voelde hij zich verreweg de meerdere – en dat wás hij dan ook meestal. En alles, wat hij in zijn leven met zijn verstand had gedaan, was goed afgelopen.

Kennis was hem altijd met het grootste gemak aangewaaid. Het leren viel hem even licht als ademhalen. Op de lagere school, de middelbare school en de universiteit was hij alle anderen de baas geweest en had hij de hoogste onderscheidingen met verbluffende vanzelfsprekendheid in ontvangst genomen.

Pas op de middelbare school was hij zich van zijn trots bewust geworden. Zijn medescholieren beschouwden hem, als de meeste natuurlijk begaafden, met enige achterdocht. En toen hij geen moeite deed, zijn geestelijke superioriteit te verbergen, veranderde die achterdocht in antipathie en ten slotte in haat.

Hij merkte het wel, maar maakte zich pas ongerust toen de directeur van de school, zelf een buitengewoon knap en begrijpend man, hem op een dag apart nam. David Coleman herinnerde zich nog woordelijk wat hij had gezegd:

„Ik geloof, dat je oud genoeg bent om er tegen te kunnen, Coleman, dus ik zal er geen doekjes om winden. Behalve mij heb je hier op school geen enkele vriend."

Hij had het eerst niet geloofd. Toen had hij het zichzelf toegegeven, omdat hij voor alles volkomen eerlijk was.

De directeur zei verder: „Je bent een voortreffelijke leerling. Dat weet je zelf ook – en er is geen reden waarom je het niet zou weten. Je kunt worden wat je wilt, Coleman, je hebt een ongelofelijk goed stel hersens. Ik mag wel zeggen dat ik zo iemand nog nooit gezien heb. Maar ik waarschuw je: als je in een gemeenschap wilt leven, zul je je soms wat minder superieur moeten tonen dan je bent."

Het was gevaarlijk, zoiets te zeggen tegen een jongen die vatbaar was voor indrukken. Maar de directeur had zijn leerling niet overschat. Coleman nam de raad mee, verwerkte en analyseerde hem – en kreeg een afschuw van zichzelf.

Sinds die tijd werkte hij harder dan ooit, om zich te rehabiliteren met een streng programma van zelfkastijding. Hij begon mee te doen aan spelen. Hij had altijd een hekel aan sport gehad, was er nooit bij geweest en vond, dat degenen die naar wedstrijden gingen kijken en zich erover opwonden, onnozele kinderen waren. Maar nu liet hij zich zien, 's winters bij het voetballen, 's zomers bij honkbal. Ondanks zijn tegenzin bleek hij zich goed te weren. Hij kwam in de eerste schoolelftallen, ging naar elke wedstrijd kijken en brulde even hard als de anderen.

En toch kon hij nooit meedoen zonder dat gevoel van onverschilligheid tegenover het spel, een gevoel dat hij zorgvuldig verborgen hield. En hij juichte nooit zonder het onbehaaglijke besef dat hij zich kinderachtig aanstelde. Daaruit maakte hij op, dat hij zijn trots wel geketend, maar nog lang niet verbannen had.

In zijn omgang met mensen beleefde hij ongeveer hetzelfde. Als hij vroeger iemand ontmoette, die hij geestelijk zijn mindere wist, had hij nooit moeite gedaan zijn verveling en gebrek aan belangstelling te verbergen. Nu deed hij het onmogelijke om tegenover zulke mensen vriendelijk en attent te zijn. Op de universiteit kreeg hij daardoor de reputatie van een minzame wijsgeer. En wie academische moeilijkheden had, klopte nooit vergeefs bij hem aan.

Het lag voor de hand, dat hij zijn medemensen nu met wat meer echte tegemoetkomendheid ging beschouwen, maar die echtheid kon hij in zichzelf nog steeds niet ontdekken. Hij had nog altijd die minachting voor het geestelijk lagere niveau. Hij bestreed het met een ijzeren wil en verdienstelijk toneelspel, maar het wilde niet verdwijnen.

Hij was medicijnen gaan studeren omdat zijn vader dorpsdokter was geweest en omdat het beroep hem wel aantrok. Maar toen hij zich moest gaan specialiseren, had hij de pathologie gekozen, omdat die wetenschap het meest in het verborgene werd beoefend. Het was een fase in het gevecht tegen zijn trots.

Een poos leek het of hij had gewonnen. De pathologie kan een eenzame specialiteit zijn, afgesneden van de rechtstreekse contacten met patiënten. Maar toen zijn belangstelling en kennis toenamen, kwam weer de oude minachting voor degenen, die de microscopische geheimen minder goed doorgrondden dan hij. Wel was die minachting enigszins gematigd, want in de geneeskunde had hij eindelijk geesten gevonden, die zich met de zijne konden meten. En nog later voelde hij, dat hij zijn harde zelfdiscipline wat kon verzachten zonder in zijn oude fout te vervallen. Er liepen nog steeds dwazen rond, zelfs in de geneeskunde, maar hij liet niet meer merken dat hij hen dwaas vond en trad hen nu en dan met minder tegenzin tegemoet. Het had er dus alle schijn van, dat hij zijn oude vijand had verslagen.

Maar hij bleef op zijn hoede. Vijftien jaar aanpassing schud je niet zo gemakkelijk af. Daarom stelde hij zich de vraag of hij „De Drie Provinciën" had gekozen omdat hij werkelijk in een middelgroot, tweederangs ziekenhuis wilde werken – of omdat hij verwachtte dat zijn trots daar het meest te verduren zou krijgen. Hij postte de brieven en wist, dat alleen de tijd antwoord kon geven op die vraag.

Op de zesde etage van het Gebouw voor Medische Wetenschap in Burlington kleedde Elizabeth Alexander zich aan, in de onderzoekkamer naast de spreekkamer van dr. Dornberger. In het afgelopen half uur had Dornberger haar op de gebruikelijke manier onderzocht en nu ging hij terug naar zijn bureau. Door de open deur hoorde ze hem zeggen: „Komt u even hier zitten als u klaar bent, mevrouw?"

Ze trok een dun stukje lingerie over haar hoofd en riep opgewekt: „Eén minuutje nog, dokter."

Dornberger glimlachte. Hij hield van patiënten die hun zwangerschap een feest vonden – en mevrouw Alexander hoorde zeer beslist bij die categorie. Die wordt een goede, kordate moeder, dacht hij. Ze was wel aantrekkelijk, niet „knap" in de geijkte zin, maar met een levendige persoonlijkheid die eventuele schoonheidsfouten meer dan goedmaakte. Hij keek in zijn aantekeningen: ze was drieëntwintig. Toen hij nog jonger was, zorgde hij altijd voor de aanwezigheid van een verpleegster als hij vrouwelijke patiënten onderzocht. Hij had wel eens gehoord dat doktoren, die zulke voorzorgen niet namen, later door onevenwichtige vrouwen van de afschuwelijkste dingen werden beschuldigd. Maar nu hij ouder was geworden, was die beschermende maatregel niet meer nodig. Dat was dan één voordeel van de hogere leeftijd . . .

Hij riep: „Ik zou zeggen, dat u een gezond, normaal kindje krijgt. Ik zie geen complicaties."

„Dat zei dokter Crossan ook." Ze maakte de ceintuur van een groen zomerjurkje vast en kwam de spreekkamer in.

„Gaat u zitten. – Dokter Crossan was uw dokter in Chicago, is het niet?"

„Ja."

„Heeft hij uw eerste kind ter wereld geholpen?"

„Ja." Ze haalde een papiertje uit haar portemonnaie. „Hier heb ik zijn adres, dokter."

„Dank u. Ik zal hem om de medische gegevens vragen. Waaraan is uw eerste baby gestorven?"

„Bronchitis. Ze was toen een maand oud." Ze zei het met een normale stem. Een jaar geleden zou ze die woorden niet zonder tranen door haar keel gekregen hebben. Maar nu er een nieuwe baby op komst was, leek het verlies lichter te dragen. Want deze keer zou haar kind blijven leven, dat had ze zich vast voorgenomen.

„Was het een normale bevalling?"

„Ja."

Om het pijnlijke van de vragen wat te verzachten, zei hij op een luchtige gesprekstoon: „U bent pas in Burlington aangekomen, hoorde ik."

„Ja. Mijn man werkt in „De Drie Provinciën"."

„Dat hoorde ik van dokter Pearson. Hoe bevalt het hem?"

„Hij zegt er niet veel van. Maar ik geloof dat hij het wel naar zijn zin heeft. Hij houdt veel van zijn werk."

Dornberger vloeide een paar aantekeningen af. „Dat is altijd bevorderlijk. Vooral in de pathologie." Hij keek lachend op. „Alle anderen zijn in hoge mate afhankelijk van het laboratoriumwerk."

Hij nam een formulierenbloc uit een la. „Van het laboratorium gesproken . . . er moet nog een bloedproef genomen worden."

Terwijl hij de naam invulde, zei Elizabeth: „Ik had het u nog willen zeggen, dokter. Ik ben rhesus-negatief en mijn man is positief."

Hij lachte. „Kennelijk de vrouw van een analist. Dat zal dus grondig onderzocht moeten worden." Hij scheurde een formulier af: „Hiermee kunt u naar de polikliniek gaan. Het hindert niet wanneer."

„Dank u, dokter."

Het gesprek was afgelopen, maar Dornberger aarzelde. Hij merkte dikwijls, dat de patiënten een verkeerd idee van medische zaken hadden – en als dat gebeurde, wilde hij het misverstand uit de weg ruimen, al kostte het hem tijd. In dit geval was het eerste kind gestorven, dus deze tweede zwangerschap was dubbel belangrijk. Hij moest dus zorgen dat er geen nodeloze angst was.

Ze maakte zich blijkbaar ongerust over de rhesusfactor, maar hij betwijfelde of ze wel precies wist waarom het ging.

„Mevrouw Alexander," zei hij, „u moet goed begrijpen, dat het verschil in rhesusfactor tussen u en uw man beslist niet betekent, dat het kind gevaar loopt. Begrijpt u dat?"

„Ik geloof van wel, dokter." Maar er was twijfel in haar stem.

Geduldig vroeg hij: „Weet u wat er precies bedoeld wordt met rhesus-positief en rhesus-negatief?"

„Niet goed."

Dat had hij al verwacht. „Laat ik het zo eenvoudig mogelijk zeggen. We hebben allemaal bepaalde factoren in ons bloed. We zouden kunnen zeggen, dat factor een ander woord is voor ingrediënt."

Ze knikte, ingespannen in zich opnemend wat hij zei, alsof ze luisterde naar een leraar die een vraagstuk uitlegde.

„Verschillende mensen hebben verschillende bloedfactoren. Ze zijn dikwijls geteld en bij de laatste telling was de uitkomst negenenveertig soorten. De meeste mensen – u en ik, bijvoorbeeld – hebben er tussen de vijftien en twintig in de bloedsomloop."

Haar eerste vraag kwam op: „Hoe komt het, dat de mensen met verschillende factoren geboren worden?"

„Meestal erven we die, maar dat is nu niet van belang. Van meer belang is het, dat bepaalde factoren samengaan en andere niet."

„U bedoelt dus . . ."

„Ik bedoel dat sommige bloedfactoren bij vermenging het best met elkaar kunnen vinden, maar andere kunnen niet met elkaar opschieten en gaan aan het vechten. Daarom letten we bij bloedtransfusie altijd zo scherp op de bloedsoorten."

„Dus de onverenigbare factoren, die elkaar bestrijden, geven de moeilijkheden? Als je kinderen krijgt, bedoel ik."

„Nu en dan, maar meestal niet. Laten we ons bij u en uw man bepalen. U zegt dat hij rhesus-positief is?"

„Ja."

„Dan heeft zijn bloed een bepaalde factor, die uw bloed niet bevat."

Elizabeth knikte begrijpend. Ze dacht aan de factoren van de merkwaardige produkten, die ze op school had geleerd. Sommige factoren konden van een mens dus een „merkwaardig produkt" maken . . . „Dat heeft nog nooit iemand me zo uitgelegd. U maakt het zo interessant."

„En nu de nieuwe baby. We weten nog niet of hij positief of negatief is."

„Als hij positief is . . . gaat zijn bloed dan vechten met het mijne?"

„Het is niet uitgesloten. Maar luistert u nu goed . . . Het bloed van een kind blijft afzonderlijk van dat van de moeder. Toch kan er tijdens de zwangerschap een kleine hoeveelheid in de bloedsomloop van de moeder terechtkomen. Begrijpt u dat?"

Ze knikte.

„Goed dan. Is de moeder negatief en het kind positief, dan kan dus die rhesusfactor in het bloed van de moeder komen, maar is daar niet welkom. Maar het bloed van de moeder verdedigt zich, vormt de zogenaamde afweerstoffen – en die bestrijden en vernietigen dan de rhesusfactor."

„Waar zit dan de moeilijkheid?"

„Er is geen moeilijkheid – tenminste, voor de moeder. De ellende begint pas – als er van ellende sprake is – wanneer de afweerstoffen die de moeder heeft gevormd in de bloedsomloop van het kind doordringen. Die stoffen kunnen dat – en ze doen het ook dikwijls."

„O ja . . . en dan komen ze in strijd met het bloed van het kind en vernietigen het."

Dornberger bewonderde haar begrip. „Dat zou kunnnen . . . als wij het toelieten. Het is een conditie, die we „erythroblastosis foetalis" noemen."

„Maar hoe verhindert u dat dan?"

„Als het gebeurt, kunnen we het niet verhinderen. Maar we kunnen het bestrijden. In de eerste plaats waarschuwt een bloedproef ons onmiddellijk als er afweerstoffen in het bloed van de moeder zijn gevormd. Dat gaan we nu met uw bloed ook doen en we herhalen het in de loop van de zwangerschap."

„Hoe gebeurt dat dan?"

„U vraagt meer dan ik kan beantwoorden. Wat er in het lab gebeurt, kan uw man u beter vertellen dan ik."

„Maar wat wordt er nog meer gedaan? Voor de baby, bedoel ik."

„Het belangrijkste is een wisseltransfusie met de juiste bloedsoort onmiddellijk na de geboorte. Dat slaagt in de allermeeste gevallen." Hij sprak opzettelijk niet over de vele kinderen die onder deze omstandigheden dood geboren werden en zei ook niet, dat de doktoren de geboorte soms verscheidene weken vervroegden om het kind betere levenskansen te geven. Hij vond dat hij al genoeg gezegd had.

„Ik heb u dit verteld omdat u intelligent genoeg bent om de hele waarheid te weten. Dat is trouwens altijd beter dan de halve waarheid."

Ze glimlachte gevleid. Maar ze ontnuchterde zichzelf met de gedachte, dat ze een baby kreeg en geen examen deed.

„U weet dus nu hoe de kansen liggen – en dat is zeker niet ongunstig. Hoe denkt u er nu over?"

„Dokter Dornberger, u bent geweldig!"

Hij lachte en ging zijn pijp stoppen. „Ja . . . dat vind ik zelf ook wel eens."

„Joe, kan ik je even spreken?" Lucy Grainger was op weg naar pathologie, toen zij Pearson in de gang tegenkwam.

Hij bleef staan. „Iets op je hart, Lucy?" Het was zijn gebruikelijke onderaardse rochelstem, maar Lucy was al blij dat hij niet onwelwillend klonk.

„Ja, Joe. Ik zou graag willen dat je bij een patiënte van mij kwam kijken."

Hij verdiepte zich in het ontsteken van een van zijn onvermijdelijke sigaren. Hij bekeek de rode vuurpunt en vroeg:

„Wat scheelt eraan?"

„Het is een van onze leerling-verpleegsters, Vivian Loburton. Ze is negentien. Ken je haar?"

„Nee."

„Ik maak me een beetje ongerust over haar. Ik vermoed een beentumor. Overmorgen wordt er een stukje weefsel weggenomen. Dat komt dan natuurlijk bij jou, maar het lijkt me goed dat je haar eerst even ziet."

„Waar is ze?"

„Ik heb haar laten opnemen ter observatie. Eerste etage. Zou het nu meteen even kunnen?"

„Welja." Ze gingen naar de grote hall met de personenliften.

Lucy's verzoek aan Pearson was niet ongebruikelijk. In dergelijke gevallen met een kans op kwaadaardigheid van een gezwel was het de patholoog, die het laatste woord had. Hij moest bij de diagnose van een tumor de vele en soms tegenstrijdige factoren tegen elkaar afwegen. Bij een beentumor was dat soms nog extra moeilijk en dat wist Lucy. Het was dus goed, de patholoog al dadelijk bij een geval te betrekken, om de patiënt te leren kennen, de symptomen te bespreken en de mening van de radioloog te horen.

In de lift kromp Pearson even ineen en bracht een hand naar zijn rug.

Lucy drukte op de knop van de eerste etage. „Heb je last van je rug?"

„Soms." Met enige moeite richtte hij zich op. „Waarschijnlijk omdat ik te veel over de microscoop gebogen zit."

„Waarom kom je niet eens naar mijn spreekkamer? Dan kan ik het bekijken."

Hij pufte sigarerook en zei lachend: „Dat is gauw gezegd, Lucy. Ik kan jouw rekeningen niet betalen."

De lift stopte, de deuren gleden open. Terwijl ze door de gang liepen, zei Lucy: „Collega's krijgen van mij nooit rekeningen."

Hij keek haar geamuseerd aan. „Dus jij doet het anders dan de psychiaters?"

„Ja. Die sturen je een rekening al werk je tegenover hen aan hetzelfde schrijfbureau."

„Het hoort bij de behandeling, zeggen ze."

Lucy had hem nog zelden zo kalm en ontspannen gezien.

„We zijn er." Ze liet Pearson voorgaan, een twee-persoons ziekenkamer in. Lucy groette een vrouw in het eerste bed en liep door naar het tweede, waar Vivian opkeek uit een tijdschrift.

„Vivian, dit is dokter Pearson."

„Zo, Vivian," zei Pearson verstrooid terwijl hij de kaart aannam die Lucy hem gaf.

„Dag dokter."

Vivian begreep nog steeds niet waarom ze haar in bed gestopt hadden. Maar ze vond het niet vervelend. Het was een welkome afwisseling en een poosje rusten en lezen was niet te versmaden. Een paar minuten geleden had Mike opgebeld. Hij was geschrokken toen hij hoorde wat er gebeurd was en had beloofd, zo gauw mogelijk te komen.

Lucy trok het witte gordijn tussen de twee bedden. Pearson zei: „Mag ik de beide knieën zien?"

Vivian sloeg het dek weg en trok haar nachtjapon op.

Zijn korte, dikke vingers zochten zorgvuldig en voorzichtig. Vivian gaf een teken van pijn toen hij een bepaalde plek raakte. „Hier doet het pijn hè ?" Ze knikte.

„Volgens het rapport van dokter Grainger heb je je knie vijf maanden geleden gestoten."

„Ja, dokter. Ik had er niet meer aan gedacht, maar later herinnerde ik het me. Het was op de bodem van een zwembad. Waarschijnlijk te diep gedoken."

„Deed het toen erge pijn ?"

„Ja, maar het ging over en ik dacht er niet meer aan."

„Goed, Vivian." Hij wenkte Lucy, die het dek teruglegde.

„Heb je de foto's ?" vroeg hij.

„Ja, hier. Het zijn twee series. Op de eerste serie was niets te zien. We hebben ze toen nog eens gemaakt, zodat de spieren zichtbaar werden, en daarbij vonden we een onregelmatigheid in het been."

Vivian luisterde gretig. Het gaf haar een belangrijk gevoel, van dit alles het middelpunt te zijn.

Pearson en Lucy gingen naar het raam en hij hield de foto's tegen het licht. Lucy wees hem de plek van de tumor.

„Je zou zeggen . . ." Pearson gaf haar de foto's terug. Met röntgenfoto's gedroeg hij zich altijd als een specialist die zich op het onbekende terrein van een andere specialist waagt. „Schaduwen uit schaduwland. Wat zegt radiologie ervan ?"

„Ralph Bell bevestigt de onregelmatigheid, maar voor een diagnose kan hij niet genoeg zien. Hij is het eens met de biopsie."

„Weet je wat een biopsie is, Vivian ?" vroeg Pearson.

„Ik heb een vermoeden, maar ik weet het niet zeker."

„Zeker nog niet gehad in de cursus ?"

„Nee, dokter."

„Kijk – dokter Grainger neemt een klein stukje weefsel uit je knie, van de plaats waar de onregelmatigheid zit. Dat weefsel komt dan naar mij en ik ga het bestuderen."

„En . . . kunt u daaruit opmaken wat het is ?"

„Meestal wel." Hij wilde weggaan, maar vroeg nog: „Doe je veel aan sport ?"

„O, ja, dokter. Tennissen, zwemmen, skiën. En ik ben dol op paardrijden. Dat heb ik in Oregon veel gedaan."

„Zo . . . Oregon – Vivian, we zijn klaar voor vandaag."

„Ik kom nog terug," zei Lucy voordat ze met Pearson de kamer uitging.

Toen de deur dicht was, voelde Vivian zich voor het eerst ongerust. Ze kreeg een koude angstrilling.

In de gang vroeg Lucy: „Wat vind je ervan, Joe?"

„Het kán een beentumor zijn," zei hij langzaam.

„Kwaadaardig?"

„Niet onmogelijk."

Bij de lift zei Lucy: „Als hij kwaadaardig is, zal ik het been zeker moeten amputeren."

Pearson knikte traag; hij leek opeens tien jaar ouder. „Ja, daar dacht ik juist aan . . ."

HOOFDSTUK XI

Het Viscount-straalvliegtuig draaide met zijn neus in de wind en begon hoogte te verliezen. Het vloog recht op landingsbaan Nr. 1 van het vliegveld Burlington aan. Kent O'Donnell zag het toestel aankomen; hij stond op het publieke terras onder de verkeerstoren en bedacht, dat luchtvaart en geneeskunde veel gemeen hadden. Ze waren beide voortbrengselen van de wetenschap, ze veranderden het gezicht van de wereld en rekenden af met oude opvattingen; ze bewogen zich naar onbekende verten in een vage toekomst En er was nog een overeenkomst. Ook de luchtvaart had moeite, haar eigen ontwikkeling bij te houden; een vliegtuigontwerper, die hij kende, had hem eens gezegd: „Zodra een toestel vliegt, is het alweer verouderd."

De praktijk van de geneeskunde, dacht hij, terwijl hij zijn hand boven zijn ogen hield tegen de middagzon, kwam op hetzelfde neer. De ziekenhuizen, de klinieken en zelfs de doktoren waren nooit volkomen up-to-date. Hoe ze ook hun best deden, de experimenten, ontwikkelingen en nieuwe technieken waren altijd vóór, soms jaren. Iemand kon sterven, terwijl het geneesmiddel dat hem had kunnen redden, al uitgevonden en misschien zelfs beperkt in gebruik was. Maar nieuwe ontwikkelingen hadden tijd nodig om bekend te worden en ingang te vinden. Dat gold ook voor de chirurgie. Chirurgen konden een nieuwe techniek ontwikkelen, waarmee vele mensenlevens te redden waren. Maar voordat die techniek algemeen gebruikt kon worden, moesten anderen haar beheersen en hun kennis weer doorgeven. Dat duurde soms lang. Zo was de hartchirurgie nu langzamerhand wel binnen het bereik gekomen van de meesten, die er dringende behoefte aan hadden, maar lange tijd waren maar zeer weinig chirurgen bevoegd of bereid geweest, zich eraan te wagen.

En bij nieuwe dingen rees altijd de vraag: is het goed, is het een verstandige verandering? Niet alle verandering was vooruitgang. Er werden in de geneeskunde dikwijls dwaalsporen gelegd, theorieën die tegen de werkelijkheid indruisten, opgesteld door enthousiaste of bezeten enkelingen die onbekookt vooruitholden en anderen misleidden. Het was soms moeilijk, de middenweg te houden tussen bereidheid tot vernieuwing en redelijke voorzichtigheid. In „De Drie Provinciën" met zijn koppig conservatieven en even koppig vooruitstrevenden, was het voor O'Donnell een niet-ophoudend probleem, op elk willekeurig ogenblik precies te weten welke kant hij moest kiezen.

De Viscount taxide binnen en overstemde met het scherpe gehuil van de straalmotoren ruimschoots alle andere geluiden.

De motoren werden afgezet, de eerste passagiers stapten uit. Hij zag Coleman en ging de trap van het terras af, om de nieuwe assistent-leider van pathologie te verwelkomen.

David Coleman was enigszins verbaasd, door de eerste chirurg met uitgestoken hand ontvangen te worden. O'Donnell zei: „Fijn dat u er bent. Joe Pearson had geen gelegenheid, maar we vonden dat er toch iemand naar het vliegveld moest gaan." O'Donnell zei maar niet, dat Pearson ronduit geweigerd had te gaan.

Ze gingen door de warme, drukke aankomsthal. Coleman keek nieuwsgierig rond. O'Donnell kreeg de indruk, dat hij zijn omgeving snel in zich opnam. Een goede gewoonte – als het een gewoonte was. En zelf mocht David Coleman ook gezien worden. Hij had een luchtreis van drie uur achter de rug, maar zijn pak was niet gekreukt, zijn haar zag eruit alsof hij pas uit de badkamer kwam en hij was onberispelijk geschoren. Zonder hoed zag hij er jonger uit dan zijn eenendertig jaren. En met de aktentas onder zijn arm was hij voor O'Donnell het toonbeeld van een jong geleerde.

Hij nam hem mee naar de bagage-afdeling, waar een wagen vol koffers werd gelost, en ze begaven zich in het gedrang.

„Dit vind ik nu het ellendigste van luchtreizen," zei O'Donnell.

Coleman knikte met een lachje, alsof hij zei: Zullen we onze talenten maar niet verspillen aan onbenullige praat?

Een koelbloedige jongeman, dacht O'Donnell. Hij zag de staalgrijze ogen en wist niet wat er nodig was om achter die ogen door te dringen.

Tien minuten later zei O'Donnell, terwijl hij zijn Buick door het verkeer om het vliegveld loodste, in de richting van de stad: „We hebben een kamer voor u in het Roosevelt hotel. Het is er geriefelijk en bijzonder rustig. Onze administrateur heeft u, geloof ik, al geschreven over de huisvestingssituatie."

„Ja. Ik wil er maar zo gauw mogelijk werk van maken."

„Neemt u rustig de tijd. Als u dan over een paar dagen in het ziekenhuis begint . . ."

„Nee, ik zou liever dadelijk morgenochtend aan het werk gaan."

Hij weet wat hij wil, dacht O'Donnell, en hij weet het duidelijk te zeggen. Het klonk ook alsof hij niet gemakkelijk van een voornemen was af te brengen. Hij was stekelig benieuwd hoe Joe Pearson en David Coleman het met elkaar zouden vinden. Een botsing leek voor de hand te liggen, maar je kon nooit weten. In een ziekenhuis bleken de onwaarschijnlijkste figuren wel eens levenslange vrienden te worden.

O'Donnell haalde uit om een tractor met aanhanger te passeren. „Ik zou u graag een paar dingen zeggen, als het mag."

„Natuurlijk."

„Er is de laatste jaren in ons ziekenhuis het nodige veranderd. Harry Tomaselli zei me, dat u al op de hoogte bent van sommige veranderingen en onze plannen."

„Ja, ik heb ervan gehoord."

„Nu betekent uw komst een zeer belangrijke verandering en als u eenmaal geïnstalleerd bent, zult u zelf ook wel dingen willen vernieuwen."

„Ja," zei Coleman, „daar twijfel ik niet aan." Hij dacht aan de afdeling pathologie, zoals hij die had gezien.

„We hebben altijd geprobeerd, de veranderingen op een vreedzame manier door te voeren. Dat was helaas niet steeds mogelijk, maar ik ben er de man niet naar, principes op te offeren ter wille van de vrede. U moet dat goed begrijpen. Aan de andere kant wil ik u aanbevelen, zo rustig mogelijk te werk te gaan en niemand onnodig in het harnas te jagen. Gebruik eerst uw overredingskracht, dan kunnen we het zware geschut voor de grote dingen bewaren."

„Ja, ja," zei Coleman neutraal. Hij moest O'Donnell beter leren kennen om te weten, wat er achter die woorden zat. Als hij hem nu al tot voorzichtigheid ging manen, was hij aan het verkeerde adres.

En O'Donnell was even bang dat hij al te veel gezegd had. Ze waren blij met deze nieuwe man en hij mocht niet dadelijk kopschuw gemaakt worden. Maar hij had met zoveel dingen rekening te houden.

Het ziekenhuis had geld nodig; Eustace Swayne kon het leveren – en Joe Pearson had invloed op Swayne. Dus het was van belang, Pearson te vriend te houden – binnen redelijke perken.

Ze waren in het centrum van de stad, in de hete, stoffige straten van Burlington, met trillende lucht boven kleverig asfalt. Hij stopte voor het Roosevelt hotel. Een portier schoot toe en nam Colemans bagage van de achterbank.

O'Donnell zei: „Zal ik even mee naar binnen gaan om te zien of alles in orde is?"

„O, dat is echt niet nodig." Weer die rustige, maar doelbewuste houding.

„Goed – dan tot morgen. En veel geluk."

„Dank u."

De deuren van de auto werden dichtgeslagen en O'Donnell gleed het stadsverkeer weer in. Het was twee uur. Hij besloot eerst naar zijn eigen spreekkamer en dan naar het ziekenhuis te gaan.

Op de leren bank in de gang van de polikliniek zat Elizabeth Alexander zich af te vragen, waarom ze die gang in twee kleuren bruin hadden geschilderd in plaats van iets vrolijkers. Ze hield van frisse kleuren en dit was toch al zo'n donker deel van het ziekenhuis.

Maar ze kreeg niet veel tijd om erover na te denken. Er ging een deur open en haar voorgangster kwam naar buiten, gevolgd door een analiste in een witte jas. „Mevrouw Alexander?"

Elizabeth stond op. „Ja, dat ben ik."

„Wilt u binnenkomen?"

Ze ging met het meisje mee.

„Gaat u hier maar zitten. Het duurt niet lang."

„Dank u."

Aan haar schrijfbureau las de analiste het aanvraagformulier van Dornberger. „Rhesusfactor en gevoeligheid. Juist, leg uw hand hier maar neer en maak een vuist." Ze sponsde de pols van Elizabeth met een ontsmettingsmiddel en legde er een gummi band om. Ze nam een injectiespuit, waarin ze een steriele naald zette. Snel zocht ze een ader, stak de naald er met een korte, scherpe beweging in en trok de zuiger terug. Ze liet het bloed oplopen tot het streepje van 7 cc, trok toen de naald eruit en drukte een plukje watten op de kleine wond. Het had bij elkaar nog geen vijftien seconden geduurd.

„Dat hebt u vaker gedaan," merkte Elizabeth op.

„Och, een paar honderd maal."

De analiste plakte een etiket op een reageerbuisje en goot het bloed erin. Ze zette het buisje in een rek en zei: „Dat is alles, mevrouw."

„En wat gebeurt daar nu mee?" wees Elizabeth naar het buisje.

„Dat gaat naar het serologisch lab. Een van de laboranten neemt daar de proef."

Misschien was John wel „een van de laboranten..."

Mike Seddons zat zonder gezelschap in de conversatiezaal en was ernstig ongerust. Als iemand hem een maand geleden had gezegd, dat hij zich zoveel zorgen zou maken om een meisje, dat hij volgens redelijke maatstaven nauwelijks kende, zou hij naar zijn voorhoofd gewezen hebben. Maar zijn onrust en bezorgdheid waren nu de laatste twee dagen gestadig toegenomen. De afgelopen nacht had hij geen oog dichtgedaan en voortdurend moeten denken aan de woorden, die in het handschrift van Lucy Grainger op de kaart stonden: „Vivian Loburton – vermoedelijk osteo-sarcoom, gereedhouden voor biopsie."

Toen hij Vivian voor het eerst gezien had – die dag van de sectie – was ze niet meer dan een aardig leerling-verpleegstertje. En zelfs bij de tweede ontmoeting had hij haar in de eerste plaats gezien als een belangwekkend en opwindend bed-avontuur. Mike Seddons kwam altijd eerlijk voor zijn bedoelingen en gevoelens uit.

Ook nu.

Voor het eerst in zijn leven was hij hevig en onvervalst verliefd. En werd hij gepijnigd door een vreselijke angst, die hij niet kon afschudden.

Die avond, toen hij zei dat hij met haar wilde trouwen, had hij geen tijd gehad, die gedachte verder uit te werken. Hij had zichzelf altijd verboden aan trouwen te denken voordat hij stevig gevestigd was, zonder wilde haren en met een veilige financiële toekomst. Maar toen de woorden er eenmaal uit waren, wist hij dat hij het meende. Honderd keer had hij ze daarna nog geluidloos herhaald, zonder er een letter van te willen terugnemen.

En nu dit.

Vivian wist nog niet beter of ze had een lastig knobbeltje bij haar knie, dat wel te behandelen en te genezen was, maar Mike wist wat de woorden „vermoedelijk osteo-sarcoom" betekenden. Als deze diagnose werd bevestigd, had Vivian een venijnig, kwaadaardig gezwel dat zich gemakkelijk naar andere delen van haar lichaam kon verspreiden en dat misschien al had gedaan. Werd er dan niet snel operatief ingegrepen, dan had zij hoogstens nog een paar jaar te leven. En operatief ingrijpen betekende amputatie van het been – onmiddellijk na de bevestiging van de diagnose – in de hoop, de verspreiding van de giftige cellen tegen te gaan voordat ze niet meer te achterhalen waren. En dan nog was maar twintig procent van de osteo-patiënten na een amputatie vrij van verdere gevolgen. Met de rest ging het gestadig bergafwaarts en sommigen leefden niet langer dan een paar maanden.

Maar het stond nog niet vast, dat het een kankergezwel aan het been was. Het kon een volkomen onschuldige tumor zijn. De kansen waren gelijk. Het zweet brak hem uit als hij dacht aan de uitslag van de biopsie en hoeveel daarvan voor Vivian en hem afhing. Hij had naar Lucy Grainger willen gaan om alles uitgebreid te bespreken, maar hij durfde niet goed. Als hij meer persoonlijke dan medische belangstelling toonde, zouden ze hem beslist onwetend houden, om hem te sparen. En dat wilde hij niet.

Het was niet gemakkelijk geweest, met Vivian te praten en niets van zijn sombere gedachten te laten blijken. In haar ziekenkamer had ze hem de vorige avond plagend gezegd, dat hij geen opwekkend gezelschap was. De andere patiënte was ontslagen, dus ze waren alleen. Ze zei: „Ik weet wel wat er is. Je bent bang dat je je vrijheid kwijt bent en niet meer van het ene bed naar het andere kunt springen."

„Ik heb nooit van het ene bed naar het andere gesprongen," zei hij met een poging tot luchtigheid. „Zo gemakkelijk gaat het niet; je moet ervoor werken."

„Voor mij heb je anders niet hard gewerkt."

„Dat was anders. Met jou ging het vanzelf."

„Ja . . . dat weet ik." Ze at een paar druiven. „Maar u moet niet denken, dokter Seddons, dat u hier weer uitkomt. Ik ben niet van plan, je ooit nog los te laten."

Er stroomden meer gevoelens door hem heen dan hij had gedacht te bezitten.

„En nog iets, dokter. Pas op voor die leerling-verpleegsters. Die zijn ronduit onzedelijk."

„Goed dat je het zegt!" zei hij met een vrolijkheid die hij niet voelde. „Waarom hebben ze dat al die tijd voor me verborgen gehouden?"

Ze had een dun, blauw bedjasje aan, dat van voren open was. Eronder een nylon nachtjapon in dezelfde kleur, bijna doorzichtig. Opeens wist hij, hoe adembenemend jong en mooi ze was.

Vivian had naar de deur gekeken en gezegd: „Zeg, ik weet toevallig dat het zéker een uur duurt voordat er iemand binnenkomt."

Hij schrok even, begon toen te lachen en werd weer helemaal opnieuw verliefd op haar bijna kinderlijke eerlijkheid.

„Hier en nu, bedoel je?"

„Waarom niet?"

„Als er iemand binnenkomt, schoppen ze me het ziekenhuis uit."

„Dat kon je die avond laatst ook niet schelen." Met haar vingertoppen streelde ze zijn gezicht. Terwijl hij haar kuste, voelde hij haar adem versnellen en haar vingers om zijn schouder klemmen.

Even kwam er een sterke verleiding, toen kreeg het gezond verstand de overhand. „Als dit alles voorbij is, Vivian, zullen we werkelijk alleen zijn. En dan hebben we zoveel tijd als we willen."

Dat was de vorige dag geweest. Nu zou Lucy Grainger om half drie in de operatiekamer de biopsie verrichten. Mike keek op zijn horloge. Half drie. Ze moesten nu dus beginnen. Als pathologie een beetje opschoot, kon morgen de uitslag bekend zijn.

De narcotiseur knikte. „Als jij zover bent, Lucy, wij ook."

Lucy Grainger kwam naar het hoofd van de operatietafel en zei geruststellend tegen Vivian: „Het duurt niet lang en je voelt er niets van."

Vivian probeerde te lachen, maar bracht er niet veel van terecht. Dat kwam waarschijnlijk omdat ze een beetje doezelig was van het pijnstillende middel, dat ze haar hadden ingegeven en van de plaatselijke verdoving, die haar onderlijf en benen volkomen ongevoelig maakte.

Lucy maakte een hoofdgebaar tegen de assistent. Hij tilde het been van Vivian op en Lucy wikkelde de handdoeken eraf. Voordat Vivian die ochtend naar de operatiekamer werd gebracht, hadden ze haar linker been geschoren, gewassen en met merthiolaat gepenseeld. Lucy herhaalde nu de ontsmetting en wikkelde schone, steriele handdoeken om het been, boven en onder de knie.

Aan de andere kant van de tafel stond een van de operatiezusters klaar met een groen laken. Lucy legde het samen met haar over de tafel, zodanig, dat een gat in het laken precies boven de ontblote knie kwam. De narcotiseur bevestigde het eind van het laken aan een metalen stang boven Vivians hoofd, zodat zij de rest van de operatiekamer niet kon zien. Hij keek haar aan en zei: „Zo veel mogelijk ontspannen. Het is niet erger dan een kies trekken – alleen veel comfortabeler."

„Mes, graag." Lucy hield haar hand op en de operatiezuster legde er een ontleedmes in. Ze maakte een snelle, trefzekere insnijding, vlak onder de knie en ongeveer vier centimeter lang. Er kwam onmiddellijk bloed.

„Klemmen." De zuster hield ze al klaar en Lucy klemde twee spuitende bloedvaten af. „Wilt u afbinden?" Ze maakte plaats voor de assistent.

„We maken onze insnijding door het periost." De assistent knikte terwijl Lucy hetzelfde mes in het dikke, vezelachtige beenvlies zetten.

„Klaar voor de zaag." De operatiezuster gaf Lucy een elektrische zaag. Achter haar hield een ander het snoer vrij van de tafel.

Lucy zei ter instructie van de assistent: „We nemen een wigvormig stukje been, één à twee centimeter is genoeg." Ze keek naar de röntgenfoto's, die in een lichtkast stonden. „Daarbij moeten we natuurlijk zorgen, dat we de tumor hebben en geen stuk normaal been dat naar buiten gedrongen is."

Lucy zette de zaag aan en liet hem tweemaal in het been bijten, met een fel knarsend geluid. „Dit is wel genoeg. Pincet!"

Ze haalde het stukje been uit de wond en liet het in een klaargehouden flesje vallen. Het kon nu naar de afdeling pathologie gebracht worden.

„Voel je je nog goed?" vroeg de narcotiseur aan Vivian.

Ze knikte.

„Het is bijna klaar. Het stukje bot is eruit; je knie moet nu alleen nog dichtgeritst worden."

Lucy was al bezig, het beenvlies te hechten, en ze dacht: Wat zou het eenvoudig zijn als het hiermee afgelopen was! Maar het was pas het eerste probeersel. De volgende stap hing af van Pearsons uitspraak.

De gedachte aan Pearson bracht haar in herinnering, wat Kent O'Donnell haar die ochtend had gezegd: het was de dag waarop de nieuwe patholoog zou komen. Ze hoopte dat die nieuwe aanstelling geen strubbelingen zou geven, vooral ter wille van O'Donnell zelf.

Daar ging ze weer. Merkwaardig, dat haar gedachten de laatste tijd steeds om Kent O'Donnell draaiden. Misschien kwam het doordat ze zo in elkaars nabijheid werkten, dat ze elkaar onherroepelijk elke dag zagen. Ze was benieuwd wanneer hij haar weer uit eten zou vragen. Of misschien kon ze zelf thuis een dinertje organiseren. Ze wist wel een paar mensen die ze kon uitnodigen – en Kent was er een van.

Ze kon zich even veroorloven, haar gedachten op deze zijpaden te brengen, want het hechten liet zij over aan de assistent. Het was een principe van haar, de assistenten zoveel mogelijk te laten doen, want in haar eigen leertijd had zij te dikwijls vergeefs moeten wachten op een kans, actief mee te werken.

De assistent was klaar. Lucy keek op de klok. De operatie had een half uur geduurd. Het was 3 uur.

Om zeven minuten voor vijf zeilde een loopjongen heupwiegend en fluitend het serologisch laboratorium binnen. Hij maakte altijd op die opvallende manier zijn entree, omdat hij wist dat Bannister er woedend om werd. Hij stond op een permanente voet van oorlog met Bannister, die opkeek en snauwde: „En nu zeg ik je voor de laatste keer dat je hier niet met zo'n hels lawaai hebt binnen te komen!"

„Blij dat het de laatste keer is. U hebt het al zo vaak gezegd, dat het op mijn zenuwen begon te werken." Hij bleef fluiten en liet Bannister een rek met bloedmonsters uit de polikliniek zien. „Waar wilt u dit bloed hebben, meneer Dracula?"

John Alexander grinnikte, maar Bannister vond het niet leuk.

„Dat weet je best, snotneus." Hij wees naar een vrije plek op een van de tafels. „Zet daar maar neer."

„Jawel, kap'tein." De jongen zette het rek met veel nodeloze bewegingen neer en salueerde. Hij maakte vervolgens een pirouette en verliet zingend het toneel:

„In 't groene dal, in 't stille dal,
Waar kleine virusjes bloeien,
Daar ruist een blanke bacteriënval
En bloeddruppels spatten overal . . ."

De deur ging dicht en zijn lied verstierf in de gang.

Alexander schaterde, maar Bannister zei: „Lach niet om hem, dan wordt hij nog erger." Hij ging naar de nieuwe zending bloed en bekeek vluchtig de lijst. „Zeg, hier is een bloedmonster van een zekere mevrouw Alexander. Is dat jouw vrouw?"

Alexander legde een pipet neer en kwam kijken. „Waarschijnlijk wel –. Ja, dat is van Elizabeth."

„Er staat: rhesusfactor en gevoeligheid."

„Dokter Dornberger wil blijkbaar volledige zekerheid. Elizabeth is rhesus-negatief. Ik ben positief."

Met een vaderlijk-wijsgerig gezicht zei Bannister: „Dat geeft in de meeste gevallen geen moeilijkheden."

„Dat weet ik, maar je wilt liever zeker zijn."

„Hier is het monster. Wil je het zelf analiseren?"

„Ja, graag, als je het goedvindt."

Bannister vond het altijd goed als een ander zijn werk deed. „Natuurlijk. Maar vandaag niet meer. Het is tijd om op te houden. Zet het hele spul maar weg tot morgenochtend."

Alexander zette de buisjes bloed in de koelkast.

„Carl, ik wilde je nog iets vragen . . ."

Bannister was druk aan het opruimen. Klokslag vijf uur moest hij de deur achter zich kunnen dichttrekken. Zonder om te kijken vroeg hij: „Wat dan?"

„De bloedgevoeligheidsproeven die we hier nemen . . . ik weet niet . . ."

Alexander koos zijn woorden zorgvuldig. „Ik heb gemerkt dat we maar twee proeven nemen . . . een in zoutoplossing en een in proteïne."

„En?"

„Och . . . is het niet een beetje . . . uit de tijd, alleen die twee proeven?"

Bannister was klaar met opruimen, veegde zijn handen schoon aan een papieren handdoek en zei scherp: „En waarom, als ik vragen mag?"

Alexander liet zich niet dadelijk intimideren, want dit was een belangrijke kwestie. „De meeste labs nemen tegenwoordig een derde proef . . . een indirecte Coombs, na de zoutoplossing."

„Wát voor een proef?"

„Een indirecte Coombs."

„Wat is dat?"

„Houd je me voor de mal?" Dat was niet tactisch, maar Alexander had dan ook verondersteld dat elke goede laborant wist wat een indirecte Coombs-proef was.

„Blaas maar niet zo hoog van de toren!"

„Neem me niet kwalijk, Carl, zo bedoelde ik het niet."

Bannister maakte een prop van de papieren handdoek en gooide haar in een afvalbak. „Het klonk anders niet bepaald aangenaam." Hij deed agressief een stap naar voren, zijn kale hoofd verlicht door een wit lampje. „Ik zal jou eens wat zeggen, voor je eigen bestwil. Jij komt kersvers van de schoolbanken en je weet nog niet, dat sommige schoolwijsheden in de praktijk niet opgaan."

„Maar dit is geen theorie, Carl. Het is bewezen, dat bepaalde afweerstoffen in het bloed van een zwangere vrouw met een zoutoplossing of proteïne niet op te sporen zijn."

„En hoe dikwijls komt dat voor?" vroeg Bannister alsof het antwoord al vaststond.

„Hoogst zelden."

„Alsjeblieft!"

„Maar dikwijls genoeg om die derde proef te wettigen! En het is in de grond van de zaak heel eenvoudig. Na de zoutproef neem je hetzelfde reageerbuisje . . ."

„Bewaar je college maar tot de volgende keer." Bannister trok zijn laboratoriumjas uit en nam zijn colbertje van de haak aan de deur.

Alexander wist dat hij verloren had, maar ging door: „Het is bijna geen extra werk. Ik zou het graag zelf doen. We hebben er alleen wat Coombsserum voor nodig. De proeven worden dan natuurlijk wel iets duurder . . ."

Dat was bekend terrein voor Bannister, waar hij niet naar argumenten behoefde te zoeken. „Ja, ja! Kom daarmee maar eens bij Pearson aan. Die is dolblij met alles wat duurder is!"

„Maar begrijp je het dan niet? De andere manier geeft geen honderd procent zekerheid." Hij zei het gespannen en zonder het te weten met stemverheffing. „Met de twee proeven, die we hier nemen, kun je een negatief resultaat krijgen, terwijl het bloed van de moeder toch nog gevaarlijk kan zijn voor het kind. Zo kun je een pasgeboren kind vermoorden!"

„Daarover hoef jij je geen buikpijn te maken." Het was Bannister op zijn grofst.

„Maar . . ."

„Niks te maren! Pearson houdt niet van nieuwigheden, vooral als ze geld kosten." Bannister aarzelde en werd opeens minder agressief. Het was één minuut voor vijven en het gesprek moest dus vlug worden afgewikkeld. „Ik zal jou een goede raad geven, broekeman. Wij zijn geen doktoren en daarom moet je ook geen doktertje spelen. We zijn laboranten en we doen hier wat ons gezegd wordt."

„Dat betekent toch niet dat ik niet mag denken?" Nu maakte Alexander zich kwaad. „Ik weet alleen, dat ik het bloed van mijn vrouw op drie manieren onderzocht wil hebben! Het interesseert jou misschien niet, maar dit kind is toevallig nogal belangrijk voor ons."

Bannister bekeek zijn assistent van top tot teen. Nu pas begreep hij ten volle, dat er met John Alexander een onruststoker was binnengehaald. Dat was op zichzelf geen ramp, maar onruststokers hadden de lastige gewoonte, anderen in pijnlijke situaties te betrekken. Hij moest die wijsneus dus maar de kans geven, zich flink in zijn vingers te snijden. „Ik heb je gezegd hoe ik erover denk. En als het je niet bevalt, ga je maar naar dokter Pearson. Zeg hem maar, dat je niet te spreken bent over de gang van zaken hier."

„Dat zal ik dan ook wel doen," zei Alexander rustig.

„Ga je gang. Maar bedenk, dat ik je gewaarschuwd heb."

Het was klokslag vijf uur en Bannister ging het laboratorium uit.

HOOFDSTUK XII

Voor de hoofdingang van het ziekenhuis bleef David Coleman staan om rond te kijken. Het was acht uur op een warme augustusmorgen, die zich tot een broeiend hete dag beloofde te ontwikkelen. Er was buiten het ziekenhuis weinig bedrijvigheid. Behalve Coleman waren er maar twee mensen in zicht: een concierge die het stof van een terras veegde en een oudere verpleegster, die aan de overkant uit een bus stapte. Het zou nog wel een uur duren voordat het ziekenhuisleven op volle toeren draaide.

Hij bekeek kritisch de gebouwen. Aan schoonheid en versieringen hadden de architecten beslist geen cent verspild. Alles was op het nuttige afgestemd, met als resultaat een opeenvolging van conventionele rechthoeken: muren, deuren en ramen. Alleen bij de hoofdingang was een kleine variatie aangebracht, en op een gedenksteen stond te lezen: „Eerste steen gelegd door burgemeester Hugo Stouting, april 1918."

David Coleman ging naar binnen.

Toen hij aan het kantoor van Pearson klopte en naar binnen ging, was Carl Bannister bezig papieren te sorteren op het bureau van de patholoog.

„Goedemorgen."

Bannister keek verbaasd op. Hij was op dit uur geen bezoek gewend. De meesten wisten dat Pearson er nooit voor tien uur was.

„Goedemorgen," zei hij terug, niet al te vriendelijk. Bannister was 's morgens vroeg nooit op zijn voordeligst. „Zoekt u dokter Pearson?"

„In zekere zin, ja. Ik ga hier vandaag aan het werk." Hij zag de ander schrikken en zei vlug: „Mijn naam is Coleman."

Een voetzoeker onder een kip kon geen sprekender uitwerking hebben. Bannister smeet zijn papieren neer en draafde om het bureau heen. „O, neem me niet kwalijk, dokter, ik wist niet . . . Ik had wel gehoord dat u zou komen, maar ik wist niet dat het al zo gauw was."

„Dokter Pearson verwacht me. Is hij er al?"

„Nee, nee, dan bent u wel een beetje aan de vroege kant, dokter. Dat wordt wel tien uur." Hij rimpelde zijn gezicht in een vertrouwelijke lach, waarmee hij wilde zeggen: Nieuwe bezems vegen schoon, maar als u hier gewend bent, komt u ook niet meer zo vroeg.

„O." David Coleman keek het kantoor eens rond.

„Dat is waar ook, dokter, ik ben Carl Bannister, chef-laborant. We zullen wel veel met elkaar te maken krijgen."

„Dat zal wel." Coleman wist nog niet of dat een gunstige omstandigheid was. Maar hij gaf Bannister een hand en zocht toen een plek, waar hij zijn regenjas kon ophangen (er werd volgens het weerbericht later op de dag onweer verwacht). Bannister ontplooide al zijn voorkomendheid:

„Ik neem uw jas wel even." Hij vond een klerenhanger, die hij met de zorgvuldig gedrapeerde jas op een haak bij de deur hing.

„Dank u."

„Geen dank, dokter. Zal ik u de labs maar eens laten zien?"

Coleman weifelde. Misschien kon hij beter op dokter Pearson wachten. Maar twee uur nietsdoen was ook wel veel gevergd en bovendien waren de laboratoria zijn werkterrein. Hij zei: „Ik heb ze al gedeeltelijk met dokter Pearson gezien toen ik hier een paar weken geleden was. Maar als u het niet te druk hebt, wil ik er graag nog eens op mijn gemak rondkijken."

„Och, druk hebben we het hier altijd, dokter. Maar ik zal u graag van dienst zijn. Met genoegen." De gedachtengang van Bannister was ongelofelijk doorzichtig.

„Deze kant, alstublieft." Hij had de deur van het serologisch laboratorium opengezet en liet Coleman voorgaan.

John Alexander, die Bannister sinds hun woordenwisseling van de vorige avond niet gezien had, keek op van de centrifuge, waarin hij juist een bloedmonster had geplaatst.

„Dokter, dit is John Alexander. Hij werkt hier pas. – Nog niet helemaal droog achter je oren, hè John?"

„Als jij het zegt . . ."

Coleman gaf hem een hand. „Ik ben dokter Coleman."

„Toch niet de nieuwe patholoog, dokter?" vroeg John Alexander belangstellend.

„Ja." Coleman keek rond en bedacht, als bij zijn vorige bezoek, dat hier heel wat zou moeten veranderen.

Bannister zei gastvrij: „U neust maar rond, dokter. U bekijkt maar alles wat u wilt."

„Dank u." En aan Alexander vroeg hij: „Waar bent u nu mee bezig?"

„Een onderzoek naar bloedgevoeligheid." Hij wees naar de centrifuge. „Dit bloedmonster is toevallig van mijn vrouw."

„Zo . . ." Coleman vond deze jonge laboratorium-assistent heel wat indrukwekkender dan Bannister. „Wanneer komt het kind?"

„Over iets meer dan vier maanden, dokter." Alexander schakelde de centrifuge in en stelde een tijdmeter af. Coleman merkte dat al zijn bewegingen snel en economisch waren. Deze man gebruikte zijn handen op een mooie, vloeiende manier. Alexander vroeg zonder onbescheidenheid: „Bent u getrouwd, dokter?"

„Nee."

Hij scheen nog iets te willen vragen, maar deed het niet.

„Wilde u me nog iets vragen?"

„Eh . . . ja, eigenlijk wel, dokter."

Of hij er last mee kreeg of niet, Alexander wilde zijn hart uitstorten. Na zijn dispuut met Bannister, de vorige avond, had hij de neiging gevoeld nooit meer iets te zeggen over de extra proef met het bloed, dat naar het laboratorium werd gebracht. Hij herinnerde zich maar al te goed, hoe Pearson hem had afgesnauwd toen hij eens met een ander voorstel kwam. Maar hij voelde, dat hij van deze nieuwe dokter meer gedaan kon krijgen. „Het gaat om de bloedproeven die we hier nemen."

Hij merkte dat Bannister geen woord van het gesprek miste en zag hem opeens naar zich toekomen:

„Zeg, ik zou je niet aanraden, weer over dat geval van gisteravond te beginnen!"

„Wat was dat dan?" vroeg Coleman nieuwsgierig.

Bannister negeerde de vraag. „Ik wil niet dat dokter Coleman vijf minuten na zijn komst al met zulke dingen wordt lastiggevallen. Geen woord erover! Begrepen?" Hij schakelde zijn automatische glimlach in en zei tegen Coleman: „Een soort hersenschim van hem, dokter. En als u nu met me mee wilt gaan, laat ik u onze histologische afdeling zien." Hij legde een hand op Colemans arm, om hem mee te tronen.

Een paar seconden deed Coleman niets. Toen nam hij voorzichtig

Bannisters hand van zijn mouw. „Een ogenblik.” En tegen Alexander: „Is het een medische kwestie? Heeft het iets met het laboratoriumwerk te maken?”

„Ja, dokter,” zei Alexander ondanks het onheilspellende gezicht van Bannister.

„Laat dan maar horen.”

„Het begon om deze bloedgevoeligheidsproef – deze met het bloed van mijn vrouw. Zij is rhesus-negatief, ik ben positief.”

„Dat komt zo dikwijls voor. En het is ongevaarlijk, zolang de gevoeligheidsproef maar een negatieve uitkomst vertoont.”

„Maar om die proef gaat het nu juist, dokter.”

„Hoezo?”

„Volgens mij moeten we met al deze bloedmonsters een indirecte Coombs-proef nemen, ná de proeven met de zoutoplossing en de proteïne.”

„Ja, natuurlijk.”

Het bleef even stil, tot Alexander zei: „Wilt u dat nog eens zeggen?”

„Ik zei alleen: „ja natuurlijk”. Het spreekt vanzelf, dat er een indirecte Coombs-proef genomen moet worden.” Coleman zag nog steeds geen reden tot verschil van mening. In een serologisch laboratorium was deze proef iets heel gewoons.

„Maar wij nemen die proef niet,” zei Alexander, waarbij hij Bannister triomfantelijk aankeek. „De rhesus-gevoeligheidsproeven worden hier alleen met de zoutoplossing en proteïne genomen. We gebruiken hier geen serum van Coombs.”

Coleman nam in aanmerking, dat Alexander hier nog maar kort werkte; hij vroeg dus aan Bannister: „Is dat waar?”

„Wij nemen al onze proeven volgens de instructies van dokter Pearson.”

„Dan weet dokter Pearson misschien niet, dat u de rhesusproeven op die manier doet.”

„Hij weet het precies.” Bannister deed geen moeite meer tot vriendelijkheid. Met die nieuwe mensen was het altijd hetzelfde. Ze waren er nog geen half uur of ze zaaiden onrust. Hij had zijn best gedaan, die nieuwe dokter prettig te ontvangen – en dat had je er nu van. Gelukkig stond één ding vast: dokter Pearson zou hem gauw genoeg op zijn nummer zetten. Bannister hoopte alleen dat hij er getuige van mocht zijn.

Coleman lette niet op de toon van de eerste laborant. Hij zou voorlopig met deze man moeten samenwerken. Maar daarmee was dit probleem niet uit de wereld. „Ik begrijp het toch nog niet goed. U weet toch, dat bepaalde afweerstoffen in het bloed van een zwangere vrouw zich onttrekken aan de proefnemingen met proteïne en zout, maar niet aan een proef met het serum van Coombs?"

„Dat zei ik ook al," vulde Alexander het argument aan.

Bannister gaf geen antwoord, dus Coleman ging verder:

„Ik zal er bij gelegenheid met dokter Pearson over spreken. Ik weet zeker dat hij het zich niet bewust is."

„Maar wat doen we intussen met deze proef – en de volgende?" vroeg Alexander.

„Natuurlijk met de drie media, dus ook het serum van Coombs."

„Dat hebben we hier niet, dokter." Alexander kreeg hoop.

„Laat dan een hoeveelheid komen. Het is volop te krijgen."

„Geen sprake van," zei Bannister. „We kunnen niet zomaar voorraden gaan halen. Eerst een aanvraag indienen." Hij lachte wereldwijs; dit was tenminste iets, dat die nieuwelingen niet wisten.

Coleman beheerste zich. Het zou met deze Bannister nog wel eens tot een gepeperde discussie komen, maar zijn eerste dag in het ziekenhuis was daarvoor niet de geschikte tijd. Hij zei dus op een prettige, maar vastberaden toon: „Geef me dan maar een formulier. Ik zal het wel mogen ondertekenen; dat is een van de redenen waarom ik hier ben."

Bannister aarzelde even, gaf toen Coleman het formulierenbloc.

„Heeft iemand een potlood?"

Met dezelfde tegenzin gaf Bannister het gevraagde. „Ik mag misschien wel opmerken, dat dokter Pearson alle voorraden graag zelf bestelt."

Coleman vulde het formulier in en zei met een strak lachje: „Ik zal hier nog wel meer verantwoordelijkheid te dragen krijgen dan het bestellen van vijftien dollar konijneserum –. Zo, alstublieft."

De telefoon liet zich horen en dat was Bannister een welkome aanleiding, de nieuwe dokter met een woedend, hoogrood gezicht zijn rug toe te keren. Hij nam de hoorn op, luisterde even, gaf een kort antwoord en legde neer. „Ik moet naar de polikliniek," zei hij binnensmonds tegen Coleman.

„Ga gerust uw gang."

Het incident was gesloten, maar Coleman schrok van zijn eigen verontwaardiging. Welk soort discipline liet ruimte over voor deze brutaliteit van een laborant? Dat de gang van zaken te wensen overliet, was al erg genoeg, maar dat een poging tot verbetering moest stranden op de bezwaren van iemand als deze Bannister was onverdraaglijk. Als dit een staaltje was van de stijl hier, was de hele afdeling pathologie blijkbaar nog erger verlopen dan hij had gedacht.

Hij bekeek de rest van het laboratorium eens wat zorgvuldiger, nu Bannister weg was. Het was voor een leek al duidelijk, hoe versleten en ontoereikend de inrichting was. Nu zag hij de slordigheid en ondoelmatigheid van de hele afdeling. Op de tafels en banken lag alles ordeloos door elkaar. Hij zag een hoop vuil glaswerk en een stapel vergeelde papieren. Op een ongebruikt stuk van een werktafel groeide schimmel.

Alexander volgde de inspectie met een bezorgd gezicht.

„Is dit de gebruikelijke staat van het laboratorium?" vroeg Coleman.

„Niet erg netjes, dat moet ik toegeven." Alexander schaamde zich voor de toestand, die dokter Coleman aantrof. Hij verzweeg, dat hij Bannister al had aangeboden, het laboratorium te reorganiseren en daarbij op een nadrukkelijke weigering was gestuit.

„Ik zou het nog wat sterker willen zeggen." Coleman streek met een vinger over een plank. De vinger werd donkergrijs. Hij voelde er veel voor, ogenblikkelijk ordenend aan het werk te gaan, maar wist dat hij rustig de tijd moest nemen en de mensen hier voorzichtig aanpakken. De ervaring had hem al geleerd, dat er grenzen waren aan voortvarendheid. Toch zou het niet gemakkelijk zijn, dat ongeduld van hem te bedwingen met deze tastbare verslonzing vlak voor zijn neus.

Alexander keek Coleman eens wat aandachtiger aan. Hij was hem al dadelijk vaag bekend voorgekomen. Hij was jong, waarschijnlijk niet veel ouder dan Alexander zelf. Hij zei: „Neem me niet kwalijk dokter, maar ik heb het gevoel dat we elkaar al eens ontmoet hebben."

„Mogelijk." Coleman zei het opzettelijk ongeïnteresseerd. Hij had tegenover Bannister de partij van de jongeman gekozen, maar wilde niet de indruk wekken dat zij nu bondgenoten waren. Toch vond hij zijn eigen antwoord iets te kort afgebeten en zei hij nog: „Ik heb in Bellevue, in Walter Reed en in het Algemeen Ziekenhuis van Massachusetts gewerkt."

„Nee ... het moet voor die tijd geweest zijn. Bent u wel eens in Indiana geweest? New Richmond?"

„Ja," schrok Coleman, „daar ben ik geboren."

„Ziet u wel!" Alexander straalde. „Ik had me die naam moeten herinneren. Was uw vader misschien dokter Byron Coleman?"

„Hoe weet u dat?"

„Ik kom zelf uit New Richmond. Mijn vrouw ook."

„O ja? Heb ik u daar gekend?"

„Ik denk van niet, hoewel ik u een paar maal heb gezien." In het maatschappijtje van New Richmond had er een tamelijk grote afstand bestaan tussen John Alexander en de dokterszoon. „Mijn vader was boer; we woonden een eindje buiten de stad. Maar misschien herinnert u zich mijn vrouw. Haar ouders hadden een zaak in ijzerwaren. Ze heette Elizabeth Johnson."

„Ja, ik geloof... Was er niet iets met haar... was ze niet betrokken bij een ongeluk?"

„Ja. Haar vader is met zijn auto verongelukt op de onbewaakte overweg. Elizabeth was toen bij hem."

„Ik heb ervan gehoord..." David Coleman dacht terug aan de praktijk van zijn vader, die ontelbare mensen had genezen tot hij zelf ongeneeslijk ziek werd. „Ik was toen op de universiteit, maar mijn vader vertelde het me later."

„Het heeft Elizabeth toen ook bijna het leven gekost. Maar met een bloedtransfusie heeft ze het gehaald. Het was de eerste keer dat ik in een ziekenhuis kwam. Ik heb er praktisch een week gewoond –. Dokter Coleman, als u eens een avond vrij bent, zou mijn vrouw het bijzonder prettig vinden, u te ontvangen. We wonen maar klein..." Hij aarzelde, want het standsverschil uit New Richmond was er nog altijd.

Dat voelde Coleman ook. Een stem in zijn hoofd waarschuwde hem: Pas op voor vriendschappelijke verhoudingen met ondergeschikten – zelfs deze. Dit is geen snobisme, maar heel gewone ziekenhuisdiscipline. Hij zei: „Ik zal de eerste tijd buitengewoon hard moeten werken. Zullen we het even laten rusten en afwachten hoe de dingen zich ontwikkelen?"

Het klonk hol en onoprecht in zijn eigen oren. Hij dacht: Je had wel wat eleganter kunnen weigeren... En hij wist dat hij zelf nog steeds niet veranderd was, dat zijn trots nog in volle omvang bestond.

Harry Tomaselli wilde dat mevrouw Straughan terugging naar haar keuken en er voorlopig bleef. Natuurlijk was een goede diëtiste een parel die gewaardeerd moest worden; en mevrouw Straughan wás goed.

Maar soms twijfelde Tomaselli eraan of Hilda Straughan het ziekenhuis wel als een groot geheel zag. Als hij met haar sprak, kreeg hij de indruk dat de keukens het hart van het ziekenhuis waren, met een paar minder belangrijke afdelingen er losjes omheen gegroepeerd. Maar gebeurde dat niet altijd met mensen die hun werk ernstig opvatten? En als het een fout was, dan zag hij die fout toch nog liever dan slapheid en onverschilligheid. Bovendien stond een goede chef altijd klaar, voor de belangen van zijn afdeling op te komen en er desnoods voor te vechten. En mevrouw Straughan kon vechten; ze was strijdbaar tot in haar laatste kubieke centimeter.

Op dit ogenblik was ze dan ook in een stoel van Tomaselli's kantoor druk bezig met vechten.

„Ik weet niet of u beseft, meneer T, hoe ernstig dit is." Zij sprak mensen, die ze goed kende, altijd met de eerste letter van hun naam aan. Haar eigen man noemde ze zelfs „S".

„Ik geloof van wel," zei Tomaselli.

„De vaatwasmachines, die ik nu heb, waren vijf jaar geleden al onbruikbaar. Ieder jaar hoor ik: volgend jaar komen er nieuwe – en als het dan volgend jaar is, zie ik geen machines komen. Dan is het weer een jaar uitgesteld. Dat gaat niet, meneer T, dat gáát eenvoudig niet."

Tomaselli had respect voor deze houding. Het was alleen zo jammer, dat Hilda Straughan alleen haar eigen problemen zag en niet die van anderen. Hij ging dus geduldig nog eens zeggen wat hij al dikwijls tegen haar gezegd had:

„Er komen te zijner tijd absoluut nieuwe machines, mevrouw Straughan. Ik ken de moeilijkheden, die u in de keuken hebt, maar die machines zijn bijzonder kostbaar. U herinnert zich misschien de laatste raming van elfduizend dollar, waarbij dan een paar veranderingen in de warmwatervoorziening waren inbegrepen."

Ze leunde over het schrijfbureau en schoof met haar massieve boezem een asbakje weg. „En hoe langer u wacht, hoe duurder het wordt."

„Daarvan ben ik me helaas ook bewust." De prijsstijgingen waren een probleem, waarmee Tomaselli dagelijks te kampen had. „Maar op het ogenblik kan het er beslist niet af. Daaraan is de uitbreiding natuurlijk ook debet. Het is eenvoudig een kwestie van prioriteit – en bepaalde medische installaties hebben nu eenmaal voorrang."

„Wat hebben we aan medische installaties als de patiënten niet eens van een schoon bord kunnen eten?"

„Mevrouw Straughan, zo'n vaart loopt het niet en dat weten we allebei."

„Het scheelt anders niet veel meer." Ze boog zich nog verder naar voren, zodat er nu ook een kaartenbak begon te schuiven. Ik wou dat ze die borst van mijn bureau nam, dacht Tomaselli. En de diëtiste hield aan: „De laatste tijd komen er hele ladingen vuile borden uit mijn machines. We letten er zo goed mogelijk op, maar als het druk is, gaat dat niet altijd."

„Dat begrijp ik."

„Ik maak me vooral ongerust over het infectiegevaar. Er heerst onder het personeel de laatste tijd veel buikgriep. En dan krijgt altijd eerst het eten de schuld. Maar het zou mij niet verbazen als dat werkelijk zo was."

„We hebben meer bewijzen nodig om dat zeker te weten." Het geduld van Tomaselli begon slijtgaten te vertonen. Mevrouw Straughan was op een buitengewoon drukke ochtend bij hem gekomen. Er was die middag een bestuursvergadering en voor die tijd had hij nog dringende zaken af te wikkelen. Om een eind aan het gesprek te maken, vroeg hij: „Wanneer heeft pathologie voor het laatst bacterieproeven op de afwasmachines genomen?"

„Ik kan het wel nagaan . . . maar het is zeker een half jaar geleden."

„Dan moet het maar weer eens gebeuren."

„Goed, meneer T. Zal ik er met dokter Pearson over spreken?" Mevrouw Straughan berustte; die dag viel er toch niets meer te bereiken.

„Nee, dat doe ik zelf wel."

„Dank u." Ze stond op. Hij wachtte tot zij de kamer uit was en zette toen het asbakje en de kaartenbak weer op hun plaats.

David Coleman ging na zijn lunch in de kantine terug naar pathologie. Onderweg dacht hij na over zijn werk in de onmiddellijke omgeving van dokter Pearson. Dat was tot nu toe hoogst onbevredigend.

Na een stroef begin was Pearson zeker niet onvriendelijk geweest. Zijn eerste opmerking, toen hij Coleman in zijn kantoor zag, was: „Dus het was u ernst, dadelijk te willen beginnen?"

„Wachten had niet veel zin. Ik heb wat rondgekeken in de laboratoria. Daar hebt u geen bezwaar tegen, hoop ik."

„Het is uw goed recht." Pearson zei het half grommend en half welwillend, alsof Coleman een indringer was die hij voor lief moest nemen. Maar hij verzachtte zijn opmerking met: „Ik zal u dan maar welkom heten."

Ze gaven elkaar een hand, waarna Pearson een gebaar maakte naar een slordige stapel folders, brieven en losse aantekeningen op zijn bureau: „Eerst moet ik me door die bende heenworstelen. Daarna kunnen we misschien eens bespreken, wat u hier in de toekomst zoal gaat doen."

Coleman had toen niets anders te doen gehad dan een medisch tijdschrift lezen, terwijl Pearson zich door de papieren ploegde. Er was een meisje binnengekomen om een dictaat op te nemen en daarna was hij met Pearson meegegaan naar een nabespreking in de sectie-afdeling. Naast MacNeil en Seddons had hij zich bij die bespreking ook min of meer een assistent gevoeld. Hij had vrijwel niets aan de discussie bij te dragen en zat erbij als toeschouwer. Pearson had ook tegen niemand gezegd, dat Coleman de nieuwe assistent-chef van de hele afdeling was.

Later waren Pearson en hij samen gaan lunchen, waarbij hem een paar leden van de medische staf werden voorgesteld. Pearson liet zich toen excuseren; hij had dringende bezigheden. Nu ging Coleman dus alleen terug naar de afdeling en hij woog in gedachten de komende problemen af.

Hij had natuurlijk enige tegenstand van dokter Pearson verwacht. Uit losse inlichtingen was hem gebleken, dat Pearson allerminst gesteld was op een tweede patholoog; maar deze houding had hij niet voorzien.

Hij had verondersteld dat er op zijn minst een kantoor tot zijn beschikking gesteld zou worden en dat er een paar duidelijk omschreven taken op hem wachtten. Hij had zich niet verbeeld, onmiddellijk een grote verantwoordelijkheid te krijgen en het was vanzelfsprekend dat de eerste patholoog hem een tijdje in het oog hield; dat zou hij zelf ook doen als er een nieuweling kwam die hij niet kende. Maar het ging veel verder. Ondanks zijn brief had blijkbaar niemand eraan gedacht, zijn werk te omschrijven. Hij moest maar wat rondhangen tot dokter Pearson tijd had, hem iets te laten doen. Als dat zo was, moest er in de denkwijze van dit ziekenhuis ook het een en ander vernieuwd worden.

David Coleman kende zijn eigen tekortkomingen, maar zijn goede eigenschappen waren hem ook niet onbekend. Een der belangrijkste daarvan was zijn eigen kundigheid als arts en patholoog. Ondanks zijn jeugd had hij diploma's en ervaring waarop menige oudere patholoog jaloers mocht zijn. Hij had dus geen enkele reden, hoog tegen dokter Pearson op te zien. De leeftijd van de man wilde hij wel respecteren, maar hij was niet van plan, zich als een onervaren jongen te laten behandelen.

En hij had nog een kracht, een gevoel dat sterker was dan alle andere overwegingen. Het was de vaste wil, de geneeskunde eerlijk en zonder compromis uit te oefenen. Wie dit minder dan naar eer en geweten deed, was hem alleen minachting waard. En geen goed woord had hij voor degenen, die niet met kennis en enthousiasme, maar met politiek en hun ellebogen werkten.

Hij had die instelling te danken aan het feit, dat hij anderen hun tekortkomingen niet kon vergeven, maar ook aan het gevoel, dat degenen die gediend moesten worden, ook recht hadden op de uiterste bekwaamheid en aandacht. Twee tegenstrijdige factoren misschien die eens door een studiegenoot waren samengevat als: „David Coleman, de man met het antiseptische hart."

Hij liep door de keldergang, wat zijn gedachten weer bij het ogenblik bepaalde. En die gedachten zeiden hem, dat het conflict heel dicht bij was.

In het kantoor van pathologie zag hij Pearson over een microscoop gebogen staan. „Kom dit eens bekijken en zeg wat je ervan vindt." Hij maakte plaats bij de microscoop.

Coleman liet het eerste glaasje op zijn plaats glijden, stelde de lenzen in en vroeg: „Wat is de klinische voorgeschiedenis?"

„Het is een patiënte van Lucy Grainger. Je zult haar nog wel ontmoeten; ze is hier een van de chirurgen. Het gaat om een meisje van negentien, Vivian Loburton, een leerling-verpleegster van ons. Ze heeft een knobbeltje onder de linker knie. Hevige pijn. De röntgenfoto's vertonen een onregelmatigheid in het bot. Deze glaasjes zijn van de biopsie."

Er waren acht glaasjes; Coleman bestudeerde ze allemaal. Hij begreep dadelijk waarom Pearson naar zijn mening had gevraagd. Het was een grensgeval. Ten slotte zei hij: „Het lijkt mij goedaardig."

„Mij lijkt het kwaadaardig. Osteo-sarcoom."

Coleman bekeek het eerste glaasje nog eens, nauwkeurig en geduldig, waarna hij ook de andere zeven weer bestudeerde. De eerste keer had hij rekening gehouden met een osteo-sarcoom; nu deed hij het weer. Hij woog het voor en tegen af. Alle glaasjes vertoonden tamelijk veel nieuwe beenvorming, osteoblastische activiteit met eilandjes kraakbeen erin. Er moest met een verwonding rekening gehouden worden. Had die verwonding een breuk veroorzaakt? Was die nieuwe beenvorming een gevolg van regeneratie, de geneeskracht van het lichaam zelf? Dan was het aangroeisel beslist goedaardig. Bleek er iets van beenmergontsteking? Die was onder een microscoop gemakkelijk te verwarren met het veel gevaarlijker osteo-sarcoom. Maar nee, er waren geen veelkernige witte bloedlichaampjes, die karakteristiek voorkwamen in de mergruimten tussen de scherpe beenderpunten . . . Het kwam dus neer op het onderzoek van de nieuwe beenvorming. Het was de eeuwige vraag, waar tegenover alle pathologen zich gesteld zagen: waren de aangroeisels bij een verwonding een natuurlijk gevolg van lichamelijk herstel of een kwaadaardig neoplasma? Een vergissing was zo gemakkelijk, maar niemand kon meer doen dan de bewijzen tegen elkaar afwegen en er zijn oordeel op baseren.

„Ik ben het helaas niet met u eens," zei hij.

Pearson dacht ernstig na over de uiteenlopende meningen. „Ja, er is natuurlijk ruimte voor twijfel – naar beide kanten."

Pathologie was geen exacte wetenschap; er waren geen wiskundige formules waarmee je kon bewijzen dat je uitkomst goed of fout was. Verder dan een benadering, een sterk vermoeden, kwam je nooit. Coleman zei: „Als u gelijk hebt en het is een osteo-sarcoom, dan moet er geamputeerd worden."

„Dat weet ik ook wel!" Hij zei het heftig, maar zonder beledigd te zijn. Het was de twijfel, die hem kwaad maakte. „Die vervloekte grensgevallen! Iedere keer krijg ik weer de smoor in. Je moet een beslissing nemen en je wéét, dat je ernaast kunt zijn."

„Geldt dat niet voor bijna alle pathologie?"

„Natuurlijk, maar niemand weet het! Het publiek heeft er geen notie van! De mensen zien een patholoog in de bioscoop, op de televisie! De man van de wetenschap, in de witte jas. Hij stapt naar een microscoop, loert er even in en zegt dan zo zonder meer: kwaadaardig of goedaardig. De mensen denken dat het zo eenvoudig is als het verschil tussen een zwart en een rood plaatje. Ze beseffen niet, dat we het dikwijls niet eens bij benadering weten."

David Coleman had dit zelf ook dikwijls gedacht, maar hij had het nooit zo hartstochtelijk gezegd. Misschien was dit de uitbarsting van iets dat Pearson al lang had opgekropt. Hij zei dus verzachtend: „Maar meestal hebben we het toch bij het rechte eind."

„Ja, dat is waar. Maar soms ook niet. Neem nu dit geval. Als ik zeg dat het kwaadaardig is, moet Lucy Grainger dat been amputeren. Ze heeft geen keus. Als ik me vergis, verliest een meisje van negentien jaar voor niets een been. En áls het kwaadaardig is en er wordt niet geamputeerd, is ze waarschijnlijk binnen twee jaar dood –. Misschien gaat ze toch wel dood . . . amputeren helpt niet altijd."

Het was een karaktertrek van Pearson, die Coleman niet had vermoed – deze diepe innerlijke bewogenheid om een individueel geval. Hij zei: „Als het kwaadaardig is, hebben we geen tijd te verliezen."

„Ik weet het . . ."

„Mag ik voorstellen, een paar oude gevallen na te gaan, gevallen met dezelfde symptomen?"

„Dat heeft geen zin. Kost te veel tijd."

„Maar," hield Coleman vol, „we kunnen ze toch onmiddellijk opzoeken?"

„Daar is ons archief niet op ingericht. Ik heb al lang zo'n systeem willen aanleggen, maar het is er nog niet van gekomen."

„Bedoelt u . . . dat we geen vorige gevallen kunnen raadplegen?" vroeg Coleman ongelovig.

„We zouden een week nodig hebben om ze te vinden." Pearson leek zich te schamen. „Er zijn niet veel van deze gevallen. En zoveel tijd hebben we niet."

Coleman was hiervan erger geschrokken dan van de wanorde op de afdeling. Een dergelijk tweede kaartsysteem was een van de eerste benodigdheden voor elke patholoog; het was als het ware zijn tastbare voorraad kennis en ervaring, waaruit hij gegevens kon putten om de vele raadsels op te lossen en licht te brengen in twijfelgevallen.

En het was meer. Het was een bewijs dat een afdeling goed functioneerde; het was een waarborg voor toekomstige patiënten. Het ontbreken van zo'n tweede index was in de ogen van David Coleman eenvoudig misdadig.

Ondanks zijn kritiek op de afdeling pathologie had Coleman zich tot nu toe opzettelijk geen persoonlijke mening over dokter Pearson gevormd. De man had hier jaren lang het overstelpende werk zonder noemenswaardige hulp moeten doen – en dat maakte de tekortkomingen zo niet vergefelijk, dan toch begrijpelijk. En medische kwaliteiten waren belangrijker dan administratieve. Hij kende genoeg medici, bij wie het blinkende chroom en het papieren werk op de eerste plaats kwamen, terwijl de geneeskunde zelf ergens achteraan hinkte. Hij had rekening gehouden met de mogelijkheid, dat hier de administratie slecht en de wetenschap goed was. Maar die veronderstelling moest hij nu laten varen. Dokter Joseph Pearson was traag en onbekwaam.

Hij probeerde de minachting uit zijn stem te houden toen hij zei: „Wat denkt u nu te doen?"

„Er is maar één ding."

Pearson was naar zijn bureau gegaan en nam de telefoon. Hij vroeg de telefoniste, Bannister bij hem te sturen.

Tegen Coleman zei hij: „Ik ken twee deskundigen op dit gebied – Chollingham in Boston en Earnhart in New York."

„Ja, ik heb van hun werk gehoord."

Bannister kwam binnen. „Had u me nodig?" Hij keek Coleman even aan en negeerde hem verder demonstratief.

„Neem deze glaasjes mee," zei Pearson, „en maak er twee expresse zendingen van. Een aan dr. Chollingham in Boston, de andere aan dr. Earnhart in New York. Met begeleidende briefjes, voorgeschiedenis, en vraag hun allebei, zo gauw mogelijk hun conclusies te telegraferen."

„Goed." Bannister ging weg met de glaasjes.

Dit had Pearson dan tenminste doortastend behandeld, dacht Coleman.

Pearson zei: „We kunnen nu over twee of drie dagen antwoord hebben. Ik kan Lucy Grainger natuurlijk nog niets vertellen. Ik zal haar zeggen, dat we niet helemaal zeker zijn en dat we . . . dat we op een bevestiging van buitenaf wachten."

HOOFDSTUK XIII

Vivian kon niets zeggen. Ze was verbijsterd. Ze begreep het niet. Dit kon haar niet overkomen; dokter Grainger moest iemand anders bedoelen. Haar gedachten kolkten. Ja, dat was het! De kaarten van twee patiënten moesten verwisseld zijn. Dat was wel vaker gebeurd in ziekenhuizen. Dokter Grainger had het druk; een vergissing lag voor de hand. Een andere patiënt kreeg nu misschien te horen . . .

Ze bracht haar gedachten met een ruk tot stilstand, probeerde haar hoofd helder te maken. Nee, het was geen vergissing. Ze zag het duidelijk en definitief aan de gezichten van Lucy Grainger en Mike Seddons. Die zaten haar nu aan te kijken, elk aan een kant van het ziekenhuisbed waarin Vivian in hoog opgetaste kussens lag.

„Wanneer . . . weet u het zeker?" vroeg ze aan Lucy.

„Over twee dagen. Dan weet dokter Pearson de uitslag."

„En nu . . .?"

„Hij kan nog niets zeggen."

„O, Mike . . ." Ze nam zijn hand. „Het is kinderachtig van me, maar ik geloof dat ik ga huilen."

Mike Seddons sloeg een arm om haar heen, Lucy stond op: „Ik kom wel terug –. Blijf jij nog even, Mike?"

„Ja."

„Laat Vivian goed begrijpen, dat er nog niets vaststaat. Ze moet alleen voorbereid zijn."

Hij knikte zonder iets te zeggen, waarbij zijn weerbarstige rode haar ging bewegen.

Toen Lucy de telefonische boodschap van Pearson had gekregen, wist zij niet of zij Vivian al in dit stadium op de hoogte moest brengen. Als zij afwachtte en de uitslag zou gunstig zijn, zou Vivian niets weten van de donkere wolk, die boven haar leven had gehangen.

Maar was de uitslag „kwaadaardig", dan zou amputatie dringend noodzakelijk zijn en moest Vivian zo vroeg mogelijk worden voorbereid. In dat geval waren de gevolgen van de geestelijke schok niet te overzien. Vivian zou te veel kostbare tijd nodig hebben om de ingrijpende operatie te aanvaarden.

Pearson had de hulp van anderen ingeroepen en dat maakte het gevaar voor kwaadaardigheid groter.

Lucy had dus besloten, Vivian alles te zeggen. Liep het goed af, dan had zij een paar dagen van nodeloze angst, maar dat was beter dan een vreselijke schok waarop zij niet voorbereid zou zijn.

Bovendien stond Lucy niet meer alleen; Mike Seddons had haar verteld van de huwelijksplannen van hem en Vivian en hij had gezegd, dat hij haar in alle opzichten wilde helpen. En zo hadden ze samen Vivian de onvermijdelijke slag toegebracht.

Nu moesten haar ouders nog op de hoogte gesteld worden. Ze woonden in Salem, Oregon, en Vivian had al toestemming gegeven, het hun te vertellen. Het slechte nieuws moest nu telefonisch worden doorgegeven.

Vivian was minderjarig, dus volgens de wet moesten haar ouders toestemming geven voor een amputatie. Als zij onmiddellijk per vliegtuig uit Oregon kwamen, konden ze bij aankomst hun schriftelijke toestemming geven. Kon dat niet, dan moest Lucy hun vragen, hun toestemming per telegram te geven en haar te machtigen, er gebruik van te maken.

Lucy keek op haar horloge. Ze had een lange lijst afspraken op haar spreekkamer in de stad. Het telefoongesprek moest dus maar voorgaan, anders werd het te lang uitgesteld.

Ze ging naar het kantoortje, dat zij deelde met Gil Bartlett. Het was maar een hokje, zo klein, dat ze het zelden tegelijk gebruikten. En nu was het tjokvol – met Gil Bartlett en Kent O'Donnell.

„Sorry, Lucy," zei O'Donnell, „drie is te veel in deze cel."

Ze ging aan haar miniatuur-schrijfbureau zitten. „Even een paar dingen doen en ik ben alweer weg."

„Je zou anders heel wat kunnen opsteken als je bleef," zei Gil Bartlett met zijn wippende baardje. „Kent en ik zijn vanmorgen akelig diepzinnig. We hebben het over de toekomst van de hele chirurgie."

„Volgens sommigen heeft de chirurgie helemaal geen toekomst," zei Lucy op dezelfde luchtige toon. Ze nam aantekeningen uit een la, die ze nodig had voor een van haar afspraken die ochtend. „Ze zeggen dat de chirurgen uitsterven en dat ze over een paar jaar even verouderd zullen zijn als de medicijnmannen en de tovenaars."

Bartlett genoot. „En wie doet dan het loodgieterswerk aan de arme, bloedende lichamen?"

„Er wordt dan niet meer geloodgieterd. Alles wordt diagnostisch afgehandeld. De geneeskunde gaat de krachten van de natuur zelf tegen haar eigen fouten gebruiken. Er zal dan bewezen zijn, dat onze geestelijke toestand de wortel van alle organische ziekten is. Je kunt kanker genezen met psychiatrie en jicht met toegepaste psychologie." Ze nam een aktentas en borg er de papieren in. „Jullie begrijpt wel, dat ik dit ergens gelezen heb."

„Ik kan er bijna niet op wachten," zei Kent lachend. De nabijheid van Lucy maakte hem vrolijk, als altijd. Was het dan dom van hem, de intimiteit uit hun verhouding te weren? Waarvoor was hij eigenlijk bang? Misschien moesten ze nog eens een avond samen uitgaan en dan laten komen wat er kwam. Maar nu Gil Barlett erbij was, kon hij moeilijk een afspraak maken.

„Ik denk niet dat wij het zullen beleven," zei Lucy. Ze werd in de rede gevallen door de telefoon, luisterde en gaf de hoorn aan Bartlett. „Het is voor jou."

„Ja?" zei Bartlett.

Er kwam een vrouwenstem. „Met dokter Bartlett?"

„Spreekt u mee."

„Met zuster Rawson van spoedopname. Ik heb een boodschap van dokter Clifford." Clifford was een der chirurgen.

„Ga uw gang."

„Hij vraagt om uw assistentie. Er is een verkeersongeval geweest op de grote straatweg. We hebben verscheidene zwaar gewonden en iemand met ernstige borstkwetsuren. Voor dat geval zou dokter Clifford graag uw hulp hebben."

„Zeg maar dat ik kom." Bartlett hing op. „Spijt me, Lucy, we maken het gesprek nog wel eens af. Maar één ding kan ik je zeggen . . ." Hij bleef staan bij de deur. „Over werkloosheid in ons vak maak ik me nog niet ongerust. Zolang er steeds grotere en snellere auto's gemaakt worden, is er voor de chirurgen werk aan de winkel."

Hij ging het kantoortje uit en Kent O'Donnell ging mee. Lucy bleef alleen, nam de telefoon en vroeg een intercommunaal gesprek aan. „Salem, Oregon."

Kent O'Donnell ging met grote stappen door de drukke gangen naar zijn eigen kantoor, geroutineerd alle hindernissen en tegemoetkomend personeel met wagentjes en brancards vermijdend. Ook hij had een welgevulde agenda. Binnen een half uur moest hij in de operatiekamer zijn; daarna een vergadering van de medische uitvoerende commissie en dan nog een aantal patiënten in de stad. Het zou een laat avonduur zijn voordat hij dit alles had afgewerkt.

Wel had hij nog tijd, onder het lopen aan Lucy Grainger te denken. Daarstraks, in het minuscule kantoortje, had haar nabijheid hem warm gemaakt; nu kwam de twijfel weer boven en bedacht hij, dat er door de gelijkheid van hun belangen en belangstelling nooit genoeg van die gezonde, prikkelende wisselwerking in hun verhouding kon zijn.

Van Lucy dwaalden zijn gedachten naar Denise Quantz. Die avond in het huis van haar vader, Eustace Swayne, had ze hem gevraagd, haar in New York te bezoeken. Hij had zich daarna – en daarom – officieel opgegeven voor het chirurgencongres in hetzelfde New York. Dat was de volgende week; het werd dus tijd dat hij de nodige regelingen ging treffen.

De klok in zijn kantoor gaf hem nog twintig minuten voor de eerste operatie. Hij nam de telefoon; het was immers altijd goed, de dingen dadelijk af te handelen als je eraan dacht.

Hij werd verbonden met het huis van mevrouw Quantz, maar die bleek afwezig te zijn.

„Weet u waar zij te bereiken is?" stelde de telefoniste de routinevraag.

„Mevrouw Quantz is in Burlington, Pennsylvania. Wilt u haar nummer daar hebben?"

„Graag."

„Het is Hunter 6-5735."

„Dank u zeer –. Aanvrager, hebt u dat nummer genoteerd?"

„Ja, dank u," zei O'Donnell en hij hing op.

Met zijn andere hand had hij het telefoonboek van Burlington al gepakt. Hij zocht en vond „Swayne, Eustace R." Zijn nummer was inderdaad hetzelfde dat New York had opgegeven.

Hij draaide. Een mannenstem meldde zich: „Met het huis van de heer Swayne."

„Kan ik mevrouw Quantz even te spreken krijgen?"

„Een ogenblik, alstublieft."

Het ogenblik verstreek. Toen:

„U spreekt met mevrouw Quantz."

Tot dat moment had O'Donnell vergeten hoe aantrekkelijk hij haar stem had gevonden. Zacht, een beetje hees, waardoor de eenvoudigste woorden betekenis kregen.

„U kent me misschien niet meer . . . maar u spreekt met Kent O'Donnell."

„Natuurlijk wel! Dokter O'Donnell, wat prettig iets van u te horen!"

„Ik heb New York gebeld, maar daar zeiden ze dat u hier was."

„Gisteravond ben ik hierheen gevlogen. Vader had een aanval van bronchitis. Ik dacht dus, een paar dagen bij hem te blijven."

„Het is toch niet ernstig?"

„Welnee. Mijn vader heeft het gestel van een muilezel – en de koppigheid."

„Ik had u willen vragen of u in New York met me wilde dineren. Ik ben er namelijk volgende week in verband met dat chirurgencongres."

„O, dat kunt u ook vragen. De volgende week ben ik weer thuis."

Impulsief zei hij: „Maar ik kan die uitnodiging nu misschien vervroegen. Hebt u in Burlington een vrije avond?"

Ze dacht even na. „Ja, maar dan alleen vanavond."

Hij maakte een snelle berekening. Zonder onvoorziene dingen kon hij om zeven uur klaar zijn. Maar er kwam al iets onvoorziens.

„Wacht even! Dat is waar ook. Dokter Pearson dineert vanavond bij mijn vader, dus ik voel me verplicht, thuis te blijven . . . Tenzij u ook wilt komen?"

Kent onderdrukte een lach. Joe Pearson zou vreemd opkijken. Het leek hem in geen enkel opzicht een goed idee. „Nee, ik geloof dat we het dan maar moeten uitstellen."

„Hè, wat jammer . . . Maar ik kan u na het eten toch ontmoeten? Vader en dokter Pearson gaan toch zitten schaken; dan hebben ze niemand om zich heen nodig."

„Dat zou prachtig zijn! Hoe laat bent u dan vrij?"

„Tegen half tien, denk ik."

„Zal ik u komen halen?"

„Het spaart misschien tijd als we elkaar in de stad ontmoeten. Zegt u maar wáár."

„In de Regency Room?"

„Goed. Tot half tien dan."

Hij keek op de klok. En onmiddellijk slokte zijn beroep hem weer op, want hij zou zich moeten haasten als hij op tijd in de operatiekamer wilde zijn.

Het schaakspel na het eten was al veertig minuten aan de gang. Eustace Swayne en Joe Pearson zaten tegenover elkaar aan een laag tafeltje in de bibliotheek. Er brandden maar twee lampen.

Hun gezichten waren in de schaduw; het licht viel alleen op het schaakbord tussen hen. Pas wanneer ze zich een van beiden voorovergebogen om een stuk te verzetten, werd een ogenblik hun gezicht beschenen.

Er hing een diepe stilte om hen heen. Met een kristallen glas brandewijn in zijn hand keek Eustace Swayne naar de stand van het spel. Pearson had de laatste zet gedaan. Voorzichtig had hij de ivoren koningin in een volgend veld geplaatst.

Swayne zette nu zijn glas neer, koos een pion en zette die twee velden naar voren. Toen zei hij met een norse stem: „Ik hoor, dat er veranderingen in het ziekenhuis gekomen zijn."

Joe Pearson bestudeerde vanuit het donker het schaakbord. Hij boog zich bedachtzaam voorover en verplaatste een pion, zodat de vordering van de ander geblokkeerd werd. Pas daarna zei hij: „Een paar."

Weer de stilte, de rust, het gevoel van stilstaande tijd. Toen bewoog Swayne zich. „Keur jij ze goed, die veranderingen?" Hij verplaatste zijn raadsheer diagonaal naar rechts en keek Pearson met lachende ogen aan: breek daar nu eens doorheen, als je kunt.

Pearson gaf nu antwoord voordat hij zijn zet deed. „Niet helemaal." Zijn gedachten bleken op de mogelijkheden van de partij gericht. Langzaam, bijna liefdevol, verplaatste hij zijn kasteel een veld naar links, waarmee hij een open lijn beheerste.

Swayne wachtte. Twee minuten, drie minuten. Eindelijk nam hij ook zijn kasteel en pareerde ermee de uitdagende zet van zijn tegenstander. Hij zei: „Je hebt een middel, voor de toekomst je veto uit te spreken – als je er gebruik van wenst te maken."

„Zo? Wat voor veto?" De vraag klonk neutraal, maar het begeleidende gebaar was scherp en doelbewust. Pearson nam het paard van zijn koningin, hief het over de stukken en zette het in een vak bij het midden.

„Ik heb tegen Orden Brown en tegen het hoofd van de chirurgische afdeling – jouw chef dus – gezegd, dat ik bereid ben een kwart miljoen dollar in het bouwfonds te storten." Bij de laatste woorden deed hij zijn tegenzet: het paard van zijn koning kwam terecht in het veld naast het andere paard.

Na een lange stilte nam Pearson zijn raadsheer en sloeg een paard van Swayne. „Dat is veel geld . . ."

„Ik heb er een voorwaarde aan verbonden." Swayne was nu in de verdediging gedrongen en zette zijn koning een veld naar rechts. „Ik geef het geld alleen als jij vrij blijft, je eigen afdeling te beheren zoals je wilt en zolang je wilt."

Pearson verplaatste zijn paard, waardoor de positie van Swaynes koning sterk bedreigd werd. „Ik ben ontroerd," zei hij.

Swayne schonk zijn glas vol. „De jonge mensen hebben de wereld – en zo zal het altijd wel geweest zijn. Maar soms hebben de ouderen nog macht . . . en het talent, die macht te gebruiken." Met glinsterende ogen ving hij het lastige paard met een van zijn pionnen.

Pearson streek peinzend zijn kin. Daarna nam hij de pion van de zwarte koning met zijn koningin. „Je zei dat Orden Brown en O'Donnell hiervan weten?"

„Ik heb het hun duidelijk gemaakt." Met zijn raadsheer sloeg hij de raadsheer van Pearson.

Plotseling begon Pearson te lachen. Het was niet bekend of hij om het gesprek of om het spel lachte. Maar hij zette zijn koningin naast de zwarte koning en zei zacht: „Mat!"

Eustace Swayne was bij verrassing verslagen, maar hij keek vol bewondering naar het spel.

„Joe," zei hij, „ze kunnen zeggen wat ze willen, maar jij kunt het nog even goed als altijd."

De muziek hield op en de paren op de dansvloer van de kleine, maar exclusieve souper-club slenterden terug naar hun tafels.

„Vertel eens wat u denkt?" zei Denise Quantz over het zwarte tafelblad tegen Kent O'Donnell.

„Eerlijk gezegd, ik dacht hoe prettig het zou zijn, dit nog eens te doen."

Ze hief haar glas. „Op nog meer van zulke gedachten."

„Goed, daarop drink ik." Hij dronk zijn glas whisky-soda leeg en bestelde „hetzelfde". De muziek begon weer. „Zullen we dansen?"

„Graag."

De dansvloer was klein, maar ze hadden niet veel ruimte nodig. O'Donnell had in zijn medische loopbaan te weinig tijd gehad om een goed danseur te worden, maar Denise paste zich prachtig bij zijn goede en verkeerde bewegingen aan. Het was een prettig gevoel, die volgzaamheid-bij-voorbaat waarmee zij op de muziek en zijn passen vooruitliep. Hij rook hetzelfde parfum dat hem bij hun eerste ontmoeting was opgevallen.

Het vijf man sterke orkestje speelde in een bescheiden arrangement een liedje van jaren geleden:

See the pyramids along the Nile,
Watch the sunrise on a tropic isle,
Just remember, darling – all the while
You belong to me.

Even was het hem alsof hij in een luchtledig zweefde, in een wereld, die niets met de geneeskunde te maken had en waar alles anders was dan in het dagelijks leven. Het tempo van de muziek versnelde en hij moest lachen om zijn sentimentele ogenblik.

„Komt u hier dikwijls? – In Burlington, bedoel ik."

„Alleen als ik naar mijn vader ga. Ik houd niet erg van de stad. Of beledig ik u daarmee?"

„In geen geval. Voor mij is elke stad hetzelfde. Maar u bent hier toch geboren? – Moet ik eigenlijk „u" blijven zeggen?"

„Natuurlijk niet. Waarom zouden we zo vormelijk zijn? – Ja, ik ben hier geboren. Ik ging hier op school. Mijn moeder leefde toen nog."

„Waarom nu dan New York?"

„Ik hoor thuis in New York, geloof ik. En mijn man woonde er –. Hij woont er nog." Het was de eerste keer dat ze over haar huwelijk sprak; ze deed het luchtig, zonder remming. „Toen we gescheiden gingen leven, wilde ik niet meer weg uit New York. Geen andere stad is ermee te vergelijken."

Hij vond haar zo mooi en ongedwongen als jongere vrouwen maar zelden konden zijn. En zo onbedaarlijk vrouwelijk. Hij vermoedde, dat zij fel kon zijn in de liefde.

Hij schakelde die gedachten als te voorbarig uit. Hij bewonderde de manier waarop zij gekleed was. Chic en onopvallend, met goede smaak en bijzonder duur.

Die avond voor het eerst besefte hij dat ze rijk moest zijn –. Achteraf bezien was dat niet zo wonderlijk; zij was immers de dochter van Eustace Swayne. En belangrijk was het ook niet, want zijn eigen inkomen was ruim voldoende om goed te leven en nog iets over te houden. Maar een werkelijk rijke vrouw was een nieuwe ervaring voor hem. En weer kwam de vergelijking tussen haar en Lucy Grainger.

Het orkest zweeg weer. Ze applaudisseerden even en gingen terug naar hun tafel, waar een kelner hun stoelen achteruitschoof.

Ze gingen zitten en Kent spoot nog wat soda in zijn whisky, een gewoonte, waarvan de meeste kelners een afschuw hebben.

„Zo," zei Denise en ze nam een slokje van haar zoete wijn. „Laten we het nu eens over jou hebben. Ik kan namelijk ook luisteren . . ." Ze sprak met de helft van haar gedachten. De andere helft zei geluidloos: Dit is een man, een man tot in zijn vingertoppen! Ze keek hem aan. Ze vroeg zich af, of hij haar die avond zou kussen en waartoe dat later zou leiden. En ze wist dat dr. Kent O'Donnell interessante mogelijkheden had.

Hij vertelde haar van zijn werk in het ziekenhuis en wat hij er hoopte te bereiken. Ze vroeg hem naar zijn ervaringen, mensen die hij gekend had – en had een onafgebroken bewondering voor die diepe gedachten en gevoelens waarin al zijn woorden gekleed gingen.

Ze dansten weer, dronken, praatten, dansten en dronken. Denise vertelde van haar huwelijk. Ze was achttien jaar geleden getrouwd. Het had tien jaar geduurd. Haar man was advokaat met een drukke praktijk in New York. Ze hadden twee kinderen – tweelingen, Alex en Philippa, over wie Denise voogdes was. Ze waren nu bijna zeventien.

„Mijn man is volkomen verstandelijk. Het is eenvoudig zo, dat we niet bij elkaar pasten en veel te veel tijd verknoeid hebben om tot die ontdekking te komen."

„Zie je hem nog wel eens?"

„O ja, dikwijls. Op feestjes en in de stad. We lunchen wel eens samen. In bepaalde opzichten is Geoffrey werkelijk een schat."

Ze praatten nu vrijer; de kelner bracht verse drank zonder op een bestelling te wachten. Kent vroeg of er hun officiële scheiding iets in de weg stond.

„Nee. Geoffrey wil wel scheiden, maar hij staat erop dat ik voor de reden zorg. In de staat New York moet dat overspel zijn. En ik ben er echt nog niet toe gekomen."

„Heeft je man nooit willen hertrouwen?"

„Geoffrey?" Ze was enigszins verbaasd. „Ik geloof van niet. Hoe dan ook, hij is toch met de wet getrouwd."

„O, zit het zo . . ."

„Het bed is voor Geoffrey altijd de ideale plaats geweest om zijn instructies te lezen." Ze zei het op een toon, die moest aangeven dat daar de mislukking van hun huwelijk lag.

De kelner stond achter O'Donnell. „Neem me niet kwalijk, m'neer, maar de bar sluit over een paar minuten. Wenst u nog iets te bestellen, m'neer?"

Hij keek geschrokken op zijn horloge. Bijna één uur. Ze waren drieeneenhalf uur samen geweest, al leek het veel korter. Hij keek Denise aan, zij schudde nee.

„Nee, dank u." Kent betaalde, gaf met een gevoel van welbehagen een goede fooi en ze gingen.

Terwijl de autobewaarder zijn wagen ging halen, zei Denise: „Jammer dat we al moesten gaan. We hadden dat laatste glas nog best kunnen drinken . . ."

Hij aarzelde en zei voorzichtig: „Ik heb thuis een goed voorziene bar – en het is toch in jouw richting."

Even was hij bang, dat dit onverstandig was geweest. Maar na een bijna onmerkbare pijnlijke verbazing zei ze: „Ja, waarom niet?"

De Buick stond te wachten met open portieren en lopende motor. Hij reed voorzichtig door de stad, langzamer dan anders, wetend dat hij tamelijk veel had gedronken. Het was een warme avond; de raampjes van de auto waren open. Hij parkeerde voor zijn huis en ze gingen met de lift naar boven.

Hij verzorgde het drinkbare element van de avond en bracht Denise een glas. Zij stond bij het raam en keek naar de lichten van Burlington. De rivier, die door de stad stroomde, was een diepzwarte streep tussen de verlichte oevers.

Hij ging naast haar staan en zei: „Het is lang geleden dat ik zo'n cocktail heb gemixd. Ik hoop dat hij niet te zoet is."

Ze nam een slokje en zei: „Hij is volmaakt – net als jij."

Hij nam haar glas aan en zette het neer. En terwijl hij zijn armen om haar heen sloeg en haar kuste, belde hard en dwingend de telefoon. Het geluid was niet weg te cijferen.

Hij liep naar het toestel en zag hoe zij haar tasje, stola en handschoenen nam. Het leek vanzelfsprekend dat de avond was afgelopen.

Hij luisterde kwaad en antwoordde bijtend. Maar onmiddellijk zakte zijn woede weg. Het was natuurlijk het ziekenhuis. Bij een van zijn eigen patiënten hadden zich symptomen ontwikkeld die zich ernstig lieten aanzien. Hij stelde snel een paar vragen, ze toen: „Goed, ik kom dadelijk. Waarschuw alvast de bloedbank en breng alles in gereedheid voor een transfusie.” Hij verbrak de verbinding en bestelde een taxi voor Denise.

HOOFDSTUK XIV

Meestal ging dokter Pearson vroeg naar bed. Maar op zijn schaakavonden met Eustace Swayne werd het altijd veel later en dan was hij de volgende ochtend moe en prikkelbaar. Ook nu had hij weer last van die uitwerking.

Hij werkte zich door een aantal inkoop-aanvragen voor laboratoriumvoorraden – een karwei dat hij altijd en nu dubbel afschuwelijk vond – en legde snuivend een formulier opzij. Hij krabbelde een paar handtekeningen en nam een nieuw formulier. Toen hij het las, snoof hij op dubbele kracht – voor ingewijden een slecht teken.

Even later gaf een derde formulier hem reden tot snuiven. En dat veroorzaakte de explosie. Hij smeet zijn potlood neer, graaide alle papieren tot een slordige hoop bij elkaar, stond op en stormde het serologisch lab in, op zoek naar Bannister.

„Laat liggen waar je mee bezig bent en kom hier!" Hij liet de papieren op een tafel vallen. Vijf of zes dwarrelden er naar de vloer en John Alexander haastte zich, ze op te rapen. Hij voelde zich al opgelucht, omdat niet hij, maar Bannister het slachtoffer van Pearsons woede was.

„Wat is er aan de hand?" Bannister kwam op zijn gemak aanlopen. Hij was zo gewend aan deze uitbarstingen, dat hij er soms alleen maar kalmer van werd.

„Dat zal ik je zeggen! Wat is dat voor een bende inkoop-aanvragen!" Pearson scheen wat kalmer te worden. „Het lijkt wel of het niet óp kan."

„We moeten toch materiaal hebben, niet?"

„Ik vraag me wel eens af of jij de rommel opeet. En ik heb je toch vaak genoeg gezegd, dat je schriftelijk een reden moet opgeven als er iets bijzonders wordt aangevraagd?"

„Zeker niet aan gedacht," zei Bannister gelaten.

„Begin dan maar als de bliksem te denken!" Pearson nam een formulier. „Waar heb je dat calciumoxyde voor nodig? Dat gebruiken we hier nooit."

Bannister trok een hatelijke grijns. „Daar hebt u zelf om gevraagd, meen ik. 't Is toch voor uw tuin?" Het was iets, dat ze allebei wisten, maar waarover zelden gesproken werd. Pearsons grote liefhebberij was rozen kweken en hij maakte een ruim gebruik van de laboratoriumvoorraden om de kwaliteit van zijn grond te verbeteren.

„O, eh . . . ja, je hebt gelijk. Dom van me." Hij nam een tweede formulier. „Waarom hebben we opeens serum van Coombs nodig? Wie heeft dat besteld?"

„Dokter Coleman," zei Bannister vlot. Hierop had hij gewacht. John Alexander kreeg het benauwd.

„Wanneer?" vroeg Pearson scherp.

„Gisteren. Hij heeft de aanvraag trouwens al ondertekend." Bannister wees op het formulier en zei boosaardig: „Op de plaats waar u meestal tekent."

Pearson had die handtekening nog niet gezien. „Weet jij waarvoor hij het nodig heeft?"

Bannister was innig tevreden. Hij had de wraakneming aan het rollen gebracht en zei tegen Alexander: „Toe dan, vertel jij het maar."

„Het is voor een bloedgevoeligheidsproef, dokter, voor mijn vrouw. Op voorschrift van dokter Dornberger."

„Een waarom serum van Coombs?"

„Om een indirecte Coombs-proef te nemen, dokter."

„Zo, zo. Is jouw vrouw dan zo'n buitengewoon geval? Heeft zij niet genoeg aan de proeven met proteïne en de zoutoplossing, die we voor iedereen gebruiken?"

Alexander slikte nerveus en zweeg tot Pearson zei: „Ik wacht op een antwoord."

„Eh . . . ja, ziet u . . . ik deed dokter Coleman het voorstel en hij was het ermee eens. Na de twee andere proeven zou het meer zekerheid geven als we . . ."

„Zo, heb JIJ dat voorstel gedaan."

„Ja, dokter. Sommige afweerstoffen zijn met de twee gebruikelijke proeven niet op te sporen en als we nu die derde proef . . ."

„Hou je mond!" Pearson sloeg hard op de tafel, waarna het akelig stil werd. „Jij hebt één groot gebrek: je hecht te veel waarde aan de onzin die je op school geleerd hebt."

In zijn woorden klonk alle verbittering tegen de jongeren, die zich in de gang van zaken mengden en zijn tot nu toe onbetwiste gezag wilden ondermijnen.

„Luister goed en knoop het in je oren! Ik heb je dit al eens gezegd en ik wens het niet meer te herhalen!" Hier sprak het Gezag, de chef van de afdeling. Geen waarschuwingen meer, maar daden. „Ik ben het hoofd van deze afdeling en wie iets te vragen heeft, komt bij mij! Goed begrepen?"

„Ja, dokter." Alexander verlangde alleen nog naar het eind van dit gesprek. Hij wist al, dat hij zijn laatste initiatief had genomen. Als dit het loon was voor nadenken, dan zou hij voortaan zijn werk doen en zijn gedachten voor zich houden. De anderen moesten de kopzorgen maar hebben – en de verantwoordelijkheid.

Maar Pearson was nog niet klaar. „Zulke dingen haal je niet achter mijn rug uit. En ik verbied je, misbruik te maken van dokter Coleman omdat hij hier nieuw is."

„Ik héb geen misbruik gemaakt," reageerde Alexander nog even.

„Ik zeg van wél! En ik zeg je dat het niet meer gebeurt!"

Alexander was verpletterd.

Pearson keek hem nog even aan, eerst kwaad, toen tevreden met het resultaat. „En nu zal ik je nog iets zeggen. Wat die bloedproef betreft – de zoutoplossing en de proteïne geven ons alle inlichtingen die we nodig hebben. Ik behoef je er niet aan te herinneren, dat ik patholoog ben en weet wat ik zeg. Heb je dat goed begrepen?"

„Ja, dokter."

„Mooi zo. Dan zal ik je zeggen wat ik ga doen. Aangezien je zo graag wilt dat die proef goed genomen wordt, zal ik het zelf doen. Nu meteen. Waar is het bloedmonster?"

„In de koelkast," zei Bannister.

„Geef het hier."

Bannister ging naar de koelkast. De scène was niet helemaal naar zijn zin afgelopen. Het was goed dat Alexander een toontje lager zong, maar Pearson had hem wel wat al te hard aangepakt. Bannister had graag gezien, dat er een paar scherven in de richting van Coleman waren gevlogen. Maar dat bewaarde Pearson waarschijnlijk voor later. Hij nam het bloedmonster uit de koelkast.

Hij gaf het buisje aan Pearson en zag toen het gewraakte bestelformulier op de grond liggen. Hij raapte het op en vroeg: „Wat zal ik hiermee doen, dokter?"

Pearson had twee schone reageerbuisjes genomen en bracht in elk een hoeveelheid van het bloedserum. Hij zei geprikkeld, zonder op te zien: „Wat is dat?"

„Het bestelformulier voor het serum van Coombs."

„Hebben we niet meer nodig. Verscheur maar." Pearson tuurde naar het etiket van een flesje met rhesus-positieve cellen, een oplossing die werd gebruikt als reageermiddel bij het onderzoeken van rhesus-negatief bloed.

Bannister aarzelde. Hij had veel op Coleman tegen, maar dit was in strijd met het medisch protocol. „Dan moet dokter Coleman het wel weten . . . Zal ik het hem zeggen?"

Pearson had moeite met de kurk van het flesje. „Nee, ik zeg het zelf wel."

Bannister dacht schouderophalend: Ik heb mijn best gedaan; als er herrie van komt, is het mijn schuld niet –. Hij verscheurde omstandig het bestelformulier en liet de snippers in de papiermand dwarrelen.

Roger MacNeil wist met grote zekerheid dat hij nooit zou wennen aan secties op kinderen, hoe lang hij de medische wetenschap ook nog zou beoefenen. Het rood gapende lijkje van een vierjarige jongen lag deerniswekkend voor hem op de sectietafel. Hij vond het even verschrikkelijk als altijd. Die nacht zou er van slapen weer niets komen. Hij zou dit beeld blijven zien, vooral als hij bedacht, hoe nodeloos deze dood was geweest.

Hij zag, dat Mike Seddons hem stond aan te kijken. Mike zei zuchtend: „Stakkerdje . . . Wat kunnen de mensen toch dom zijn!"

„Wacht de politie nog?" vroeg MacNeil.

„Ja. De anderen ook."

„Haal Pearson maar even."

Seddons ging naar de telefoon. MacNeil kreeg het onaangename gevoel, dat hij de verantwoordelijkheid ging afschuiven. Maar dit was een geval, waarvan Pearson toch op de hoogte moest zijn. Hij kon dan meteen beslissen, wie het tragische nieuws bekend moest maken.

Seddons kwam terug. „Hij komt."

Ze wachtten zwijgend, tot de schuifelende voetstappen Pearson aankondigden. De oude dokter hoorde de bijzonderheden aan. Het kind was een paar uur geleden voor zijn huis door een auto aangereden. Het was in een ziekenauto naar het ziekenhuis gebracht, maar was bij aankomst al overleden. Het gerecht had een lijkschouwing bevolen en MacNeil vertelde nu wat ze hadden gevonden.

„Was dat alles?" vroeg Pearson ongelovig.

„Ja. Dat was de enige doodsoorzaak."

Pearson wilde naar de sectietafel gaan, maar bedacht zich. Hij kende MacNeil goed genoeg om te weten dat een vergissing uitgesloten was. „Dus dan hebben ze gewoon staan toekijken . . ."

„Niemand wist waarschijnlijk wat er gebeurde," zei Seddons.

Pearson knikte nadenkend. „Hoe oud was het kind?"

„Vier. En een aardig joch."

Ze keken naar het figuurtje met de gesloten ogen. Het blonde krulhaar was rechtgestreken nadat de hersenen waren verwijderd. Pearson liep weg en zei hoofdschuddend: „Ik zal het hun wel gaan zeggen."

De drie mensen in de wachtkamer keken op. Een agent in uniform, een lange man met rood omrande ogen en een schuchter, muisachtig mannetje met een rafelige snor.

Pearson stelde zich voor. De agent bleek Stevens te heten. Hij haalde een opschrijfboekje en potlood uit zijn zak.

„Hebt u het zien gebeuren?" vroeg Pearson.

„Ik kwam onmiddellijk na het ongeval." Hij wees naar de lange man. „Dit is de vader. De andere heer was de bestuurder van de auto."

De man met het muizegezicht keek op en zei smekend: „Hij liep zó vanuit zijn huis de rijweg op. Ik ben geen roekeloze rijder. Ik heb zelf ook kinderen. Ik reed niet te hard. Ik stond bijna stil toen het gebeurde."

„En ik zeg dat je een vuile leugenaar bent!" zei de vader, bijna stikkend in zijn verontwaardiging. „Jij hebt hem vermoord en ik hoop dat je een flinke tijd de bak indraait."

„Een ogenblik, alstublieft," zei Pearson bedaard. „Er komt een volledig rapport, maar ik kan u de eerste bevindingen al meedelen. Uit de sectie is gebleken, dat de jongen niet aan de botsing is overleden."

De agent keek verbaasd. De vader zei: „Maar ik was er zelf bij! Ik zeg u toch . . ."

„Er is helaas geen andere manier waarop ik het duidelijk kan maken," zei Pearson tegen de vader. „Door de aanrijding viel de jongen op het wegdek; hij bleef bewusteloos liggen met een lichte hersenschudding. Hij liep ook een kwetsuur aan zijn neus op, onbeduidend op zichzelf, maar de neus ging daardoor tamelijk hevig bloeden." Hij vroeg aan de agent: „De jongen is, meen ik, blijven liggen waar hij viel?"

„Ja, dokter. We wilden hem niet verplaatsen voordat de ziekenauto kwam."

„En hoe lang duurde dat?"

„Een minuut of tien, zou ik zeggen."

Pearson knikte. Vijf minuten zou al te lang geweest zijn. „Dat is dan de doodsoorzaak geweest. Het bloed uit de neus liep naar zijn keel. Hij kon niet meer ademen en kreeg bloed in zijn longen. Hij is gestikt."

De vader vroeg vol afschuw: „Dus als we hem hadden omgedraaid . . ."

„Ja, hoe tragisch het ook is, ik kan u alleen de waarheid zeggen. Het letsel op zichzelf was niet ernstig . . ."

„Dus de aanrijding . . ." begon de agent.

„Volledige zekerheid hebben we natuurlijk niet, maar ik geloof persoonlijk dat de aanrijding zelf betrekkelijk licht is aangekomen."

„Heilige Moeder Gods!" De man snikte radeloos, zijn handen voor zijn gezicht. De ander bracht hem naar een zitbank, een arm om zijn schouders, zelf met glinsterende ogen.

De agent was bleek geworden. „Dokter, ik ben er de hele tijd bij geweest. Ik had hem kunnen verplaatsen . . . maar ik wist niet . . ."

„U hebt zich niets te verwijten."

De man hoorde het niet en ging verdwaasd verder: „Ik heb een cursus eerste-hulp gevolgd. Ik heb mijn insigne! En de hele tijd hebben ze ons voorgehouden: nooit iemand verplaatsen, wat er ook gebeurt! Altijd laten liggen tot er een dokter bij is."

„Ik weet het. Helaas zijn er uitzonderingen op die regel . . . een ervan is een neusbloeding."

In de parterregang, op weg naar de kantine, zag David Coleman Pearson uit de wachtkamer komen. Hij dacht een ogenblik dat Pearson ziek was. Hij leek verstrooid; hij zag niets van zijn omgeving. Toen zag hij Coleman en ging naar hem toe.

„O ja, dokter Coleman . . . ik moest u nog iets zeggen." Hij had moeite, zijn gedachten te ordenen. Afwezig greep hij de revers van

Colemans witte laboratoriumjas, met nerveus zoekende handen. Coleman bevrijdde zijn jas.

„Wat is er, dokter Pearson?"

„Het had . . . iets met het lab te maken –. Ik weet het niet meer. Ik kom er wel weer op." Hij wilde weggaan, maar kreeg een nieuwe gedachte. „Neemt u de sectiekamer maar van me over. Met ingang van morgen. Houd de zaken goed in het oog."

„Goed, heel graag, dokter." Het gaf hem de gelegenheid, een paar ideeën op het gebied van secties in praktijk te brengen. En nu ze toch in gesprek waren, had hij nog iets te vragen. „Zou ik u eens kunnen spreken over de laboratoria?"

„Waarover?" Pearson was er nog niet met zijn gedachten bij.

„U herinnert zich misschien mijn brief, waarin ik vroeg om de verantwoordelijkheid voor een bepaald deel van de laboratoria . . ."

„Ja, dat is wel ter sprake geweest . . ." Pearson keek naar drie mensen die uit de wachtkamer kwamen – een agent, een kleine man en een langere man tussen hen in.

Coleman voelde dat het ogenblik niet bijzonder geschikt was, maar hij was eenmaal begonnen. „Zou ik dan misschien in serologie mogen beginnen . . . ? Ik wilde de werkwijze eens onder de loep nemen . . . de controlemiddelen en zo."

„Hm? Wat zei u?"

Vervelend, alles tweemaal te moeten zeggen. „Ik zei dat ik de controlemiddelen van serologie onder de loep wilde nemen."

„O . . . o ja, best. Ga uw gang."

Toen Coleman wegliep, stond Pearson de drie mannen nog na te kijken.

Elizabeth Alexander voelde zich bijzonder goed. Ze begon aan haar lunch in de kantine van het ziekenhuis en besefte, dat ze zich al dagen zo uitstekend had gevoeld, maar die ochtend speciaal. Het kindje in haar leefde en bewoog merkbaar. Ze kwam juist van een uitverkoop in een warenhuis, waar zij in het vrouwelijk gedrang een paar vrolijke stofjes voor hun huis had veroverd – en een kleurig lapje voor de slaapkamer van het nieuwe kindje.

Ze was met haar inkopen naar John gegaan. Het was de eerste keer dat ze samen in het ziekenhuis lunchten. Het was stilzwijgend toegestaan, dat familieleden van het personeel in het ziekenhuis aten; dat was John een paar dagen tevoren te weten gekomen. Elizabeth had haar buit van het buffet gehaald: een slaatje, soep, een broodje, gebraden lamsvlees met aardappelen en kool, kaasgebak en melk. John had lachend gevraagd: „Weet je zeker dat het genoeg is?"

Ze nam een takje selderij en zei: „Deze baby kan heel wat op."

Toen hij op weg was naar de kantine, had John zich nog gedeprimeerd gevoeld na de uitbrander van dokter Pearson. Maar het goede humeur van Elizabeth werkte aanstekelijk, zodat zijn sombere bui – tenminste voorlopig – wegtrok. Bovendien waren er in het lab geen moeilijkheden meer te verwachten, want hij zou voortaan wel oppassen. Dokter Pearson had persoonlijk de (twee) proeven genomen, beide met negatief resultaat. „Wat het bloed van je vrouw betreft," had hij gezegd, „is er geen vuiltje aan de lucht." Hij zei het bijna welwillend.

Misschien had Pearson gelijk: hij was patholoog en John niet. Misschien hechtte John te veel waarde aan wat hij op school had geleerd. De praktijk was dikwijls zo anders dan de theorie. Dokter Pearson met zijn lange ervaring wist toch wel wat overbodig was?

Hij had die ochtend gezegd, terwijl hij met de proeven bezig was: „Als we onze methoden elke keer veranderden, wanneer er iets nieuws werd uitgevonden, kwam er geen eind aan. In de geneeskunde komen er dagelijks nieuwe ideeën. Maar in een ziekenhuis moeten die eerst hun waarde bewijzen voordat we ze gaan gebruiken. We werken hier met mensenlevens en kunnen geen risico's nemen."

John had niet goed kunnen inzien hoe een extra bloedproef iemands leven in gevaar bracht, maar dokter Pearson had gelijk in zijn mening over nieuwe ideeën. Wel had dokter Coleman op de aanvullende proef aangedrongen, maar hij was veel jonger dan Pearson en had toch lang niet die ervaring . . .

„Je soep wordt koud. Waarover zit je zo diep te peinzen?"

„Niets, liefje." Hij besloot, de hele zaak uit zijn hoofd te zetten. Elizabeth kon soms op een hinderlijke manier in zijn gedachten wroeten. „Ik had het je vorige week nog willen vragen . . . hoe was je gewicht?"

„O, ongeveer normaal. Maar dokter Dornberger zei dat ik goed moest eten." Ze had haar soep op en begon met animo aan het lamsvlees.

John zag dokter Coleman aankomen. Hij was op weg naar de tafels waar de doktoren meestal zaten. Impulsief stond hij op: „Dokter Coleman!"

„Ja?"

„Ik zou u graag aan mijn vrouw voorstellen."

De kennismaking verliep volgens de regels; John zei: „Weet je wel, liefje, dit is de dokter die ook uit New Richmond komt."

„Ja, natuurlijk –. Ik herinner me u heel goed, dokter. U kwam wel eens in de winkel van mijn vader."

„Ja, dat is zo." Hij was er zelfs wel eens tussen de onoverzichtelijke rommel verdwaald geraakt. „U hebt me eens een waslijn verkocht."

„Dat klopt! En was zij goed?"

„Nu u het vraagt . . . zij is geknapt."

Ze lachte. „Mijn moeder staat nog in de winkel. Als u haar terugbrengt, krijgt u beslist een nieuwe."

Ook Coleman werd door haar opgewektheid meegenomen. Hij lachte smakelijk.

John schoof een stoel achteruit en vroeg: „Komt u bij ons zitten, dokter?"

Coleman aarzelde even, maar vond een weigering kleinzielig. „Goed." Hij zette zijn blad met een Spartaanse lunch – een vruchtensalade en een glas melk – neer en ging zitten. Hij keek Elizabeth aan en zei: „Ik herinner me u toch met vlechten . . ."

„Ja, en een beugel over mijn tanden. Ik ben over die dingen heengegroeid."

David Coleman vond haar sympathiek. Ze deed hem denken aan vroeger jaren. Het was goed geweest in Indiana. Hij herinnerde zich de zomervakanties, als hij in de oude, gammele Chevrolet met zijn vader meeging op diens ronden. „Het is lang geleden dat ik in New Richmond ben geweest. Mijn vader is gestorven en mijn moeder is naar de westkust verhuisd. Ik heb geen aanleiding meer, erheen te gaan . . . Maar vertelt u eens . . . hoe bevalt het, met een medicus getrouwd te zijn?"

„Ik ben maar analist, geen medicus," zei John vlug. Hij wist zelf niet waarom hij het zei. Misschien een reactie op wat er die ochtend gebeurd was. Hij had er met Coleman over willen praten, maar besloot het niet te doen. Vertrouwelijkheid met Coleman had hem al moeilijkheden genoeg bezorgd.

„Doe de technische kant niet te kort," zei Coleman. „Die is belangrijk genoeg."

„Hij slaat zijn beroep niet te laag aan," zei Elizabeth, „maar hij zou soms willen dat hij arts was geworden."

„Is dat waar?”

John vond het niet prettig dat dit ter sprake kwam. „Och, ik heb er wel eens aan gedacht...”

„Waarom bent u dan niet naar een medische school gegaan?”

„De gebruikelijke redenen – vooral geldgebrek. Ik had geen geld en ik wilde gaan verdienen.”

„Het kan toch nog. Hoe oud bent u?”

„John wordt over twee maanden drieëntwintig.”

„Ja, dat is wel erg oud...” Ze lachten. „U hebt toch nog alle tijd!”

„Dat weet ik wel. Maar financieel zou het veel te moeilijk worden, juist nu ons huishouden op gang komt. En dan de baby...”

Coleman nam een lange slok melk. „Er hebben zoveel mensen met kinderen én geldnood de medische school afgelopen.”

„Dat zeg ik ook altijd!” hielp Elizabeth. „En ik vind het fijn dat een ander het nu ook zegt.”

Coleman veegde met een servet zijn mond af. Zijn eerste indruk van John Alexander scheen bevestigd te worden: dit was een intelligente, serieuze jongeman met belangstelling voor zijn werk. „Weet je wat ik vind, John?” zei hij vertrouwelijk. „Als jij er zo over denkt en niet naar de medische school gaat nu het nog kan, zul je er je verdere leven spijt van hebben.”

John keek naar zijn mes en vork.

Elizabeth zei: „Er is nog grote behoefte aan doktoren in de pathologie, geloof ik?”

„Jazeker! In de pathologie misschien nog meer dan ergens anders.”

„Waarom eigenlijk?”

„Er moet onderzoekingswerk gedaan worden – om de geneeskunde in opgaande lijn te houden... en om de gaten in de achterste linies te vullen.”

Hoe bedoelt u dat?”

„De geneeskunde lijkt in sommige opzichten op een oorlog. Er wordt soms een prachtige opmars gemaakt. Dan hollen alle doktoren naar het nieuwe front, maar achter hen vallen er dan de nodige hiaten die aangevuld moeten worden.”

„En moet de patholoog voor die aanvulling zorgen?”

„Nee, alle takken van de geneeskunde. En ik zou nog een vergelijking kunnen trekken. Het medische onderzoekingswerk is als het bouwen van een muur, waaraan verschillende mensen hun stenen bijdragen. De meeste stenen zijn van bescheiden formaat, maar ze zijn alle even belangrijk.”

John vroeg: „Gaat u hier ook onderzoekingswerk doen?”

„Ik hoop het.”

„In welke richting?”

Coleman had hierover nog met niemand gesproken, maar hij had nu al zoveel gezegd, dat het geen verschil meer maakte. „In de eerste plaats naar de lipomen – goedaardige gezwellen van de vetweefsels. Daarvan weten we nog bijna niets. Weet je, dat er mensen de hongerdood gestorven zijn terwijl de tumors in hun lichaam welig tierden? – O, eh . . . mevrouw Alexander, wordt u niet goed?”

Elizabeth had plotseling gehijgd en hield haar handen voor haar gezicht. Ze schudde haar hoofd, als om het weer helder te maken.

John sprong op. „Wat is er, Liz?”

„Nee, niets . . . blijf maar zitten. Ik had even pijn, toen werd ik een beetje duizelig. Het is al over.”

Ze dronk wat water. Het was nu voorbij, maar de pijn was zo scherp geweest als gloeiende naalden, op de plaats waar het kind bewoog.

„Is dit al vaker gebeurd?” vroeg Coleman.

„Nee.”

„Weet je het zeker?” zei John doodsbang.

Ze legde een hand op de zijne. „Maak je nu niet ongerust. Het is nog veel te vroeg voor de baby. Die komt pas over vier maanden.”

„Toch moest u het maar aan uw verloskundige vertellen. Hij zal u dan misschien willen onderzoeken.”

„Goed. Ik beloof het u.”

Maar toen ze een kwartier later weer buiten was, vond ze het kinderachtig, dokter Dornberger om zo'n onbelangrijk pijntje lastig te vallen. Ze kon wel wachten tot het nog eens gebeurde.

HOOFDSTUK XV

Is er al nieuws?" Vivian zat in haar rolstoel toen Lucy Grainger de ziekenkamer inkwam. Het was vier dagen geleden dat de microscoopglaasjes naar Boston en New York waren gestuurd.

„Nog niet. Ik zal het je zeggen zodra ik het weet, Vivian."

„Wanneer . . . wanneer weet u het zeker?"

„Waarschijnlijk vandaag nog." Ze zei het luchtig, om haar eigen ongerustheid niet te verraden. De vorige avond had Pearson gezegd, dat hij op spoed zou aandringen als er die middag nog geen bericht zou zijn. Het wachten viel iedereen moeilijk, ook de ouders van Vivian, die de vorige dag uit Oregon waren aangekomen.

Lucy vernieuwde het verband van Vivians knie; de wond van de biopsie genas goed. „Ik weet dat het niet gemakkelijk is, Vivian, maar probeer zo veel mogelijk aan andere dingen te denken."

„Dat valt niet mee . . ."

„Het helpt misschien als je bezoek krijgt. Er komt vandaag al vroeg visite." Ze liet lachend Mike Seddons binnen en ging zelf weg.

Mike kuste haar; ze hield hem een paar seconden stijf vast.

„Ik heb tien minuten gespijbeld. Die zijn allemaal voor jou. Ellendig, hè, dat wachten?" Hij was in zijn witte doktersjas.

„O, Mike, als ik maar wist wat er gaat gebeuren, dan zou het niet zo erg zijn. Maar die onzekerheid . . ."

„Ik wou dat ik iets kon doen, Vivian."

„Je hebt al zoveel gedaan. Alleen al door er te zijn. Ik weet niet hoe het geweest zou zijn zonder . . ."

Hij legde een vinger op haar mond. „Stil! Ik moést er zijn. Dit was voorbeschikt. Het is allemaal door een kosmische samenloop voor elkaar gespijkerd." Hij lachte, maar voelde geen blijdschap. Ook hij maakte zich bezorgd over het uitblijven van de rapporten.

Maar Vivian lachte ook. „Onzin! Als ik niet naar die sectie was gegaan en als een andere leerling-verpleegster je het eerst bij je kladden had gepakt . . ."

„Ja, dat denk je misschien, maar aan de voorbeschikking is niet te ontkomen. Sinds onze verre voorouders aan de boomtakken hingen en zich het lijf krabden, heeft de mensheid een grote afstand door tijd en ontwikkeling afgelegd." Hij sprak zonder te denken, gebruikte de woorden die in zijn hoofd opkwamen, maar het had de gewenste uitwerking.

„O, Mike, je praat zulke verrukkelijke onzin. En ik houd zoveel van je."

„Dat is best te begrijpen. Je moeder schijnt me ook wel te mogen."

„Is alles verder goed gegaan gisteravond?"

„Wat dacht je. Ik ben met hen meegegaan naar het hotel. Daar hebben we nog wat zitten praten. Je moeder zei niet veel, maar je vader zat me echt kritisch op te nemen en te denken: Wat is het voor een kereltje, dat met mijn mooie dochter wil trouwen?"

„Dat zal ik hem vandaag vertellen."

„Wat ga je dan zeggen?"

„Weet ik nog niet."

Ze nam hem bij zijn oren en draaide inspecterend zijn hoofd heen en weer. „Ik zou kunnen zeggen: Hij heeft leuk rood haar dat nooit netjes zit, maar je kunt er prettig met je vingers in woelen en het is heel zacht." Ze demonstreerde het.

„Dat helpt natuurlijk geweldig. Een huwelijk zonder haarwoelen is niet compleet. En verder?"

„Verder zal ik zeggen: Hij is wel onooglijk, maar hij heeft een hart van goud en hij wordt een heel goed chirurg."

„Kun je er niet „buitengewoon goed" van maken?"

„Misschien, als . . ."

„Als?"

„Als je me nog een zoen geeft."

Op de eerste etage klopte Lucy Grainger op de deur van de eerste chirurg en ging naar binnen.

Kent O'Donnell keek op van een stapel rapporten. „Hallo, Lucy, kom je vermoeide ledematen even strekken."

„Ja, nu je het zegt – vermoeid zijn ze wel een beetje." Ze ging in de brede leren fauteuil tegenover het schrijfbureau zitten.

„Vanmorgen is de vader van Vivian Loburton bij me geweest."

Hij stond op en kwam op een punt van het bureau zitten. „Sigaret?"

„Graag. – Ja, haar ouders zijn gisteren aangekomen. Ze zijn natuurlijk bang en weten niets van mij. Ik heb gezegd, dat hij eens met jou moest gaan praten."

„Dat is dan gebeurd. Ik heb hem gezegd, dat zijn dochter niet in betere handen kon zijn en dat er in dit ziekenhuis niemand is, in wie ik een groter vertrouwen heb. Dat heeft hem beslist gerustgesteld."

„Fijn dat je dat gezegd hebt." Ze was hem intens dankbaar.

„Het is geen compliment. Ik heb alleen een feit geconstateerd. – Hoe is het nu met het meisje zelf?"

Lucy vertelde.

„Zijn er nog moeilijkheden met pathologie? Heeft Pearson vlot gewerkt?"

Ze noemde de redenen van de vertraging.

„Dat is redelijk; daarover mogen we ons niet beklagen. Maar blijf achter Joe aanzitten; vandaag moet er toch wel een beslissing vallen."

„Ik zie hem na de lunch. Hij verwachtte, dat hij dan iets definitiefs zou weten."

„Zo definitief als het in zo'n geval kan zijn," zei O'Donnell wrang. „Hoe oud is ze eigenlijk?"

„Negentien."

Lucy keek hem aan. Zijn gezicht straalde karakter en begrip uit. En opeens wist zij, wat ze de afgelopen maanden voor zichzelf verborgen had [illegible]den. Ze hield van deze man, diep en eerlijk. Schrikwekkend duidelijk was het opeens, dat ze het steeds had ontkend uit een instinctieve angst voor pijn. Maar ze kon zich nu niet langer beschermen. De gedachte maakte haar even zwak; ze was bang dat het aan haar gezicht te zien zou zijn.

O'Donnell zei verontschuldigend: „Ik moet je nu alleen laten, Lucy. Het is weer een drukke dag. Alle dagen zijn druk."

Allerlei nieuwe gevoelens namen bezit van haar. O'Donnell hield de deur voor haar open en legde vriendschappelijk een hand op haar schouder, een gebaar dat elke collega zou kunnen maken. Maar de uitwerking was elektriserend.

Hij zei: „Als er moeilijkheden zijn, Lucy, laat het me dan weten. En als je er geen bezwaar tegen hebt, kom ik eens naar je patiënte kijken."

„O . . . dat zou ze erg prettig vinden. En ik ook."

De deur ging achter haar dicht en ze bleef even staan, om haar hollende gedachten tot stilstand te brengen.

Het wachten op de uitspraak in het lot van Vivian had van Mike Seddons een ander mens gemaakt. Onder normale omstandigheden was hij vrolijk en levendig, dikwijls het middelpunt van een luidruchtige groep collega's. Maar de laatste dagen had hij het gezelschap van de anderen vermeden, omdat hij aan niets anders kon denken dan de consequenties van een ongunstige uitslag voor Vivian en hem.

Zijn gevoelens voor Vivian waren sterker geworden en niet door de twijfel aangetast. Hij hoopte dat duidelijk gemaakt te hebben tegenover de ouders van Vivian. In het begin was alles tussen hen vieren nogal gedwongen en gespannen geweest. Natuurlijk was voor haar vader en moeder de kennismaking met een aanstaande schoonzoon van minder belang dan de ziekte van hun dochter. Mike voelde, dat hij in zekere zin was geaccepteerd bij gebrek aan tijd om hem kritisch te beschouwen.

Maar in het hotel van Vivians ouders hadden ze even over Vivian en hem gepraat. In de zitkamer van hun suite had de zeer corpulente Henry Loburton naar de toekomst van Mike gevraagd, meer uit beleefdheid, vermoedde hij, dan uit andere overwegingen. Hij had in het kort verteld, dat hij chirurg in Philadelphia wilde worden na zijn opleidingstijd in „De Drie Provinciën". De Loburtons hadden beleefd geknikt en daar was het bij gebleven.

Toch schenen er geen bezwaren tegen een huwelijk te zijn. „Vivian heeft altijd geweten wat ze wilde," zei haar vader in de loop van het gesprek, „ook toen ze verpleegster werd. Wij waren niet zo enthousiast, maar haar besluit was genomen. Er viel toen niet veel meer tegen in te brengen."

Mike Seddons had gezegd te hopen, dat zij Vivian niet te jong vonden om te trouwen. Haar moeder had toen glimlachend gezegd: „Op dat punt zouden we moeilijk bezwaar kunnen maken. Ik ben namelijk getrouwd toen ik zeventien was. Ik ben ervoor van huis weggelopen." Ze lachte tegen haar man. „Geld hadden we niet, maar we hebben ons best gered."

„Dat hebben we dan tenminste gemeen," had Mike lachend gezegd, „dat wil zeggen, tot mijn praktijk op gang is."

Dit gesprek was de vorige avond geweest. Hij had nu Vivian bezocht en meende enige reden tot opluchting te hebben. Misschien was hij onnatuurlijk lang gedeprimeerd geweest en brak de opgeruimdheid zich vanzelf baan. Maar wat de reden ook was, hij kon zich niet meer losmaken van de blijde overtuiging dat alles goed zou aflopen. En dat gevoel had hij nog in de sectiekamer, waar hij Roger MacNeil assisteerde bij de autopsie op een vrouw op leeftijd, die de vorige avond in het ziekenhuis was gestorven. Hij voelde zich zo luchthartig, dat hij MacNeil moppen ging vertellen. Hij had er altijd een hele voorraad.

Midden in de nieuwste hield hij op en vroeg: „Heb jij sigaretten bij je?"

Mac Neil wees hem de weg met hoofdgebaren; hij was bezig met het hart dat uit het lichaam was weggenomen.

Seddons vond de sigaretten in MacNeils colbert en ging, toen hij terugkwam, verder met zijn mop: „Toen zegt ze tegen de begrafenisondernemer: „Fijn dat u het hebt gedaan, maar het zal wel veel werk geweest zijn". – „Helemaal niet," zegt de man, „ik heb alleen hun hoofden verwisseld." "

Hoewel het verhaal in deze omgeving dubbel macaber was, lachte MacNeil smakelijk. Hij lachte nog toen David Coleman binnenkwam.

„Dokter Seddons, wilt u die sigaret doven?" zei hij rustig, maar messcherp.

Seddons keek om en groette opgewekt: „O, goeiemorgen, dokter Coleman. Ik had u niet dadelijk gezien."

„Die sigaret, dokter Seddons!" Er was ijs in zijn stem en staal in zijn ogen.

Seddons begreep het nog niet goed. „O . . . o ja." Hij zocht een plek om de sigaret te doven, vond er geen en bewoog zijn hand met de sigaret naar de tafel waarop het lijk lag.

„Daar niet!" Coleman liet hem verstijven van schrik.

Mike Seddons vond eindelijk een asbakje in een hoek van de kamer en deponeerde de halve sigaret erin.

„Dokter MacNeil . . ."

„Ja, dokter Coleman."

„Wilt u het gezicht bedekken?"

MacNeil, die wist wat Coleman dacht, pakte een handdoek. Het was er een, die ze al eerder gebruikt hadden; er zaten grote bloedvlekken op. Even zacht, maar nog intenser zei Coleman: „Een schóne handdoek alstublieft. En hetzelfde graag met de genitaliën."

MacNeil knikte tegen Seddons, die twee schone handdoeken

bracht. MacNeil legde er een zorgvuldig over het gezicht van de dode vrouw, de andere over de uitwendige geslachtsdelen.

De twee assistenten stonden nu tegenover Coleman, geen van beiden bijzonder rustig. Ze voelden wat er moest komen.

„Heren, er schijnt iets te zijn waaraan ik u moet herinneren." Hij zei het nog steeds zonder stemverheffing, maar het was meer dan duidelijk, dat hij zijn gezag uitoefende. „Wanneer wij een sectie verrichten, doen we dat met toestemming van de familie van een overledene. Zonder die toestemming zou er géén sectie zijn. Dat is u toch ten volle duidelijk?"

„Ja," zei Seddons. MacNeil knikte.

„Mooi. Ons enige doel is, ervan te leren. De familie van de overledene vertrouwt ons het lichaam toe, in de verwachting dat het met zorg en eerbied, waardigheid zal worden behandeld." Hij liet een indrukwekkende stilte vallen. Toen: „En zo zúllen wij het behandelen, heren. Met zorg, eerbied en waardigheid. – Bij alle secties worden gezicht en genitaliën bedekt en er wordt in de sectiekamer niet gerookt. En wat uw eigen houding betreft – en vooral het gebruik van humor . . ." – Mike Seddons werd donkerrood – „. . . daarover behoeven we elkaar niets te zeggen, hoop ik."

Hij keek hen doordringend aan.

„Dank u, heren. Wilt u nu doorgaan?" Hij knikte en ging weg.

Het duurde een aantal seconden voordat Seddons fluisterde: „Hij heeft ons even met bekwame hand opengesneden."

„Ja," zei MacNeil wrang, „en terecht, geloof ik."

Zodra ze het konden betalen, zouden ze een stofzuiger kopen, nam Elizabeth Alexander zich voor. De ouderwetse rolbezem, die zij nu gebruikte, nam het stof oppervlakkig weg, maar dat was dan ook alles. Ze schoof het ding nog een paar maal heen en weer over het vloerkleed en bekeek het resultaat kritisch. Het was niet best, maar ze moest het ermee doen. Die avond moest ze er eens met John over praten. Stofzuigers waren niet zo onoverkomelijk duur; zo'n kleine maandelijkse aflossing erbij kon niet zoveel verschil maken. Maar ze hadden ontelbare dingen nodig. Je wist niet meer wat er het eerst aangeschaft moest worden.

John had wel gelijk: het was prachtig, zich allerlei opofferingen te getroosten zodat hij naar de medische school kon gaan, maar als het erop aankwam, viel het niet mee, van een gehalveerd inkomen te leven als je het wat breder gewend was. Het salaris, dat John nu in het ziekenhuis verdiende, was niet geschikt om dromen van weelde op te roepen, maar ze konden er ruim van leven en zich een enkele luxe permitteren waaraan een paar maanden geleden nog niet te denken viel. Zouden ze daar nu nog buiten kunnen? Waarschijnlijk wel, maar het zou moeite kosten. De medische school betekende weer vier jaar zuinig zijn – en zelfs daarna kwam er eerst een assistentenperiode als John zich ging specialiseren. Was het al die ellende waard? Zou het niet beter zijn, hun geluk te aanvaarden zoals het nu voor het grijpen lag en maar tevreden te zijn met een wat minder belangrijke positie?

Ze wist het niet. Moest ze erop blijven aandringen, dat hij verder studeerde? Dokter Coleman achtte hem ertoe in staat, dat had hij duidelijk gezegd. Ze moest er maar eens diepgaand met John over praten; wat hij zelf werkelijk wilde, kon dan de doorslag geven.

Ze zette de rolbezem weg en ging ruimen en stof afnemen. Het was een warme augustusmorgen en ze zong haar zwaarwegende gedachten weg. De nieuwe gordijnen stonden goed in de kleine huiskamer. Ze nam twee verwelkte bloemen uit een vaas en wilde ermee naar de keuken gaan, om ze weg te gooien, toen ze opeens de pijn voelde. Zonder waarschuwing ging een steekvlam door haar heen, veel erger dan de vorige dag in de kantine van het ziekenhuis. Ze hield haar adem in, beet hard op haar lip om niet te schreeuwen en liet zich in een stoel vallen. De pijn trok even weg, maar kwam verhevigd terug. Langzaam drong het tot haar door, wat dit betekende. En in haar verstikkende angst wist zij, dat er onmiddellijk iets gedaan moest worden.

De telefoon stond in een andere hoek van de kamer, oneindig ver weg. Ze sleepte zich erheen en draaide het nummer van het ziekenhuis. „Dokter Dornberger alstublieft. Het is dringend."

Hij kwam.

„Dokter . . . u spreekt met mevrouw Alexander. Mijn kindje . . . is bezig te komen."

David Coleman klopte aan en ging het kantoor van dokter Pearson in. Pearson zat achter een schrijfbureau; Bannister stond naast hem met een strak gezicht en vermeed de ogen van Coleman.

„U wilde me spreken?" Coleman was opgeroepen terwijl hij bezig was in de operatie-afdeling.

„Ja," zei Pearson koel en vormenlijk. „Dokter Coleman, er is een klacht over u ingediend door een lid van het personeel – Carl Bannister hier."

„O ja?" Coleman trok zijn wenkbrauwen op. Bannister keek nog steeds langs hem.

„U beiden schijnt vanmorgen een klein verschil van mening gehad te hebben."

„Zo zou ik het niet willen noemen," zei Coleman onverstoorbaar.

„Hoe wilt u het dan noemen?" De scherpte in Pearsons stem was niet te miskennen.

„Ik had u er niet eens mee lastig willen vallen. Maar nu de heer Bannister dat wel verkoos te doen, lijkt het me beter dat u de achtergrond ook weet."

„Als het niet te veel moeite is."

Coleman negeerde het sarcasme. „Gistermiddag heb ik aangekondigd, dat ik nu en dan steekproeven op het laboratoriumwerk ga nemen. Vanmorgen vroeg heb ik zo'n steekproef genomen." Hij keek Bannister aan. „Ik onderschepte een bloedmonster van een patiënt voordat het aan het serologisch lab werd afgegeven. Ik verdeelde het monster in tweeën en zette het extra monster op de lijst, alsof het om een aparte proef ging. Toen ik het resultaat later naging, merkte ik dat de heer Bannister met de twee monsters van hetzelfde bloed twee verschillende uitkomsten had gekregen, terwijl die gelijk hadden moeten zijn. Als u wilt, kunnen we de bijzonderheden opvragen."

Pearson schudde zijn hoofd. Hij was opgestaan en had zich half afgewend. Coleman was nieuwsgierig naar wat er zou volgen. Hij wist dat hij zelf stevig in zijn schoenen stond. Wat hij gedaan had, gebeurde in alle goed georganiseerde laboratoria. Het was in het belang van de patiënten en een voorzorg tegen onachtzaamheid. Analisten, die hun werk serieus opvatten, maakten geen bezwaar tegen zulke controlemaatregelen. Coleman was bovendien niet van het protocol afgeweken: hij had zowel Bannister als John Alexander de controle aangekondigd.

Pearson draaide zich met een ruk naar Bannister: „Wat heb je te zeggen?"

„Ik word niet graag bespioneerd." Het antwoord klonk boos en agressief. „Ik heb nog nooit onder zulke omstandigheden gewerkt en ik voel er niks voor, er nu mee te beginnen."

„En ik zeg je dat je een stommeling bent!" schreeuwde Pearson. „Je hebt een verrekt stomme fout gemaakt en je bent een nog groter stommeling omdat je naar mij komt als je er ingevlogen bent." Hij zweeg, met strakgetrokken lippen, zwaar ademend. Coleman vermoedde dat Pearson zo woedend was omdat hij de jongere patholoog tegen wil en dank gelijk moest geven. Pearson stond nu dicht bij Bannister en snauwde: „Wat had je eigenlijk van me verwacht? Dat ik je op je rug zou kloppen en een medaille geven?"

Bannister trok nerveus met zijn gezicht. Bij wijze van uitzondering scheen hij geen antwoord te weten. Pearson keek hem donker aan en scheen nog te willen doorgaan, maar hij draaide zich om en zei met een handgebaar: „Ga weg, ga alsjeblieft weg!"

Verstrakt, zonder links of rechts te kijken, ging Bannister de kamer uit.

Pearson richtte zijn vernietigende ogen nu op Coleman: „Wat wil je hiermee eigenlijk?"

Coleman begreep dat de schermutseling met Bannister maar een bescheiden begin van de veldslag was geweest. Hij nam zich voor kalm te blijven. „Hoe bedoelt u dat, dokter Pearson?"

„Jij weet verdomd goed hoe ik het bedoel. Ik bedoel: waarom controleer jij het labwerk zonder mijn toestemming?"

„Heb ik uw toestemming daarvoor nodig? Voor zoiets volkomen normaals?"

Pearson sloeg een vuist op het schrijfbureau. „Als ik controle wens, geef ik daartoe de opdracht!"

„Als het u interesseert . . . ik heb uw toestemming gekregen. Terwille van de beleefdheid zei ik gisteren tegen u, dat ik een standaardcontrole op serologie wilde toepassen – en u vond het goed."

„Daar kan ik me niets van herinneren," zei Pearson argwanend.

„Ik verzeker u dat we erover gesproken hebben. Hoe dan ook, ik ben niet gewend zulke dingen uit mijn duim te zuigen." David Coleman voelde zich nu ook kwaad worden; het was bijna onmogelijk, zijn minachting voor de oude sukkelaar te onderdrukken. „. . . Hoewel u op het ogenblik zelf met heel andere dingen bezig scheen te zijn."

Pearson was enigszins gekalmeerd. „Als je het zegt, geloof ik je. Maar het was de laatste keer dat je zoiets op je eigen houtje deed. Begrepen?"

Het was een kritiek ogenblik, zowel voor Pearson als voor Coleman.

„Wilt u dan zo goed zijn, mij te zeggen wat mijn taak is in deze afdeling?"

„Jouw taak is wat ik je opdraag."

„Daarmee ben ik het helaas volstrekt niet eens."

„Zo, zo!" Pearson stond nu vlak voor hem. „Er zijn toevallig een paar dingen, waarmee ik het ook niet eens ben."

„Bijvoorbeeld?" Coleman wilde zich niet laten intimideren. Hij was volkomen bereid, nu onmiddellijk de zaak uit te vechten.

„Bijvoorbeeld dat jij in de sectiekamer de wet gaat voorschrijven."

„U hebt me gevraagd, er de leiding te nemen."

„Ja, het toezicht op de secties, maar niet een stel belachelijke gedragsregels. Verboden te roken! Geldt dat soms ook voor mij?"

„Dat zal ik aan u moeten overlaten, dokter Pearson."

„Zo denk ik er ook over!" De kalmte van Coleman scheen Pearson nog heviger op te winden. „Zet jij je oren nu eens goed open. Je loopt dan misschien rond met een paar fraai gekalligrafeerde diploma's, maar je hebt nog altijd een hoop te leren, mannetje, en ik ben voorlopig nog het hoofd van de afdeling hier. En er zijn goede redenen waarom ik hier nog heel lang hoop te blijven. Je kunt dus nu je beslissing nemen – als mijn manier van werken je niet bevalt, weet je wat je te doen staat."

Voordat Coleman antwoord kon geven, werd er geklopt.

„Ja?" riep Pearson geërgerd.

Er kwam een kantoormeisje binnen. Ze keek nieuwgierig van de een naar de ander. Coleman stelde zich voor, dat de stem van Pearson in de gang duidelijk verstaanbaar was geweest. Het meisje zei: „Neem me niet kwalijk, dokter Pearson, maar er zijn twee telegrammen voor u gekomen."

Pearson nam de twee gele enveloppen van haar aan. Toen ze weg was, wilde Coleman met zijn antwoord beginnen, maar Pearson legde hem het zwijgen op. „Het zullen de antwoorden zijn over dat meisje – de patiënte van Lucy Grainger." Zijn toon was onherkenbaar veranderd. „Ze hebben er wel lang over gedaan."

Colemans belangstelling was gewekt. Dit was van meer gewicht dan hun verschil van mening. Pearson maakte de eerste envelop open, maar op dat ogenblik klonk de snijdende bel van de telefoon. Met een schreeuw van ergernis legde hij de twee enveloppen neer.

„Ja?"

„Dokter, Pearson, met de verloskundige afdeling. Dokter Dornberger wilde u spreken. Een ogenblik alstublieft."

Dornberger kwam aan de lijn. „Joe, wat mankeert jullie op pathologie? De vrouw van je analist – mevrouw Alexander – is op weg hierheen in een ziekenauto. De baby wordt te vroeg geboren en ik heb geen bloedgevoeligheidsrapport. Kom er alsjeblieft gauw mee over de brug!"

„Jawel, Charlie." Hij smeet de hoorn neer en nam een stapel formulieren uit een bak met het opschrift: „Ondertekenen." Daarbij zag hij de telegrammen liggen; hij gaf ze aan Coleman. „Hier, lees jij ze even."

Hij zocht tussen de formulieren; pas bij de tweede keer vond hij wat hij moest hebben. Hij nam de telefoon en liet Bannister komen, waarna hij een handtekening op het gevonden formulier smeet.

„Had u me nodig?" zei Bannister, nog uit zijn evenwicht na de afstraffing.

„Natuurlijk heb ik je nodig! Breng dit als de bliksem naar dokter Dornberger. Hij is op verloskunde. De vrouw van John Alexander wordt opgenomen. 't Is mis. Voortijdige bevalling."

Bannisters gezicht veranderde. „Weet die jongen het al? Hij is . . ."

„Schiet op, man! Schiet op!"

David Coleman merkte nauwelijks wat er om hem heen gebeurde. In zijn hand hield hij wezenloos de telegrammen, waarvan de gruwelijke betekenis al het andere verduisterde.

Pearson vroeg: „Moet ze haar been verliezen? Zijn ze allebei zeker van hun zaak?"

Hier, dacht Coleman, begint en eindigt de pathologie; het is het grensgebied waarin wij moeten toegeven hoe weinig we weten. Het is de grens van alle kennis, de rand van de duisternis, het kolkende water van het onbekende. Hij zei: „Ja, ze zijn allebei zeker van hun zaak. Dokter Chollingham uit Boston zegt: „Specimen beslist kwaadaardig." En dokter Earnhart in New York telegrafeert: „Het weefsel is goedaardig. Niets wijst op kwaadaardigheid." "

Na een stilte zei Pearson langzaam: „De twee beste mannen van het land . . . en hun meningen volkomen tegenstrijdig . . ." Hij keek Coleman aan en zei ironisch, maar zonder vijandigheid: „Dus, jonge pathologische vriend, we zullen Lucy Grainger een antwoord moeten geven. Ze verwacht het vandaag. En het zal een definitief antwoord moeten zijn. Voel jij er iets voor, Lieve Heer te spelen?"

HOOFDSTUK XVI

Een verkeersagent hoorde de ziekenauto al op zes straten afstand. Met de rust van een lange ervaring maakte hij zijn kruispunt vrij. Toen de sirene luider klonk en het waarschuwende knipperlicht zichtbaar werd, blies hij zijn wangen op en gaf twee scherpe stoten op zijn fluitje. Hij bracht het verkeer uit de zijstraten tot stilstand en gaf de chauffeur van de ziekenauto met een machtig gebaar toestemming, door een rood stoplicht te rijden. De voetgangers bij het kruispunt keken nieuwsgierig zo diep mogelijk in de voorbijflitsende wagen en zagen het bleke gezicht van een jonge vrouw als een vage vlek.

Elizabeth merkte weinig van de rit door de drukke stad. Zij voelde wel dat de auto een grote snelheid had, maar de huizen en mensen buiten waren een wazig beeld dat zinloos voorbijschoof. Tussen de aanvallen van pijn zag zij de chauffeur, zijn forse handen aan het stuurwiel, links, dan rechts draaiend, gebruik makend van elke opening. De pijn kwam met volle kracht terug en er bestond niets anders meer dan schreeuwen en zich vastklemmen.

„Houd mijn polsen vast en ga er maar helemaal aan hangen." Het was de ziekenverpleger naast haar. Hij had een stoppelbaard en een diepe kloof in zijn kin; even dacht Elizabeth dat het haar vader was, die haar was komen troosten. Maar haar vader was dood. Dat was toch op een onbewaakte overweg gebeurd? Of misschien was hij toch niet dood en reed hij nu met haar mee, naar een plaats waar ze allebei verzorgd zouden worden. Haar gedachten werden helder en ze zag dat de man een vreemde was; zijn polsen waren rood van het geweld van haar nagels.

Ze kon de rode plekken even aanraken voordat de pijn weer kwam. Het was een gebaar, alles wat ze kon doen. De man schudde zijn hoofd. „Hindert niet. Houd maar stevig vast. We zijn er gauw. Ouwe Joe is de beste chauffeur van de hele stad." De pijn kwam terug, erger dan de vorige keer, ook na een kortere tussenpoos, een gevoel of al haar beenderen tussen bankschroeven gezet waren, met een pijn die zich concentreerde in haar rug. De ellende kleurde zich tot rode, gele en paarse vlammen voor haar ogen. Haar nagels groeven dieper en ze schreeuwde.

„Voelt u het kindje komen?" vroeg de verpleger.

Met moeite knikte ze en zei: „Ik geloof van wel . . ."

„Mooi zo." Hij maakte voorzichtig zijn handen vrij. „Houd dit even vast." Hij gaf haar een handdoek die hij stijf had opgerold, sloeg toen de deken terug en maakte haar kleren los. Hij bleef zacht praten: „We zullen ons best doen als het nodig is. Het zou niet de eerste zijn die ik hier ter wereld breng. Ik ben al grootvader, dus ik ken het klappen van de zweep." Zijn laatste woorden werden overstemd door haar schreeuw; de pijn vloeide om haar heen, verblindend, overweldigend, verpletterend. „Toe!" Ze greep weer naar zijn polsen en hij stelde ze beschikbaar; dunne randjes bloed welden op naast haar nagels. Hij keek om naar de chauffeur en riep: „Schieten we al op, Joe?"

„We hebben net de kruising Main Street – Liberty Street gehad." De grote handen draaiden het stuurwiel scherp naar rechts. „Er stond een verkeersagent; hij had de doorgang vrijgemaakt. Dat scheelde ons een dikke minuut." Een zwenking naar links. Hij hield zijn hoofd achterover en vroeg: „Ben je al peetvader?"

„Nog niet, Joe, maar het scheelt niet veel, geloof ik."

Weer een scherpe uithaal naar rechts. Toen: „We krijgen het laatste rechte stuk. Probeer de kurk er nog even op te houden."

En Elizabeth kon niets anders denken dan: Mijn kind . . . het wordt te vroeg geboren. Het gaat dood. O God, laat het niet doodgaan!

Dokter Dornberger kwam uit de waskamer, klaar voor de operatie. Zuster Yeo, de hoofdverpleegster van de verloskundige afdeling, zag hem door de glazen deur van haar kantoortje in de gang lopen en ging naar hem toe.

„Hier is het bloedgevoeligheidsrapport van uw patiënte, dokter. Het is net van pathologie gekomen." Ze hield hem het rapport voor, zodat hij het kon lezen zonder het aan te raken.

„Dat werd tijd." Hij zei het nors, wat niet zijn gewoonte was. „Zo, negatief dus. Geen moeilijkheden in dat opzicht. Is de rest klaar?"

„Ja, dokter." Ze was een verdraagzame vrouw, getrouwd bovendien, en wist dat iedere man recht had op een enkele ongenaakbare bui.
„Is er een couveuse?"
„Staat klaar, dokter."
Op hetzelfde ogenblik zag hij dat een verpleegster een Isolette-couveuse door een opengehouden deur reed.
Een kantoormeisje kwam naar de hoofdzuster:
„Neem me niet kwalijk, zuster . . ."
„Ja?"
„Spoedopname heeft gebeld. – Uw patiënte is aangekomen, dokter, ze is op weg naar boven. Ze zeggen, dat de weeën al zijn begonnen."

Elizabeth zag de jonge dokter, die haar had ontvangen, voor de brancard uitlopen. Ongehaast maakte hij een weg vrij, rustig en systematisch, door de drukke parterregang. „Pas op . . . oppassen alstublieft." Hij zei het zo kalm of er niets aan de hand was, maar de uitwerking was er niet minder om. Mensen bleven staan, groepjes schoven naar de muur om dokter, brancard en verpleegster door te laten. Aan het eind van de gang werd een lift door de bediende ontruimd:
„Volgende lift alstublieft. Deze is voor een spoedgeval." Gehoorzaam gingen de mensen eruit. De brancard reed naar binnen. De moeiteloze, aanvaarde discipline van het ziekenhuis was in werking gezet.
Iets van de algemene kalmte drong door tot Elizabeth. De pijn ging nu niet meer weg en er bouwde zich een hevige druk op in haar baarmoeder, maar zij merkte dat ze zich er beter tegen kon verzetten. Door op haar lip te bijten en de rand van het laken te omklemmen, kon ze het schreeuwen bedwingen. Maar ze wist dat het laatste stadium van de geboorte was begonnen; onwillekeurig drukte ze zich tegen de brancard toen de nood voelbaar werd.
Ze waren in de lift. De deuren gleden dicht en de verpleegster hield haar hand vast. „Nog een paar minuutjes, dan zijn we er." De deuren gingen weer open en ze zag dokter Dornberger staan.

Alsof er nog hoop was, dat hij de telegrammen verkeerd had gelezen, nam dokter Pearson ze nog eens en las ze over. Een voor een legde hij ze neer. „Kwaadaardig – goedaardig! En ze twijfelen geen van beiden. We zijn weer even ver als in het begin."

„Niet helemaal," zei Coleman. „We hebben bijna drie dagen verspeeld."

„Weet ik wel, weet ik wel!" Pearson sloeg met zijn vuist in zijn vlakke hand. De onzekerheid hing om hem heen als een mantel. „Is het kwaadaardig, dan moet er ogenblikkelijk geamputeerd worden, anders is het te laat. Maar het kind is negentien. Als ze vijftig was, zou ik zeggen „kwaadaardig" en geen spier van mijn gezicht vertrekken. Maar negentien – en dan misschien een been verliezen als het niet nodig is . . ."

Ondanks zijn minachting voor Pearson en zijn eigen overtuiging dat het weefsel niet kwaadaardig was, begon Coleman met hem mee te voelen. De oude man was in laatste instantie de verantwoordelijke persoon; het was te begrijpen dat hij het buitengewoon moeilijk had. Hij zei tastend: „Er is veel moed nodig tot zo'n diagnose . . ."

Pearson vlamde op alsof hij een lucifer bij een open gaskraan had gehouden. „Begin alsjeblieft niet met je gemeenplaatsen! Ik doe dit al dertig jaar." Maar zijn woede werd weer gesmoord door de telefoon.

„Ja?" De hardheid verdween uit zijn gezicht. „Goed, Lucy, kom maar even. Ik wacht hier op je." Hij legde de hoorn neer en keek naar een punt van zijn schrijfbureau. „Lucy Grainger komt. Je kunt erbij blijven als je wilt."

Coleman scheen het niet gehoord te hebben; hij zei in gedachten: „Er is nog een mogelijkheid om een aanwijzing te krijgen . . ."

„Wat dan?"

„Er is een röntgenfoto gemaakt . . . veertien dagen geleden. Als er een tumor is en als die zich ontwikkelt, zou een nieuwe foto dat kunnen uitwijzen "

Zonder een woord te zeggen nam Pearson de telefoon. „Geef me dokter Bell van radiologie." Terwijl hij wachtte, keek hij Coleman op een vreemde manier aan. En met zijn hand op de microfoon zei hij: „Ik moet toegeven, dat je tenminste je hersens gebruikt."

In de kamer, die door het ziekenhuispersoneel het „zweetkamertje voor aanstaande vaders" werd genoemd, drukte John Alexander een half opgerookte sigaret uit. Hij stond op uit de leren fauteuil waarin hij anderhalf uur had gezeten, opkijkend elke keer als er iemand binnenkwam. Maar het nieuws was steeds voor een ander bestemd. Van de vijf mannen, die er gezeten hadden, waren alleen hij en een ander over.

Hij liep naar het raam, dat aan de voorkant van het ziekenhuis uitzicht gaf op de fabriekswijk van Burlington. De straten en daken waren nat. Hij had niet gemerkt dat het had geregend. De omgeving van het ziekenhuis was nu op zijn ergst, kleurloos en deprimerend. Daken en nog eens daken tot aan de fabrieken met hun zwart berookte schoorstenen aan beide oevers van de rievier. In de straat van het ziekenhuis zag hij een groepje kinderen uit een steeg rennen; ze sprongen onfeilbaar om en over de plassen op de gebarsten trottoirs. Een van de grotere jongens bleef staan en stak een voet uit om een een kind beentje te lichten. Het was een meisje van vier of vijf jaar, dat voorover in een grote plas viel. Ze stond huilend op, veegde modder van haar gezicht en probeerde nog wat water uit haar doorweekte jurkje te wringen. De anderen waren blijven staan; ze dansten nu in een kring om haar heen en lachten haar luidruchtig uit.

„Kinderen!" hoorde John naast zich zeggen. De andere man was naast hem komen staan. Hij was lang en broodmager; zijn holle wangen schreeuwden om een scheermes. Hij was een jaar of twintig ouder dan John en had een gevlekt corduroy jasje en een vuile werkbroek aan. Hij bracht een lucht van vet en verschaald bier mee.

„Ze zijn allemaal eender." Hij wendde zich af van het raam, haalde papier en tabak uit zijn zak en rolde een sigaret. Hij keek John scherp aan en vroeg: „Is het uw eerste?"

„Nee, eigenlijk de tweede. De eerste is gestorven."

„Wij hebben er ook een verloren, tussen de vierde en de vijfde. Maar goed ook." Hij zocht in zijn zakken. „Heb u soms vuur?"

John hield hem zijn aansteker voor. „Wordt dit dus uw zesde?"

„Welnee, de achtste. En ik zeg wel eens: het zijn er acht te veel. Jullie baby is zeker welkom?"

„Ja, natuurlijk. Dat kan toch niet anders?"

„Ik heb nooit meer dan één kind willen hebben. Dat was mij al meer dan genoeg."

„Waarom zijn er dan acht gekomen?" John vroeg het tegen wil en dank, alsof het een gesprek onder hypnose was.

„Dat kan mijn vrouw u beter vertellen – zij is van ons tweeën de hete bliksem. Geef 'r een paar biertjes, laat 'r bij het dansen een beetje met 'r zitvlak wiegelen – en ze kan geen minuut meer wachten. Geeneens meer tijd om naar huis te gaan." Hij blies rook uit. „We hebben zowat al onze kinderen op de gekste plaatsen gemaakt. We waren een keer aan 't winkelen bij Macy – en toen moest het ineens zo nodig in een bezemkast in het souterrain gebeuren. Daar hebben we onze vierde van, geloof ik. Uit het souterrain van Macy, maar geen koopje!"

John voelde de neiging om hardop te lachen, maar hij bedacht bijtijds waarom hij zelf in dit kamertje was. Hij zei: „Ik hoop dat het deze keer goed gaat."

„Het gaat iedere keer goed, dat is juist de ellende." De man liep weg en nam een krant van een tafeltje.

John keek weer op zijn horloge. Hij was er nu al een uur en drie kwartier; er moest nu toch wel een bericht komen. Hij had Elizabeth graag nog gezien voordat zij de verloskamer inging, maar alles was te snel gegaan. Hij was bezig geweest in de keukens van het ziekenhuis toen Carl Bannister hem het nieuws kwam brengen. John was door dokter Pearson naar de keukens gestuurd om cultures te nemen van borden die in de afwasmachines waren geweest, in verband met de vermoedelijke ondeugdelijkheid van de machines. Maar hij was er weggegaan zodra Bannister hem had gezegd dat Elizabeth was opgenomen. Hij kwam te laat in de afdeling spoedopname. Ze was al naar boven gebracht. Hij was toen naar het wachtkamertje gegaan.

De deur ging open; deze keer was het dokter Dornberger. John probeerde het nieuws van zijn gezicht te lezen, maar het lukte niet. Dornberger vroeg: „Bent u John Alexander?"

„Ja, dokter." Het was de eerste keer dat hij met dokter Dornberger sprak.

„Het gaat goed met je vrouw." Dornberger zag geen heil in ontwijkende woorden.

Na de eerste golf van opluchting vroeg John: „En het kind?"

„Een jongen. Te vroeg gekomen, dat weet je al, en ik moet zeggen dat hij buitengewoon zwak is."

„Blijft hij in leven?" Pas toen de vraag gesteld was, voelde John hoeveel van het antwoord afhing.

Dornberger stopte zijn pijp. „Laten we zeggen, zijn kansen zijn niet zo goed als wanneer hij voldragen zou zijn."

John knikte, met een dof gevoel in zijn hoofd.

Dornberger borg zijn tabakszak op en zei rustig: „Voor zover ik het kan beoordelen, heb jullie een zevenmaandskindje. Hij was nog niet klaar voor de wereld, John. Zo gauw kan niemand het."

„Nee . . ." John wist niet meer of hij iets zei.

„Je baby weegt 3 pond en 75 gram. We hebben hem natuurlijk

in de couveuse gelegd en we doen alles wat eraan gedaan kan worden."

„Dus er is hoop . . ."

„Hoop is er altijd, jongen. Als we niet veel anders meer hebben, is er altijd nog hoop."

„Mag ik . . . mijn vrouw nu zien?"

„Ja. Ik zal met je meegaan."

Bij het weggaan zag John dat de lange magere man hem met opgetrokken wenkbrauwen nakeek.

Vivian wist niet goed wat er gebeurde. Ze wist alleen dat er een verpleegster was binnengekomen om te zeggen, dat ze onmiddellijk naar radiologie gingen. Twee leerling-verpleegsters legden haar op een brancard en ze werd nu door de gang gereden, waar ze zo kort geleden nog had gelopen. De rit door het ziekenhuis was als een droom, even onwezenlijk als alles wat er tot nu toe was gebeurd. Er was een afstand gekomen tussen haar en de angst, alsof het geen verschil maakte wat er zou gebeuren; het was immers onvermijdelijk en kon door niemand veranderd worden. Ze wist niet of dit gevoel een soort fatalisme was. Het was de dag van de gevreesde uitspraak, de uitspraak die een invalide van haar kon maken, haar alle vrijheid van beweging ontnemen, haar in één slag de dingen zou afnemen die zij altijd als vanzelfsprekend had aanvaard. Die laatste gedachte verdreef haar lijdelijkheid en liet weer ruimte voor de angst. Ze verlangde wanhopig naar de troost van Mike.

Lucy Grainger kwam de brancard bij de ingang van radiologie tegemoet. „We gaan nog een foto maken, Vivian. Het duurt niet lang." Ze keek naar de man in de witte jas naast haar. „Dit is dokter Bell."

„Zo, Vivian." Hij lachte tegen haar achter zijn dikke uilebril. Terwijl hij snel de gegevens bestudeerde, probeerde Vivian wat rond te kijken. Ze waren in een wachtkamertje. Er zaten twee mannen in rolstoelen, gekleed in pyjama en ziekenhuisjas, en een vrouw en een man in hun eigen kleren, de man met zijn pols in het gips. Dat waren dus lopende patiënten of spoedgevallen. De man met het gips keek alsof hij zich niet op zijn plaats voelde. In zijn goede hand hield hij een gedrukt formulier; hij scheen zich eraan vast te klampen alsof hij zonder dat papier nooit meer uit het ziekenhuis mocht.

Bell gaf de gegevens terug en zei tegen Lucy: „Pearson heeft me gebeld. We moeten dus een nieuwe foto maken om te zien of er veranderingen zijn opgetreden."

„Ja. Joe hoopt dat er in die tijd iets . . . zichtbaar is geworden."

„Niet onmogelijk." Bell liep naar het kantoortje in de hoek en vulde een formulier in. Hij vroeg aan het meisje achter het bureau: „Welke technici zijn er vrij ?"

Ze raadpleegde een lijst. „Jane of meneer Firban."

„Dan laten we Firban dit maar doen. Wil je hem opzoeken ?" Tegen Lucy zei hij, terwijl ze teruggingen naar de brancard: „Firban is een van onze beste krachten – en de foto's moeten goed worden." Hij lachte tegen Vivian. „Dokter Pearson heeft me gevraagd, me persoonlijk met je te bemoeien, dus dat doe ik nu. Zullen we hier ingaan ?"

Een verpleegster hielp Bell, de brancard naar een grotere kamer te rijden. De kamer werd bijna geheel in beslag genomen door een grote röntgentafel, waarboven de verrijdbare beeldbuis van het toestel hing. In een kleinere afdeling, achter dik glas, zag Vivian een schakelbord. Er kwam bijna onmiddellijk een kleine, jonge man binnen. Hij had een borstelkuif en droeg een witte laboratoriumjas. Zijn bewegingen waren kort en jachtig, alsof hij zijn werk vlug, maar met minimaal energieverbruik wilde doen. Hij keek van Vivian naar Bell.

„Ja, dokter Bell ?"

„O, Karl, wil jij dit voor me opknappen ? – Ken je dokter Grainger ? – Lucy, dit is Karl Firban."

„Ik geloof niet dat we al kennis gemaakt hebben," zei Lucy. „En onze patiënte heet Vivian Loburton."

„Ze is leerling-verpleegster hier," lichtte Bell toe, „daarom maken we zoveel werk van haar."

„Dag Vivian." Firbans groet was even kort als zijn gebaren. Hij draaide de röntgentafel van verticale in horizontale stand en zei puntig: „Voor bijzonder goede klanten bieden wij de keus tussen Vistavision en Cinemascope – alles in adembenemend zwart en grijs." Hij keek naar het formulier dat Bell had ingevuld. „Linker knie. Nog bijzonderheden, dokter ?"

„We willen een paar goede foto's uit verschillende hoeken, vijf of zes, zou ik zeggen en dan duplicaten van de andere knie."

„Wilt u ook nog foto's met scheenbeen en kuitbeen ?"

Bell dacht na. „Geen slecht idee." Tegen Lucy zei hij verduidelijkend: „Als het osteomyelitis is, kan er een periosteale reactie zijn verder naar beneden."

„Goed, dokter. Over een half uurtje heb ik wel iets voor u." Het was een zachte wenk van Firban, die liever alleen werkte. Bell begreep hem.

„Wij gaan een kop koffie drinken. – Je bent in goede handen, Vivian." En met Lucy ging hij weg.

„Dan gaan wij maar aan het werk." De technicus wenkte de verpleegster en samen tilden ze Vivian van de brancard op de tafel. Het zwarte eboniet was hard en ongemakkelijk.

„Niet erg comfortabel, hè?" Firban legde Vivian zorgvuldig in de gewenste houding. Ze schudde van nee en hij zei: „Je went aan alles. Ik heb op die tafel meer dan eens geslapen als ik nachtdienst had en er niet veel te doen was." Hij stuurde de verpleegster naar het schakelbord achter de glazen wand.

Vivian keek hoe de technicus de gebruikelijke handelingen verrichtte. Met zijn korte rukbewegingen nam hij een filmcassette uit een ingebouwd kastje en zette die in een rek onder de röntgentafel. Hij bracht het rek toen recht onder de knie van Vivian. Met behulp van drukknoppen, die aan zware kabels aan het plafond hingen, manoeuvreerde hij de omvangrijke röntgenbuis tot dicht boven de knie.

Vivian vond deze kamer anders van sfeer dan alle andere vertrekken in het ziekenhuis. Het was er onaards, als in een fantasiewereld. Als afschrikwekkende monsters gleden met een zacht geruis de glanzend zwarte en verchroomde machinerieën af en aan. Er zweefde een aureool van wetenschap en geheimzinnigheid, dat even weinig met geneeskunde te maken had als de machinekamer van een groot schip met het gezellige warme zonnedek. En toch werd hier met die onheilspellende toestellen zoveel echt medisch speurwerk gedaan. Maar de kille onpersoonlijkheid, het gebrek aan menselijkheid in de mechanische krachten maakte haar bang. Wat er werd ontdekt, werd zonder warmte of vreugde, zonder verdriet of spijt doorgegeven en gerapporteerd. Gunstige of ongunstige uitslag – deze kamer bleef onbewogen. Een kort ogenblik zag zij de röntgenbuis boven zich als het oog van het Recht, onwrikbaar en onaandoenlijk. Welk oordeel werd er nu uitgesproken? Zou het voorwaardelijk zijn – of onherroepelijk? Ze wilde dat Mike er was; ze zou hem laten roepen zodra ze weer in haar kamer was.

De technicus was klaar met de voorbereidingen. „Dit is het wel. Ik zal wel zeggen wanneer u volkomen stil moet liggen. Dit is de enige plek in het ziekenhuis, waar we naar waarheid kunnen zeggen dat u er niets van voelt."

Hij ging achter de glazen wand, waar het bedienend personeel beschermd was tegen de straling. Aan de rand van haar gezichtsveld zag Vivian hem bewegen; hij controleerde een lijst en stelde schakelaars in.

Aan het schakelbord dacht Firban: Aardige meid. Wat zou ze hebben? Blijkbaar iets ernstigs, anders zou Bell niet zo geïnteresseerd zijn; de baas besteedt meestal pas aandacht aan de patiënten als de foto's klaar zijn. Hij controleerde alle schakelaars tweemaal; bij dit werk kon je nooit te voorzichtig zijn. Alles was in orde, 84 kilovolt, 200 milliampère, belichtingstijd 15/100 seconde. Hij drukte op een knop die de draaiende anode van de röntgenbuis in beweging bracht. Toen de bekende woorden: „Niet meer bewegen! Stil liggen!" Een druk op de tweede knop – en wat er nu te zien was, werd door het osmotisch oog van het toestel vastgelegd ter beoordeling door anderen.

In de X-O-Mat-kamer van de afdeling radiologie waren de rolgordijnen neergelaten om het daglicht buiten te sluiten. Bell en Lucy Grainger wachtten. Binnen een paar minuten zouden de foto's klaar zijn en met die van veertien dagen geleden vergeleken kunnen worden. De technicus had de negatieven al in de ontwikkelaar gelegd, die zoemde als een oven. Nu begonnen de ontwikkelde foto's een voor een aan de voorkant van de machine uit een gleuf te glijden.

Bell legde de foto's onder de klem van een lichtkast met fluorescerende buizen. De vorige foto's had hij al in een tweede lichtkast geplaatst.

„Zijn ze goed geworden?" vroeg de technicus met begrijpelijke trots.

„Uitstekend." Het antwoord van Bell was een reflex, want hij had alle aandacht bij de nieuwe foto's. Met de punt van een potlood maakte hij zijn gedachtenlijn zichtbaar, zodat Lucy hem kon volgen.

Toen de twee series bekeken waren, vroeg Lucy: „Ziet u verschil? Ik niet."

„Nee. Hier is een lichte periosteale reactie." Hij wees met het potlood naar een klein nuanceverschil. „Maar dat is waarschijnlijk het gevolg van je eigen biopsie. Verder is er geen verandering waaruit conclusies getrokken kunnen worden." Bell zette zijn bril af en wreef zijn rechter oog. Hij zei, bijna verontschuldigend: „Het spijt me, Lucy, ik zal de bal naar pathologie moeten teruggooien. Wil jij het tegen Joe Pearson zeggen of zal ik het doen?"

„Ik doe het wel. Ik ga nu meteen naar hem toe . . ."

HOOFDSTUK XVII

Zuster Wilding veegde een grijze lok weg, die altijd weer onder haar gesteven kap uitkwam, en liep met kordate stappen door de gang van de verloskundige afdeling, met John Alexander op haar hielen. Bij de vijfde deur bleef zij staan. Ze keek naar binnen en kondigde opgewekt aan: „Bezoek voor u, mevrouwtje." Waarna John naar binnen mocht gaan.

„Johnny, lieveling!" Elizabeth strekte haar armen uit, trok even een pijnlijk gezicht omdat de verandering van houding wat moeite kostte, en nam zijn kussen in ontvangst. Ze hield hem een ogenblik stijf vast. Hij voelde haar warmte onder de kraakschone, ruwe ziekenhuis-nachtjapon. Een geur van transpiratie en ether kwam hem tegemoet, een herinnering aan iets dat hij niet met haar had kunnen delen, alsof zij een verre reis had gemaakt en nu was teruggekomen met een vreemd waas. Ze maakte zich voorzichtig los.

„Ik zie er zeker verschrikkelijk uit."

„Er is niets op je aan te merken."

„Ik had geen tijd om iets mee te nemen." Ze keek even naar de vormeloze ziekenhuiskleding. „Niet eens een nachtjapon of een lipstick."

„Maar je kunt toch nog . . ."

„Ik zal een lijstje maken, dan kun jij de dingen wel voor me meebrengen."

Zuster Wilding had het gordijn tussen de twee bedden in het kamertje dichtgetrokken.

„Zo, nu bent u helemaal alleen." Ze vulde een glas met ijswater. „Ik kom straks terug, mevrouw Alexander. Dan mag u de baby even zien."

„Dank u." Ze glimlachten dankbaar toen de verpleegster de kamer uitging.

Elizabeth keek John aan, gespannen, zoekend. „Johnny . . . ik wil het weten. Heeft het kind een kans ?"

„Kijk, liefje . . ." begon hij aarzelend.

„Nee, John, ik wil de waarheid weten. De zusters willen niets zeggen. Ik moet het van jou horen."

Hij voelde dat haar tranen niet ver weg waren. „Het kan twee kanten op gaan. Ik heb dokter Dornberger gesproken. Hij zei dat er een redelijke kans is . . . Het kind kan blijven leven of . . ."

Elizabeth liet haar hoofd terugvallen in de kussens. Ze keek naar het plafond en fluisterde: „Dus er is niet veel hoop ?"

John woog zijn woorden af. Als het kindje moest sterven, was het beter er nu op voorbereid te zijn dan haar verwachtingen op te schroeven om ze na een paar dagen wreed stuk te slaan. „Hij is . . . hij is ontzettend klein, zie je. Hij is twee maanden te vroeg geboren. Als er ook maar de geringste infectie komt . . . hij heeft bijna geen weerstand."

„Dank je, John." Elizabeth lag doodstil, ze keek hem niet aan, maar hield zijn hand stijf vast. Ze had tranen op haar wangen en John voelde ook zijn eigen ogen vochtig worden.

„Wat er ook gebeurt . . ." zei hij met moeite, „we zijn nog jong. We hebben nog veel tijd."

„Ik weet het." Ze zei het bijna onverstaanbaar en hij sloeg zijn armen om haar heen. „Maar twee kinderen . . . op deze manier . . ." Ze hief haar hoofd op en zei radeloos: „Het is zo onrechtvaardig!"

„Het is moeilijk te begrijpen . . . maar we hebben elkaar nog."

Ze huilde zacht. „Zakdoek." Hij gaf haar de zijne.

„Zo, het gaat wel weer. Alleen . . . soms . . ."

„Huil maar, als het helpt."

Ze gaf hem met een half lachje de zakdoek terug. „Hij is helemaal vuil. Johnny . . . ik heb hier tijd gehad om te denken . . . en . . ."

„Waarover heb je gedacht ?"

„Ik wil dat je naar de medische school gaat."

„Moeten we daar nu weer over beginnen ?"

„Ja." Haar stem was nog zwak, maar met een begin van vastberadenheid. „Ik heb het altijd gewild en nu zegt dokter Coleman het ook."

„Weet je wel wat dat zou kosten ?"

„Ja. Maar ik kan gaan werken."

„Met een baby ?"

„... Misschien hebben we geen baby."

Zuster Wilding kwam geruisloos binnen. Ze zag de behuilde ogen van Elizabeth en keek toen discreet naar iets anders. „Als u wilt, meneer, kan ik u nu meenemen naar het kindje."

Dokter Charles Dornberger ging naar de baby-afdeling.

De afdeling was aan het eind van een lange, verlichte gang, waar vrolijke pasteltinten de boventoon voerden. Dit deel van het gebouw was twee jaar tevoren vernieuwd en getuigde nu van de moderne tendens naar ruimte en licht. Dornberger hoorde de kinderstemmen in alle toonaarden; ze varieerden in hoogte en sterkte van luidkeels gebrul tot vragend gepiep. Uit gewoonte bleef hij staan en keek door de dikke glazen wand, die de baby-afdeling aan drie kanten omgaf. Hij zag de vele gevulde mandwiegen en vond dat de zaken goed gingen.

Dit waren de gezonde, normale diertjes, die – voorlopig – de strijd om het bestaan gewonnen hadden en over een paar dagen de wachtende wereld zouden ingaan. Naar huis, dan naar school, naar het gevecht om roem of bezit. Sommigen zouden slagen, anderen mislukken; als er niets onvoorziens gebeurde, zouden ze van hun jeugd genieten, de rijpere leeftijd accepteren en met weemoed oud worden. Voor deze baby's zouden de nog grotere en mooiere auto's worden ontworpen; voor hen zouden de vliegtuigen nog sneller en veiliger worden gemaakt; ze zouden op hun wenken bediend worden door tijdgenoten die iets aan te bieden hadden. Zij gingen de onbekende toekomst tegemoet, de meesten met angst in hun hart, sommigen moedig, een enkele laf. Van deze baby's zouden er misschien een paar tot in de ruimte doordringen; degenen met redenaarstalent zouden hun medemensen tot geestdrift of wanhoop brengen. Binnen twintig jaar zouden de meesten tot lichamelijke rijpheid komen, gehoorzamend aan de altijd onbegrepen drang tot voortplanting, die ervoor gezorgd had dat ze hier nu zelf lagen te huilen en te kwijlen. Maar voor het ogenblik waren zij de overwinnaars; hun eerste en grootste hindernis was achter de rug.

Aan de andere kant van de gang was een kleinere afdeling. Daar lagen, geluidloos en afzonderlijk, elk in een couveuse, de voortijdig geboren baby's, de mensjes met het weifelende begin, de valse start, het onzekere leven.

Dornberger ging deze kleine afdeling in.

Hij bekeek zijn nieuwste patiëntje – een aandoenlijk klein stukje wankel leven – en schudde zijn hoofd. Hij schreef zorgvuldig zijn instructies voor de verdere behandeling.

Toen hij wegging, kwamen zuster Wilding en John Alexander door een andere deur binnen.

Als iedereen die hier kwam, hadden zij steriele jassen aan en maskers voor, ook al was het met glas omgeven interieur ontoegankelijk voor hun adem. Zuster Wilding tikte op de glazen wand. Een jongere verpleegster kwam naar hen toe, met vragende ogen boven het witte masker.

„Kindje Alexander," zei zuster Wilding. De verpleegster nam hen mee langs de glazen wand tot ze voor een van de couveuses stonden.

„Mijn God, is dát alles?" De woorden werden uit zijn mond gerukt voordat de gedachte vorm had aangenomen.

„Niet zo groot, hè?" zei zuster Wilding.

John keek ongelovig. „Zoiets . . . ongelofelijk kleins heb ik nog nooit gezien." Hij tuurde in het glazen kastje. Moest dit een mens zijn, dit verschrompelde wezentje, niet groter dan zijn twee handen?

Het kindje lag volkomen stil, met dichte ogen. Alleen aan een bijna onmerkbare, regelmatige beweging van de borst was te merken dat het ademde en leefde. Zelfs in de couveuse leek het hulpeloze lijfje verloren en te klein voor zijn omgeving. Het was bijna ongelofelijk dat zoiets broos kon bestaan.

De jongere verpleegster was naar buiten gekomen. Zuster Wilding vroeg: „Hoeveel woog het bij de geboorte?"

„Drie pond en driekwart ons. – Meneer Alexander, weet u nu ongeveer wat er gebeurt, wat er voor uw kindje wordt gedaan?"

Hij schudde zijn hoofd en bleef gefascineerd naar het kind kijken.

„Sommige mensen willen het weten; dat schijnt het gemakkelijker te maken."

„Ja . . . wilt u me er wat van vertellen?"

De verpleegster wees naar de couveuse. „De temperatuur daarbinnen wordt op 98 graden Fahrenheit gehouden. Aan de lucht wordt zuurstof toegevoegd – tot ongeveer veertig procent. Dat vergemakkelijkt de ademhaling. De longen zijn maar klein, begrijpt u, eigenlijk nog helemaal niet ontwikkeld bij de geboorte."

„Ja, ik begrijp het." Hij keek weer naar de zwakke ademhaling. Zolang die borst bewoog, was er leven en klopte het te kleine, te zwaar belaste hart.

„Het kindje is nog niet sterk genoeg om te zuigen, dus passen we kunstmatige voeding toe. Ziet u dat buisje?" Ze wees naar een plastic slangetje, dat van de bovenkant van de couveuse naar de mond van het kind liep. „Het gaat regelrecht naar de maag. Hij krijgt met tussenpozen van anderhalf uur druivensuiker en water."

Na een aarzeling vroeg John: „U hebt zeker al veel van zulke gevallen gezien?"

„Ja." Zij scheen de volgende vraag te voelen aankomen. John zag dat ze tenger en knap was; het rode haar was weggestopt onder de kap. Ze was ook verrassend jong, zeker niet ouder dan twintig, maar ze gaf een indruk van betrouwbare volleerdheid.

„Zou hij het halen?"

De vraag was gekomen. „Er is nooit iets van te zeggen." Zij probeerde een eerlijk antwoord te geven, zonder valse verwachtingen te wekken en ook zonder hem te ontmoedigen. „Sommigen halen het, anderen niet. Bepaalde kinderen schijnen te wíllen leven. Die vechten ervoor."

„En . . . vecht hij ook?"

„Het is nog te vroeg om dat te weten. Het zou wel veel verschil gemaakt hebben als hij die acht weken nog was weggebleven. Het zal een hele toer zijn."

Hij keek naar het kind en voor het eerst kwam de gedachte: dit is mijn zoon, mijn eigen zoon, een stuk van mijn leven. Hij werd opeens verteerd door een overweldigend gevoel van liefde voor dit kwetsbare stukje mens dat in het warme doosje zijn eenzame strijd lag uit te vechten. Hij kreeg de belachelijke aanvechting, door het glas te roepen: Je bent niet alleen, jongen, ik kom je helpen. Kijk, hier zijn mijn handen. Haal er de kracht uit. Hier heb je mijn longen; gebruik ze en laat mij voor je ademen. Maar geef het alsjeblieft niet op, jongen, geef het niet op! We kunnen nog zoveel samen doen . . . als je maar blijft leven. Hoor je me? Houd je taai! Ik ben je vader en ik houd van je!

Zijn tranen stroomden onhoudbaar. Hij voelde de hand van zuster Wilding op zijn arm. „Zullen we nu maar gaan?"

Hij knikte, keek voor het laatst en ging mee.

Lucy Grainger klopte aan en ging het kantoor van pathologie in. Dokter Pearson zat aan zijn bureau, David Coleman stond in een hoek van het kantoor een dossier te bestuderen. Hij keek om toen Lucy binnenkwam.

„Ik heb de nieuwe foto's van Vivian Loburton," zei Lucy.

„Wat staat erop?" Pearson was er onmiddellijk met zijn aandacht bij. Hij legde wat papieren weg en stond op.

„Erg weinig, helaas." Lucy ging naar de lichtkast aan de muur. Coleman was er al bij en draaide aan een knop. Een paar seconden later ging flikkerend het fluorescerende licht in de kast aan.

Ze bekeken en vergeleken de foto's. Lucy wees het gebied van de periosteale reactie aan, die door de biopsie was veroorzaakt. Verder waren er geen veranderingen, zei ze.

Pearson wreef peinzend zijn kin, keek Coleman aan en zei: „Je idee schijnt geen resultaat te hebben."

„Blijkbaar niet," zei Coleman neutraal.

„Het was in elk geval de moeite van het proberen waard."

Blijkbaar trachtte Pearson tijd te winnen om zijn besluiteloosheid te verbergen. Spottend zei hij tegen Lucy: „Radiologie laat het dus afweten."

„Zo zou je het kunnen zeggen."

„En laat het over aan mij . . . aan pathologie?"

„Ja, Joe."

Het duurde tien seconden. Toen zei Pearson duidelijk en met overtuiging: „Mijn diagnose is, dat je patiënte een kwaardaardige tumor heeft, een osteo-sarcoom."

Lucy keek hem aan. „Is dat je definitieve mening?"

„Ja." In zijn stem was geen twijfel meer. „Ik heb het trouwens sinds het begin geweten. Die nieuwe foto's waren voor mij alleen een bevestiging."

„Goed." Lucy knikte aanvaardend en dacht aan wat er nu moest gebeuren.

Pearson vroeg nuchter: „Wanneer ga je amputeren?"

„Morgenochtend, denk ik." Lucy nam de foto's en zei nog tegen Coleman: „Ik ga het dan maar zeggen . . . Een van die minder prettige gevallen." En ze ging weg.

„Ja, iemand moest de beslissing nemen," zei Pearson op een merkwaardig wellevende toon tegen Coleman. „Ik heb jouw mening niet gevraagd, want ik wilde niet laten blijken dat er twijfel was. Dan zou Lucy het tegen het meisje en haar ouders gezegd hebben en waren ze gaan uitstellen. De mensen willen altijd uitstellen, maar ik hoef je niet te zeggen wat dat bij een osteo-sarcoom betekent."

Coleman knikte. Hij had er geen bezwaar tegen dat Pearson de belissing had genomen. Ten slotte moest iemand het doen. Toch wist hij niet of de amputatie nodig of nodeloos was. Later, wanneer het geamputeerde been naar het laboratorium kwam, zouden ze zekerheid hebben. Maar dan was de amputatie niet meer ongedaan te maken. De wetenschap was ver gevorderd in het wegnemen van ledematen, maar kon ze er nog altijd niet weer aanzetten . . .

Het middagtoestel uit Burlington landde even na vier uur op het vliegveld La Guardia. Kent O'Donnell nam een taxi naar Manhattan en onderweg voelde hij zich voor het eerst sinds vele dagen ontspannen. In New Yorkse taxi's probeerde hij zich altijd te ontspannen, voornamelijk omdat hij duizelig en zenuwachtig werd als hij naar het verkeer keek. Hij was tot de conclusie gekomen, dat je hier fatalist moest zijn; je bereidde je rustig voor op een ongeluk – en als het niet kwam, had je weer geweldig geboft.

Maar nu zocht hij ook rust omdat hij de afgelopen week onder hoogspanning had gewerkt, zowel in als buiten het ziekenhuis. Hij had op alle fronten overgewerkt om nu vier dagen verlof te kunnen nemen. Verder had hij twee dagen geleden de voorzittershamer gehanteerd op een bijzondere vergadering van de medische staf, waar hij bekendgemaakt had welke bijdragen er van de doktoren in het bouwfonds werden verwacht. Er was druk geprotesteerd, wat hij had voorzien, maar hij wist zeker dat het geld wel zou komen.

Ondanks zijn cocon van rust zag hij het gewoel van het New Yorkse verkeer en het hoekige silhouet van Manhattan, dat hem geleidelijk insloot. Ze reden over de Queensboroughbrug; de middagzon schoot schuine stralen als lansen door de vuilgroene steunbalken – en in de diepte lag Welfare Island met zijn gemeenteziekenhuizen somber en ambtelijk ergens midden in de grauwe East River. Elke keer als hij New York zag, vond hij het lelijker, rommeliger en vuiler. Maar zelfs voor iemand, die van buiten kwam werd die lelijkheid op den duur behaaglijk en vertrouwd, als een oud versleten kledingstuk dat onder vrienden goed genoeg is voor de vermoeide reiziger.

Van de brug ging het de 60e Straat door, naar Madison en de 59e. Bij de 7th Avenue gingen ze linksaf naar het Park Sheraton Hotel.

In zijn kamer waste en verkleedde hij zich. Hij nam het programma van het chirurgencongres uit zijn tas – het voorwendsel van zijn reis naar New York. Er stonden drie lezingen op, die hij wilde horen – twee over open hartchirurgie en een over de vervanging van zieke slagaderen door verbindingen van andere bloedvaten. De eerste van de drie begon pas om elf uur de volgende ochtend. Hij had dus tijd in overvloed. Het was nu bijna zeven uur. Over ruim een uur zou hij Denise ontmoeten. Hij ging met een lift naar beneden en wandelde door de foyer naar de Pyramid Lounge.

Hij dronk een cocktail en ging om half acht het hotel uit. Hij liep door de 55e Straat tot de 5th Avenue. Daar nam hij een taxi en ging naar het adres dat Denise hem had opgegeven. De chauffeur stopte in de 86e Straat, voor een grijs flatgebouw. O'Donnell betaalde en ging naar binnen.

Hij werd eerbiedig gegroet door een portier in uniform. De man vroeg hem zijn naam en raadpleegde een lijst. „Mevrouw Quantz verzoekt u naar boven te gaan." Hij wees naar een lift, waarbij een bediende in een eender uniform stond. „Twintigste verdieping, meneer. Ik zal mevrouw Quantz bellen dat u komt."

Op de twintigste en hoogste etage gingen de liftdeuren geluidloos open. In de ruime, met tapijten belegde gang hing aan een van de muren een groot gobelin met een jachttafereel. Ertegenover waren brede deuren met houtsnijwerk. Een ervan ging open. Een huisknecht zei: „Goedenavond, meneer. Mevrouw Quantz verzocht me, u in de zitkamer te laten. Ze komt dadelijk."

Hij ging met de man mee, door een tweede gang naar een kamer die bijna zo groot was als zijn hele appartement in Burlington. De kleuren waren er beige, bruin en koraalrood. Bij de driedelige banken stonden lage tafeltjes, die met hun diepe, donkere kleur eenvoudig, maar effectief contrasteerden met de lichtbeige vloerbedekking. Glazen deuren gaven toegang tot een terras met flagstones, waarachter hij het laatste licht van de avondzon zag.

„Kan ik u iets te drinken geven, meneer?"

„Nee, dank u. Ik wacht maar op mevrouw Quantz."

„Niet nodig!" Het was Denise. Ze kwam met uitgestoken handen naar hem toe. „Kent, wat fijn dat je er bent."

„Ik vind het ook prettig. Tot dit ogenblik had ik niet eens beseft, hoe prettig . . ."

Ze gaf hem een vluchtige kus op zijn wang. Hij had haar in zijn armen willen nemen, maar beheerste zich.

Ze was nog mooier dan hij zich haar herinnerde, zo stralend en blij dat het hem zijn adem benam. Ze droeg een kanten avondjapon met een wijde, korte rok over een strapless ondergrond van zwarte zijde.

Aan een hand nam ze hem mee naar het terras. De bediende was hen voorgegaan met een blad met glazen en een cocktailshaker. Hij trok zich nu bescheiden terug.

„De martini's zijn al gemixd, maar als je iets anders wilt . . ."

„Nee, martini is goed."

Ze schonk in en gaf hem een glas. „Welkom in New York namens de éénpersoons feestcommissie."

„Wil je de commissie mijn dank overbrengen?"

Ze keek hem aan, gaf hem een arm en nam hem mee naar de balustrade van het terras.

Ze keken omlaag. Het was schemerdonker, de warme, zachte schemering van de nazomer; de lichten van New York sprongen aan. Uit de straten in de diepte kwam het onafgebroken zoemend geraas van het verkeer, met de interpuncties van snerpende dieselbussen en korte, ongeduldige claxonstoten. Aan de overkant de vervagende omtrekken van het Central Park, de paden aangeduid door een enkele straatlantaarn. Daarachter de straten van de west-side, overgaand naar de donkere Hudson; en op de rivier de lichtende speldeknoppen van de schepen. In de verte de oever van New Jersey. Dichter bij de binnenstand zag Kent de George Washingtonbrug, de hoge, felle lampen als een snoer lichtende kralen en eronder de koplichten van auto's in vele rijen, schuivend over de brug. Mensen die naar huis gingen.

Een zoele wind speelde om hen heen. Hij voelde sterk haar nabijheid. Ze zei: „Het is mooi, hè? Al weet je dat er onder die lichten lelijke en slechte dingen zijn, het blijft mooi. Ik houd er zo van, vooral op dit uur."

„Heb je er wel eens aan gedacht, terug te gaan naar Burlington?"

„Voorgoed?"

„Ja."

„Teruggaan is onmogelijk. Dat is een van de weinige dingen die ik heb geleerd. Ik bedoel niet alleen Burlington, maar de tijd, mensen, plaatsen. Je kunt een kennismaking hernieuwen, maar het wordt nooit zoals vroeger. Je bent vervreemd, je hoort er niet meer bij omdat je verder gegaan bent. – Ik ben hier nu thuis. Ik geloof niet dat ik hier ooit meer kan weggaan. Klinkt dat erg onrealistisch?"

„Nee, het klinkt verschrikkelijk verstandig."

Hij voelde haar hand op zijn arm. „Zullen we nog een cocktail nemen? Dan gaan we daarna eten."

Ze gingen naar de „Maisonnette", een kleine, rustige nachtclub aan de Fifth Avenue. Ze dineerden en dansten er. Terwijl ze tussen twee dansen aan hun tafel zaten, vroeg Denise:

„Hoe lang blijf je in New York?"

„Nog drie dagen."

„Waarom zo kort?"

„Ik héb nog een paar verplichtingen . . . Mijn patiënten rekenen op me en in het ziekenhuis is ook nog wel iets te doen."

„Ik zal je missen, geloof ik."

Hij keek haar aan en zei in een opwelling van moed: „Je weet dat ik nooit getrouwd geweest ben."

„Ja."

„Ik ben tweeënveertig. Als je zo lang alleen bent geweest, heb je bepaalde gewoonten, een levensvorm opgebouwd, waaraan niet veel meer te veranderen is en die een ander misschien moeilijk aanvaardt. – Ik bedoel eigenlijk, dat het waarschijnlijk niet zal meevallen, met mij te leven."

Ze legde een hand op de zijne. „Kent, mag ik even duidelijk zijn? Is dit een huwelijksaanzoek?"

Kent O'Donnell grijnsde; hij voelde zich overmoedig, jongensachtig. „Nu je het zo formuleert . . . ja, dat is het wel."

„Ik ben buitengewoon gevleid," probeerde zij tijd te winnen, „maar loop je niet wat hard van stapel? Hoe lang kennen we elkaar eigenlijk?"

„Ik houd van je, Denise."

Ze keek hem zoekend aan. „Ik zou ook van jou kunnen houden." Langzaam en zorgvuldig zei ze: „Op dit ogenblik dwingt alles me, ja te zeggen en je vast te houden, met twee gretige handen. Maar ergens hoor ik een waarschuwend fluisterstemmetje. Als je één keer een fout hebt gemaakt, word je bang voor de tweede."

„Ja, dat begrijp ik heel goed."

„Ik ben het nooit eens geweest met de mensen, die zeggen, dat je een man – of een vrouw – kunt kwijtraken als buikpijn: een tabletje innemen en je bent eraf. Dat zal een van de redenen zijn waarom ik het nooit tot een echtscheiding heb laten komen."

„Zou je die zonder moeite kunnen krijgen?"

„Ik denk het wel. Als ik naar Nevada ga of een dergelijk bedevaartsoord, is dat wel te regelen. Maar nu komt het: jij zit in Burlington en ik in New York."

„Dus je meende het toen je zei, dat je niet in Burlington zou willen wonen?”

„Ja. Ik zou het er niet uithouden. Waarom zou ik eromheen draaien? Ik ken mezelf te goed.”

Er kwam een kelner met koffie. O'Donnell wachtte en zei: „Ik heb er plotseling behoefte aan, alleen met je te zijn.”

„Waarom gaan we dan niet?”

Hij rekende af. Buiten riep de portier een taxi aan en O'Donnell gaf het adres van het flatgebouw.

Toen ze wegreden, zei Denise: „Een egoïstische vraag: heb je er wel eens aan gedacht, je praktijk naar New York te verplaatsen?”

„Ja. Ik denk er nu aan.”

En hij dacht nog steeds toen ze het flatgebouw ingingen en de lift namen. New York had prachtige ziekenhuizen; de medische wetenschap bloeide er en het zou weinig moeite kosten, ergens aan het werk te gaan. Hij had relaties genoeg om een particuliere praktijk te beginnen. Waarom bleef hij dan in Burlington? Lag daar zijn levenswerk voorgoed? Werd het geen tijd voor een verandering, een nieuwe omgeving? Ik ben niet aan „De Drie Provinciën” getrouwd, dacht hij, en ik ben er niet onmisbaar. Natuurlijk zou ik dingen missen; het gevoel, iets op te bouwen, de mensen met wie ik werk. Maar ik heb er al zoveel bereikt, dat zal niemand ontkennen. En New York is Denise. Zou het niet de moeite waard zijn?

Ze gingen naar binnen. De huisknecht was er niet. Alsof het afgesproken was, gingen ze naar het terras, waar hij haar kuste omdat er niets anders zinvols te doen was.

Daarna zei ze vermoeid en bezorgd: „Er zit zoveel aan vast . . .”

„O ja?” Het klonk ongelovig.

„Je weet nog lang niet alles van me. In de eerste plaats ben ik jaloers en heerszuchtig. Wist je dat?”

„Het klinkt niet erg afschrikwekkend.”

„Als we getrouwd waren, zou ik je voor honderd procent moeten hebben. Ik ben niet tevreden met een deeltje. Ik kan er niets aan doen. Ik zou je met niemand kunnen delen. Zelfs niet met een ziekenhuis.”

„Er is toch wel een tussenweg te vinden,” lachte hij. „Dat gebeurt wel vaker.”

„Als je het zo zegt, zou ik je bijna geloven. – Kom je gauw weer in New York?”

„Ja.”

„Wanneer?"

Terwijl ze elkaar kusten met een aanwakkerend vuur, ging er in de huiskamer een deur open. Denise maakte zich los en even later verscheen er een meisje in pyjama op het terras. „Ik dacht dat ik hoorde praten."

„Ik wist niet beter of je sliep. Dit is dokter O'Donnell." En tegen Kent: „Dit is mijn dochter Philippa. De helft van mijn lastige tweeling . . ."

Het meisje keek O'Donnell vrijmoedig aan. „Dag. Ik heb wel van u gehoord."

Denise had hem eens verteld, herinnerde hij zich, dat haar kinderen zeventien waren. Het meisje leek klein voor haar leeftijd, een beetje onvolgroeid. Maar ze bewoog zich gemakkelijk en elegant op haar drempel van de volwassenheid.

„Dag Philippa. Het spijt me dat we je wakker gemaakt hebben."

„Ik lag te lezen, want ik kon toch niet slapen." Ze had het boek nog in haar hand. „Het is van Herrick. Kent u het soms?"

„Nee. Op de medische school hebben we niet veel aan dichtkunst gedaan – en daarna ben ik er nooit toe gekomen."

Philippa sloeg het boek open. „Hier staat iets in voor jou, mammie." Ze las op een aantrekkelijke toon, met gevoel voor woorden en een prettige lichtheid:

„De beste tijd is de eerste tijd,
Als jeugd en bloed nog warm zijn;
Maar als het leven leeg verglijdt
Kan men slechts kil en arm zijn.
Heb dus geen vrees, maar pluk uw dag,
Zolang ge 't kunt: ga trouwen!
Want wie zijn bloei verspeelt, die mag
De rest van 't leven rouwen."

„Dat laat aan duidelijkheid niets te wensen over," zei Denise. „Ik zal je maar bekennen, Kent, dat mijn kinderen geen rust hebben voordat ik hertrouwd ben."

„We vinden het heel gewoon het beste voor je."

„Ja, ze doen het zogenaamd uit praktische overwegingen, maar in werkelijkheid zijn ze allebei walgelijk sentimenteel. – Hoe zou jij het vinden, Philippa, als ik met dokter O'Donnell trouwde?"

„Heeft hij je gevraagd?" kwam prompt het belangstellende antwoord. „Dan doé je het toch zeker!"

„Dat hangt van veel dingen af, liefje. Een echtscheiding is maar één van de kleinigheden . . ."

„O, dat . . .! Zeur toch niet. Jullie gaan gewoon samenleven. Dan heb je de bewijzen voor het oprapen; je gaat even naar Reno en de zaak is gezond."

„Er zijn ogenblikken," zei Denise, „dat ik twijfel aan de waarde van een vooruitstrevende opvoeding. We praten er niet verder over, Philippa. Welterusten."

„O, mammie, wat kun jij toch voorwereldlijk zijn!"

„Welterusten zei ik!"

„Dan zit er niks anders op," zei Philippa tegen Kent.

„Het was me heel aangenaam, Philippa."

Ze kwam naar hem toe en zei ongedwongen: „Nu je toch mijn stiefvader wordt, mag ik je wel een zoen geven."

„Zo'n klein voorschot kan geen kwaad, hoe het ook afloopt."

Na de zoen zei ze: „Je bent best aardig . . ." Ze schudde een waarschuwende vinger tegen Denise: „Mammie, verspeel deze kans alsjeblieft niet."

„Philippa!" Het gezag in Denises stem was onmiskenbaar.

Philippa lachte en ging luchtig wuivend met haar gedichtenboek weg.

Kent leunde lachend tegen de muur. Zijn vrijgezellenleven in Burlington leek hem op dat ogenblik zeldzaam leeg en saai – en het leven met Denise in New York werd elke seconde aantrekkelijker.

HOOFDSTUK XVIII

De operatie begon precies om half negen 's morgens. Toen Kent O'Donnell hoofd van de chirurgische afdeling werd, had hij een stiptheid ingevoerd waaraan de meeste medewerkers zich hielden.

Het was geen moeilijke operatie en Lucy Grainger verwachtte geen bijzondere problemen. Ze wilde het been tamelijk hoog boven de knie amputeren, aan het bovenste deel van het dijbeen. Zij had ook overwogen, nog dichter bij de heup te amputeren, waardoor de rest van het lichaam veiliger zou zijn, maar dat gaf het nadeel, dat een kunstbeen later bijna niet aan het te korte stompje bevestigd zou kunnen worden. Het compromis was dus, een deel van het dijbeen intact te laten.

De vorige avond had zij berekend, waar zij de huid moest insnijden om ervoor te zorgen, dat het stompje bedekt kon worden. In gedachten bracht zij de insnijdingen aan, terwijl Vivian dacht dat het een gewoon onderzoek was.

Dat was nadat zij het verpletterende nieuws aan Vivian had verteld, een somber en gespannen ogenblik. Eerst was Vivian rustig gebleven, maar ze verloor al gauw haar zelfbeheersing, klemde zich aan Lucy vast en liet de tranen door de gebroken sluis van haar hoop stromen. Lucy, die gewend was in zulke minuten onbewogen te blijven, had zelf moeite met haar tranen.

Daarna de ontmoeting met de ouders en de jonge dokter Seddons, minder persoonlijk, maar bijna even moeilijk. Lucy begreep dat zij haar eigen gevoelens nooit volledig zou kunnen wegsluiten, zoals sommige anderen dat konden en ze moest zichzelf wel eens toegeven dat haar oppervlakkige nuchterheid maar een dun laagje was. Maar de nuchterheid in de operatiekamer had niets oppervlakkigs; koelheid was hier de grote noodzaak. Alle persoonlijke gevoelens moesten wijken voor de onmiddellijke medische eisen.

De narcotiseur aan het hoofd van de operatietafel had het teken al gegeven, dat alles wat hem betrof in orde was. De assistent van Lucy hield het been, dat geamputeerd moest worden, omhoog, zodat het bloed er zoveel mogelijk kon uitstromen. Lucy legde een pneumatisch tourniquet hoog om het dijbeen, waarmee straks de bloedsomloop kon worden afgesloten.

De operatiezuster gaf een schaar aan en Lucy verwijderde daarmee het verband, dat om het been was gelegd nadat het de vorige avond was geschoren en met hexachlorofeen behandeld. De lappen verband vielen weg en werden opgeraapt.

Lucy keek op de klok. Het been was nu vijf minuten bijna verticaal gehouden en de huid was kleurloos geworden. De assistent hield het eens met zijn andere hand vast. „Wordt je arm moe?" vroeg Lucy.

Hij lachte. „Ik zou er niet graag een uur mee doorgaan."

De narcotiseur pompte op een teken van Lucy lucht in het gummi tourniquet en sloot daarmee de bloedsomloop in het been af. Toen hij klaar was, legde de assistent het been neer. Met hulp van de operatiezuster legde de assistent daarna een steriel groen laken over de patiënt, zodanig, dat alleen het operatieveld onbedekt bleef. Lucy verrichtte toen de laatste voorbereidingen door het gebied van de operatie met alcoholhoudende zefiran te penselen.

Er waren die dag twee medische studenten in de operatiekamer en Lucy wenkte hen dichterbij. De verpleegster gaf een mes aan en Lucy schrapte met de punt van het lemmet over de huid van het dijbeen.

„U ziet dat ik merktekens op de huid kras." Zij sneed nu dieper in, waardoor het vlies onmiddellijk onder de huid met zijn gelige vetlaag open kwam te liggen. „Het is van belang, de huidlap aan de voorkant langer te maken dan die aan de achterkant, want dan komt later de hechting iets verder naar achteren. Op die manier krijgt de patiënt geen litteken midden onder de stomp. Een litteken op die plaats zou ook buitengewoon pijnlijk zijn wanneer er een gewicht op kwam te rusten."

Nu het vlees diep was ingesneden, veranderden de merklijnen in bloedstrepen. Het effect was ongeveer dat van twee hemdslippen, de voorste langer dan de achterste.

Met korte, scherpe bewegingen van een ontleedmes werkte Lucy het vlees omhoog, zodat de weefselondergrond als een bloederige massa zichtbaar werd.

Met een soort krabber hield zij de losgesneden huid op een afstand van de onderlaag. Zij liet de krabber door de assistent op zijn plaats houden en ging nu zelf verder met snijden, door de eerste laag van de quadriceps.

„Zo dadelijk worden de slagaderen blootgelegd. Ja, hier is de dijbeenslagader al." De twee studenten bogen zich gespannen kijkend voorover. „We proberen de bloedvaten zo hoog mogelijk vrij te maken, trekken ze dan omlaag en binden ze af, zodat ze zich goed van de stomp terugtrekken." De aangegeven naald danste in en uit. Lucy bond de grote bloedvaten tweemaal af, om zeker te zijn dat ze goed gesloten waren; een latere bloeding in dit gebied kon rampzalig zijn voor de patiënt. Ze nam daarna een schaar aan en knipte de hoofdslagader door. De eerste onherroepelijke stap tot de amputatie.

Hetzelfde gebeurde nu snel met de andere aderen en slagaderen. Zij doorsneed toen een laag spieren en legde de evenwijdig lopende zenuw bloot. Ze betastte die zoekend, maar op dat ogenblik bewoog Vivian. Iedereen keek vragend en geschrokken naar de narcotiseur. Hij knikte geruststellend. „Alles gaat goed." Hij hield een hand tegen de wang van Vivian; die was bleek, maar de ademhaling was diep en regelmatig. Haar ogen waren open, maar zagen niets; haar hoofd lag ver achterover en in haar ogen lagen diepe randen water – haar eigen tranen.

„Met de zenuw gaan we te werk als met de aderen en slagaderen – omlaagtrekken, zo hoog mogelijk afbinden, dan doorsnijden en zich laten terugtrekken." Lucy sprak bijna werktuiglijk, de woorden volgden haar handen in de diep gewortelde doceergewoonte. „Er heeft altijd verschil van mening bestaan over de behandeling van de uiteinden der zenuwen bij een amputatie. De bedoeling is natuurlijk, naderhand pijn in de stomp te voorkomen." Ze legde een knoop en knikte tegen de assistent, die de uiteinden van de hechtdraad afknipte. „Er zijn al diverse methoden geprobeerd: injectie van alcohol, verbranding van het uiteinde van de zenuw met een elektrische brander, maar de methode, die we vandaag volgen, is nog steeds de eenvoudigste en meest gebruikte."

Lucy keek naar de wandklok. Kwart over negen. Ze was nu drie kwartier bezig.

„Alles nog goed?" vroeg ze aan de narcotiseur.

Hij knikte. „Kan niet beter, Lucy. Ze is oergezond. Zeg, je weet toch zeker dat je niet de verkeerde patiënt hebt?"

„Helaas wel."

Lucy had de operatiegrapjes ten koste van patiënten nooit gewaardeerd, hoewel zij chirurgen had gekend die zich van de eerste insnijding tot de laatste hechting door de operaties heengrapten. Sommigen deden het misschien om hun diepere gevoelens te verbergen, maar Lucy stapte liever naar een ander onderwerp. Daarom vroeg zij de narcotiseur: „Hoe is het thuis?"

„Best. Volgende week gaan we verhuizen."

„O ja? Waarheen?" Tegen de assistent zei ze: „Een beetje hoger, graag. Probeer de huid zoveel mogelijk uit de weg te houden."

„Somerset Heights, een nieuwe wijk in noord."

De spieren aan de achterkant van het been waren nu bijna doorgesneden. „Ik heb er wel van gehoord, geloof ik. Je vrouw vindt het zeker fijn?"

Het bot was zichtbaar onderin de gapende, rode insnijding. De narcotiseur zei: „Ze is in de zevende hemel; ze koopt kleedjes, gordijnen en weet ik wat nog meer. Er is maar één moeilijkheid."

De vingers van Lucy woelden zich om het bot, om de omliggende spieren los te werken. „U merkt," zei ze ten behoeve van de studenten, „dat ik de spieren zo ver mogelijk wegdruk. Dan kunnen we het bot hoog doorsnijden, zodat naderhand de spieren er weer omheen kunnen groeien."

De assistent, die de huid nu met twee krabbers omhooghield, werd moe en liet zijn instrumenten verschuiven. Lucy hielp hem, ze weer op hun plaats te krijgen, en hij mopperde: „De volgende keer breng ik mijn derde hand mee."

„Zaag alstublieft."

De operatiezuster stond er al mee klaar. Lucy zette haar gesprek met de narcotiseur voort:

„Wat voor moeilijkheid is dat?"

Ze zette het blad van de zaag zo hoog mogelijk aan en begon met korte, gelijkmatige bewegingen te zagen. Het gaf een dof, doordringend geluid. De narcotiseur zei: „De centjes."

Lucy lachte. „Dan zullen we je meer werk moeten verschaffen, meer operaties." Ze had het bot nu half doorgezaagd; het was iets taaier dan normaal, maar het was ook nog jong. Plotseling kwam de gedachte in haar op: Dit is een tragisch ogenblik en wij staan hier over gewone, nuchtere dingen te praten. Over een paar seconden is dit been afgezaagd en heeft een meisje, een kind nog bijna, voorgoed een deel van haar leven verloren. Nooit kan ze meer vrij rondlopen als andere mensen, dansen, zwemmen, paardrijden of zonder remming verliefd zijn. Sommige dingen zou ze misschien op den duur met veel moeite en mechanische hulpmiddelen leren, maar nooit zou het meer hetzelfde zijn – nooit meer zou ze het met de vrijheid en de volheid van een compleet lichaam kunnen doen.

Lucy wachtte. Ze voelde dat de zaagsnede bijna volledig was. Toen, opeens, een krakend geluid, gevolgd door een scherpe tik. Onder het gewicht van het bijna losgemaakte been was het laatste stukje bot doorgebroken. Het been viel op de tafel. Voor het eerst verhief Lucy haar stem: „Vang op! Vlug!"

Maar het was te laat. De assistent greep en miste, het been gleed van de operatietafel en plofte op de vloer.

„Laat liggen!" zei Lucy scherp toen de geschrokken assistent zelf wilde bukken, vergetend dat hij zich onsteriel zou maken.

Een verpleegster raapte het been op en wikkelde het in gaas en papier. Het zou later naar pathologie gebracht worden.

„Houd de stomp vrij van de tafel," zei Lucy – en de assistent gehoorzaamde, nog onder de indruk van zijn fout. De operatiezuster stond klaar met een rasp, waarmee Lucy de ruwe kant van het afgebroken blot glad maakte. „We moeten er altijd aan denken," zei ze tegen de studenten, „dat het uiteinde van het bot gaaf is, zonder uitstekende splinters, want als die er wel zijn, kunnen ze uitgroeien en buitengewoon pijnlijk worden." Zonder op te zien vroeg ze: „Hoe is het met de tijd?"

„Ruim zeventig minuten," zei de narcotiseur.

Lucy gaf de rasp terug. „Goed. We gaan nu dichtnaaien." Het eind was in zicht en ze verheugde zich al op de koffie, die in de chirurgenkamer op haar wachtte.

Mike Seddons had de tijd van de operatie letterlijk uitgezweet. Met de ouders van Vivian, die voorlopig in Burlington wilden blijven, was hij naar een van de kleine wachtkamers voor familieleden gegaan. Voor die tijd, die ochtend vroeg, toen het ziekenhuis nog bijna sliep, had hij hen bij de hoofdingang ontmoet en waren ze naar de kamer van Vivian gegaan. Maar er was weinig te zeggen geweest en Vivian zelf, die al slaperig was van het verdovingsmiddel, scheen niet te merken dat er iemand bij haar was. Een paar minuten na hun komst was zij naar de operatiekamer gebracht.

De vorige avond was alles beter geweest. Hij was naar haar kamer gekomen, wetend dat de beslissing was gevallen en dat Vivian het wist. Ze had hem lachend ontvangen:

„Mike, lieveling, kom binnen en trek niet zo'n somber gezicht. Dokter Grainger heeft het me verteld, ik heb mijn portie gehuild en nu is het gebeurd – of liever, morgenochtend zal het gebeurd zijn."

Hij voelde zijn liefde voor haar bij die woorden dieper worden. Ze had nog gezegd:

„De rest van mijn leven, Mike, zal ik één been hebben. Ik ben niet meer het meisje dat je hebt leren kennen en zoals je me nu kent. Als je ertegen opziet, ben je vrij. Ik zal het begrijpen."

„Zeg niet zulke dingen!"

„Waarom niet? Ben je bang, erover te praten?"

„Nee!" Het was een duidelijk, overtuigd protest, maar hij wist ogenblikkelijk dat het gelogen was. Hij was bang, even bang als Vivian moedig was. Nu wist hij, dat het een kracht in haar was, die hij ook in haar moeder had gezien. Had hij zelf kracht genoeg om er tegenover te stellen? Voor het eerst bekroop hem een onbehaaglijk gevoel van twijfel.

Toen de operatie anderhalf uur geduurd had, vroeg Vivians vader: „Michael, het moet nu toch bijna gebeurd zijn?"

„Dat denk ik niet. Dokter Grainger heeft gezegd, dat ze onmiddellijk na de operatie hierheen zou komen. Maar lang kan het niet meer duren . . ."

HOOFDSTUK XIX

Dokter Dornberger stak zijn handen in de patrijspoortachtige openingen van de couveuse en onderzocht voorzichtig het kindje Alexander. Het was drie en een halve dag oud en in normale gevallen was dat een hoopvol teken. Maar er waren andere symptomen, die steeds duidelijker optraden en positief onrustbarend waren.

Hij nam alle tijd voor het onderzoek en filtreerde de beschikbare gegevens door zijn langdurige ervaring met ontelbare andere gevallen. Met zijn redenering kwam hij tot dezelfde slotsom als met zijn intuïtie: de kansen waren akelig klein. „Ik had werkelijk even gedacht dat hij het zou halen," zei hij.

De jonge verpleegster, dezelfde die John Alexander in deze afdeling had gesproken, had dokter Dornberger in spanning gevolgd. Ze zei: „Tot een uur geleden was de ademhaling tamelijk regelmatig; daarna kwam een verzwakking. Toen heb ik u geroepen."

Een leerling-verpleegster aan de andere kant van de couveuse volgde het gesprek met intense belangstelling; haar ogen boven het witte masker keken van de dokter naar de zuster.

„Nee, de ademhaling is niet goed," zei Dornberger. Hij ging hardop denken, om zeker te weten dat hij niets vergat: „Hij is te geel en de voetjes lijken me gezwollen. De anemie is ook te sterk . . . Als dat bloedgevoeligheidsrapport er niet was, zou ik zeggen dat hij erytroblastose heeft."

„Maar dokter . . ." De verpleegster schrok van zichzelf.

„Nee, ik weet het wel, dat is uitgesloten. Toch wil ik dat lab-rapport nog even zien, het oorspronkelijke, van het bloed van de moeder."

De verpleegster zocht het formulier. Het was het rapport dat dokter Pearson had ondertekend na het twistgesprek met David Coleman. Dornberger bestudeerde het zorgvuldig en gaf het terug. „Dat is toch duidelijk genoeg – gevoeligheid negatief."

Er viel natuurlijk niet aan te tornen, maar in zijn achterhoofd bleef de gedachte knagen: Als dat rapport eens verkeerd is? Onmogelijk; op pathologie maakten ze niet zulke fouten. Toch moest hij eens met Pearson praten.

„We kunnen op het ogenblik niets meer doen. Roept u me als er een verandering komt."

„Ja dokter."

Toen Dornberger weg was, vroeg de leerling-verpleegster: „Wat zei de dokter – erytro . . ." Ze struikelde over het woord.

„Erytroblastose, een bloedziekte bij baby's. Het komt een enkele keer voor als het bloed van de moeder rhesus-negatief en dat van de vader rhesus-positief is."

„Ik dacht dat ze de baby ander bloed gaven als dat gebeurde."

„Dat hangt weer af van de bloedgevoeligheid van de moeder. Is die gevoeligheid positief. dan wordt de baby meestal geboren met erytroblastose en moet er onmiddellijk na de geboorte een wisseltransfusie plaatsvinden. In dit geval zei het rapport „negatief", dus er was geen transfusie nodig. En toch . . . toch is het vreemd, met die symptomen."

Sinds hun hooglopende gesprek over controle op de laboratoria had Pearson geen woord meer gezegd over het werk van David Coleman. Coleman zelf wist niet wat die stilte betekende. Het was mogelijk dat hij een winstpunt had geboekt en toch de leiding over serologie zou krijgen; het kon ook zijn dat Pearson opnieuw tot de aanval zou overgaan. Maar intussen had hij er al een gewoonte van gemaakt, het werk in het laboratorium regelmatig te volgen. Daarbij waren hem dingen opgevallen die beter op een andere manier gedaan konden worden – en een paar minder belangrijke veranderingen waren al ingevoerd.

Tussen hem en Carl Bannister, de oudere analist, heerste een toestand die omschreven kon worden als gewapende vrede. Maar John Alexander had duidelijk laten merken dat hij Colemans bemoeiingen waardeerde. De laatste dagen was hij met een paar voorstellen gekomen, die de goedkeuring van Coleman hadden weggedragen.

Een dag nadat zijn vrouw in het ziekenhuis werd opgenomen, was Alexander weer aan het werk gegaan ondanks de nors gegeven toestemming van Pearson, vrij te nemen als hij daar behoefte aan had. Alexander had gezegd: „Erg vriendelijk van u, dokter Pearson, maar als ik niet werk, ga ik piekeren – en dat helpt ook niet." Pearson had toen gezegd, dat hij maar moest doen wat hij het beste vond; hij mocht zijn vrouw en kindje bezoeken wanneer hij wilde.

David Coleman ging het serologisch laboratorium in. John Alexander was bezig aan de middelste werktafel. Hij keek op van de microscoop. Er was ook een vrouw in een witte jas en met een buitengewoon sterk ontwikkelde buste; Coleman herinnerde zich vaag, haar een paar maal gezien te hebben.

Alexander zei juist toen hij binnenkwam: „U moet het maar aan dokter Pearson of dokter Coleman vragen. Ik zal hun mijn rapport uitbrengen."

„Over wat voor rapport gaat het?" vroeg Coleman terloops.

De twee keken hem aan.

„O, dokter," zei de vrouw, „bent u soms dokter Coleman?"

„Ja."

„Ik ben Hilda Straughan." Ze gaf hem een hand en zei nog: „Chef-diëtiste."

„Aangenaam." Hij zag dat die prachtige buste een golvende beweging maakte met haar arm. Maar hij vroeg zakelijk: „Is er iets waarmee we u kunnen helpen?" Hij begreep al dat het een kwestie van voedingshygiëne was.

„Er is de laatste tijd veel buikgriep," zei Hilda Straughan „voornamelijk onder het ziekenhuispersoneel."

„Noemt u me eens een ziekenhuis waar dat niet voorkomt!" lachte hij.

„Dat weet ik," zei ze licht afkeurend. „Maar als het eten de oorzaak is – en meestal is dat het geval – spoor ik graag de reden op. Dan kan herhaling voorkomen worden."

Hij begon eerbied te krijgen voor haar ernst. „Hebt u zelf een vermoeden?"

„Ik heb bijna zekerheid. Ik vertrouw mijn afwasmachines niet, dokter C."

Hij schrok even van die aanspreekvorm, maar herstelde zich vlug en vroeg: „Waarom?" Hij zag Bannister binnenkomen. Alexander en Bannister bleven naar het gesprek luisteren.

„Het water komt niet op temperatuur."

„En is de aandacht daar al eens op gevestigd?"

„Jazeker! Ik heb er verscheidene malen met de administrateur, Tomaselli, over gepraat. Juist naar aanleiding van ons laatste gesprek heeft hij dokter Pearson gevraagd, de machines nog eens in het laboratorium te laten onderzoeken."

„Juist . . . Heb jij proeven genomen, Alexander?"

„Ja, dokter."

„En wat zijn de uitkomsten?"

„De temperatuur van het water is niet hoog genoeg." Alexander raadpleegde zijn aantekeningen. „Ik heb met elke machine drie proeven genomen, steeds op een ander uur van de dag, en de temperatuur varieerde van 110 tot 130 graden."

„Ziet u wel?" zei Hilda Straughan met welsprekend opgehouden handen.

„Ja, dat is veel te laag."

„Dat is nog niet alles, dokter." John Alexander nam een proefglaasje van de werktafel. „Ik heb helaas gasvormers van de fecale groep gevonden – op de borden die uit de afwasmachine kwamen."

„Laat eens kijken." Coleman nam het glasje en ging ermee naar de microscoop. De karakteristieke wormachtige bacteriën waren onmiddellijk zichtbaar.

„Wat is dat?" vroeg mevrouw Straughan. „Wat betekent dat?"

„De glaasjes vertonen gasvormende bacteriën. Die worden in normale gevallen door het hete water gedood, maar nu komen ze via uw afwasmachines op de schone borden."

„Is dat gevaarlijk?"

„Ja en nee. Het heeft waarschijnlijk die buikgriep veroorzaakt, maar dat is op zichzelf niet zo erg. Het kan ernstig worden als we in het ziekenhuis een drager van de ziekte hebben."

„Een drager?"

„Ja, iemand die de ziektekiemen in zijn lichaam meedraagt zonder er zelf ziek van te zijn. Een drager kan naar het uiterlijk een normaal, gezond iemand zijn. Dat gebeurt vaker dan u denkt."

„Ja, ik begrijp wat u bedoelt . . ."

Coleman vroeg de twee analisten: „We nemen toch regelmatig proeven op iedereen, die in het ziekenhuis het eten in handen krijgt?"

„O jawel," zei Bannister, „daar is dokter Pearson erg precies in."

„Wanneer zijn de laatste controles verricht?"

„Nou . . . dat is eigenlijk wel een tijdje geleden."

„Hoe lang precies?" Tegen John Alexander zei hij: „Breng je rapport maar zo gauw mogelijk naar dokter Pearson."

„Ja, dokter."

Bannister zocht gegevens in een dossier. Hij riep: „Op vierentwintig februari."

„Zei je februari?" vroeg Coleman verbaasd.

„Jawel."

„Dat is bijna een half jaar geleden! Er is blijkbaar niet veel personeelsverloop in de keukens, mevrouw Straughan."

„Toch wel, helaas. We hebben sinds februari tamelijk veel nieuwe mensen aangenomen."

Coleman geloofde het nog steeds niet en vroeg aan Bannister: „Weet je zeker dat die datum goed is?"

„Jawel, dokter. Als u het niet gelooft, kijkt u zelf maar."

Hij negeerde de uitnodiging en zei: „Maar hoe staat het dan met het personeel, dat na die datum in dienst is gekomen?"

„Hier staat verder niks. Als we geen materiaal krijgen, weten wij ook niet dat er nieuwe mensen zijn." Uit zijn houding sprak volledige onverschilligheid.

Coleman raakte langzaam aan de kook. Maar hij zei nog tamelijk kalm tegen de diëtiste: „U zult dit eens moeten onderzoeken." Voor het eerst begreep hij, dat ergens iets radicaal mis moest zijn.

Mevrouw Straughan dacht er ook zo over. „Ik zal het ogenblikkelijk doen. Dank u, dokter C." En met dansende buste maakte ze haar aftocht.

In het laboratorium bleef het even stil. Coleman voelde dat Bannister niet op zijn normale gemak was. Toen ze elkaar aankeken vroeg hij ijzig: „Is het misschien in je opgekomen, waaróm er geen proefmateriaal is gebracht?"

„Tja..." Bannister was nu duidelijk onrustig; al zijn zelfverzekerdheid was verdampt. „Daar zou ik vroeg of laat wel achter gekomen zijn..."

„Waarschijnlijk láát," zei Coleman boos, „vooral als je je hersens erbij had moeten gebruiken..." Hij ging weg en zei strijdlustig bij de deur: „Ik ben bij dokter Pearson."

Lijkbleek stond Carl Bannister naar de dichte deur te kijken. Zijn mond vormde geluidloze woorden, in verbittering en verslagenheid: „Wat weet hij het weer goed. Alles uit het boekje. De hele bliksemse bende."

Om Bannister hing een sfeer van mislukking en verval. Zijn vertrouwde wereldje, dat hij nooit had beschermd omdat hij dacht dat het onneembaar was, brokkelde onder zijn handen af. Er kwam een nieuwe ordening – en daarin was voor hem geen plaats, door zijn eigen schuld.

Coleman ging het kantoor van dokter Pearson in en begon zonder inleiding: „John Alexander heeft gasvormende bacteriën gevonden – op schone borden die uit de afwasmachine kwamen."

Pearson was niet verbaasd en zei wrang: „Dat komt door het warmwater systeem."

„Dat weet ik ook." Coleman deed vergeefse moeite, het sarcasme uit zijn stem te weren. „Heeft iemand ooit geprobeerd, er iets aan te doen?"

De oude man keek hem vragend aan en zei merkwaardig kalm: „Je vindt zeker, dat we er hier maar met de pet naar gooien."

„Nu u het zelf zegt – ja." Coleman vroeg zich af, hoe lang er in deze atmosfeer nog van samenwerking sprake kon zijn.

Pearson trok een la van zijn bureau open en bleef praten terwijl hij tussen papieren en dossiers rommelde. „Je bent nog zo jong en groen, vol hoogstaande ideeën," zei hij met even veel weemoed als boosheid. „Je komt hier toevallig in de begintijd van een nieuwe administratie, nu er meer geld beschikbaar is dan sinds jaren. En je denkt dat de verkeerde dingen er zijn omdat niemand eraan gedacht heeft ze te veranderen. Omdat niemand de moeite heeft genomen!" Hij vond wat hij zocht en smeet een dikke bundel papieren op het bureau.

„Dat heb ik niet gezegd!"

Pearson schoof de stapel naar hem toe. „Hier heb je de correspondentie over de warmwatervoorziening in de keukens. Als je de moeite wilt nemen, die stukken te lezen, dan zul je merken, dat ik al jaren om een nieuwe installatie heb gebedeld. Kom, vooruit, lees dan!"

Coleman las het bovenste memorandum, sloeg een paar bladen om, bladerde snel verder. Hij wist onmiddellijk hoe sterk hij zich had vergist. In de brieven veroordeelde Pearson de toestanden in de keuken in nog krasser bewoordingen dan hij zelf gedaan zou hebben. De correspondentie liep over verscheidene jaren.

„Nu?" Pearson had hem belangstellend aangekeken.

Coleman zei zonder aarzelen: „Het spijt me. Ik maak u mijn excuus. In dit opzicht althans."

„'t Is al goed." Toen drongen de laatste woorden tot Pearson door. „Is er dan nog meer?"

„Terwijl de afwasmachines ter sprake waren, ontdekte ik ook dat er het laatste half jaar geen keukenpersoneel is onderzocht."

„Waarom niet?" De twee woorden waren twee explosies.

„Er is blijkbaar niemand naar pathologie gestuurd. De chef-diëtiste onderzoekt de zaak nu."

„En wij hebben niets gevraagd? Niemand van pathologie heeft gevraagd waarom er geen materiaal kwam?"

„Blijkbaar niet."

„Die ezel van een Bannister! Dit is heel ernstig." Pearson vergat zijn vijandigheid en was oprecht bezorgd.

„Ik dacht dat u het wel zou willen weten . . ."

Pearson nam de telefoon. „Verbind me met de administrateur."

Het gesprek, dat volgde, was kort en bondig. Toen Pearson opstond, zei hij: „Tomaselli komt naar het lab. We gaan naar hem toe."

In het laboratorium waren Pearson en Tomaselli al gauw op de hoogte van de stand van zaken. John Alexander gaf een samenvatting van zijn aantekeningen en Pearson bekeek de proefglaasjes in de microscoop. Hilda Straughan kwam binnen en Tomaselli vroeg haar: „Bent u iets te weten gekomen?"

„Het is ongelofelijk maar waar. In het begin van dit jaar is er op gezondheidszorg een nieuwe juffrouw gekomen. Niemand heeft haar iets gezegd van controle op het keukenpersoneel. Daarom is er niemand gekomen."

Coleman zag, dat Carl Bannister deed alsof hij druk bezig was met iets. Maar de laborant miste geen woord van wat er gezegd werd.

Tomaselli vroeg: „Wat wilt u doen, dokter Pearson?"

„Eerst moet al het nieuwe keukenpersoneel zo gauw mogelijk gecontroleerd worden," zei Pearson doortastend. „Daarna een hercontrole van alle anderen. Dat betekent ontlastingculture, röntgenfoto's van de borst en een fysiek onderzoek. Iedereen, die in de keukens werkt of maar iets met het eten te maken heeft, is erbij."

„Kunt u daarvoor zorgen, mevrouw Straughan?" vroeg Tomaselli.

„Ik ga op staande voet naar gezondheidszorg, meneer T." En ze golfde al weg.

„Is er nog iets?" vroeg Tomaselli aan Pearson.

„We moeten een nieuwe stoominstallatie voor de afwasmachines hebben. Of anders smijten we de hele machines eruit. Daar hamer ik nu al jaren op!"

„Weet ik. Ik heb het dossier geërfd en het staat op de lijst. De moeilijkheid is, dat we al zoveel kapitaalsuitgaven hebben. Hoeveel zou dat grapje kosten?"

„Weet ik veel? Ik ben de loodgieter niet."

„Ik weet wel iets van loodgieten, misschien kan ik van dienst zijn?" Ze keken om. Het was Charles Dornberger, als altijd bezig zijn pijp te stoppen. Hij was stil en ongemerkt binnengekomen. „Stoor ik misschien?"

„Nee," gromde Pearson.

Dornberger zag dat John Alexander hem aankeek. Hij zei: „Ik ben daarstraks bij je kindje geweest, John. Het gaat niet zo erg goed."

„Is er nog hoop, dokter?" vroeg Alexander rustig. De anderen luisterden met gekalmeerde gezichten. Bannister legde een pipet, waarmee hij niets had gedaan, op een werktafel.

„Niet veel, vrees ik." Er viel een stilte, waarna Dornberger tegen Pearson zei: „Er bestaat toch geen enkele twijfel, Joe, over die bloedgevoeligheidsproef op mevrouw Alexander?"

„Twijfel?"

„Ik bedoel . . . dat er een vergissing gemaakt kan zijn."

„Nee, Charlie, geen kijk op. Ik heb de proef juist zelf genomen, met alle zorg. Waarom vroeg je dat eigenlijk?"

„Voor de zekerheid. Ik dacht vanochtend een ogenblik dat het kind erytroblastose had. 't Was maar een vermoeden."

„Hoogst onwaarschijnlijk," zei Pearson met nadruk.

„Ja, dat dacht ik ook."

Weer die stilte. David Coleman zou iets willen zeggen, om de aandacht af te leiden, de spanning te breken. Zonder erbij na te denken zei hij tegen dokter Dornberger: „Er heeft wel eens twijfel bestaan aan bloedgevoeligheidsproeven . . . toen de laboratoria alleen de proeven met de zoutoplossing en proteïne namen. Maar tegenwoordig, nu er ook een indirecte Coombs-proef wordt genomen, is de kans op vergissingen vrijwel uitgesloten."

„Maar dokter Coleman," zei John Alexander, „we hébben in dit geval geen Coombs-proef genomen!"

Coleman werd kwaad. Het was niet zijn bedoeling geweest, de netelige kwestie weer op te rakelen. „Jawel," zei hij, „ik herinner me, dat ik de aanvraag om het serum van Coombs zelf heb ondertekend."

Alexander keek hem wanhopig aan. „Maar dokter Pearson zei

dat het niet nodig was! We hebben alleen de twee andere proeven genomen."

Het duurde even voordat het tot Coleman doordrong. Tomaselli begreep er niets van en keek nieuwsgierig van de een naar de ander. Dornberger spitste zijn oren.

Pearson zei, niet volledig op zijn gemak, tegen Coleman: „Ik had het je toen willen zeggen, maar het is me door mijn hoofd gegaan."

Colemans gedachten waren nu zo helder als ijs. Maar eerst wilde hij één ding goed vaststellen: „Heb ik dus goed begrepen, dat er géén indirecte Coombs-proef is genomen?"

„Wacht even!" kwam Dornberger. „Jullie bedoelt, dat de moeder – mevrouw Alexander – dus misschien tóch gevoelig bloed heeft?"

„Natuurlijk!" Het klonk als een zweepslag. „De proeven met proteïne en de zoutoplossing zijn in de meeste gevallen afdoende, maar niet altijd. Wie zijn hematologie een beetje bijhoudt, kan dat weten. En daarom heb ik een indirecte Coombs voorgeschreven."

Tomaselli begreep nog steeds de medische consequenties niet. „Als u die proef voorschreef, waarom is zij dan niet uitgevoerd?"

Coleman draaide zich op zijn hakken naar Bannister en vroeg met ongenadig harde ogen: „Wat is er gebeurd met het aanvraagformulier om het serum van Coombs, dat ik heb ondertekend?"

Bannister stond te trillen. Bijna onhoorbaar zei hij: „Ik heb het verscheurd."

„Heb jij een aanvraag van een dokter verscheurd," zei Dornberger ongelovig, „zonder het hem te zeggen?"

„Wie heeft je gelast het te verscheuren?" hield Coleman onbarmhartig aan.

Bannister keek naar de vloer en zei met grote tegenzin: „Dokter Pearson."

„Dus het is toch mogelijk," zei Dornberger, „dat het kind erytroblastose heeft. Alles wees er al op."

„Dus je gaat transfusie toepassen?"

„Dat had dan bij de geboorte moeten gebeuren. Maar we hebben misschien nog een kans." Hij keek Coleman aan, alsof alleen hij nog te vertrouwen was. „Maar ik wil zekerheid hebben. Het kind heeft geen gram reservekracht."

„Dan een ogenblikkelijke Coombs-proef van het bloed van de baby," zei Coleman. Het ging nu tussen hem en Dornberger; Pearson stond erbij alsof hij versuft was van het tempo. Tegen Bannister zei Coleman ruw: „Is er serum van Coombs in het ziekenhuis?"

Bannister slikte. „Nee."

Nu kwamen ze op het terrein van de administrateur. Hij vroeg gespannen: „Waar kunnen we het dan krijgen?"

„We hebben geen tijd om het te halen," zei Coleman. „De proef moet ergens anders genomen worden, waar ze de faciliteiten hebben."

„Aan de universiteit kan het wel; daar hebben ze toch een groter lab dan wij." Harry Tomaselli was al bij de telefoon en vroeg de universiteit aan. Hij vroeg de anderen: „Wie is daar hoofd van pathologie?"

„Dokter Franz," zei Dornberger.

„Wie wil met hem spreken?"

„Ik." Coleman nam de hoorn over. – „Dokter Franz? U spreekt met Coleman, tweede patholoog van „De Drie Provinciën". Kunt u met spoed een Coombs-proef voor ons nemen? . . . Ja, we sturen het bloedmonster onmiddellijk. Graag, dokter, dank u." Hij hing op. „Er moet op staande voet bloed afgenomen worden."

„Ik zal u helpen, dokter." Bannister stond al klaar met de nodige instrumenten.

Coleman wilde het aanbod al weigeren, maar zag de smekende ogen van de man. „Goed, kom maar mee."

Tomaselli zei nog: „Ik zal een politiewagen bestellen; die doet het vlugger."

„Mag ik alstublieft mee?" vroeg Alexander.

„Goed. Ga met het bloedmonster naar de noodingang. Ik bel nu om de politiewagen."

„Ja, meneer." John Alexander was al weg, terwijl Tomaselli de politie opbelde.

Toen Dornberger en Pearson alleen waren achtergebleven, voelde Dornberger zich een beetje versuft. Gedachten raasden door zijn hoofd. In zijn lange loopbaan had hij patiënten verloren aan de dood; het lot van sommigen leek onontkoombaar, maar altijd had hij voor hun leven gevochten, verwoed, tot het laatste ogenblik. En bij succes en mislukking had hij met overtuiging kunnen zeggen dat hij al het mogelijke had gedaan, zonder iets aan het toeval over te laten.

En nu, dicht bij de afsluiting van zijn beroepsleven, moest hij de bittere oogst van de onbekwaamheid van een ander delen. Dat die ander een vriend was, maakte het nog erger.

„Joe, ik moet je iets zeggen . . ."

Pearson, bleek en nietsziend, was gaan zitten.

„Dit was een te vroeg geboren kind, Joe, maar het was normaal en we hadden het dadelijk na de geboorte op de gewone manier nieuw bloed kunnen geven . . . Joe, we zijn jaren lang vrienden geweest en ik heb je dikwijls de hand boven het hoofd gehouden en je geholpen. Maar deze keer, als dit kind sterft – en God is mijn getuige! – dan sleep ik je voor de medische tuchtraad en breek ik je in stukken!"

HOOFDSTUK XX

Wat voeren ze daarginds in vredesnaam uit? Waarom hebben we nog niets gehoord?"

Pearson trommelde, razend van ongeduld, op zijn bureau. Vijf kwartier geleden was van baby Alexander het bloed afgenomen en naar het Academisch Ziekenhuis gebracht. Pearson en Coleman zaten samen te wachten.

„Ik heb dokter Franz nog eens gebeld. Hij zei dat hij zou opbellen zodra hij iets wist."

„Waar is die jongen... Alexander?" vroeg Pearson dof aan Coleman.

„De politie heeft hem hierheen teruggebracht. Hij is bij zijn vrouw. – Maar terwijl we hier moeten wachten... zouden we niet aan gezondheidszorg vragen hoe het met de situatie in de keukens staat?"

„Nee, eerst moet dit voorbij zijn. Ik kan aan niets anders denken voordat dit voorbij is."

Coleman begreep hoe bitter deze situatie voor Pearson was en hij voelde iets van medelijden.

Pearson sloeg met zijn vlakke hand op het schrijfbureau. „Verdomme! Waarom bellen ze niet?"

„Is er al nieuws van pathologie?"

Charles Dornberger stond te wachten in een kleine operatiekamer van de verloskundige afdeling.

„Nee," zei de verpleegster die was binnengekomen.

„Zijn we bijna klaar?"

De verpleegster vulde twee rubber warmwaterzakken en legde ze onder een deken op de kleine operatietafel, die voor kinderen werd gebruikt. „Nog een paar minuten, dokter."

Er kwam een assistent; hij vroeg: „Verricht u de transfusie ook zonder dat u de uitslag van de Coombs-proef hebt?"

„Ja. We hebben al genoeg tijd verloren. Hoe dan ook, de anemie van het kind is nu zo duidelijk, dat bloedvernieuwing ook zonder de proef verantwoord is."

„U weet toch, dokter," zei de verpleegster, „dat de navelstreng van het kind is afgeknipt?"

„Ja, dat weet ik, dank u. Als we van tevoren weten dat er bloedtransfusie verricht moet worden, laten we de navelstreng bij de geboorte lang. Dit is een goed verbindingspunt. Helaas wisten we het in dit geval niet, dus hebben we hem afgeknipt."

„Hoe wilt u te werk gaan?" vroeg de assistent.

„Met plaatselijke verdoving maak ik een insnijding vlak boven de navelader. – Wordt het bloed verwarmd, zuster?"

„Ja, dokter."

„Het is van belang," zei hij tegen de assistent, „dat het nieuwe bloed de lichaamstemperatuur zo dicht mogelijk benadert, anders is het shockgevaar groter."

Dornberger wist, dat hij niet alleen praatte om de assistent in te lichten, maar om zijn eigen gedachten te verdrijven. Nadenken was iets, dat hij op dat ogenblik wilde vermijden. Na zijn gesprek met Pearson had hij gevochten met angst en zelfbeschuldiging. Dat hij, technisch gesproken, onschuldig was aan wat er gebeurde, was niet van belang. Het was *zijn* patiënt wiens leven gevaar liep als gevolg van de ernstigste nalatigheid – en de laatste verantwoordelijkheid lag bij hem alleen.

Hij wilde verder praten, maar kon opeens geen woord uitbrengen. Er was iets niet in orde; hij voelde zich duizelig. Zijn hoofd bonsde, de kamer draaide. Hij deed even zijn ogen dicht. Het was over; de dingen bleven weer op hun plaats staan, de duizeligheid was bijna weg. Maar toen hij naar zijn handen keek, zag hij dat ze beefden. Hij kon ze niet stil houden.

De couveuse met baby Alexander werd binnengereden. Op hetzelfde ogenblik hoorde hij de assistent vragen: „Dokter Dornberger, voelt u zich wel goed?"

Het woord „ja" lag op de punt van zijn tong. Hij wist dat hij zou kunnen doorgaan als hij het zei; dan zou buiten hem niemand weten wat er was gebeurd. En met al zijn kunde zou hij dan misschien dit kind kunnen redden en daarmee zijn geweten en integriteit.

Tegelijkertijd herinnerde hij zich alles wat hij in de loop der jaren had gezegd en geloofd – over oude mannen die te lang in touw blijven; de bewering dat hij zou weten wanneer zijn tijd gekomen was en plaats zou maken; zijn overtuiging dat hij nooit een geval zou behandelen als hij zelf niet volkomen in orde was. Hij dacht aan die dingen, terwijl hij naar zijn trillende handen keek.

„Nee," zei hij, „ik geloof niet dat ik me goed voel." Hij wachtte, gegrepen door een diep indringende emotie, die het hem moeilijk maakte zijn stem te beheersen. „Wil iemand dokter O'Donnell roepen? Zeg hem dat ik niet verder kan. Ik zou willen dat hij het overneemt."

Op dat ogenblik trok dokter Charles Dornberger zich met zijn hart terug uit de geneeskunde.

De telefoon belde. Pearson graaide de hoorn op. „Ja? – Met Pearson. – Dank u."

Hij vroeg onmiddellijk een ander toestel aan. „Verbind me met dokter Dornberger. U spreekt met Pearson . . . O. Geef hem dan een boodschap door. Ik heb bericht gehad van de universiteit. De bloedproef op baby Alexander is positief. Hij heeft erytroblastose."

Pearson legde de hoorn neer en keek op, in de ogen van David Coleman.

Kent O'Donnell was op weg naar de afdeling neurologie. Hij had er een consult over een geval van gedeeltelijke verlamming bij een van zijn particuliere patiënten.

Maar hij was onderweg niet bezig met voorbereidend denkwerk. Het was zijn eerste dag in het ziekenhuis na zijn terugkomst uit New York. Hij voelde zich nog opgewekt en verfrist; elke arts, vond hij, had een enkele keer verandering van omgeving nodig. Het kon deprimerend gaan werken, die dagelijkse aanraking met ziekte en ellende, waardoor je verzuurde voordat je het wist. Ook in wat groter verband was een verandering nuttig en verruimend. Zo kwam sinds zijn ontmoeting met Denise in New York steeds de gedachte terug, waarom hij niet voorgoed afscheid van Burlington en „De Drie Provinciën" zou nemen. En elke keer wanneer hij de argumenten tegen elkaar afwoog, werden die ten gunste van een verandering zwaarder. Hij wist natuurlijk dat zijn gevoelens voor Denise een niet te verwaarlozen rol speelden en dat hij pas na hun laatste ontmoeting aan een definitief vertrek uit Burlington was gaan denken. Maar wat was erop tegen, een beslissing als medicus te nemen waarbij het persoonlijk geluk een woordje meesprak? Hij liet de geneeskunde immers niet in de steek; hij wilde alleen zijn „basis" verplaatsen en ergens anders zijn beste krachten gaan geven. Het leven was de som van alle samenstellende delen; zonder liefde – als hij die eenmaal had gevonden – zouden de andere delen misschien verschrompelen en waardeloos worden. Mét liefde zou hij beter en sterker zijn, omdat zijn leven dan volledig was.

„Dokter O'Donnell! Dokter O'Donnell!"

Hij kwam terug tot de werkelijkheid, want zijn naam klonk door het luidsprekersysteem. Hij ging naar de dichtstbijzijnde telefoon om zich te melden. De boodschap van Dornberger werd hem doorgegeven en ogenblikkelijk ging hij naar de lift, op weg naar de verloskundige afdeling.

Terwijl hij zich waste, vertelde Dornberger hem de bijzonderheden van het geval en hoe het kwam, dat hij de chef van de chirurgische afdeling er bijgeroepen had. Dornberger maakte het niet erger dan het was, maar verzweeg ook niets. Hij vertelde wat er in het laboratorium van pathologie was gebeurd en wat er de aanleiding van was geweest. O'Donnell onderbrak hem alleen met een paar scherpe vragen en luisterde verder met een gezicht dat steeds donkerder werd.

Zijn luchtige, opgewekte stemming was in stukken geslagen door het bijna ongelofelijke, wat hij nu hoorde, door het besef dat onkunde en nalatigheid – waarvoor hij zelf op een zeer reële manier verantwoordelijk was – een pasgeboren kind het leven konden kosten. Hij bedacht met verbittering: Ik had Joe Pearson kunnen ontslaan, er waren meer dan genoeg redenen, maar nee, ik moest uitstellen en schipperen, politiek bedrijven, mezelf wijsmaken dat ik redelijk en lankmoedig was, terwijl het werk eronder leed.

Hij nam een steriele handdoek, droogde zijn handen af en stak ze daarna in de handschoenen die een verpleegster klaarhield. „We gaan dan maar," zei hij tegen Dornberger.

In de kleine operatiekamer bekeek hij snel de klaargezette instrumenten.

Het onooglijke kindje Alexander was uit de couveuse genomen en op de warme operatietafel gelegd. De operatiezuster en de assistent hielden het op zijn plaats met behulp van luiers om de armpjes en beentjes, tot smalle stroken gevouwen en vastgespeld aan het laken van de tafel. O'Donnell zag dat de baby bijzonder stil lag en bijna niet reageerde op wat er gebeurde. Dat was geen hoopvol teken.

De verpleegster vouwde een steriel laken open en legde het over het kind, waarbij alleen het hoofd en de navel onbedekt bleven. De plaatselijke verdoving was al verricht. De verpleegster gaf O'Donnell nu een tang, waarmee hij een gaaskussentje opnam om het operatieveld klaar te maken. De assistent had een plankje met een vel papier en een potlood genomen. „Ga je het bijhouden?" vroeg O'Donnell.

„Ja, dokter."

O'Donnell hoorde de eerbiedige toon; onder gewone omstandigheden zou hij er binnenpret om gehad hebben. De inwonende assistenten van het ziekenhuis waren berucht om hun onafhankelijke geest, met een scherp oog voor de tekortkomingen van ouderen. Beleefdheid uit de mond van een assistent kon dan ook als een lauwerkrans worden opgevat.

Er waren een paar leerling-verpleegsters binnengekomen en O'Donnell gaf dus college terwijl hij werkte.

„Een wisseltransfusie is, zoals u misschien wel weet, de toediening van nieuw bloed. Eerst nemen we een kleine hoeveelheid bloed af, die we vervangen door een gelijke hoeveelheid donorbloed. Daarna doen we hetzelfde – en zo gaan we door tot het meeste oorspronkelijke, ongezonde bloed verwijderd is."

De verpleegster zette een fles bloed omgekeerd op een standaard. O'Donnell zei: „De bloedbank heeft het bloed van het kind al vergeleken met dat van de donor: we weten dus dat de twee soorten verenigbaar zijn. We moeten er ook goed op letten, dat we precies even veel bloed inbrengen als wegnemen. Daarom worden de hoeveelheden op papier nauwkeurig bijgehouden." Hij wees naar de assistent met het plankje.

„Temperatuur vijfendertig-zes," zei de verpleegster.

O'Donnell vroeg om een mes. Hij sneed het droge deel van de navelader af, waardoor vochtig weefsel kwam bloot te liggen. Hij legde het mes neer en zei zacht: „Hemostaat."

De assistent rekte zijn hals om niets te missen. O'Donnell zei: „We hebben de navelader geïsoleerd. Ik ga nu de klont er uithalen." Ze operatiezuster gaf hem een tangetje. Het bloedklontje was klein, bijna niet te zien; hij trok het met de grootste voorzichtigheid eruit. Hij woog in gedachten de kansen van het popkleine kind af. Een wisseltransfusie had dikwijls gunstig resultaat, maar nu de behandeling dagen te laat was, bestond er weinig hoop meer. Hij keek naar het gezichtje van het kind. Het was opvallend minder lelijk dan de gezichtjes van de meeste te vroeg geboren kinderen; het was zelfs bijna mooi, met een krachtige kaaklijn en iets van sluimerende kracht. Tegen zijn gewoonte in liet hij zijn gedachten de vrije loop: verschrikkelijk is het, vlak na je geboorte zulke hindernissen te moeten nemen!

De operatiezuster hield een plastic catheter met een naald klaar; daardoor moest het bloed worden afgenomen en vervangen. O'Donnell nam de catheter en zette hem uiterst voorzichtig in de navelader. „Bloeddruk controleren, alstublieft."

Hij hield de catheter verticaal en de verpleegster mat de hoogte van de bloedkolom met een liniaal. „Zestig millimeter," zei ze.

Een tweede plasticslang was verbonden met de fles bloed boven hen; een derde ging naar een van de twee metalen kommen aan het voeteneind van de tafel. O'Donnell bracht de drie slangetjes bij elkaar en verbond ze met een 20 millimeter-injectiespuit met een driewegkraantje. Een van de kraantjes draaide hij een halve slag om. „We beginnen nu met het afnemen van het bloed."

Met gevoelige vingers trok hij de zuiger van de spuit naar zich toe. Het was een van de kritieke ogenblikken bij een wisseltransfusie; als het bloed niet vrijelijk stroomde, moest de catheter worden weggenomen en alles opnieuw gedaan. O'Donnell voelde de aandacht van Dornberger, die achter hem stond. Toen begon het bloed te vloeien, gelijkmatig en gemakkelijk, door de catheterbuis in de spuit.

„U merkt, dat ik zeer langzaam en voorzichtig te werk ga. In dit geval nemen we ook maar weinig bloed tegelijk af, omdat het kindje zo klein is. In normale gevallen nemen we soms twintig millimeter tegelijk, maar nu laat ik het bij tien, om niet te grote veranderingen in de aderdruk te brengen."

De assistent schreef: „10 millimeter uit."

Weer draaide O'Donnell een van de kraantjes om, waarna hij hard op de zuiger drukte. Door die beweging liep het afgenomen bloed naar een van de metalen kommen.

Hij draaide weer aan de kraan, zoog donorbloed in de spuit en injecteerde het in het kind.

De assistent schreef: „10 millimeter in."

Met pijnlijke zorgvuldigheid ging O'Donnell door. Het duurde elke keer vijf volle minuten, 10 millimeter bloed af te nemen en te vervangen. Hij was geneigd tot haasten, vooral in een kritiek geval als dit, maar hij wist dat haast angstvallig vermeden moest worden. Het lichaampje op de tafel had al zo weinig weerstand; elke schok zou ogenblikkelijk noodlottig zijn.

Toen, vijfentwintig minuten na het begin, bewoog het kind en begon te huilen.

Het was een dun, zwak geluidje, een krachteloos protest dat na een paar seconden al ophield. Maar het was een levensteken, dat algemene ontspanning bracht.

Maar O'Donnell wilde niet te vroeg juichen. Toch zei hij over zijn schouder tegen Dornberger: „Hij schijnt kwaad op ons te worden. Een goed teken."

Ook Dornberger had gereageerd. Hij keek op de aantekeningen van de assistent en zei voorzichtig, beseffend dat hij niet de leiding had: „Een beetje calciumgluconaat, zou je niet denken?"

„Ja." O'Donnell injecteerde een kubieke centimeter.

De atmosfeer in de kamer was opeens lichter geworden. Zou dit kind het toch halen? Hij had wel vreemder dingen zien gebeuren; hij had geleerd dat niets onmogelijk was en dat het onverwachte in de geneeskunde even vaak gunstig als ongunstig bleek te zijn.

„We gaan door," zei hij. Hij nam tien millimeter af en verving het. Nog eens – en nog eens.

Toen, vijftig minuten na het begin, zei de verpleegster: „De temperatuur daalt, dokter. Nu vijfendertig-één."

Hij liet onmiddellijk de aderdruk controleren. Ook die was te laag.

„Hij ademt niet goed," zei de assistent. „Kleur is ook niet goed."

„Controleer de hartslag. – Zuurstof."

De verpleegster nam een rubber masker en legde het op het gezichtje van het kind. Een ogenblik later siste de zuurstof.

„Hartslag zeer traag," zei de assistent.

„De temperatuur is nu vierendertig-één."

De assistent luisterde met een stethoscoop. Hij keek op. „Ademhaling houdt op. – Geen ademhaling meer."

O'Donnell nam de stethoscoop en luisterde ook. Hij hoorde nog een uiterst zwakke hartslag. „Coramine – één cc."

De assistent liep weg, O'Donnell trok de deklakens weg en begon met kunstmatige ademhaling. In zijn hand had hij een injectienaald.

„Recht in het hart," zei hij, „het is onze enige kans."

In het kantoor van pathologie begon David Coleman onrustig te worden. Hij was bij Pearson blijven wachten sinds het telefonisch bericht over het bloedonderzoek was binnengekomen. Ze hadden samen een aantal achterstallige chirurgische rapporten verwerkt, maar het was langzaam en zonder animo gegaan, omdat hun gedachten er niet bij waren. Er was nu al meer dan een uur verlopen en nog was er niets bekend.

Een kwartier tevoren had Coleman gezegd: „Zal ik eens kijken of ze in het lab iets hebben ?"

Met ogen als van een smekende hond had Pearson hem aangekeken: „Vind je het erg om te blijven ?"

„Nee . . . als u het graag wilt," zei Coleman verbaasd. En daarna waren ze weer met hun tijdverdrijvende werk begonnen.

Onder het werk dacht Coleman na over alle aspecten van het tragische geval. Het feit, dat de Coombs-proef nu positief was, betekende dat de moeder dus ook rhesusgevoelig bloed had. Hij vroeg zich af, hoe dat gekomen kon zijn.

De moeder, Elizabeth Alexander, had natuurlijk tijdens haar eerste zwangerschap gevoelig kunnen worden. Hun eerste kind had daarvan geen nadelige gevolgen behoeven te ondervinden; het was gestorven, maar aan bronchitis. Het kwam veel vaker voor, dat het bloed van de moeder tijdens de tweede zwangerschap rhesusgevoelig werd.

Er was nog een mogelijkheid: dat Elizabeth bij een bepaalde gelegenheid een transfusie met rhesus-positief bloed had gekregen. En plotseling herinnerde hij zich het ongeluk op de onbewaakte overweg in Richmond, waar Elizabeths vader was gedood en waar zij zelf, na zwaar gewond te zijn, een bloedtransfusie had gekregen. Daardoor was zij van de dood gered.

Het was na al die tijd natuurlijk niet meer te achterhalen, maar hij wilde er alles onder verwedden dat het zo gebeurd was. Hij dacht: Pas in 1940 werd de rhesusfactor in de geneeskunde bekend. Daarna duurde het nog tien jaar voordat de rhesusproeven door alle ziekenhuizen en doktoren werden erkend en uitgevoerd. Intussen hadden er ontelbare bloedtransfusies plaats gehad waarbij geen rekening met de rhesusfactor werd gehouden. Het ongeval, waarbij Elizabeth betrokken was, moest ongeveer in 1949 zijn geweest; hij herinnerde zich dat zijn vader erover gesproken had.

Zijn vader! Een nieuwe gedachte flitste. Zijn eigen vader, dokter Byron Coleman, had de medische zorg voor de familie Alexander gehad; hij had opdracht gegeven tot de bloedtransfusie. Als er sprake was geweest van een groter aantal transfusies, was er bloed van meer dan één donor genomen en was een deel van het bloed bijna onvermijdelijk rhesus-positief. Bij die gelegenheid was Elizabeth dus gevoelig geworden; hij was er nu van overtuigd. De uitwerking was nog niet dadelijk aan het licht gekomen, behalve dat haar eigen bloed afweerstoffen opbouwde – afweerstoffen die onvermoed bleven sluimeren tot ze negen jaar later woedend de kop opstaken om haar kind te bedreigen.

De vader van Coleman had de transfusies natuurlijk te goeder trouw voorgeschreven, al was de rhesusfactor ook toen al hier en daar bekend. Maar een huisarts met een drukke praktijk kon niet alles bijhouden. – Of toch wel? Er waren artsen, die zagen dat de nieuwe bloedclassificatie nieuwe wegen opende. Maar dat waren waarschijnlijk de jongeren. Zijn vader was toen al oud en leefde nu niet meer; hij mocht hem niet veroordelen. Of getuigde het van zwakheid, de fouten van je eigen familie door de vingers te zien?

Pearson keek hem aan. „Hoe lang is het nu?"

„Iets meer dan een uur."

„Ik ga ze bellen." Pearson greep naar de telefoon, maar hij aarzelde en trok zijn hand terug. „Nee . . . beter van niet."

In het serologisch laboratorium had ook John Alexander zijn gevecht met de tijd. Een uur geleden had hij Elizabeth bezocht en sinds die tijd had hij een aantal weinig enthousiaste pogingen gedaan, aan het werk te gaan. Maar hij kon zijn gedachten er niet bij houden en besloot, liever niets te doen dan fouten te maken. Eindelijk wilde hij toch weer gaan beginnen; hij nam een reageerbuisje, maar Bannister kwam naar hem toe en nam het af: „Dat zal ik wel doen."

John protesteerde zwak, maar Bannister zei: „Heus, dat knap ik wel op. Waarom ga je niet naar je vrouw?"

„Bedankt, Bannister, maar ik blijf liever hier. Dokter Coleman zei dat hij zou komen zodra hij iets wist." Hij keek op de klok. „Het kan nu niet lang meer duren . . ."

„Nee," zei Bannister, „dat denk ik ook."

Elizabeth lag alleen in haar ziekenkamer toen zuster Wilding binnenkwam.

„Is er al nieuws, zuster?"

De grijze hoofdzuster zette een glas sinaasappelsap neer. „Ik kom het u zeggen zodra we iets horen. Ik kan wel een paar minuten bij u blijven, als u het prettig vindt."

„Ja, graag." Elizabeth glimlachte even. De verpleegster trok een stoel bij en ging zitten. Zuster Wilding was blij dat ze haar voeten even kon laten rusten; ze deden haar de laatste tijd veel pijn en zouden haar binnenkort wel dwingen, uit de verpleging te gaan of zij wilde of niet. Maar zij had het gevoel dat ze dan wel bereid zou zijn, ermee op te houden.

Toch wilde zij, dat ze voor deze twee jonge mensen iets kon doen. Ze waren zo jong, bijna nog kinderen. Het was alsof zij een eigen dochter verzorgde, de dochter die zij nooit had mogen hebben. Wel een beetje dwaas, dat ze nu op haar oude dag nog sentimenteel ging worden. Ze vroeg: „Waar dacht u aan toen ik binnenkwam?"

„Ik dacht aan kinderen, dikke, gezonde robbedoezen die op een zonnige zomermiddag door het gras rollen," zei Elizabeth dromerig. „Zo was het 's zomers in Indiana, toen ik nog klein was. Zelfs toen dacht ik er al aan, dat ik ook eens kinderen zou hebben en dat ik dan bij ze zou zitten als ze in het gras speelden."

„Het is iets wonderlijks met kinderen. Ze worden soms zo heel anders dan je je had voorgesteld. Ik heb een zoon. Hij is nu al een man."

„Dat wist ik niet . . ."

„Begrijpt u me goed, hij is een fijne jongen, officier bij de marine. Een paar maanden geleden is hij getrouwd; hij schreef het me."

Elizabeth vroeg zich af, wat voor gevoel het moest geven, een zoon te hebben en dan in een brief te lezen dat hij getrouwd was.

„We hebben elkaar eigenlijk nooit goed leren kennen," zei zuster Wilding. „Misschien was het mijn eigen schuld; na de scheiding heeft hij nooit een echt thuis gehad."

„Maar u ziet hem toch wel eens? En u krijgt misschien kleinkinderen."

„Daar heb ik veel over nagedacht. Het leek me altijd zo fijn, kleinkinderen ergens in de buurt . . . en dan 's avonds gaan oppassen . . ."

„Komt daar dan niets van?"

„Nee. Als ik erheen ga, ben ik bang dat we vreemden voor elkaar zullen zijn. En het zal niet dikwijls kunnen gebeuren. Mijn zoon is vorige week overgeplaatst naar Hawaii. Hij was van plan, me zijn vrouw te komen voorstellen. Maar op het laatste ogenblik kwam er iets tussen . . . Kom, ik moet weer eens verder." Ze stond moeizaam op. „Drink uw vruchtensap op. Ik kom zodra we iets weten."

Kent O'Donnell transpireerde hevig; de operatiezuster veegde zijn voorhoofd af. Hij was nu vijf minuten bezig met de kunstmatige ademhaling en nog reageerde het nietige lichaampje onder zijn handen niet. Zijn duimen drukten op de borstholte, zijn andere vingers kromden zich naar de rug. Het kind was zo klein dat zijn handen elkaar op de rug raakten; hij mocht niet te hard drukken, anders zouden de broze beenderen breken als droge takjes. Voorzichtig drukte en ontspande hij nog eens, de zuurstof siste, als een smeking aan de vermoeide, kleine jongen, weer uit zichzelf te gaan bewegen en tot leven te komen.

Dit kind moest blijven leven. Als het stierf, had dit ziekenhuis, zijn ziekenhuis, ellendig gefaald in zijn eerste en grootste plicht: de verzorging van de zieken en zwakken. Dit kind was niet goed verzorgd; het had het slechtste gekregen waar het beste nodig was. Bekwaamheid was verdrongen door verwaarlozing. Hij probeerde met al zijn geestkracht zijn eigen brandende levenswil door zijn vingers over te brengen naar het aarzelende hart van het kind. Jij had ons nodig en we hebben je in de steek gelaten; je hebt onze zwakke plek gezocht en wij zijn tekort geschoten. Maar we moeten het nog eens proberen, samen. We doen ook wel eens goede dingen; beoordeel ons niet alleen naar deze fout. De wereld is vol onwetendheid en dwaasheid, vooroordeel en verblinding – dat hebben wij je al getoond. Maar er zijn nog goede dingen ook, dingen waarvoor je wilt leven. Ga dan ademen, kindje . . . Het is zo eenvoudig, maar zo belangrijk . . .

Zijn handen bewogen, samendrukkend. . . loslatend . . .

Er waren weer vijf minuten voorbijgegaan; de assistent luisterde met zijn stethoscoop. Hij richtte zich op, keek O'Donnell aan en schudde zijn hoofd. O'Donnell hield op; verdergaan had geen zin.

„Er is niets meer aan te doen," zei hij tegen Dornberger.

Ze keken elkaar aan en wisten dat ze hetzelfde voelden.

O'Donnell werd besprongen door een withete woede. Hij rukte zijn masker en witte muts af, trok wild de gummihandschoenen uit en smeet ze in een hoek.

De anderen keken hem aan. Met strakgetrokken lippen zei hij tegen Dornberger: „Kom mee." En tegen de assistent: „Als iemand me nodig heeft – ik ben bij dokter Pearson."

HOOFDSTUK XXI

Scherp ratelde de telefoon in het kantoor van pathologie. Pearson luisterde. Hij werd bleek en zei zenuwachtig tegen Coleman: „Neem jij het maar aan."

„Met Coleman . . ." Hij luisterde met een uitdrukkingloos gezicht. „Dank u."

Hij hing op, keek Pearson aan en zei: „Het kind is gestorven."

Pearson zei niets. Hij zat ineengezakt op zijn kantoorstoel, keek naar zijn knieën, zijn doorgroefde gezicht oud en verslagen.

„Ik ga maar naar het lab," zei Coleman. „Iemand moet het hem toch vertellen."

Er kwam geen antwoord.

John Alexander was alleen in het laboratorium toen Coleman binnenkwam. Hij zat op een kruk voor een van de werkbanken langs de wand, recht onder de klok. Hij keek niet om toen hij voetstappen hoorde.

„Is het . . . voorbij ?"

Coleman zei niets en legde een hand op Johns schouder.

„Hij is dood, hè ?"

„Ja, John."

Alexander draaide zich langzaam om. Zijn gezicht was nat. „Waarom ? Waarom toch ?"

„Het kindje was te vroeg geboren, John. Het had niet veel kans . . . ook als dat andere niet was gebeurd."

„Maar het hád goed kunnen gaan."

„Ja, het had goed kunnen gaan."

John Alexander stond op en keek Coleman met smekende ogen aan. „Hoe kon dat toch gebeuren . . . in een ziekenhuis vol doktoren . . ."

„John, daar kan ik je nu nog geen antwoord op geven. Ik weet het antwoord zelf nog niet."

„Bedankt, dokter, dat u het bent komen zeggen. Ik ga dan maar naar Elizabeth."

Joe Pearson zat nog in dezelfde houding als toen Coleman was weggegaan, maar nu stonden O'Donnell en Dornberger tegenover hem. Rustig, zonder vijandigheid, alsof hij hiermee de stemming van het komende gesprek met een oude vriend wilde bepalen, zei Charles Dornberger:

„Het kind is gestorven, Joe, je hebt het zeker al gehoord."

„Ja, ik heb het gehoord."

„Ik heb dokter O'Donnell precies verteld wat er gebeurd is," zei hij met een onvaste stem. „Het spijt me, Joe, er bleef me niet veel anders over."

Pearson maakte een klein, hulpeloos handgebaar, zonder een spoor van zijn oude agressiviteit. „'t Is goed."

O'Donnell, wiens woede was getemperd door menselijke warmte en zelfverwijt, vroeg: „Is er iets dat je zou willen zeggen, Joe?"

Pearson schudde zijn hoofd.

„Joe, als het alleen om dit ene ging . . ." O'Donnell zocht naar de goede woorden, wetend dat ze niet te vinden waren. „We maken allemaal onze fouten . . . Misschien kan ik . . ." Dit had hij niet willen zeggen. Hij beheerste zijn stem en ging wat strenger verder: „Maar het is een lange lijst, Joe. Als ik dit in het medisch bestuur breng, weet ik hoe de reactie zal zijn. Je kunt het voor jezelf en voor ons allemaal minder pijnlijk maken als je zorgt, dat je ontslagaanvrage morgenochtend om tien uur bij de administrateur ligt."

Pearson keek hem aan. „Tien uur. Komt in orde."

„Joe . . . dit spijt me meer dan ik je kan zeggen. Maar je zult wel begrijpen dat er geen andere weg is."

„Nee . . ."

„Je komt natuurlijk in aanmerking voor een pensioen. Dat is na tweeëndertig jaar niet meer dan billijk." O'Donnell hoorde de holle klank van de woorden.

Voor het eerst veranderde het gezicht van Pearson. „Bedankt," zei hij honend.

Tweeënderig jaar, dacht O'Donnell. De meeste mensen werken niet veel langer in hun leven. En dat het dan zo moet eindigen. Hij wilde nog iets zeggen, om het voor hen allen gemakkelijker te maken; hij wilde woorden vinden waarmee hij ook de verdiensten van Pearson tot uitdrukking kon brengen. De man had toch ook veel goed werk gedaan. Maar hij zocht nog toen Tomaselli binnenkwam.

De administrateur had niet geklopt. „Kent," zei hij, „het is goed dat ik je hier tref." Voordat O'Donnell antwoord kon geven, zei hij tegen Pearson: „Joe, kun je onmiddellijk meekomen naar mijn kantoor? Over een uur is er een spoedvergadering en voor die tijd wil ik je spreken."

„Een spoedvergadering?" vroeg O'Donnell scherp. „Waarom?"

Met een ernstig gezicht en bezorgde ogen zei Tomaselli: „Er heerst tyfus in het ziekenhuis. Dokter Chandler heeft twee gevallen gemeld en in nog vier gevallen bestaat het vermoeden. We zitten met een epidemie en we moeten de oorzaak zien te vinden."

John ging de ziekenkamer in en bleef even met zijn rug tegen de deur staan. Wat er te zeggen was, zeiden hun ogen.

Ze strekte haar armen uit en hij kwam naar haar toe.

„Johnny, Johnny . . ." Toen pas begon ze stil te huilen.

Hij droogde haar tranen met dezelfde zakdoek waarmee hij de zijne had weggeveegd. Na een poos zei hij: „Als je het nog wilt, meisje, is er iets dat ik graag zou doen . . ."

„Wat het ook is . . . ja!"

„Jij hebt het altijd gewild, geloof ik. Nu wil ik het ook. Morgen vraag ik de papieren aan. Ik ga een gooi doen naar de medische school."

Mike Seddons stond op en ijsbeerde door de kleine ziekenkamer. „Het is belachelijk!" zei hij verhit. „Het is idioot en onnodig en ik doe het niet."

„Doe het dan voor mij, alsjeblieft!" In haar bed draaide Vivian haar gezicht naar hem toe.

„Maar het is helemaal niet terwille van jou! Het is gewoon een stom, onnozel idee dat je waarschijnlijk uit een vierderangsromannetje hebt opgepikt."

„Mike, je moest eens weten hoe lief je bent als je je kwaad maakt. Dat past zo goed bij je rode haar . . ." Ze lachte tegen hem, voor het eerst onbezorgd. „Je moet me iets beloven."

„Wat dan?" Het klonk nog kort en kwaad.

„Beloof me dat je, als we getrouwd zijn, soms eens echt kwaad wordt, lekker woedend. Dan maken we ruzie en genieten daarna van het goedmaken."

„Dat is al net zo'n krankzinnig voorstel als dat andere. En waarom praat je over trouwen als je zelf wilt dat ik uit je buurt blijf?"

„Een week maar, lieve jongen, één weekje maar."

„Ik doe het niet!"

„Luister nu toch eens! Kom nu even zitten en luister – alsjeblieft!"

Hij ging weifelend en met tegenzin zitten. Vivian liet haar hoofd terugvallen op het kussen en stak lachend haar hand uit. Zijn woede smolt weg; er bleef alleen een vaag, verontrustend gevoel van twijfel.

Het was de vierde dag na de operatie en Vivian ging, zoals dat heet, goed vooruit. Ze had alleen bijna voortdurend een onrustbarend gevoel van jeuk aan haar geamputeerde voet – een voet die er niet meer was – en het was een kwelling, niet te kunnen krabben. Gelukkig zei dokter Grainger, dat het een heel normaal verschijnsel was na het amputeren van ledematen. Ook geestelijk scheen zij de beproeving goed te doorstaan. Zij aanvaardde het onherroepelijke met een eenvoudige, kinderlijke moed, ook al waren er uren van zwarte wanhoop als zij alleen was. Maar steeds wist zij de somberheid te overwinnen en met haar aangeboren kracht weg te drukken.

Toch wist Lucy Grainger dat de zwaarste vuurproef nog moest komen. Dat zou pas gebeuren wanneer de eerste schok voorbij was en de gevolgen voor de toekomst zich begonnen aan te dienen. Dat kon nog een half jaar, een jaar duren, maar het zou komen; en dan zou Vivian zich door een donkere poel van wanhoop naar een blijvende levenshouding worstelen.

Zelfs was de mogelijkheid niet uitgesloten, dat het gezwel, waarvan dokter Pearson de kwaadaardigheid had geconstateerd, zich op een geniepige manier toch nog zou verspreiden. In dat geval kon de geneeskunde niet veel anders doen dan tijdelijke verzachting geven. Maar van dat alles was nog niets te zeggen en het was voor Vivian beter, zich op een onbegrensde toekomst voor te bereiden.

Ze had die dag voor het eerst wat zorg aan haar uiterlijk besteed, een onmiskenbaar teken dat zij het leven aanvaardde.

„Begrijp je dan niet, Mike, dat ik zeker wil zijn . . . voor mezelf en voor jou?"

„Waarván?"

„Dat je werkelijk van me houdt."

„Maar ik houd toch van je! Heb ik je dat niet een half uur lang gezegd? Heb ik niet gezegd dat ik met je wil trouwen... precies als voordat... dit gebeurde?"

„Dat wil ik óók, Mike. Ik ben er blij en dankbaar om. Wat er ook tussen ons gebeurt, ik weet zeker dat er nooit meer zoiets zal kunnen zijn... tenminste, niet voor mij."

„En waarom wil je dan...?"

„Toe, Mike, laat me nu even uitspreken. Dat heb je beloofd."

„Zeg het dan maar."

„Wat je ook beweert, Mike, ik ben niet meer het meisje dat je hebt leren kennen. En dat zal ik nooit meer zijn. Daarom wil ik zekerheid hebben. Ik wil weten dat je van me houdt om wat ik ben... en niet om wat ik was. Als we ons verdere leven bij elkaar moeten zijn, zou ik immers de gedachte niet kunnen verdragen dat je uit medelijden met me getrouwd bent? Nee, luister nog even. Jij denkt dat het niet zo is; misschien heb je gelijk. Ik hoop het. Maar jij bent zo goed en edelmoedig, dat het misschien zo is zonder dat je het zelf weet."

„Wil je beweren dat ik mijn eigen beweegredenen niet ken?"

„Kent iemand die van zichzelf?"

„Ik wel. Ik weet dat ik van je houd, met twee benen of met één been en dat ik met je wil trouwen, zonder twijfel, zonder medelijden, zonder een dag langer te wachten dan hoog nodig is."

„Doe dan één ding voor me... omdat je van me houdt. Ga nu weg en al ben je in het ziekenhuis, kom een week niet bij me. Zeven hele dagen. Denk in die tijd aan alles – aan mij, hoe ons leven samen zou zijn; hoe het voor jou zal zijn, het leven met een invalide vrouw; denk aan de dingen die we kunnen doen en die we niet kunnen doen; denk aan de invloed die het op onze kinderen zal hebben. Denk aan alles, Mike. En als je dat hebt gedaan, kom me dan zeggen of je met met wilt trouwen. En als je het dan wilt, beloof ik dat ik nooit meer aan je zal twijfelen. Een week maar, Mike. Dat is toch kort, in vergelijking met ons hele leven?"

„Jij bent vervloekt koppig."

„Weet ik wel. Doe je het dus?"

„Vier dagen. Geen minuut langer."

„Nee, zes. Geen minuut korter."

„Maak er dan vijf van – en we zijn het eens."

Ze aarzelde en Mike zei vlug: „Vijf is mijn laatste bod."

Vivian lachte hardop. Het was de eerste keer. „Goed. Vijf dagen van nu af."

„Van nu af? Ik zal gek zijn. Over tien minuten gaat het in. Eerst een beetje voorraad maken. Voor een jonge kerel met heet bloed is vijf dagen een allemachtig lange tijd."

Hij schoof zijn stoel dichter bij het bed en gaf haar een kus van recordlengte.

Ze maakte zich zuchtend en lachend los en nam een andere houding aan.

„Is er iets?" vroeg Mike angstig.

„Nee . . . Mike, waar hebben ze mijn been . . . dat andere, bedoel ik?"

Hij schrok. „Op pathologie . . . in een ijskast, denk ik."

Ze haalde diep adem. „Mike . . . lieverd, ga er dan alsjeblieft even heen om het te krabben."

Het was vol in de bestuurskamer van het ziekenhuis. Het nieuws over de spoedvergadering had zich snel verspreid, terwijl de doktoren, die op die dag niets in het ziekenhuis te doen hadden, thuis bericht hadden gekregen. De geruchten over de val en het op handen zijnde vertrek van Pearson hadden met dezelfde snelheid de ronde gedaan en veroorzaakten nu in de bestuurskamer een druk stemmengegons, dat verstomde toen Pearson met de administrateur en David Coleman binnenkwam.

Kent O'Donnell zat al aan het hoofd van de langwerpige tafel. De meeste bekende gezichten waren present. Gil Barlett met zijn wippende baardje praatte druk met Roger Hilton, de jonge chirurg die zich een paar maanden geleden aan het ziekenhuis had verbonden. John MacEwan, de oor-, neus- en keelspecialist, scheen in een hooglopend debat te zijn met Bell, de radioloog, en de dikke Lewis Toynbee, de internist. Bill Rufus, opvallend dank zij een gele das met felgroene strepen, was bezig op de tweede rij stoelen plaats te nemen. Voor hem zat dokter Harvey Chandler, hoofd van de medicinale afdeling, aantekeningen door te lezen. Ook MacNeil, de assistent-patholoog, was er, en op speciaal verzoek mevrouw Straughan, de diëtiste. Niet aanwezig was Charles Dornberger, die al had bekendgemaakt dat hij zich onmiddellijk uit de praktijk van de geneeskunde ging terugtrekken.

O'Donnell zag Lucy Grainger binnenkomen. Ze zag hem en lachte even. Ze herinnerde hem aan het persoonlijk besluit in verband met zijn toekomst, dat hij zou moeten nemen wanneer dit alles achter de rug was. Maar opeens kwam het in hem op, dat hij die dag nog niet aan Denise had gedacht. En de eerstkomende dagen zou hij nog wel weinig tijd hebben om aan haar te denken. Zou Denise genoegen nemen met de tweede plaats, na de geneeskunde? Zou ze zoveel begrip voor zijn werk hebben als, bijvoorbeeld, Lucy? De gedachte verontrustte hem, smaakte naar ontrouw. Maar het werd tijd om de vergadering te openen.

Hij vroeg om stilte, wachtte tot iedereen zat en zweeg en begon toen rustig: „Dames en heren, wij weten allemaal dat epidemieën in een ziekenhuis geen zeldzaamheid zijn en dat ze vaker voorkomen dan het publiek beseft. We zouden kunnen zeggen, dat epidemieën in zekere zin een der risico's van ons leven zijn. Wanneer we bedenken, hoeveel ziekten er tussen deze muren heersen, dan is het verbazingwekkend dat er niet meer rampen voorkomen. Ik wil daarmee niet goedpraten wat er is gebeurd, maar we moeten alles in de juiste proporties blijven zien. Dokter Chandler, wilt u misschien beginnen?"

Hij ging zitten, Chandler stond op.

„We zullen allereerst samenvatten." Met zijn aantekeningen in zijn hand keek Harvey Chandler genietend de vergadering rond. „Het beeld op dit ogenblik is, dat we twee zekere en vier vermoedelijke gevallen van tyfus hebben. Alle betrokkenen zijn leden van het ziekenhuispersoneel – en wij mogen ons gelukkig prijzen dat er nog geen patiënten zijn aangetast. Met het oog op het aantal gevallen zult u er evenzeer van overtuigd zijn als ik, dat wij hier in het ziekenhuis een tyfusdrager hebben. Nu moet ik zeggen dat ik even erg geschrokken ben als ieder ander van het nieuws, dat de mensen, die het eten in handen krijgen, al in een half jaar . . ."

O'Donnell viel hem in de rede, zo bedaard en beleefd mogelijk.

„Neem me niet kwalijk, dokter . . ."

„Ja?" Uit de toon van Chandler bleek dat de onderbreking niet welkom was.

„Op dat onderdeel komen we straks nog terug, Harvey. Zou je je misschien voorlopig tot de klinische aspecten willen beperken?"

Harvey Chandler, die in de ziekenhuishiërarchie op dezelfde hoogte stond als O'Donnell, was het er niet mee eens. Bovendien hoorde hij zichzelf graag praten; hij deed het nooit met één woord als hij er tien kon vinden.

„Als je erop staat . . . maar . . ."

„Dank je," zei O'Donnell honingzoet, maar stevig.

Chandler keek hem aan met ogen die zeiden: Hierover is het laatste woord nog niet gezegd! Hij ging verder: „Voor degenen onder u, die niet vertrouwd zijn met tyfus – en dat zullen er velen zijn, want de ziekte komt niet dikwijls meer voor – zal ik de symptomen van het beginstadium beschrijven . . ."

Hij gaf een korte beschrijving van de eerste verschijnselen en ging zitten.

O'Donnell vroeg: „Is er iets te vragen?"

„Ik neem aan," zei Lucy, „dat er voor inenting gezorgd wordt?"

„Ja," zei Chandler, „alle leden van het personeel worden ingeënt, ook de patiënten die het kunnen verdragen."

„En wat gebeurt er nu in de keuken?" vroeg Bill Rufus.

„Daar zullen we het straks over hebben," zei O'Donnell. „Zijn er nog medische vragen?" Niemand meldde zich. „Goed. Dan is nu pathologie aan het woord. Dokter Pearson."

Tot dat ogenblik waren er in de kamer de bekende achtergrondgeluiden geweest, gefluister, geschuif van stoelen, maar nu viel er een geladen stilte en keek iedereen naar Joe Pearson. Hij rookte geen sigaar – en dat gaf de indruk alsof er iets vertrouwds ontbrak. Maar Pearson bleef zitten.

O'Donnell wachtte. Hij wilde de aankondiging al herhalen toen Pearson in beweging kwam en eindelijk opstond.

Langzaam keek hij rond, tot zijn ogen op O'Donnell gericht bleven. Hij zei: „Deze epidemie had niet mogen voorkomen. En ze zou ook niet zijn voorgekomen als pathologie iets had gemerkt van de verslapping in hygiënische voorzorgsmaatregelen. Mijn afdeling is verantwoordelijk – en daarmee ben ik zelf verantwoordelijk voor deze nalatigheid."

Weer stilte. Het was alsof er geschiedenis werd gemaakt. In deze kamer had Joe Pearson zo dikwijls anderen van fouten en vergissingen beschuldigd; nu klaagde hij zichzelf aan.

O'Donnell wilde hem onderbreken, maar besloot het niet te doen. Pearson keek weer rond en ging langzaam verder: „Nu de schuldvraag gedeeltelijk is beantwoord, moeten wij verdere verspreiding voorkomen." Hij keek naar Tomaselli. „De administrateur, de afdelingschefs en ik hebben een werkwijze ontworpen, die onmiddellijk uitgevoerd moet worden. Ik zal dit nader toelichten."

Hij wachtte even. Het was O'Donnell of de oude dokter opeens een aantal jaren van zich afgeschud had en een ogenblik liet zien hoe hij lang geleden was geweest als jong medicus, toegewijd, ernstig, bekwaam. Zijn beruchte snijdende humor was er niet meer. Die was vervangen door gezag, kundigheid en de openhartigheid waarmee iemand met zijn gelijken spreekt.

„In de eerste plaats moet de infectiehaard worden opgespoord. Omdat degenen, die met het eten in aanraking komen, het laatste halfjaar niet zijn gecontroleerd, ligt het voor de hand dat wij het voedsel als besmettingsbron aanwijzen en ons onderzoek daar beginnen. Ieder, die met de levensmiddelen in aanraking komt, moet daarom worden onderzocht vóór de volgende maaltijd." Hij legde zijn zakhorloge op tafel. „Het is nu kwart over twee. We hebben dus twee uur en drie kwartier de tijd. Al het personeel, dat te maken heeft met de toebereiding en het opdienen van het eten, moet in die tijd grondig worden onderzocht. De gelegenheid daartoe bestaat in de polikliniek. Ik meen dat alle internisten en leden van de ziekenhuisstaf al op de hoogte gesteld zijn?" Hij keek rond en er werd geknikt. „Mooi. Zodra we hier klaar zijn, zal dokter Coleman u opgeven naar welke onderzoekkamers u zich moet begeven."

Hij maakte een gebaar naar de diëtiste en zei: „Mevrouw Straughan laat alle betrokkenen bijeenkomen; ze zullen zich met groepen van twaalf in de polikliniek melden. Er zijn in de beschikbare tijd vijfennegentig mensen te onderzoeken.

„Bij dat onderzoek dient u wel te bedenken, dat de tyfusdrager zelf – en wij nemen aan dat er een drager is – de symptomen waarschijnlijk niet vertoont zoals dokter Chandler ze heeft beschreven. U moet vooral letten op persoonlijke reinheid. En degene, aan wie u twijfelt, mag voorlopig zijn werk niet doen."

Hij had tot nu toe geen aantekeningen geraadpleegd en wachtte om na te denken.

„We weten natuurlijk, dat het lichamelijk onderzoek niet alles aan het licht zal brengen. Als we geluk hebben, vinden we degene die we op deze manier zoeken, maar het is ook mogelijk dat we niets vinden. Waarschijnlijk zal in de laboratoria het meeste werk verzet moeten worden zodra het medisch onderzoek is afgesloten. Alle betrokkenen moet gezegd worden, dat er cultures van de ontlasting gemaakt moeten worden en dat zij hun stoelgang morgenochtend moeten inleveren." Hij glimlachte vaag. „Constipatie wordt niet als excuus aanvaard – en als iemand zijn stoelgang vandaag nog kan inleveren, zullen we die natuurlijk graag accepteren."

„In de labs worden de nodige voorbereidingen getroffen om alle cultures te verwerken. Het kost natuurlijk wel twee of drie dagen voordat we klaar zijn."

Iemand – O'Donnell meende dat het Gil Bartlett was – zei: „Vijfennegentig mensen, dat is een berg kak." Algemeen gelach volgde.

„Ja," zei Pearson, „het is veel. Maar we zullen ons best doen."

Waarmee hij ging zitten.

Lucy vroeg het woord.

„Als de infectiehaard niet onmiddellijk wordt gevonden, blijven we dan de ziekenhuiskeukens gebruiken?"

„Voorlopig wel," zei O'Donnell.

„Mijn bureau," zei Tomaselli, „gaat op het ogenblik na of er, in geval van nood, eten van buiten kan worden betrokken. Maar ik betwijfel of er een zaak in de stad is, die op zo korte termijn de benodigde hoeveelheden kan leveren."

„Wat doen we met nieuwe opnamen?" vroeg Bill Rufus.

„Het spijt me," zei O'Donnell, „dat had ik nog moeten zeggen. We hebben de opnamen nu stopgezet. Maar we hopen natuurlijk dat pathologie de infectiehaard spoedig vindt en dan kunnen we die maatregel intrekken."

Er waren geen vragen meer; ook Coleman had er niets aan toe te voegen.

„Dan gaan we maar beginnen, dames en heren." En terwijl de stoelen achteruit geschoven werden en de gesprekken losbrandden, zei O'Donnell:

„Joe, kan ik je nog even spreken?"

Ze gingen samen naar een raam. „Joe, je blijft natuurlijk de leiding houden op pathologie tijdens deze epidemie. Maar je moet begrijpen, dat er in andere opzichten niets is veranderd."

„Ja," zei Pearson, „dat had ik al gedacht."

HOOFDSTUK XXII

Als een generaal, die het slagveld overziet, hield Joe Pearson toezicht op het werk in het laboratorium.

De werkers waren David Coleman, Roger MacNeil, Carl Bannister en John Alexander. Bannister en Alexander hadden de nodige ruimte gemaakt om het extra werk op te vangen.

„Wat we nu gaan doen," zei Pearson, „is in de eerste plaats speurwerk. Uit vijfennegentig mensen moeten wij er één zoeken die hier in het ziekenhuis tyfusbacillen verspreidt. Een tweede vereiste is spoed; hoe langer wij erover doen, des te erger wordt de epidemie. Ons speurwerk doen we met behulp van de stoelgangmonsters, die vandaag en voornamelijk morgen zullen binnenkomen."

Tegen Roger MacNeil zei hij: „Dokter MacNeil, uw taak bestaat er de komende dagen uit, al het niet-dringende werk te weren. U controleert alle aanvragen en bepaalt wat kan worden uitgesteld. De dringende zaken kunnen dan door Carl Bannister worden afgehandeld. Werk zoveel mogelijk samen met hem, maar belast hem niet met meer werk dan strikt noodzakelijk is. De rest van de tijd gebruiken we hem voor ons voornaamste werk van het ogenblik. U behandelt zelf alle chirurgische rapporten, die geen uitstel lijden. En twijfelt u aan een diagnose, roept u dan dokter Coleman of mij."

„Uitstekend. Ik ga nu naar het kantoor, om te zien wat er te doen is."

Tegen de anderen zei Pearson: „We gebruiken een afzonderlijke plaat voor elke culture. Ik wil niet het risico van verscheidene cultures bij elkaar, waarvan de een over de andere heen groeit. Dat is alleen maar tijdverlies. Alexander, hebben we genoeg MacConkey om bijna honderd cultures te behandelen?"

John, bleek en met rood omrande ogen na zijn laatste bezoek aan zijn vrouw, zei: „Nee, we hebben niet meer dan voor een paar dozijn. Onder normale omstandigheden is dat genoeg voor dagen."

„Begrijpelijk. Wil jij dan bij het klaarmaken van de voedingsbodems blijven? We moeten ze vandaag nog allemaal hebben."

„Ik ga onmiddellijk."

„We krijgen vijfennegentig cultures," dacht Pearson hardop. „Aangenomen, dat de helft lactose-positief is, dan moet de andere helft verder onderzocht worden; meer zal het niet zijn." Hij keek Coleman aan, vragend om bevestiging.

„Dat denk ik ook."

„Goed. We hebben tien suikerbuisjes per culture nodig. Voor vijftig cultures betekent dat vijfhonderd sub-cultures. Bannister, hoeveel suikerbuisjes hebben we klaar en gesteriliseerd?"

„Waarschijnlijk tweehonderd."

„Weet je het zeker?"

Bannister kreeg een kleur. „In elk geval honderdvijftig."

„Bestel er dan nog driehonderdvijftig. En ze moeten vandaag afgeleverd worden. Je zegt er maar bij, dat we de papierwinkel later wel afhandelen. – Als dat gebeurd is, maak je de buisjes klaar in series van tien. Gebruik eerst wat we hebben, daarna de nieuwe voorraad. En ga je suikervoorraad na. Je weet toch wat je nodig hebt? – Glucose, lactose, dulcitol, sucrose, mannitol, maltose, xylose, arabinose, ramnose en een buisje voor indol-bereiding."

Pearson had zonder hapering de namen afgerateld. Met een lachje zei hij tegen Bannister: „De lijst en de reactietabel voor Salmonella-tyfi vind je op bladzijde zesenzestig van de laboratoriuminstructies. En nu opschieten!"

Bannister slofte vlug naar de telefoon.

„Kun jij iets bedenken dat ik nog heb vergeten, Coleman?"

„Nee, niets." Coleman was onder de indruk geraakt van Pearsons plotseling ontwaakte grondigheid.

„Mooi zo. In dat geval gaan we een kopje koffie pakken. Want daar zal voorlopig niet veel van komen."

De onderzoekingen in de polikliniek verliepen met de snelheid van vuurwerk. In een van de spreekkamertjes was dokter Harvey Chandler klaar met het onderzoek van een kok.

„Zo, kleedt u zich maar weer aan."

De chef van de medicinale afdeling had eerst niet geweten of het wel strookte met zijn waardigheid, zelf aan het onderzoek mee te werken. Maar hij had er maar toe besloten, ongeveer als een bevelvoerend officier die zich moreel verplicht voelt, aan het hoofd van zijn troep een landing uit te voeren.

„En let vooral scherp op de hygiëne," zei hij tegen de kok. „In de keuken moet absolute properheid heersen."

„Ja, dokter."

De man ging weg en O'Donnell kwam binnen. „Hallo! Hoe gaat het?"

Chandler had een stug antwoord willen geven; hij voelde zich niet prettig in zijn ondergeschikte rol en vond O'Donnell soms wel iets te democratisch. Maar hij was altijd nog beter dan zijn voorganger, dus Chandlers welwillendheid kreeg de overhand: „Ik ben de tel al kwijtgeraakt. We komen er wel doorheen. Maar tot nu toe is er niets gevonden."

„Hoe staat het met de tyfuspatiënten? En de vier vermoedelijke gevallen?"

„Twee zijn definitief geworden, dus we hebben nu vier ziektegevallen."

„Bij iemand levensgevaar?"

„Ik geloof van niet. Ik dank God voor de antibiotica! Vijftien jaar geleden zouden we heel wat meer ellende gehad hebben dan nu."

„Dat denk ik ook."

„Twee van de patiënten zijn verpleegsters. Een van psychiatrie en een van urologie. De andere twee zijn mannen, een uit de machinekamer en een kantoorbediende."

„Dus uit totaal verschillende delen van het ziekenhuis," zei O'Donnell nadenkend.

„Precies! Ze hebben maar één ding gemeen: het eten. Ze hebben alle vier in de kantine gegeten en ik weet vrijwel zeker dat we op het goede spoor zijn."

„Dan zal ik je niet ophouden. Er zitten nog twee mensen te wachten, maar bij andere spreekkamers zitten er nog meer, dus we gaan ze een beetje verdelen."

„Best. Ik werk door tot we schoon zijn."

„Dan laat ik het nu maar aan je over."

„Als je weggaat, wil je de zuster dan vragen de volgende binnen te sturen?"

O'Donnell ging de spreekkamer uit en even later kwam er een keukenmeisje binnen. Ze had een kaart bij zich.

„Geef maar hier," zei Chandler, „en ga zitten." Hij legde de kaart voor zich en nam een onbeschreven formulier. „Ik wil nu eerst alles op medisch gebied weten – van jou en je ouders. Alles wat je je kunt herinneren."

Terwijl ze antwoordde op zijn vragen, vulde hij het formulier in. Het zou, als altijd bij hem, een schoolvoorbeeld van een medisch rapport worden. Chandler had zijn positie dan ook voor een belangrijk deel aan zijn nauwgezetheid te danken . . .

Kent O'Donnell liep de gerequireerde polikliniek uit en overzag, voor het eerst met enig perspectief, de gebeurtenissen van die dag. De middag vorderde al – en er was sinds die ochtend zoveel gebeurd, dat het bijna niet meer te verwerken was.

Eerst het sterfgeval van het kind door de verkeerde diagnose, daarna in snelle en schokkende opeenvolging het ontslag van Pearson, de terugtrekking van Charles Dornberger, de ontdekking dat een belangrijke hygiënische voorzorg in het ziekenhuis al een half jaar had ontbroken – en nu het uitbreken van de tyfus, met de dreiging van een ernstige epidemie als een wrekend zwaard boven de inrichting.

Waarom was dit alles tegelijk gekomen? Hoe was het gebeurd? Was het een plotseling symptoom van een crisis, waaraan het ziekenhuis leed? Zou er misschien nog meer komen? Waren ze allemaal schuldig geweest aan een gevoel van zelfgenoegzaamheid?

Hij dacht: We wisten zo zeker, dat de organisatie nooit zo goed was geweest als nu. We dachten dat we scheppend werk deden, vooruit gingen, een tempel van genezing bouwden. Maar hebben we blindelings en schandelijk gefaald juist omdat we onszelf zo goed vonden? Zijn we dwaas geweest, hebben we onze ogen gericht op de wolken, op de verheven, glinsterende idealen, zonder iets te merken van de gewone, aardse waarschuwingen van de dagelijkse gebeurtenissen? Wat hebben we hier eigenlijk gebouwd – een ziekenhuis of een antiseptische schrijn?

Hij ging zijn kantoor in en liep naar het raam, waar hij neerkeek op het voorplein van het ziekenhuis. Er was een komen en gaan van mensen. Hij zag een man mank lopen; een vrouw hield zijn arm vast. Een auto reed voor; een man sprong eruit en hielp een vrouw instappen. Een verpleegster overhandigde de vrouw een baby. De portieren werden dichtgeslagen, de auto reed weg. Een jongen op krukken kwam aan; hij zwaaide zich met geoefende bewegingen vooruit. Hij werd staande gehouden door een oude man in een regenjas; de man scheen de weg niet te weten. De jongen wees en samen gingen ze naar de ingang.

O'Donnell dacht: Ze komen hier met hun vragen en vertrouwen. Zijn we het waard? Wegen onze goede daden tegen de fouten op? Kunnen we met toewijding een vergissing uitwissen?

Maar zijn gedachten kozen een praktischer weg: Na vandaag zal er veel moeten veranderen. Er moeten hiaten worden opgevuld, niet alleen de hiaten die nu ontdekt zijn, maar nog een groot aantal dat met ijverig zoeken gevonden moet worden. Er moet meer zelfkritiek, meer zelfonderzoek zijn. Laat deze dag een helder lichtend baken blijven, een kruis van verdriet, het teken van een nieuw begin.

Hij begon plannen te maken, een bouwwerk van plannen.

Maar de telefoon had andere plannen.

„Dokter O'Donnell, intercommunaal gesprek voor u."

Het was Denise. Haar stem had de zachte heesheid die hem zo had aangetrokken. Ze zei: „Kent, ik wil dat je dit weekend naar New York komt. Ik heb voor vrijdagavond een paar mensen gevraagd en ik wil met je pronken."

Hij aarzelde kort. Toen zei hij: „Het spijt me vreselijk, Denise, maar ik heb geen gelegenheid."

„Wat een onzin! Je moét komen! Ik heb de uitnodigingen al verstuurd en ik kan ze niet meer ongedaan maken."

„Je begrijpt het niet, geloof ik. We hebben hier een epidemie. Ik moet blijven tot we die ziekte de baas zijn en daarna zijn er nog allerlei dringende dingen te doen."

„Maar je zei dat je zou komen wanneer ik je riep . . ."

Hij wilde dat hij bij haar was, dan zou hij het wel duidelijk kunnen maken. Of misschien toch niet?

„Ik wist toen helaas niet, dat dit zou gebeuren."

„Kun je de verantwoordelijkheid dan niet een paar dagen aan iemand overdragen?"

„Nee, dat gaat niet."

Het bleef even stil. Toen zei Denise luchtig: „Ik heb je gewaarschuwd, Kent, ik leg beslag op je."

„Denise, ik . . ."

„Is het onherroepelijk?" Het klonk bijna liefkozend.

„Het kan niet anders, het spijt me. Ik zal je opbellen zodra ik vrij ben."

„Ja, doe dat, Kent. Dag."

„Dag . . ."

Het was ochtend, de tweede dag van de epidemie.

Zoals dokter Pearson al had verwacht, waren de meeste stoelgangmonsters pas in het afgelopen uur gekomen.

Ze werden in kartonnen bekertjes met deksels in rijen gezet, op de middentafel van het pathologisch laboratorium. Pearson, op een houten stoel aan het eind van de tafel, zette serienummers onder de namen op de bekertjes en maakte de rapportformulieren klaar.

Had hij de gegevens genoteerd, dan gaf hij de monsters stuk voor stuk door aan David Coleman en John Alexander, die de cultureplaatjes klaarmaakten.

Bannister zat alleen aan een zijtafeltje en deed het andere laboratoriumwerk, dat volgens MacNeil (die nu in het kantoor van pathologie troonde) niet kon worden uitgesteld.

Het stonk in het lab.

Iedereen rookte, behalve Coleman. Pearson bestreed de lucht met grote wolken sigarerook. Hij had Coleman al een sigaar aangeboden, die de jongere patholoog een eindje had opgerookt. Maar aangezien hij de sigaar nog erger vond dan de verontreinigde lucht, liet hij haar uitgaan.

De jeugdige loopjongen, die de gezworen vijand van Bannister was, had een geweldig plezier in het binnenbrengen van de monsters. Bij ieder partijtje had hij een nieuwe geestigheid. Bij de eerste zending had hij Bannister aangekeken en gezegd: „Ze weten wel waar ze dit goedje heensturen." Een andere keer zei hij tegen Coleman: „Zes nieuwe smaken voor u, dokter." Nu zette hij een aantal bekertjes voor Pearson en vroeg: „Gebruikt u suiker en melk, dokter?" Pearson gromde iets en schreef door.

John Alexander werkte systematisch, zijn gedachten geconcentreerd op zijn werk. Met de vloeiende bewegingen, die Coleman al eerder bij hem had opgemerkt, nam hij een monsterbekertje en lichtte het deksel eraf. Hij trok een stenen bordje naar zich toe en schreef met een potlood het nummer van het deksel op het bordje. Daarna nam hij een kleine platina lus aan een houten steel en steriliseerde de lus in de vlam van een brander. Hij trok vervolgens de lus door het stoelgangmonster en bracht een kleine hoeveelheid over in een buisje met een steriele zoutoplossing. Hij herhaalde deze bewerking en bracht toen weer met de platina lus een beetje van de oplossing op het cultureplaatje.

Hij plakte een etiket op het reageerbuisje met de zoutoplossing en zette het in een rek. Het stenen bordje met het cultureplaatje ging hij in een incubator zetten, waar het tot de volgende dag zou blijven, wanneer er zo nodig met de subcultures begonnen zou kunnen worden.

Het chemische proces zelf was uiteraard niet te verhaasten.

Hij kwam terug van de incubator en zei impulsief tegen Coleman: „Dokter, ik wil u iets zeggen . . . we hebben uw raad opgevolgd."

„Welke raad ?"

„Ik ga toelating tot de medische school aanvragen."

„Daar ben ik blij om," zei Coleman oprecht. „Je brengt het er beslist goed af."

Pearson ving het laatste op. „Wat brengt hij er goed af ?"

Coleman nam zijn werkhouding aan, maakte een nieuw monsterbekertje open en zei nuchter: „John vertelt me, dat hij toelating tot de medische school heeft aangevraagd. Dat had ik hem een tijdje geleden aangeraden."

„Zo." Pearson keek Alexander vorsend aan. „En hoe wil je dat betalen ?"

„Mijn vrouw kan werken, dokter, om te beginnen. En ik had gedacht dat ik buiten de schooluren wel wat labwerk kon doen; dat doen veel medische studenten. – Het zal niet meevallen, maar ik geloof dat het de moeite waard is."

„Ja . . ." Pearson blies rook uit en legde zijn sigaar neer. Hij scheen iets te willen zeggen, maar aarzelde en vroeg toen: „Hoe maakt je vrouw het ?"

„Ze gaat goed vooruit, dokter, dank u."

Het bleef stil. Toen zei Pearson langzaam: „Ik wou dat er iets was, dat ik je kon zeggen, jongen. Maar woorden helpen zo weinig."

Alexander keek hem aan. „Nee, woorden helpen niet . . ."

In haar ziekenkamer had Vivian geprobeerd, een roman te lezen die haar moeder had meegebracht, maar ze kon haar gedachten niet bij de woorden houden. Ze zuchtte en legde het boek weg. Ze had er grote spijt van, de belofte van wegblijven uit Mike geperst te hebben. Zou ze hem laten komen ? Ze keek naar de telefoon. Als ze belde, zou hij beslist komen, waarschijnlijk al binnen tien minuten. Was het werkelijk zo belangrijk, dat idee van haar, elkaar een aantal dagen niet te zien om over alles te kunnen nadenken ? Ze hielden toch van elkaar; was dat dan niet genoeg ? Zou ze bellen ? Haar hand bewoog, was al bij de hoorn toen haar gevoel voor juistheid het won. Nee, ze zou wachten. Het was al de tweede dag. Die andere drie zouden vlug omgaan en dan was Mike voorgoed van haar.

In de zitkamer voor het intern personeel zat Mike Seddons in een van de diepe leren fauteuils. Hij had een half uur vrij en deed precies wat Vivian van hem verlangd had: hij dacht na over het leven met een vrouw, die maar één been had.

HOOFDSTUK XXIII

Het was vroeg in de middag, vier dagen nadat de eerste tyfusgevallen in het ziekenhuis waren gerapporteerd.

In het kantoor van de administrateur zaten Orden Brown, de voorzitter van het bestuur, en Kent O'Donnell met ernstige gezichten te luisteren naar Harry Tomaselli, die telefoneerde.

„Ja," zei Tomaselli, „ik begrijp het. – Als dat nodig mocht zijn, zullen we alle regelingen treffen. Om vijf uur dus. Tot ziens." Hij legde de hoorn neer.

„En?" vroeg Orden Brown ongeduldig.

„De geneeskundige dienst geeft ons de tijd tot vanavond. Hebben we de tyfusdrager dan nog niet gevonden, dan moeten we de keukens sluiten."

„Maar beseffen ze wel wat dat betekent?" O'Donnell was verontwaardigd opgestaan. „Dat heeft praktisch dezelfde uitwerking als de sluiting van het hele ziekenhuis. Je hebt toch gezegd, dat we voor niet meer dan een handjevol patiënten het eten van buiten kunnen laten komen?"

„Dat heb ik gezegd," zei Tomaselli in alle rust, „maar daar hebben ze niets mee te maken. De geneeskundige dienst is nu eenmaal bang, dat het zich in de stad verspreidt."

Orden Brown vroeg: „Is er eigenlijk al nieuws van pathologie?"

„Nee, ze zijn nog bezig. Ik ben er een half uur geleden geweest."

„Ik begrijp het niet!" O'Donnell had de voorzitter nog nooit zo ongerust gezien. „Vier dagen – en tien tyfusgevallen vlak onder onze neus in het ziekenhuis – en nog weten we niet waar het vandaan komt."

„Het is een ontzaglijk groot werk voor het lab," zei O'Donnell, „en ze hebben geen minuut stilgezeten."

„Ik geef niemand de schuld. Nog niet. Maar we moeten met resultaten komen."

„Joe Pearson heeft gezegd, dat ze waarschijnlijk morgenochtend klaarkomen met alle cultures. Als iemand, die met het eten in aanraking komt, de tyfusdrager is, hebben ze hem tegen die tijd opgespoord. – Tomaselli, kun jij de mensen van de geneeskundige dienst niet zover krijgen, dat ze tot morgenochtend wachten?"

Tomaselli schudde zijn hoofd. „Dat heb ik al geprobeerd. Maar ze hebben ons al vier dagen gegeven en ze willen niet langer wachten. De directeur is vanmorgen weer hier geweest en hij komt om vijf uur terug. Als er dan nog niets te rapporteren is, zullen we hun voorschriften moeten opvolgen."

„En wat wil je tot zolang doen?" vroeg Orden Brown.

„Mijn afdeling is al aan het werk. We houden er rekening mee, dat we de keukens moeten sluiten. – Kent, kun jij hier om vijf uur zijn, als de directeur van de geneeskundige dienst komt?'

„Ja," zei O'Donnell somber, „daar zal ik wel bij moeten zijn."

De spanning in het laboratorium was ongeveer even groot als de vermoeidheid van de drie mannen die er werkten.

Dokter Pearson zag er afgetobd uit, met rood omrande ogen; de uitputting was geschreven in de traagheid van zijn bewegingen. Hij was de laatste vier dagen en drie nachten in het ziekenhuis gebleven, met nu en dan een uurtje slaap op een bank die hij in het kantoor had laten zetten. Hij had zich in twee dagen niet geschoren; zijn kleren waren gekreukt en zijn haar was verwilderd. Hij was alleen op de tweede dag een paar uur onvindbaar geweest; niemand wist waar hij was heengegaan en Coleman had hem niet kunnen opsporen. Toen hij terugkwam, gaf hij geen verklaring van zijn afwezigheid en ging zonder meer door met het werk.

Hij vroeg nu: „Hoeveel hebben we er gedaan?"

Coleman keek een lijst na. „Negenentachtig. Er zijn er nog vijf in de incubator, die we morgenochtend kunnen afwerken."

David Coleman zag er wat frisser uit dan Pearson en vertoonde ook geen uiterlijke tekenen van verwaarlozing, maar hij voelde een drukkende vermoeidheid die hem eraan deed twijfelen of hij het zolang zou uithouden als de oudere chef. Coleman had de drie nachten in zijn eigen bed geslapen, van ver na twaalven tot de volgende ochtend half zes.

Maar hoe vroeg hij ook op het lab kwam, hij was er maar één keer eerder geweest dan John Alexander. De andere ochtenden had hij Alexander al aan het werk gevonden, met al zijn nauwkeurigheid en efficiëntie.

Het vierde lid van de laboratoriumploeg, Carl Bannister, was tijdelijk gediskwalificeerd. Hij had drie dagen en een groot deel van de nachten doorgewerkt aan de lopende opdrachten en bovendien de anderen zoveel mogelijk geholpen. Maar die ochtend was hij de totale uitputting zo nabij, dat David Coleman hem, zonder Pearson om toestemming te vragen, naar huis had gestuurd. Bannister was dankbaar en zonder protest vertrokken.

Het voorbereidende werk aan de stoelgangmonsters was onafgebroken doorgegaan. Op de tweede dag waren de eerst behandelde monsters lang genoeg in de incubator geweest voor het verdere onderzoek. Pearson had toen de krachten opnieuw verdeeld om het werk gaande te houden: hij en John Alexander zetten zich aan de nieuwe fase, terwijl David Coleman de nog binnenkomende nieuwe monsters verwerkte.

De stenen bordjes die uit de incubator kwamen, vertoonden kleine, vochtige bacteriekoloniën op de plaatsen, waar de vorige dag de minieme hoeveelheden menselijke uitwerpselen waren toegevoegd. De duidelijk onschadelijke koloniën moesten nu worden gescheiden van de gevallen, die om verder onderzoek vroegen.

De roze gekleurde bacteriekoloniën bevatten geen tyfus en werden afgezonderd. Van de kleurloze koloniën, die tyfusbacillen konden herbergen, werden monsters genomen voor subcultures in suikerbuisjes met vloeibare media. Voor elke oorspronkelijke culture waren er tien suikerbuisjes, elk met een ander reageermiddel. En deze reageermiddelen moesten ten slotte aantonen, welk stoelgangmonster de besmettelijke tyfuskiemen bevatte.

De telefoon rinkelde. Pearson was er het dichtst bij en luisterde. „Ja? – Nee, nog niets. Ik bel zodra we iets vinden."

John Alexander zwichtte voor een plotselinge golf van vermoeidheid en liet zich op een stoel vallen. Hij deed zijn ogen dicht en genoot van het ogenblik nietsdoen.

Coleman zei: „Waarom ga je er niet een paar uur tussenuit, John? Ga een poosje bij je vrouw zitten."

Alexander stond weer op; als hij te lang bleef zitten, zou hij in slaap vallen. „Ik zal nog één serie doen . . . en dan ga ik maar even."

Hij nam een rek met subcultures uit de incubator en begon de tien suikerbuisjes te controleren. Toen hij op de klok keek, zag hij tot zijn verbazing dat er alweer een dag bijna om was. Het was tien minuten voor vijf.

Kent O'Donnell legde de hoorn neer en zei op de onuitgesproken vraag van Harry Tomaselli: „Joe Pearson heeft nog geen nieuws."

Het was stil in het kantoor van de administrateur; de twee mannen wisten met een gevoel van kilheid, wat de gevolgen van dit laatste nieuws zouden zijn. Ze wisten ook dat het verdere ziekenhuiswerk op dit ogenblik langzaam tot stilstand kwam.

De beperking van de patiëntenverzorging, die Harry Tomaselli een paar dagen tevoren had ontworpen en die nu noodzakelijk werd gemaakt door de dreigende sluiting van de keukens, werd nu geleidelijk, maar onverbiddellijk van kracht. Te beginnen met het ontbijt van de volgende ochtend zouden honderd maaltijden voor patiënten zonder speciaal diëet door twee samenwerkende restaurants in de stad worden geleverd en aan het ziekenhuis bezorgd. Van de andere patiënten werden er zo veel mogelijk ontslagen, terwijl degenen, die thuis niet verzorgd konden worden, naar andere inrichtingen in en om Burlington werden overgebracht.

Wetend dat deze evacuatie tot diep in de nacht zou duren, had Tomaselli een uur tevoren het sein tot beginnen gegeven. Een lange rij ziekenauto's, telefonisch van alle kanten opgeroepen, stond nu op het voorplein. In de zalen en de ziekenkamers waren verpleegsters en doktoren druk bezig, patiënten uit hun bedden te verplaatsen op brancards en in rolstoelen, klaar voor hun onverwachte reis. Voor degenen, die tijd overhielden om te denken, was het een zwarte dag. Voor het eerst in drieënveertig jaar moest „De Drie Provinciën" zijn patiënten de deur wijzen.

Orden Brown kwam het kantoor van Tomaselli in. Hij luisterde aandachtig naar wat er in de afgelopen vier uur was gebeurd en zei: „Zijn de mensen van de geneeskundige dienst al geweest?"

„Nog niet. Ze kunnen elk ogenblik komen."

„Als je er dan geen bezwaar tegen hebt, wacht ik ook."

„Kent," zei Orden Brown na een stilte tegen O'Donnell, „het is voor het ogenblik niet belangrijk, maar nu ik er toevallig aan denk, zeg ik het maar. Eustace Swayne heeft me opgebeld. Hij vroeg of je even bij hem wilt komen als dit alles achter de rug is."

O'Donnell was sprakeloos over de onbeschaamdheid van die vraag. Het was overduidelijk, waarover Swayne hem wilde spreken; ondanks alles wenste de man zijn geld en invloed te gebruiken in een poging, zijn vriend Pearson te redden. Na alles wat er de laatste dagen was gebeurd, was deze blindheid ronduit ongeloofwaardig. O'Donnell ziedde van woede. „Laat Eustace Swayne met al zijn geld naar de bliksem lopen!"

„Mag ik je eraan herinneren," zei Brown snijdend, „dat je het hebt over een bestuurslid van het ziekenhuis? Hoe je ook over hem denkt, je zult beleefd moeten blijven."

Met vlammende ogen stond O'Donnell tegenover Brown. Goed dacht hij, als de kogel door de kerk moet . . . dan maar dadelijk. Met ziekenhuispolitiek wil ik niets meer te maken hebben – en dat gaat nu onmiddellijk in. Op hetzelfde ogenblik ging de zoemer op Tomaselli's bureau. „Meneer Tomaselli," zei een meisje door de huistelefoon, „de heren van de geneeskundige dienst zijn er."

De klok van de Verlosserkerk sloeg vijf toen de kleine groep zich een weg baande door de overvolle gangen. O'Donnell, Orden Brown, Harry Tomaselli en dr. Norbert Ford, directeur van de geneeskundige dienst van Burlington, werden gevolgd door mevrouw Straughan, de diëtiste en een jonge gemeentearts, wiens naam O'Donnell was ontschoten.

Nu zijn ergste woede wat bekoeld was, voelde O'Donnell zich opgelucht omdat de onderbreking een hevige ruzie tussen hem en Brown had voorkomen. Hij begreep dat ze allen – hij zelf inbegrepen – de laatste dagen ongewoon gespannen waren. Bovendien had de voorzitter niets anders gedaan dan een boodschap overbrengen. De werkelijke onenigheid was tussen O'Donnell en Eustace Swayne, en hij had zich al voorgenomen, de oude magnaat hardhandig aan te pakken zodra de ellende van het ogenblik achter de rug was.

Op voorstel van O'Donnell ging de groep naar de afdeling pathologie. Tegen de directeur had hij gezegd: „Dan ziet u tenminste dat we al het mogelijke doen om de infectiebron te vinden."

Dr. Ford had eerst tegengestribbeld: „Niemand heeft beweerd dat u niet alles doet en ik betwijfel of ik iets aan het werk van uw pathologen zou kunnen toevoegen." Maar O'Donnell had aangehouden en nu gingen ze dus naar het laboratorium in het souterrain.

John Alexander keek op toen de groep binnenkwam en ging onmiddellijk door met de suikerproef waarmee hij bezig was. Pearson kwam hen tegemoet, waarbij hij zijn handen aan zijn vuile laboratoriumjas afveegde. David Coleman kwam ook.

O'Donnell stelde de heren aan elkaar voor, waarna dr. Ford vroeg: „Hebt u al iets gevonden?"

„Nog niet. We zijn nog aan de gang."

O'Donnell zei: „Joe, dokter Ford heeft de sluiting van onze keukens gelast."

„Vandaag nog?" vroeg Pearson ongelovig.

„Helaas wel," zei Ford.

„Maar dat kan niet! Dat is krankzinnig!" Het was de oude, agressieve Pearson weer, met zijn strijdlustige stem en flitsende ogen achter het masker van vermoeidheid. „Mens nog toe, we hebben de de hele nacht doorgewerkt en morgenmiddag zijn alle subcultures klaar! Als er een bacillendrager is, moeten we het dan weten."

„Het spijt me. Dat risico kunnen we niet nemen."

„Maar als u de keukens laat sluiten, ligt het hele ziekenhuis op zijn rug! U kunt toch op zijn minst wachten tot morgen!"

„Ik vrees van niet. Hoe dan ook, de beslissing is niet alleen aan mij. De gemeente kan niet wachten op een verspreiding van de epidemie. De ziekte is nu nog binnen deze muren, maar ze kan elk ogenblik naar buiten komen. Daar gaat het ons om."

„We geven het avondeten nog, Joe," zei Tomaselli, „en dat is de laatste maaltijd. We sturen zoveel mogelijk patiënten naar huis en de anderen plaatsen we over."

Het leek of Pearson zou gaan huilen. Bijna zonder stem zei hij: „Dat ik dit nog moest beleven . . ."

„Om je de waarheid te zeggen, Joe," zei O'Donnell, „dat had ik ook niet kunnen denken."

De groep maakte aanstalten om te vertrekken. Plotseling riep John Alexander: „Ik heb het!"

Als één man draaiden ze zich om. Pearson vroeg scherp: „Wat?"

„Een onmiskenbare tyfus." Alexander wees naar de rij reageerbuisjes waarmee hij had gewerkt.

„Laat zien!" Pearson was met drie lange stappen bij hem. De anderen kwamen eromheen staan.

Pearson keek naar de reageerbuisjes. Nerveus likte hij zijn lippen. Als Alexander gelijk had, was dit het ogenblik waarvoor ze gezwoegd hadden. „Lees de lijst, " zei hij.

John Alexander nam een handboek en sloeg het open bij de tabel van biochemische reacties van bacteriën in suikeroplossingen. Hij legde een vinger op de kolom „Salmonellatyfi".

Pearson nam het eerste van de tien buisjes en noemde het reageermiddel: „Glucose."

Alexander ging de lijst na om de reactie te noemen: „Zuurvorming, maar geen gas."

Pearson knikte en nam het tweede buisje. „Lactose."

„Geen zuur, geen gas," las Alexander.

„Goed. – Derde: dulcitol."

„Geen zuur, geen gas."

„Sucrose."

„Geen zuur, geen gas." Alweer de juiste reactie voor tyfusbacillen. De spanning in de kamer steeg.

„Mannitol."

„Zuurvorming, maar geen gas."

„Goed. – Maltose."

„Zuur, maar geen gas."

Pearson knikte. Nog vier. „Xylose."

„Zuur, geen gas."

Nog drie.

„Arabinose."

„Zuur en geen gas – of helemaal geen reactie."

„Geen reactie," zei Pearson. Acht gehad. Nog twee. „Rhamnose?"

„Geen reactie."

Pearson keek naar het buisje en zei zacht: „Nee, geen reactie."

Nog één.

Van het laatste buisje las Pearson: „Vorming van indol."

„Negatief," zei Alexander en hij legde het boek weg.

„Geen twijfel mogelijk," zei Pearson tegen de anderen, „dit is de tyfusdrager."

„Wie is het?" vroeg Tomaselli het eerst.

Pearson bekeek een stenen bordje. „Nummer tweeënzeventig."

David Coleman had de namenlijst al. „Charlotte Burgess."

„Ik ken haar!" riep mevrouw Straughan. „Ze werkt aan het buffet."

Plotseling keek iedereen tegelijk op de klok. Het was zeven minuten over vijf.

Mevrouw Straughan zei dringend: „Het avondeten! Ze zijn al bezig met opdienen!"

„Ogenblikkelijk naar de eetzaal!" En Harry Tomaselli was al bij de deur.

Op de eerste etage kwam een hoofdverpleegster in wervelende bedrijvigheid de kamer van Vivian in. „O ja, u bent juffrouw Loburton." Ze maakte met potlood een aantekening. „U wordt overgeplaatst naar de West Burlington kliniek."

„Wanneer gebeurt het?" vroeg Vivian, die al gehoord had wat er op handen was.

„De ziekenauto's zijn overbelast, dus het kan nog wel enkele uren duren. Waarschijnlijk om negen uur vanavond. Uw eigen verpleegster komt u bijtijds helpen."

„Dank u."

De hoofdverpleegster knikte en was met haar gedachten alweer bij de volgende patiënt.

Nu moet ik Mike bellen, besloot Vivian. Aan hun afgesproken vijf dagen ontbrak er nog een, maar een ontruiming van het ziekenhuis hadden ze geen van beiden voorzien. Ze had bovendien al spijt van die geforceerde scheiding; het leek haar nu een dom, nodeloos idee, dat maar liever had moeten wegblijven.

Haar hand ging naar de telefoon naast het bed, deze keer zonder weifeling. „Kunt u me verbinden met dokter Michael Seddons?"

„Een ogenblik, alstublieft."

Het duurde bijna twee minuten; toen zei de telefoniste: „Dokter Seddons is niet aanwezig. Hij is met een van de ziekenauto's mee. Kan iemand anders u helpen?"

„Nee, dank u. Kunt u hem een boodschap doorgeven?"

„Is het een medische kwestie?"

„Eh . . . nee, eigenlijk niet."

„We kunnen op het ogenblik alleen dringende medische boodschappen aannemen." Met een klik werd de verbinding verbroken. Langzaam legde Vivian de hoorn neer.

Ze hoorde voetstappen en stemmen in de gang. Er scheen opwinding te heersen. Scherpe aanwijzingen werden gegeven, er viel iets kletterend op de grond en iemand lachte. Het was alles niets bijzonders, maar ze kreeg een hevig verlangen, er deel aan te hebben, mee te doen met wat er gebeurde. Toen zag ze haar deken, de plaats waar het beddegoed plat lag omdat haar been er niet was. En plotseling, voor het eerst, voelde ze zich wanhopig alleen.

„O, Mike," fluisterde ze, „Mike, waar je ook bent, kom alsjeblieft gauw bij me!"

Zuster Penfield wilde juist de kantine ingaan toen zij de groep zag aankomen. Ze herkende de administrateur en het hoofd van de Chirurgische afdeling. Achter hen liep mevrouw Straughan, die met dansende buste moeite had hen bij te houden.

Tomaselli zei tegen mevrouw Straughan: „Dit moet snel en zonder opschudding gebeuren."

Ze knikte en samen gingen ze door een dienstdeur de keuken in.

O'Donnell wenkte zuster Penfield. „Wilt u ons komen helpen?"

Wat er toen gedaan werd, gebeurde vlug en trefzeker. Het ene ogenblik stond een vrouw van middelbare leeftijd aan het buffet te bedienen, het volgende ogenblik had mevrouw Straughan haar bij een arm gepakt en naar het kantoortje gebracht. O'Donnell zei tegen de onthutste vrouw: „We hebben u even nodig." Hij wenkte zuster Penfield, bij haar te blijven.

„Neem het eten dat zij opdiende en verbrand het," instrueerde hij Hilda Straughan. „Probeer zo veel mogelijk terug te krijgen wat al opgediend is. Verwijder alle borden die zij heeft aangeraakt en was ze in kokend water."

De diëtiste ging naar het buffet. Na een paar minuten waren de aanwijzingen van O'Donnell uitgevoerd en werkte de kantine weer normaal.

In het kantoortje achter de keuken zei O'Donnell: „Mevrouw Burgess, ik moet u verzoeken, zich als patiënte van het ziekenhuis te beschouwen. Maak u niet ongerust, alles zal u worden uitgelegd."

Tegen zuster Penfield zei hij: „Neem haar mee naar de afdeling voor geïsoleerde patiënten. Ze mag met niemand contact hebben. Ik zal dokter Chandler om instructies vragen."

„Wat gebeurt er nu met haar, dokter?" vroeg mevrouw Straughan later.

„Ze wordt goed verzorgd. Ze blijft geïsoleerd en de internisten zullen haar een tijdje observeren. Een tyfusdrager heeft soms een geïnfecteerde galblaas – en als dat zo is, wordt ze waarschijnlijk geopereerd. Alle anderen, die aangetast zijn, worden natuurlijk ook verder onderzocht. Daar zorgt Harvey Chandler voor."

Door de telefoon in het keukenkantoortje zei Tomaselli tegen een assistent: „Ja, zoals ik zeg: alles intrekken – overplaatsingen, abnormale ontslagen, maaltijden van buiten, de hele boel. En als je dat gedaan hebt, kun je opname bellen." Hij grijnsde even tegen O'Donnell. „Zeg maar dat „De Drie Provinciën" weer draait!"

Hij hing op en aanvaardde met graagte een kop koffie, die Hilda Straughan hem uit haar eigen percolator aanbood.

„Wat ik nog wilde zeggen, mevrouw Straughan," zei hij, „u krijgt nieuwe afwasmachines. Ik heb nog geen tijd gehad, er met u over te praten. Het bestuur heeft de uitgave goedgekeurd en het werk is aanbesteed. Er zal volgende week wel begonnen worden."

Ze knikte, maar dacht blijkbaar alweer aan iets anders. „Nu u toch hier bent, meneer T, mijn koelruimte moet vergroot worden. En ik hoop dat er deze keer geen epidemie nodig is om te bewijzen dat mijn verzoek gerechtvaardigd is."

Tomaselli stond zuchtend op. Hij vroeg O'Donnell: „Heb *jij* misschien nog problemen?"

„Vandaag niet. Maar morgen is er iets, dat ik persoonlijk wil behandelen."

Hij dacht aan Eustace Swayne.

HOOFDSTUK XXIV

David Coleman had niet goed geslapen. Zijn gedachten hadden de hele nacht om het ziekenhuis, de afdeling pathologie en dokter Pearson gedraaid.

De gebeurtenissen van de laatste dagen hadden niets veranderd aan Pearsons schuld in het geval van het kindje Alexander. Zijn verantwoordelijkheid was nog precies dezelfde. Ook was Coleman nog onverzwakt van mening dat de afdeling pathologie een administratieve knoeiboel was, scheefgetrokken door verouderde opvattingen en geremd door achterhaalde methoden en instrumenten.

En toch waren zijn gevoelens ten opzichte van Pearson de laatste dagen getemperd, milder geworden. Waarom? Een week geleden had hij Pearson beschouwd als een bijna seniele knoeier, die te lang de touwtjes in handen hield. Maar waarom zag hij hem nu dan anders?

Toegegeven, hij had het werk, dat de tyfusepidemie meebracht, opgevangen met een besluitvaardigheid en een doorzettingsvermogen die Coleman zelf misschien niet zou hebben opgebracht. Maar was dat zo verbazingwekkend? Ervaring telde toch ook mee – en onder de gegeven omstandigheden was het begrijpelijk dat Pearson al zijn krachten wilde inspannen.

Maar zijn totale beeld van Pearson was minder duidelijk geworden. Hij was er niet meer zo zeker van, dat de oude patholoog intellectueel niet meetelde. En David Coleman kreeg het vermoeden, dat er wel meer dingen zouden komen waarvan hij zijn zekerheid zou verliezen.

De slapeloze nacht maakte dat hij vroeg in het ziekenhuis was; om acht uur stapte hij het kantoor van pathologie binnen. Roger MacNeil zat aan het bureau van Pearson.

„Morgen," zei MacNeil, „u bent de eerste. De anderen slapen uit, denk ik."

„Zijn we erg ver achtergeraakt met het andere werk?"

„Dat valt mee. Er liggen nog veel dingen die niet dringend zijn, maar de rest heb ik aardig bijgehouden. Seddons heeft ook prachtig geholpen. Ik heb hem gezegd, dat hij maar patholoog moet worden in plaats van chirurg. Die jongen heeft er gevoel voor."

„En die leerling-verpleegster," uitte Coleman een gedachte die hem niet had losgelaten, „met het geamputeerde been . . . is er al sectie op het been verricht?"

„Nog niet." MacNeil nam een dossier uit een bak. „Vivian Loburton," las hij. „Het was niet dringend, dus ik heb het even laten liggen. Het been is nog in de koelkast. Wilt u het zelf doen?"

„Ja, daar stel ik wel prijs op."

Coleman nam het dossier en ging naar de sectiekamer. Hij nam het been uit de koelkast en verwijderde de gaasverpakking. Het tevoorschijn komende vlees was koud en wit, het bloed gestold waar het been was afgesneden, halverwege de dij. Hij tastte naar het gebied van de tumor, een dikke, harde massa dicht onder de knie. Hij nam een mes en maakte een diepe insnijding, met snel toenemende belangstelling in wat hij te zien kreeg.

De huisknecht nam de hoed en jas van Kent O'Donnell aan en hing ze in een kast van de grote, sombere gang. O'Donnell keek rond en begreep niet hoe iemand – rijk of arm – in zo'n omgeving kon wonen. Maar hij bedacht dat de overdreven ruimheid, de weelderige tentoonstelling van dure houtsoorten en bewerkte steen voor iemand als Eustace Swayne waarschijnlijk een soort feodaal machtsgevoel betekenden, een gevoel dat wortelde in oude tijden. O'Donnell vroeg zich af wat er met dit huis zou gebeuren als de oude man er niet meer was; het zou dan wel een museum worden of gewoon leeg staan en in verval raken, als zoveel van die oude „kasten". Niemand zou hier meer willen of kunnen wonen. Zou Denise, die hier haar jeugd had doorgebracht, in dit huis ooit gelukkig geweest zijn?

„Meneer Swayne is vandaag wat vermoeid, meneer," zei de huisknecht. „Hij vroeg of u er bezwaar tegen hebt, dat hij u in zijn slaapvertrek ontvangt."

„Welnee." De slaapkamer was misschien geen ongeschikte plaats voor het komende gesprek. Als Swayne er een toeval van kreeg, was zijn bed bij de hand. Hij ging met de bediende mee naar boven, door een gang en naar een zware deur met een smeedijzeren grendel. O'Donnell werd in de zaalgrote kamer gelaten.

Hij zag Eustace Swayne niet dadelijk. Wel een reusachtig grote open haard met een loeiend houtvuur. De hitte van het vuur sloeg hem tegemoet; het was bijna ondraaglijk warm in de kamer. Toen zag hij Swayne, hoog in de kussens in een hemelbed, een kamerjas met monogram om zijn schouders. Hij kwam dichterbij en zag met schrik, hoe zwak en broos de oude man sinds hun laatste ontmoeting was geworden.

„Bedankt voor je komst," zei Swayne. Ook zijn stem was zwakker. Hij wees O'Donnell een stoel naast het bed.

„Ik hoorde, dat u me wilde spreken." In gedachten herzag O'Donnell al een aantal sterke dingen die hij had willen zeggen. Aan zijn standpunt met betrekking tot Joe Pearson was natuurlijk niet te tornen, maar hij kon het met enige zachtheid te berde brengen. Een strijd tussen hem en dit wrak zou te ongelijk zijn.

„Joe Pearson is hier geweest," zei Swayne. „Drie dagen geleden, geloof ik."

Dus Pearson was hier geweest toen ze hem enige uren niet hadden kunnen vinden. „Ja, dat dacht ik wel."

„Hij zei, dat hij weggaat uit het ziekenhuis." De stem van Swayne klonk vermoeid; er bleek nog niets van de storm, die O'Donnell had verwacht en waartegen hij zich had gewapend.

Hij zei nieuwsgierig naar wat er zou komen: „Ja, dat is waar."

„Er zijn blijkbaar dingen, die niemand in de hand heeft . . ." Was dit verbittering of berusting? O'Donnell wist het nog niet.

„Dat geloof ik ook."

„Toen Joe Pearson hier was, deed hij me twee verzoeken. Het eerste was, dat ik geen voorwaarden zou verbinden aan mijn bijdrage in het uitbreidingsfonds. Daarin heb ik toegestemd."

O'Donnell verwerkte het zwijgend.

„Het tweede verzoek was van persoonlijke aard. Jullie hebt een medewerker in het ziekenhuis . . . hij heet Alexander, geloof ik."

„Ja. Alexander. Hij is laborant bij pathologie."

„Hebben ze een kindje verloren?"

„Ja."

„Joe Pearson vroeg me, de opleiding van die jongen aan de medische school te bekostigen. Dat kan ik natuurlijk gemakkelijk doen.

Geld heeft tenminste nog enig nut ..." Swayne nam een dikke gele envelop, die op de deken had gelegen. „Ik heb mijn advocaten al instructies gegeven. Er komt een fonds, waaruit het schoolgeld betaald kan worden en waarvan hij en zijn vrouw behoorlijk kunnen leven. En als hij zich na de algemene opleiding wil specialiseren, is daarvoor ook het geld." Hij zweeg even, vermoeid van het praten. „Maar ik heb iets in gedachten, dat blijvender is. Er zullen nog anderen komen ... die het niet minder verdienen. Ik wil dat het fonds blijft bestaan en wordt beheerd door het medisch bestuur van „De Drie Provinciën". En ik stel maar één voorwaarde."

Hij keek O'Donnell uitdagend aan en zei: „Het fonds moet het „Joseph Pearson Medisch Studiefonds" heten. Heb je er bezwaar tegen?"

Ontroerd en beschaamd zei O'Donnell: „Meneer Swayne, ik vind het een van de mooiste dingen die u ooit hebt gedaan."

„Zeg me de waarheid, Mike," zei Vivian, „ik wil het weten."

Mike Seddons stond met angstige voorgevoelens bij haar bed.

Het was de eerste ontmoeting na de beruchte vijf dagen. Nadat de overplaatsing de vorige avond niet was doorgegaan, had Vivian nog eens geprobeerd, hem telefonisch te bereiken, maar het was niet gelukt. En die ochtend was hij gekomen zonder dat ze hem had geroepen, zoals ze hadden afgesproken. Ze keek hem zoekend aan, bang, met gevoelens die haar verstand niet wilde accepteren.

„Ik geloof dat ik weet wat je wilt zeggen, Mike." Haar stem was klankloos; alle gevoel scheen er uitgevloeid te zijn. „Je wilt niet met me trouwen. Ik ben je tot last ... zoals ik nu ben."

„O, Vivian, liefste ..."

„Mike, alsjeblieft!"

Smekend zei hij: „Luister naar me, Vivian, laat me uitspreken. Het is niet zo eenvoudig." Weer begaf zijn stem hem.

Drie dagen lang had hij naar de goede woorden gezocht voor dit ogenblik; nu wist hij, dat de uitwerking dezelfde zou zijn, wat voor woorden hij ook gebruikte. Mike Seddons had de afgronden van zijn ziel en geweten doorvorst. Wat hij er gevonden had, vervulde hem met walging en zelfverachting, maar hij was teruggekomen met de waarheid. Hij wist nu zeker, dat een huwelijk tussen hem en Vivian nooit goed zou zijn – niet om haar ontoereikendheid, maar om de zijne.

In ogenblikken van snijdend zelfonderzoek had hij zich gedwongen, de situaties te zien zoals zij ze samen zouden beleven. In een felle schijnwerper van verbeeldingskracht had hij hen gezien zoals ze samen een volle kamer zouden ingaan – hij zelf jong, mannelijk, ongeschonden, maar Vivian aan zijn arm, traag, stuntelig, misschien met een stok, binnen de grenzen die een kunstbeen stelde. Hij had zichzelf in de branding zien duiken of bijna naakt op een strand in de zon liggen, maar naast een Vivian die al haar kleren aan had en niets van de vreugde met hem kon delen omdat een onbedekte prothese lelijk was en omdat zij zonder prothese een machteloos brok ellende zou zijn, voorwerp van meewarigheid en afgewende ogen.

En er was nog meer.

Met overwinning van een instinctief gevoel voor fatsoen had hij zich het seksuele leven tussen hen voorgesteld. Hij zag hen 's avonds, in de slaapkamer. Zou Vivian haar kunstbeen zelf afleggen of zou hij haar helpen ? Konden de intimiteiten van het uitkleden er zijn als ze wisten wat er tevoorschijn kwam ? En hoe zouden ze bij elkaar komen, met of zonder het been ? Hoe zou het zijn als het harde, kille plastic tegen zijn vurige lichaam drukte ? En wat voor gevoel zou, zonder de prothese, de stomp onder hem geven ? Zou er wel sprake zijn van vervulling met iemand, die niet volledig was ?

Mike Seddons transpireerde als een koelie.

Vivian zei: „Je hoeft het niet uit te leggen, Mike."

„Maar ik wil het! Ik moet! Er zijn zoveel dingen waarover we samen moeten denken." De woorden tuimelden nu over elkaar, in een radeloze poging het haar te laten begrijpen, haar iets te laten zien van de kwellingen die hij had doorstaan.

„Luister eens, Vivian, ik heb over alles nagedacht en het is beter voor jou . . ."

Hij zag dat ze hem aankeek. Hij had nog nooit gezien hoe vast en doordringend haar ogen waren.

„Lieg niet tegen me, Mike. Ga maar weg."

Het had geen zin. Hij wilde niets liever dan weg zijn, buiten het bereik van die ogen. Nog aarzelde hij. Hij vroeg: „Wat ga je doen ?"

„Ik weet het nog niet. Eerlijk gezegd, ik heb er nog niet veel over nagedacht." Met moeite bedwong ze haar stem. „Misschien blijf ik in de verpleging, als ze me willen hebben. Ik weet natuurlijk nog niet of ik voorgoed genezen ben – en zo niet, hoe lang ik nog te leven heb. Zo is het toch, Mike ?"

Hij sloeg zijn ogen neer. Bij de deur keek hij voor het laatst om.
„Dag Vivian . . ."
Ze probeerde een antwoord te geven, maar haar zelfbeheersing brak.

Mide Seddons ging naar pathologie. Hij gebruikte de trap. In de sectiekamer vond hij Coleman, die bezig was met het been. Seddons keek naar het witte, levenloze ding, dat donkerrood bloed gaf waar het mes van Coleman kerfde. In een ogenblik van afgrijzen zag hij het been in een nylon kous en een hooggehakte schoen.
Hij liep de sectiekamer uit.
In de gang braakte hij tegen de muur.

„O, dokter Coleman, kom binnen."
Kent O'Donnell stond wellevend op van de stoel achter zijn schrijfbureau. David Coleman was bij de eerste chirurg geroepen, terwijl hij bezig was met schoonmaken na de sectie van het been.
„Gaat u zitten. Sigaret?"
„Graag."
Ze staken op en Coleman leunde ontspannen achterover in de diepe leren fauteuil. Hij voelde dat wat er nu kwam een keerpunt in zijn leven zou zijn.
O'Donnell ging bij het raam staan, met zijn rug naar de ochtendzon. „U hebt gehoord, vermoed ik, dat dokter Pearson zijn ontslag heeft genomen."
„Ja, dat heb ik gehoord." Toen zei Coleman tot zijn eigen verbazing: „U weet natuurlijk, dat hij zich de laatste dagen niet heeft gespaard. Hij is hier dag en nacht in touw geweest."
„Dat weet ik, maar het verandert er niets aan. – Joe heeft de wens te kennen gegeven, onmiddellijk te vertrekken. Dat betekent een vacature. Voelt u voor die betrekking van chef-patholoog?"
David Coleman aarzelde. Dit was waarop hij heimelijk had gehoopt, een eigen afdeling, de vrijheid tot reorganiseren, de nieuwe hulpmiddelen van de geneeskunde te gebruiken, de pathologie zo belangrijk maken als ze was.
Toen kwam de angst. Angst voor de afschuwelijke verantwoordelijkheid die hij te dragen zou krijgen. Er zou niemand meer boven hem staan die hem van de beslissingen kon ontlasten; de laatste diagnose zou van hem moeten komen. Hij was nog jong; als hij wilde,

kon hij nog verscheidene jaren als ondergeschikte blijven werken. Daarna zouden er genoeg kansen komen. Maar met grote duidelijkheid wist hij, dat er geen ontkomen aan was; dit ogenblik was op hem afgestormd sinds hij hier in het ziekenhuis met zijn werk was begonnen.

„Ja," zei hij. „Als die betrekking me wordt aangeboden, zal ik haar aanvaarden."

„De betrekking wórdt u aangeboden," zei O'Donnell lachend. „Wilt u me iets zeggen?"

„Als ik kan."

O'Donnell zocht zorgvuldig zijn woorden: „Wilt u me zeggen, hoe u tegenover de geneeskunde en dit ziekenhuis staat?"

„Dat is moeilijk onder woorden te brengen."

„Wilt u het proberen?"

David Coleman dacht na. Hij had natuurlijk een overtuiging, maar die had hij ook voor zichzelf nog nooit onder woorden gebracht.

„Het voornaamste is, geloof ik," begon hij langzaam, „dat wij allemaal – artsen, het ziekenhuis, de medische techniek – maar om één reden bestaan: om de zieken te genezen. Ik geloof dat we dit wel eens vergeten. We raken verdiept in de medische wetenschap, het streven naar betere ziekenhuizen en we vergeten soms, dat al die dingen maar één reden van bestaan hebben: de mensen. Mensen die ons nodig hebben, die naar de dokter komen om hulp. Ik heb het nu wel een beetje onhandig gezegd . . ."

„Nee, het is bijzonder duidelijk." Kent O'Donnell feliciteerde zichzelf; zijn intuïtie had hem de goede weg gewezen. Hij voelde dat hij en Coleman samen grote dingen zouden doen. Niet alles wat zij deden zou volmaakt zijn, maar hun doelstellingen en gevoelens waren dezelfde.

Een gedachte kwam in hem op: „Nog een ding. Hoe denkt u over Joe Pearson en de manier waarop hij vertrekt?"

„Ik weet het zelf niet . . . Ik wou dat ik het wist."

„Het is soms gezond, van iets niet zeker te zijn. Het voorkomt verstarring in het denken. Maar er zijn een paar dingen die u moet weten. Ik heb met enkele oudere doktoren gesproken. Ze hebben me kleinigheden verteld, dingen waarvan ik niets wist. Joe Pearson heeft in tweeëndertig jaar veel voor dit ziekenhuis gedaan – dingen die nu vrijwel vergeten zijn en waarvan figuren als u en ik meestal niets te horen krijgen. Hij is begonnen met de bloedbank. Het is nu onbegrijpelijk, maar in die tijd was er veel verzet tegen een bloedbank. Toen heeft hij geijverd voor de vorming van een weefselcommissie; ik heb gehoord dat hij op dat punt fel bestreden is. Maar hij kreeg zijn commissie en die heeft veel gedaan tot verbetering van de chirurgie in onze inrichting. Hij heeft ook onderzoekingswerk gedaan – naar de oorzaken en het voorkomen van schildklierkanker. Het meeste wordt nu algemeen aanvaard, maar er zijn er niet veel, die zich herinneren dat Joe Pearson de voorvechter was."

„Ik wist het ook niet. Ik ben blij dat ik het nu weet."

„Het zijn dingen die vergeten worden. Joe heeft ook veel nieuwe dingen in het lab ingevoerd – nieuwe proeven, nieuwe instrumenten. Helaas kwam er een tijd, dat hij niets meer van vernieuwingen wilde weten. Hij begon te vegeteren en raakte vast in een sleur. Dat gebeurt soms . . ."

David Coleman dacht opeens aan zijn eigen vader, die, oud geworden in het vak, een bloedtransfusie had laten geven, zonder rekening te houden met de rhesusfactor, wat nu een te vroeg geboren kind het leven had gekost. „Ik weet het," zei hij.

„Daarom is het goed, dat we begrip voor anderen hebben. We weten nooit, wanneer we zelf behoefte zullen hebben aan begrip . . ."

„Kent, je ziet er afgepijgerd uit," zei Lucy Grainger.

Het was vroeg in de middag. Kent was in een gang een ogenblik blijven staan en ongemerkt was Lucy naast hem gekomen.

Lieve Lucy, dacht hij, onveranderd, warm, hartelijk, een wachtende haven in een zee van onzekerheid. Was het werkelijk minder dan een week geleden, dat hij had gespeeld met de gedachte, uit Burlington weg te trekken en met Denise te trouwen? Het leek oneindig ver weg, een weemoedig tussenspel dat niets meer was dan dat. Hier hoorde hij thuis; in dit ziekenhuis lag zijn bestemming, voor goede en kwade dagen.

Hij legde een hand op haar arm. „Lucy, zullen we een afspraak maken? We hebben zoveel te praten."

„Goed. Je mag me morgenavond uit dineren nemen."

Samen liepen ze verder de gang door en het was een geruststellend, kalmerend gevoel haar naast zich te hebben. Hij keek naar haar profiel en kreeg de zekerheid, dat er veel goeds op hen wachtte. De aanpassing zou misschien wat tijd vragen, maar ten slotte zou er een toekomst voor hen samen zijn.

En Lucy dacht: Dromen worden wel eens vervuld. De mijne misschien ook . . .

Het was 's middags vroeg donker in pathologie. Dat was een van de nadelen van het werk in het souterrain. David Coleman knipte de lichten aan en maakte het plan, een verhuizing naar een gunstiger plek op touw te zetten. Het was uit de tijd, dat de pathologen als vanzelfsprekend in de sombere diepten werden weggestopt. Zij hadden even hard licht en lucht nodig als alle andere diensten.

Hij ging het kantoor in, waar Pearson bezig was, zijn laden leeg te maken. Hij keek op.

„Merkwaardig," zei hij, „hoeveel rommel je in tweeëndertig jaar verzamelt."

David Coleman bleef even zwijgend staan. Toen zei hij: „Ik vind het jammer . . ."

„Je hoeft niets jammer te vinden." Pearson sloot de laatste la en stak papieren in een tas. „Ik hoor dat je bevorderd bent. Gefeliciteerd."

Coleman zei – en hij meende het: „Ik wou dat het op een andere manier was gebeurd."

„Daar is het nu te laat voor." Pearson knipte de tas dicht en keek rond. „Zo, dat is alles, geloof ik. Als je nog iets vindt, laat je het wel nasturen met mijn pensioen."

„Ik wilde u nog iets zeggen . . ."

„Wat dan?"

„Die leerling-verpleegster . . . u weet wel, de amputatie . . . Ik heb vanmorgen sectie op het been verricht. U hebt gelijk gehad. Ik heb me vergist. Het was kwaadaardig. Zonder enige twijfel een osteosarcoom."

De oude man scheen met zijn gedachten ver weg te zijn. „Ik ben blij dat ik in dat opzicht tenminste geen fout heb gemaakt."

Hij nam zijn jas en zei nog, bijna voorzichtig: „Vind je het erg als ik je een raad geef?"

„Natuurlijk niet!"

„Je bent nog jong," zei Pearson, „vol peper en azijn. Dat is goed. En je kent je vak. Je bent bij de tijd, je weet dingen die ik nooit geweten heb en nooit zal weten. Neem mijn raad aan en probeer het zo te houden. Het zal om de bliksem niet meevallen, maar doe er je best voor." Hij maakte een gebaar naar het schrijfbureau. „Je komt in die stoel te zitten, de administrateur zal opbellen en over begrotingen zeuren. De volgende minuut wil een medewerker van het lab ontslag nemen en dat moet jij in orde brengen. De doktoren komen en willen de gekste dingen weten. Dan krijg je de handelsreizigers – de man met het onbreekbare reageerbuisje en de brander die nooit uitgaat. En als je met hem klaar bent, komt er nog een en nog een. En aan het eind van zo'n dag vraag je je woedend af, wat je die dag eigenlijk hebt gedaan."

Pearson gaf met deze woorden een overzicht van zijn eigen ervaringen. Coleman luisterde geduldig:

„En zo kan het ook de volgende dag gaan en de daarop volgende dag. Tot je merkt, dat er een jaar door je vingers geglipt is – en nog een jaar en nog een. En terwijl je met al die dingen bezig bent, stuur je anderen erop uit, om te weten te komen wat voor nieuws er in de geneeskunde is, want zelf heb je er geen tijd voor. Met het onderzoekingswerk houd je op; en omdat je zo hard werkt, ben je 's avonds te moe om handboeken te lezen. En dan merk je plotseling, dat alles wat je weet verouderd is. Terwijl het te laat is om er nog iets aan te doen."

Zijn stem wilde niet meer. Hij legde een hand op Colemans arm en zei smekend: „Luister naar een oude man die dit alles heeft beleefd en die de fout gemaakt heeft, achter te raken. Laat het jou niet overkomen! Sluit je op in een kast, als het moet. Loop weg van de telefoon, de dossiers, de paperassen. Lees, luister en leer en houd de ontwikkeling bij. Dan ben je onaantastbaar; dan kunnen ze nooit zeggen: „Hij ligt eruit, het is afgelopen met hem." Want dan zul je even veel of nog meer weten dan zij. Omdat je gesteund wordt door je ervaring . . ."

De stem werd dun. Pearson wendde zich af.

„Ik zal het onthouden," zei Coleman. „Kom, ik ga met u mee tot de deur."

Ze gingen uit het souterrain naar boven, waar de drukte van de vooravond juist losbrandde. Een verpleegster liep als een stormwind langs hen heen met een dienblad; haar gesteven uniform ritselde. Ze gingen opzij voor een rolstoel; er zat een man op leeftijd in, een been in het gips. Hij hield een paar krukken vast als binnenboord gehaalde roeiriemen. Drie leerling-verpleegsters kwamen druk giechelend voorbij. Een dame van de Vrouwelijke Vrijwilligers duwde een wagentje met tijdschriften voort. Een man liep met een boeket bloemen naar de liften. Ergens huilde een kind. Het was het ziekenhuiswereldje:

een levend organisme, een spiegel van de grote wereld buiten.

Pearson keek rond. Coleman dacht: Tweeëndertig jaar – en hij ziet alles voor het laatst. Hoe zal het zijn als ik zelf afscheid neem? Zal ik, over dertig jaar, nog aan dit ogenblik denken? Zal ik het dan beter begrijpen?

Door de luidsprekers klonk een stem: „Dokter Coleman! Dokter Coleman wordt verzocht in de operatieafdeling te komen."

„Ga maar," zei Joe Pearson. Hij stak hem een hand toe. „Veel geluk."

„Dank u," zei David Coleman met moeite.

Pearson knikte en liep weg.

„Dag dokter Pearson." Het was een van de oudere verpleegsters.

„Dag zuster," zei Pearson. En op weg naar buiten bleef hij onder een bordje „Verboden te roken" staan om een sigaar op te steken.